唐诗三百首金性尧注

蘅塘退士 选
金性尧 注

目 录

前 言 .... 一

蘅塘退士原序 .... 一

卷一 五言古诗

感遇 二首 张九龄 .... 三
下终南山过斛斯山人宿置酒 李白 .... 七
月下独酌 李白 .... 八
春思 李白 .... 九
望岳 杜甫 .... 一二
赠卫八处士 杜甫 .... 一四
佳人 杜甫 .... 一五
梦李白 二首 杜甫 .... 一七
送綦毋潜落第还乡 王维 .... 二一
送别 王维 .... 二三
青溪 王维 .... 二三

二　金性尧注唐诗三百首

渭川田家　王维……二四
西施咏　王维……二五
秋登兰山寄张五　孟浩然……二八
夏日南亭怀辛大　孟浩然……二九
宿业师山房待丁大不至　孟浩然……二九
同从弟南斋玩月忆山阴崔少府　王昌龄……三一
寻西山隐者不遇　丘为……三三
春泛若耶溪　綦毋潜……三五
宿王昌龄隐居　常建……三六
与高适薛据登慈恩寺浮图　岑参……三八
贼退示官吏 有序　元结……四一
郡斋雨中与诸文士燕集　韦应物……四四
初发扬子寄元大校书　韦应物……四五
寄全椒山中道士　韦应物……四六
长安遇冯著　韦应物……四七
夕次盱眙县　韦应物……四八
东郊　韦应物……四九
送杨氏女　韦应物……五〇
晨诣超师院读禅经　柳宗元……五三
溪居　柳宗元……五四

乐　府

塞上曲　王昌龄……五五

塞下曲　王昌龄 …………………………………… 五六

关山月　李白 ……………………………………… 五七

子夜吴歌　李白 …………………………………… 五八

长干行　李白 ……………………………………… 五九

列女操　孟郊 ……………………………………… 六二

游子吟　孟郊 ……………………………………… 六三

卷二 七言古诗

登幽州台歌　陈子昂 ……………………………… 六七

古意　李颀 ………………………………………… 六九

送陈章甫　李颀 …………………………………… 七〇

琴歌　李颀 ………………………………………… 七一

听董大弹胡笳兼寄语弄房给事　李颀 …………… 七二

听安万善吹觱篥歌　李颀 ………………………… 七四

夜归鹿门歌　孟浩然 ……………………………… 七六

庐山谣寄卢侍御虚舟　李白 ……………………… 七七

梦游天姥吟留别　李白 …………………………… 八〇

金陵酒肆留别　李白 ……………………………… 八三

宣州谢朓楼饯别校书叔云　李白 ………………… 八四

走马川行奉送封大夫出师西征　岑参 …………… 八六

轮台歌奉送封大夫出师西征　岑参 ……………… 八八

白雪歌送武判官归　岑参 .... 八九

韦讽录事宅观曹将军画马图　杜甫 .... 九一

丹青引 赠曹将军霸　杜甫 .... 九四

寄韩谏议注　杜甫 .... 九八

古柏行　杜甫 .... 一〇一

卷三 七言古诗

观公孙大娘弟子舞剑器行 并序　杜甫 .... 一〇七

石鱼湖上醉歌 并序　元结 .... 一一一

山石　韩愈 .... 一一四

八月十五夜赠张功曹　韩愈 .... 一一五

谒衡岳庙遂宿岳寺题门楼　韩愈 .... 一一八

石鼓歌　韩愈 .... 一二〇

渔翁　柳宗元 .... 一二六

长恨歌　白居易 .... 一二八

　　附：陈鸿《长恨歌传》

琵琶行 并序　白居易 .... 一四六

韩碑　李商隐 .... 一五二

卷四 七言乐府

燕歌行 有序　高适 .... 一六二

古从军行　李颀 .... 一六五

洛阳女儿行　王维 …… 一六六

老将行　王维 …… 一六九

桃源行　王维 …… 一七二

蜀道难　李白 …… 一七四

长相思 二首　李白 …… 一七八

行路难　李白 …… 一八〇

将进酒　李白 …… 一八二

兵车行　杜甫 …… 一八三

丽人行　杜甫 …… 一八六

哀江头　杜甫 …… 一九〇

哀王孙　杜甫 …… 一九二

卷五 五言律诗

经鲁祭孔子而叹之　唐玄宗 …… 一九七

望月怀远　张九龄 …… 一九九

杜少府之任蜀州　王勃 …… 二〇〇

在狱咏蝉 并序　骆宾王 …… 二〇二

和晋陵陆丞早春游望　杜审言 …… 二〇六

杂诗　沈佺期 …… 二〇八

题大庾岭北驿　宋之问 …… 二〇九

次北固山下　王湾 …… 二一一

破山寺后禅院　常建 …… 二一二

寄左省杜拾遗 岑参 ……………………… 二一三

赠孟浩然 李白 ……………………… 二一四

渡荆门送别 李白 ……………………… 二一五

送友人 李白 ……………………… 二一六

听蜀僧濬弹琴 李白 ……………………… 二一七

夜泊牛渚怀古 李白 ……………………… 二一八

春望 杜甫 ……………………… 二二〇

月夜 杜甫 ……………………… 二二一

春宿左省 杜甫 ……………………… 二二二

至德二载，甫自京金光门出，间道归凤翔。
乾元初，从左拾遗移华州掾，与亲故别，
因出此门，有悲往事 杜甫 ……………………… 二二三

月夜忆舍弟 杜甫 ……………………… 二二四

天末怀李白 杜甫 ……………………… 二二五

奉济驿重送严公四韵 杜甫 ……………………… 二二六

别房太尉墓 杜甫 ……………………… 二二八

旅夜书怀 杜甫 ……………………… 二二九

登岳阳楼 杜甫 ……………………… 二三〇

辋川闲居赠裴秀才迪 王维 ……………………… 二三一

山居秋暝 王维 ……………………… 二三二

归嵩山作 王维 ……………………… 二三三

终南山　王维 .... 二三四

酬张少府　王维 .... 二三五

过香积寺　王维 .... 二三五

送梓州李使君　王维 .... 二三六

汉江临眺　王维 .... 二三八

终南别业　王维 .... 二三九

临洞庭上张丞相　孟浩然 .... 二四〇

与诸子登岘山　孟浩然 .... 二四二

宴梅道士山房　孟浩然 .... 二四二

岁暮归南山　孟浩然 .... 二四三

过故人庄　孟浩然 .... 二四四

秦中寄远上人　孟浩然 .... 二四五

宿桐庐江寄广陵旧游　孟浩然 .... 二四六

留别王维　孟浩然 .... 二四七

早寒有怀　孟浩然 .... 二四八

秋日登吴公台上寺远眺　刘长卿 .... 二四九

送李中丞归汉阳别业　刘长卿 .... 二五〇

饯别王十一南游　刘长卿 .... 二五一

寻南溪常道士　刘长卿 .... 二五二

新年作　刘长卿 .... 二五三

送僧归日本　钱起 .... 二五四

谷口书斋寄杨补阙 钱起 .... 二五五
淮上喜会梁州故人 韦应物 .... 二五六
赋得暮雨送李曹 韦应物 .... 二五七
酬程近秋夜即事见赠 韩翃 .... 二五八
阙题 刘眘虚 .... 二六〇
江乡故人偶集客舍 戴叔伦 .... 二六一
送李端 卢纶 .... 二六二
喜见外弟又言别 李益 .... 二六四
云阳馆与韩绅宿别 司空曙 .... 二六五
喜外弟卢纶见宿 司空曙 .... 二六六
贼平后送人北归 司空曙 .... 二六七
蜀先主庙 刘禹锡 .... 二六九
没蕃故人 张籍 .... 二七〇
草 白居易 .... 二七一
旅宿 杜牧 .... 二七三
秋日赴阙题潼关驿楼 许浑 .... 二七四
早秋 许浑 .... 二七五
蝉 李商隐 .... 二七六
风雨 李商隐 .... 二七七
落花 李商隐 .... 二七八
凉思 李商隐 .... 二七九

北青萝　李商隐……二八〇

送人东游　温庭筠……二八二

灞上秋居　马戴……二八三

楚江怀古　马戴……二八四

书边事　张乔……二八五

除夜有怀　崔涂……二八六

孤雁　崔涂……二八七

春宫怨　杜荀鹤……二八九

章台夜思　韦庄……二九一

寻陆鸿渐不遇　僧皎然……二九二

卷六　七言律诗

黄鹤楼　崔颢……二九五

行经华阴　崔颢……二九六

望蓟门　祖咏……二九八

九日登望仙台呈刘明府　崔曙……三〇〇

送魏万之京　李颀……三〇一

登金陵凤凰台　李白……三〇二

送李少府贬峡中王少府贬长沙　高适……三〇三

和贾至舍人早朝大明宫之作　岑参……三〇五

和贾至舍人早朝大明宫之作　王维……三〇六

附：贾至《早朝大明宫》

杜甫《和贾至舍人早朝大明宫》

奉和圣制从蓬莱向兴庆阁道中
留春雨中春望之作应制　王维..................三〇八
积雨辋川庄作　王维..................三一〇
赠郭给事　王维..................三一一
蜀相　杜甫..................三一二
客至　杜甫..................三一三
野望　杜甫..................三一四
闻官军收河南河北　杜甫..................三一五
登高　杜甫..................三一七
登楼　杜甫..................三一八
宿府　杜甫..................三一九
阁夜　杜甫..................三二〇
咏怀古迹 五首　杜甫..................三二一
江州重别薛六柳八二员外　刘长卿..................三二八
长沙过贾谊宅　刘长卿..................三三〇
自夏口至鹦鹉洲望岳阳寄元中丞　刘长卿..................三三一
赠阙下裴舍人　钱起..................三三二
寄李儋元锡　韦应物..................三三三
同题仙游观　韩翃..................三三四
春思　皇甫冉..................三三六

晚次鄂州 卢纶.. 三三七
登柳州城楼寄漳汀封连四州刺史 柳宗元.................. 三三八
西塞山怀古 刘禹锡.. 三三九
遣悲怀 三首 元稹.. 三四二
自河南经乱，关内阻饥，兄弟离散，各在一处。因望月有感，聊书所怀，寄上浮梁大兄、於潜七兄、乌江十五兄兼示符离及下邽弟妹 白居易.. 三四五
锦瑟 李商隐.. 三四六
无题 李商隐.. 三四七
隋宫 李商隐.. 三四八
无题 二首 李商隐.. 三五〇
筹笔驿 李商隐... 三五三
无题 李商隐.. 三五四
春雨 李商隐.. 三五五
无题 二首 李商隐.. 三五六
利州南渡 温庭筠.. 三五九
苏武庙 温庭筠... 三六〇
宫词 薛逢.. 三六二
贫女 秦韬玉.. 三六三

乐　府

独不见 沈佺期... 三六五

卷七 五言绝句

鹿柴　王维 …… 三六九

竹里馆　王维 …… 三六九

送别　王维 …… 三七〇

相思　王维 …… 三七〇

杂诗　王维 …… 三七一

送崔九　裴迪 …… 三七二

终南望余雪　祖咏 …… 三七三

宿建德江　孟浩然 …… 三七四

春晓　孟浩然 …… 三七五

夜思　李白 …… 三七五

怨情　李白 …… 三七六

八阵图　杜甫 …… 三七七

登鹳雀楼　王之涣 …… 三七九

送灵澈　刘长卿 …… 三八〇

弹琴　刘长卿 …… 三八〇

送上人　刘长卿 …… 三八一

秋夜寄丘员外　韦应物 …… 三八二

听筝　李端 …… 三八三

新嫁娘　王建 …… 三八五

玉台体　权德舆 …… 三八六

江雪　柳宗元 …… 三八七

行宫　元稹 ……………………………………… 三八七

问刘十九　白居易 …………………………… 三八八

何满子　张祜 ………………………………… 三九〇

登乐游原　李商隐 …………………………… 三九一

寻隐者不遇　贾岛 …………………………… 三九三

渡汉江　李频 ………………………………… 三九四

春怨　金昌绪 ………………………………… 三九五

哥舒歌　西鄙人 ……………………………… 三九六

乐　府

长干行 二首　崔颢 …………………………… 三九七

玉阶怨　李白 ………………………………… 三九八

塞下曲 四首　卢纶 …………………………… 三九九

江南曲　李益 ………………………………… 四〇一

卷八 七言绝句

回乡偶书　贺知章 …………………………… 四〇五

桃花溪　张旭 ………………………………… 四〇六

九月九日忆山东兄弟　王维 ………………… 四〇七

芙蓉楼送辛渐　王昌龄 ……………………… 四〇八

闺怨　王昌龄 ………………………………… 四〇九

春宫怨　王昌龄 ……………………………… 四一〇

凉州曲　王翰 ………………………………… 四一一

送孟浩然之广陵　李白 .... 四一二

下江陵　李白 .... 四一三

逢入京使　岑参 .... 四一四

江南逢李龟年　杜甫 .... 四一五

滁州西涧　韦应物 .... 四一六

枫桥夜泊　张继 .... 四一七

寒食　韩翃 .... 四一八

月夜　刘方平 .... 四二〇

春怨　刘方平 .... 四二〇

征人怨　柳中庸 .... 四二一

宫词　顾况 .... 四二三

夜上受降城闻笛　李益 .... 四二四

乌衣巷　刘禹锡 .... 四二五

春词　刘禹锡 .... 四二五

宫词　白居易 .... 四二六

赠内人　张祜 .... 四二七

集灵台 二首　张祜 .... 四二八

题金陵渡　张祜 .... 四二九

宫中词　朱庆余 .... 四三一

近试上张水部　朱庆余 .... 四三一

将赴吴兴登乐游原　杜牧 .... 四三二

赤壁　杜牧 .... 四三三

泊秦淮　杜牧 .... 四三四
寄扬州韩绰判官　杜牧 .... 四三五
遣怀　杜牧 .... 四三六
秋夕　杜牧 .... 四三七
赠别 二首　杜牧 .... 四三八
金谷园　杜牧 .... 四三九
夜雨寄北　李商隐 .... 四三九
寄令狐郎中　李商隐 .... 四四〇
为有　李商隐 .... 四四一
隋宫　李商隐 .... 四四二
瑶池　李商隐 .... 四四三
嫦娥　李商隐 .... 四四四
贾生　李商隐 .... 四四五
瑶瑟怨　温庭筠 .... 四四六
马嵬坡　郑畋 .... 四四七
已凉　韩偓 .... 四四九
金陵图　韦庄 .... 四五〇
陇西行　陈陶 .... 四五一
寄人　张泌 .... 四五二
杂诗　无名氏 .... 四五三

乐　府

　　渭城曲　王维 .... 四五四

秋夜曲 王维 ……………………………………… 四五五
长信怨 王昌龄 …………………………………… 四五六
出塞 王昌龄 ……………………………………… 四五七
清平调 三首 李白 ………………………………… 四五八
出塞 王之涣 ……………………………………… 四六〇
金缕衣 杜秋娘 …………………………………… 四六一

附　录　蘅塘退士孙洙简史（两则）………………… 四六三

重版附记 ……………………………………………… 四六五

前　言

　　老一辈的读者中，不少人在儿童时代，就在吟诵"慈母手中线，游子身上衣""烽火连三月，家书抵万金"，以及"蜀道之难难于上青天""黄河之水天上来"等名句；还知道苏州有一座寒山寺，武汉有一座黄鹤楼。我们的祖国到处有名胜古迹，一经诗人得之于手，遂使广土众民，无不可亲，无不可爱。这些名句，这些知识以至感情，多半是从《唐诗三百首》上得来的。

　　但是这书却为藏书家所不屑一顾。人们只知道这书的编选者叫蘅塘退士。至于他的真姓名究竟叫什么，知道的人就不多，更不必说他的生平了。

　　然而自出版以来，这书却持久而广泛地流传着。从唐人选唐诗的元结《箧中集》算起，历来编选的唐人诗集，共有一百多种，但最有影响、最有生命力的却要推这本《唐诗三百首》。就入选作品的内容看，也并没有什么特别奇异之作；蘅塘退士的名声，更不像《唐百家诗选》的编者王安石、《唐贤三昧集》的编者王士禛等人那样有名，如上所说，许多人连他的名字也不知道。

二 金性尧注唐诗三百首

据蘅塘退士的原序说,他编这书的动机,是想以此代替"工拙莫辨"、体例不严的《千家诗》,作为给就学的儿童读的所谓"训蒙"读物,后来却成为带有社会性的选本,恐怕是他本人始料所不及。不过,从这书的绝大多数作品看,即使在古代,读者对象主要也应当是成人,故而他又补了一句"白首亦莫能废"的话。

粗粗地想了一想,这书的特点约有下列几点,其中有几点,还可以供今天选本编者参考。

一是三百首的篇目适度。《全唐诗》共收四万八千余首,如果少于三百首,就难以使读者得到"一脔全鼎"的满足;多于三百首,则又嫌篇幅过大,难以达到普及的目的。至于编者之所以把篇目定为三百首,除了如原序所说,是为了验证"熟读唐诗三百首,不会吟诗也会吟"这一谚语外,也许还受所谓"诗三百"的启示。

二是所收作者包括"三教九流",皇帝、和尚、歌女、无名氏都有。皇帝如唐玄宗,他的诗,在唐代诸帝中,还算是写得好的,那首《经鲁祭孔子而叹之》的五律,不在孔子为司寇、诛少正卯那些得意的日子上掉文,却去写他叹凤伤麟的失意时期。唐代诗僧很多,所以选皎然,当因他在诗歌之外,还著《诗式》一书也很有名。全书的最末一个作者是杜秋娘。这首《金缕衣》是否出于她之手是一个问题,但蘅塘退士是因袭《唐诗别裁集》作为妇女作者来选的。

在七十七位作者中,以杜甫的作品入选最多,占第一位，其次是王维、李白、李商隐。把这些诗人作为重点来突出，那也是恰当的。同时，像王之涣，《全唐诗》只存其诗六首，本书却选了两首；金昌绪只存一首，也选进了。这三首诗都不失为佳作。虽然从全局来平衡，也许是得失相参，不免顾此失彼。

三是所选作品从古风到近体，既很完备，又分体裁。和《唐诗别裁集》比，删除了长律，另立了乐府（说详下）。以三百首说，长律自可有可无。而在所选各体中，近体多于古风。这从后来读者的欣赏和写作上看，似乎也更倾向于近体。其中七绝一卷，杜甫只有一首，李白二首，王维一首，而李商隐占七首，杜牧占九首，即小李杜多于大李杜，盛唐让位于晚唐，虽然杜牧有两首不很健康，但也打破了"诗必盛唐"的偏见。唐人七绝，如不重视晚唐，也非持平之见。

在同一作家中，又从几种体裁来表现他们的不同风貌，如王维以山水诗为主，却也选了乐府《洛阳女儿行》和《老将行》。李商隐以七律、七绝选得最多，但也选了七古《韩碑》和五绝"夕阳无限好，只是近黄昏"的《登乐游原》。前者如沈德潜所说，在晚唐人七古中，要算"如景星庆云，偶然一见"；后者则有哲理，有感情，反映了他和他的时代的精神状态。又如权德舆是当时名相，在有限的三百首中，本来排不上队，本书却选了他的五绝《玉台体》，可能是想聊备一格。柳宗元的五绝《江雪》，有他兀傲的性格在里面；五古的《晨诣超师院读禅经》，则是站在儒家立场上，说明儒释殊途。

作者面广，流派纷见，体裁众多，因而也能多方面地反映了那个时代复杂的社会生活，人的复杂的思想感情，大体上也可看作唐一代诗歌的缩影。

四是注重艺术性，而这些艺术性又多是通过抒情手段来表现。诗歌是感情的果子，又是智慧的语言。没有诗人自己的真情实感，就不可能像草木发芽那样自然，更不可能引起人们的强烈共鸣。像韦应物的"身多疾病思田里，邑有流亡愧俸钱"，也可说含有政论意味，却又饱和着抒情色彩，比他五古的"自惭居处崇，未睹斯民康"更精，比后蜀孟昶说的"尔俸尔禄，民脂民膏"也深刻得多。俸钱是官吏的生活之资，本无所谓愧与不愧，但和"邑有流亡"相对比，未免受之有愧了。还有一些写印象、写感觉的诗，前者可以王维为代表，后者可以刘方平的"今夜偏知春气暖，虫声新透绿窗纱"，韩偓的"已凉天气未寒时"为例。它写出感觉，表现智慧，又不流于纤巧。一种季节更换时酽酽的生活气息，为诗人透露出来了。还有如王维的"每逢佳节倍思亲"，岑参的"马上相逢无纸笔，凭君传语报平安"，司空曙的"乍见翻疑梦，相悲各问年"，它们的好处就是写出了"平凡"，写出了"人人心中所有，笔下所无"的人情味，让感情"飞入寻常百姓家"。惟其真，才有善，才有美。又如极平常的一条山沟、一座寺院、一个渡口，却被韦应物、张继、张祜写得何等美。

善于写感觉的，也往往善于使具体上升到抽象。换句话说，诗歌本身必须是形象的，诗人却又必须有高度的抽象能力，古人所谓情景交融，庶几近之。像李白的"举头望明月，低头思故乡"，王之涣的"欲穷千里目，更上一层楼"，刘禹锡的"旧时王谢堂前燕，飞入寻常百姓家"等，就是一些好的例子。同时，诗里的形象，也不可作单纯的理解，如陈子昂的《登幽州台歌》，前三句表面上用的是概念性的语言，但通过诗人对宇宙无穷的哲理的感慨，他的思想面貌，从而他的灵魂，就如见其人地显示出来了。在写好实的同时，还要求诗人写好虚。但像《沧浪诗话》作者严羽，虽善于抽象，却不善于织绘形象，故而诗写得很平庸。

五是可接受性。由于本书原来打算是给儿童读的，所以大部分作品比较浅近明白。蘅塘退士的序中说："专就唐诗中脍炙人口之作，择其尤要者……录成一编。"所谓脍炙人口之作，也必是可接受性较强的。语言上的过分隔阂，必然要影响读者的欣赏、理解，本书所以未选李贺诗，这可能是原因之一，虽然这也定得偏严。从全书来看，更觉得分寸失当。例如韩愈的《石鼓歌》，既难懂又无甚意义，为什么不可以换李贺的《李凭箜篌引》或《梦天》。反之，韩愈的七律如"云横秦岭家何在，雪拥蓝关马不前"，七绝如"天街小雨润如酥，草色遥看近却无"，却是亲切明净，倒真的脍炙人口，本书却未选入。但从本书整体看，却以平易近人之作占大多数。这也是今天任何选本的一个极其重要的准则。否则，不管立意多么高深，只能使读者可望而不可即。

　　六是兼重实用。本书中选了些奉和应制之作，这显然是为适应那时的社会需要，因为当时正当开科取士的极盛时代，估计儿童长大后必定要去投考和做官，所以也选了几首。但入选的岑参、王维的七律，从写景技巧上看，也还是经过选择的。前人评他们这几人诗，也完全着重于句法、声律。不但如此，书中还选了些劝慰友人落第、罢官的诗，也是为当时落第、罢官者而设想，想用什么"既至金门远，孰云吾道非"一类话，为身受者解嘲陶醉，如沈德潜所说，"反复曲折，使落第人绝无怨尤"。这在今天来说，固然没有什么意义，而且这些诗是硬讲的，读来也味同嚼蜡，但说明编选者为现实服务的针对性是很明白的。又如全书五律选得最多，几近四分之一。清人施补华在《岘佣说诗》中曾说："学诗须从五律起，进之可为七古，充之可为七律，截之可为五绝，充而截之可为七绝。"施氏是同治间人，时代后于蘅塘退士，但他的这种说法，恐也代表当时一部分人的观点，故对初学者有指导意义。

　　如果把五律看作初学诗者的一种基本功，施氏的话也有点道理。先从每一句字数说，五言比七言少了两字，这就要求作者必须更加在"锻炼"上苦下功夫，要求每一个字都不挥霍，真的做到"惜墨如金"。同时，五律又比五绝多了两联，因而也多了一项讲究对仗的功夫，而这又是我国古典诗歌中的特点之一。我们且以《三百首》中五律部分杜甫、孟浩然的两首描写洞庭湖的诗为例，杜诗的颔联是

"吴楚东南坼，乾坤日夜浮"，孟诗的颔联是"气蒸云梦泽，波撼岳阳城"。这两联，除了对仗工整自然外，在用字上也有独到处。经过琢磨，却不流于雕琢。杜诗的"坼"字是个险字，《三百首》中恐仅此一见，但这里却显得最稳；这个字如果在注文或字典中，那就只能注成"裂"，但在杜诗中要是改为"吴楚东南裂"，那真是点金成铁，化神奇为腐朽了。孟诗的"撼"字也不能用"摇"字（摇字是平声，这里暂且撇开平仄不谈）或"动"字来代替，正像"撼山易撼岳家军难""蚍蜉撼大树"的"撼"字一样，都是撼它不得。

七是有所依傍，有所突破。近代学者曾指出，《唐诗三百首》是以沈德潜的《唐诗别裁集》为蓝本的。沈氏论诗，崇尚"委折深婉，曲道人情""气味浑成"，因此，蘅塘退士在评语中，也有"四句一气旋折，神味无穷""一气贯注，无斧凿痕迹""唐人马嵬诗极多，惟此首得温柔敦厚之意"一类的话。同时又吸收严羽、王士禛等论点，故有"凭空落笔，若不着题而自有神会"等说法。评语虽不多，但此书基本倾向也可约略见之，与严、王、沈的诗论，实有相通的一面。在选材取舍上，他则依傍《别裁集》而又有自己的主见，如七律中，《别裁集》不选李商隐的《无题》，本书收李氏七律十首，《无题》却占了六首（《锦瑟》实也"无题"）。又如杜牧的《赠别》二首，《别裁集》未收，本书却选了，虽然《别裁集》不收是对的。杜牧的七绝尽多佳作，蘅塘退士选《赠别》，也许为了表示杜牧生平有此微行而后来又有悔意,但不选他的"一骑红尘妃子笑,无人知是荔枝来"和"停车坐爱枫林晚,霜叶红于二月花",未免可惜。这句"停车坐爱枫林晚",实在也可移作对晚唐人诗欣赏上的象征。韩偓的作品,《别裁集》选了三首七律,本书只选他一首七绝《已凉》,却比这三首七律好。朱庆余的"洞房昨夜停红烛"的七绝,《别裁集》未收,本书却选了。尽管写这首诗的动机为了请托,就诗论诗,这种描写古代新婚夫妇的情爱,也还健康干净。后人知道此诗的,多半由于读了《三百首》之故。

《别裁集》不选李商隐的《无题》,也许因为是艳情诗缘故。《无题》要不要选得那么多,是一问题,但一首不选,也有些走极端。对杜牧的《赠别》和韩偓的某些秽作,固然应当排除,但如果从僵化的封建说教出发,凡是描写男女恋情之作一概不取,也是矫枉过正。在这一点上,蘅塘退士要比沈德潜通脱一些。

王维的"渭城朝雨浥轻尘"七绝,他本(包括《别裁集》)题皆作《送元二使安西》,也是王诗原来题目,但因其播诸歌曲,名闻当时,宋人郭茂倩乃收入其《乐府诗集》的《近代曲》中,并题名为《渭城曲》,本书也题《渭城曲》,另编于卷八七言乐府中,异于《别裁集》。另一首王维的《秋夜曲》,蘅塘退士注云:"他本俱作王涯,今照郭茂倩本。"这都是为了使乐府部分独立的缘故。

除了上述七点之外,本书的缺点,如大家所指出的,就是反映当时社会矛盾的作品少了些。例如杜甫的《哀王孙》,

固然也有一定的意义，哀王孙其实是哀这悲剧的时代，但比起"三吏""三别"等来，思想性究竟差些。这同样表现在对白居易作品的选录上。白诗入选的一共只有四首，新乐府一首没有，而刘长卿诗入选者却有十一首。高仲武《中兴间气集》评刘诗"大抵十首以上，语意稍同"。今看选入本书的十一首刘诗中，却有三首以贾谊谪长沙来自喻。

晚唐诗人如杜荀鹤、皮日休、陆龟蒙、罗隐等，既是名家，作品也多感时伤世之作，但本书中只选杜荀鹤诗一首，且又是宫怨诗，对皮、陆、罗的诗就一无所收。也许因为他们的诗粗率浅露，而蘅塘退士又是崇尚委婉含蓄的。事实上，皮、陆、罗有一些咏史写景的近体诗，写得也很出色，如皮日休《汴河怀古》（实咏隋炀帝）的"尽道隋亡为此河，至今千里赖通波。若无水殿龙舟事，共禹论功不较多"，也还是有些新意的。

又如七绝中，宫怨诗的比重也嫌大些。宫怨诗之多，多少说明失宠者之多，但有些诗，是以自然主义的手法，从旧文人的趣味出发，将别人的痛苦，作为自己吟弄欣赏的材料。其实只要有一两首如白居易的《上阳白发人》（本书未收，《别裁集》收）这样的诗就够了。他倒是以同情态度来写的。

据《梁溪诗钞》及《名儒言行录》所载，蘅塘退士"少工制义"，两校省闱，曾任江宁府教授。我们从他的评语上，也还看得出不脱帖括习气，如书中屡见"四句十八层""中二联当作二十层看""二句十余层"，以及"语语是寻""字字是望""二句闻,二句见""衬笔,再衬"诸如此类的话。其中对某些作品结构的评论,如果确是如楔入榫,那自然能收点睛之效,但若作为程式,逢诗就说,仿佛每首诗在落笔之前,诗人胸中就已有这么多起承转合的奥妙,它本身便是一种八股。金圣叹说《水浒》景阳冈连写十八次"哨棒",紫石街连写十四次"帘子"、三十八次"笑"是什么"草蛇灰线法",胡适因而说金氏"是用了当时选家评文眼光来逐句批评水浒",是八股选家的流毒(《水浒传考证》)。本书的若干评语也有这样缺点,有些只使人感到浅薄可笑。

但总的说来,这一选本的题材还是平稳的,用一句用滑了的话,可以说是"雅俗共赏",即还能适应今天一般读者的要求。选目上的畸重畸轻,在三百首的限度内自也很难完全避免。但原书的注释(包括陈婉俊的补注)过于简略;注释简略而仍能流传广泛,这首先说明在选材上能为读者所接受。另一方面,对读者的理解、欣赏终究带来些困难,故而试再加一些注释和说明,间录前人评语,实际都是利用前代和当代专家的研究成果。名为"新注",不过是新出的注本之意而已。

此书因历来屡有刻印,各本篇数不同,有作三百二十一首、三百十七首、三百一十首的。准确的数字,据说应是三百零二首。现在用的本子,则是1959年9月中华书局的排印本,共八卷,三百十三首,也即光绪年间的四藤吟社本。其中杜甫的《咏怀古迹》,蘅塘退士原选只二首,四藤吟社主人又加了三首,使与杜诗原数五首合。

蘅塘退士编选时，他的能诗的续娶夫人徐兰英也参与其事，实际是夫妇合编。其书成于乾隆二十九年（1764年）。至道光年间，又有一个妇女作者上元人陈婉俊为之补注，并写了凡例，即载于四藤吟社本中，这里不再收入，但说明当时颇有通诗的妇女作者。

考虑到蘅塘退士孙洙（1711—1778）的生平，知道的人不多，所以将清顾光旭《梁溪诗钞》、窦镇《名儒言行录》中所载孙氏生平，附录于后。

1948年《国文月刊》第三十七期上，曾有王忠先生《论〈唐诗三百首〉选诗的标准》一文，1978年第二期《安徽师大学报》上有张涤华先生《历代文学总集选介》一文，其中有评介《唐诗三百首》一项。这篇前言撰写前，即参考了王、张两位的大作。成稿前后，二三友好，又多所匡教，于此谢之。

本书的加工工作全部完成时，我们伟大祖国已进入了1980年。新的一年又在等待着我们。也应当是孕育诗的一年。

愿以此自勉。

金性尧
1980年元旦

蘅塘退士原序

　　世俗儿童就学,即授《千家诗》,取其易于成诵,故流传不废。但其诗随手掇拾,工拙莫辨,且止五七律绝二体,而唐宋人又杂出其间,殊乖体制。因专就唐诗中脍炙人口之作,择其尤要者,每体得数十首,共三百余首,录成一编,为家塾课本,俾童而习之,白首亦莫能废,较《千家诗》不远胜耶?谚云:"熟读唐诗三百首,不会吟诗也会吟。"请以是编验之。

卷一 五言古诗

张九龄

作者介绍

张九龄（678—740），字子寿，一名博物。韶州曲江（今属广东）人。长安进士，为右拾遗。开元间拜中书舍人，复迁中书令。后贬荆州长史。他以词臣而为贤相，以正直敢言见称。曾劾安禄山狼子野心，玄宗却说他"误害忠良"；又见忌于李林甫。据《开元天宝遗事》，玄宗欲以李林甫为相，乃召九龄问可否，九龄便直说将来要"祸延宗社"，玄宗因而"不悦"。在罢相之后四年，他就死了。时人以为开元二十四年罢张九龄而相李林甫，是政局治乱的分界。后世谈到他的诗文，也必与他的品节并论。

他的诗劲炼质朴，寄托深远，洗尽六朝铅华，《唐音癸签》评为"首创清淡之派"。对王孟诗派也颇有影响。

感遇 二首

兰叶春葳蕤[1]，桂华秋皎洁[2]。欣欣此生意[3]，自尔为佳节[4]。谁知林栖者[5]，闻风坐相悦[6]。草木有本心[7]，何求美人折[8]。

1 兰，指兰草，即泽兰，属菊科，花白色，与属兰科之兰不同。葳蕤（ruí），枝叶纷披貌。
2 华，开花。

3　欣欣句，指草木饱含生机。
4　自尔，犹自此，自然地。意谓春秋二季，因兰桂之花叶纷盛，便生意蓬勃，自成佳节。喻贤人和良时关系的密切。
5　林栖者，林中人。
6　闻风，闻到香气。坐，因。悦，指由爱赏而采摘。意谓闻风相悦，实出意料，也嫌多事。
7　本心，天性。
8　草木两句，意谓自己本怀不求虚荣的志趣，希望不要来摧折他的"本心"。美人即上林栖者。

说明

开元二十五年（737），作者贬荆州长史，《感遇》即作于此时，原诗共十二首，此处选了二首，后人常将它与陈子昂的《感遇》并论。他们的时代相近，行径也相类，诗的寓意立境又上接阮籍的《咏怀》。诗中一面表达了恬淡从容的襟怀，但忧谗惧祸的心情也隐然可见。据郑处晦《明皇杂录》记载，张九龄知道李林甫要中伤他，便写了一首《归燕》诗，末两句云："无心与物竞，鹰隼莫相猜。"李览后"知其必退，恚怒稍解"。他当时的处境不难想见。

江南有丹橘，经冬犹绿林。岂伊地气暖[1]，自有岁寒心[2]。可以荐嘉客[3]，奈何阻重深[4]。运命唯所遇[5]，循环不可寻[6]。徒言树桃李[7]，此木岂无阴[8]。

1　岂伊，岂惟。

2 岁寒，《论语·子罕》，记孔子有"岁寒然后知松柏之后凋也"语。后人往往作为砥砺节操的比喻。前首中的草木之心，也即这里岁寒心之意。
3 荐，进献。嘉客，佳宾。
4 奈何句，喻阻力多重，使抱负无从直达。
5 运命句，意谓只能按着命运随遇而安。
6 循环句，感慨之余，惟有看作周而复始的自然之理一样，其中道理实没法追究。作者本来位至宰相，也得到玄宗的信任，很想在政治上发挥抱负，后因李林甫谗陷而遭排挤。两句当是隐指这段经历。
7 树，种植。《韩诗外传》记赵简子语："春树桃李，夏得阴其下，秋得食其实。"当是用此典。
8 此木句，意谓橘树难道不会成阴。阴，同"荫"。

说明

　　橘是嘉木，屈原曾作《橘颂》自喻其志。荆州州治江陵，又是屈原故国楚之郢都。橘产南方，作者也是南人。桃李媚时，丹橘傲冬，诗以此喻邪正自有分别。

李白

作者介绍

　　李白（701—762），字太白，号青莲居士。祖籍陇西成纪（今甘肃秦安县），出生于中亚碎叶城（今吉尔吉斯斯坦境内，唐属安西都护府）。中年时曾住过山东，故杜甫诗中有"汝与山东李白好"句。天宝元年（742），因友人吴筠之荐，召入长安，供奉翰林，实是皇家的清客，玄宗度曲，就命他填制新词。后因侮弄宦官高力士，得罪宠妃杨玉环，遂被排斥，离开长安，漫游江湖。

安史乱时，入肃宗弟永王李璘幕。永王被杀，牵连李白，先被囚于浔阳（今江西九江市）狱中，后责放夜郎（今贵州桐梓县），在巫山途中遇赦得释。最后病死于当涂（今属安徽）。元和间，宣歙观察使范传正曾去访查李白墓及其后人，只访得孙女二人，却已嫁与农家。范氏感怆之余，便依照李白遗愿迁葬于青山之西。"但是诗人最薄命，就中沦落莫如君"，另一个诗人白居易的这两句诗，更为他前辈的寂寞身后增添了悲凉气氛。

李白的一生是流离失意的一生，却又是曲折离奇的一生，《新唐书》本传中的"喜纵横术，击剑，为任侠，轻财重施"这寥寥数语，多少刻画了他生平的一面。他笔下那些侠客行径，也有着自己的影子。此外，他还求仙炼丹，嗜酒爱游。酒成为他创作生活中一个重要力量。宣城的一个善于酿酒的纪姓老人死了，他就写了"夜台无李白，沽酒与何人"的诗来哀悼他。他的道家思想，则又与他诗歌中的浪漫主义有些关系。他的参加永王幕，也可以和他的爱纵横术联系起来。刘熙载《艺概》也指出："太白早好纵横，晚学黄老，故诗意每托之以自娱。少陵一生却只在儒家界内。"而纵横与黄老之间又是相互交通的。他憎恶权贵，嘲笑腐儒，蔑视流俗，连皇帝都不放在眼里，却接近下层人民，"穷与鲍生贾，饥从漂母餐"。他率真磊落，并不忌讳曾经受村妪馈食，与商贾共事，反而带着感情怀念他们。这一连串的社会实践，又加浓了他作品的语言色泽和生活气息。他的脚印遍及名山大川，峨嵋夜月、巫峡啼猿、庐山瀑布、齐鲁风沙，这种种似画似梦的景物，又加深了他对吾土吾民的情爱。也正由于这些诗篇，使今天的万千读者，还能够跟着他的笔底山河而神游魂驰。而且，这些诗篇又体现了"语言个性化"的特色，"黄河之水天上来""蜀道之难难于上青天""疑是银河落九天"，虽然万变，仍不离宗，一眼看去就是李白写的，就有"非太白不能道"的共同感受。沈德潜所谓"大江无风，涛浪自涌，白云卷舒，从风变灭"（《说诗晬语》）。

但是，他性格中豪放通脱的深处，却也径通着颓废放荡、玩世不恭的另一端，即轻率多于严谨。以诗的内容而论，反映民生疾苦、社会矛盾，令人感到沉郁苍凉的就不及杜甫多。

下终南山过斛斯山人宿置酒[1]

暮从碧山下，山月随人归。却顾所来径[2]，苍苍横翠微[3]。相携及田家[4]，童稚开荆扉[5]。绿竹入幽径，青萝拂行衣[6]。欢言得所憩[7]，美酒聊共挥[8]。长歌吟松风[9]，曲尽河星稀[10]。我醉君复乐，陶然共忘机[11]。

1 终南山，即秦岭，在今陕西西安市南，唐时士人多隐居此山。斛（胡 hú）斯山人，当是一个隐士。斛斯，本北朝胡姓。
2 却顾，回望。
3 翠微，青翠的山坡。

4 相携，当是李白下山后路遇斛斯山人，遂相偕至其家。及，到。田家，指斛斯山人家。
5 荆扉，柴门。
6 青萝，此处泛指常自树梢悬垂的植物。行衣，行人的衣服。
7 得所憩（气 qì），指留宿置酒。
8 挥，举杯。
9 松风，当指古乐府琴曲之《风入松》。也可作歌声随风而入松林解。
10 河星稀，银河中的星光已经稀微，意谓夜已深了。
11 机，世俗的机心。

说明

平平常常的事物，随随便便地写来，在一座绿色世界中（从碧山到松风），却又有诗人自己的真实感情在里面，故而末句的"陶然共忘机"，就觉得不是一种浮文套语。

月下独酌

花间一壶酒，独酌无相亲。举杯邀明月，对影成三人。月既不解饮，影徒随我身[1]。暂伴月将影[2]，行乐须及春。我歌月徘徊，我舞影零乱。醒时同交欢，醉后各分散。永结无情游，相期邈云汉[3]。

1 举杯四句，由于月不解饮，影徒随身，就越发显出了孤独感。

蘅塘退士评云："月下独酌，诗偏幻出三人。月影伴说，反复推勘，愈形其独。"又，陶潜《杂诗》有"欲言无余和，挥杯劝孤影"句，李诗即用其意。三人，指作者自己，月，影。

2　将，偕，和。

3　永结两句，其实要倒转来讲，意谓只有将来远至天上，才能永远尽情而游，不再分散。无情，犹尽情，忘情。相期，犹相约。邈，远。云汉，天河，此处指天上。

说明

原诗共四首，这是第一首。影子是"我外之我"，和生命一同存在，一同消失，所以容易唤起敏感的诗人种种遐想，陶渊明就以形影神为题，写过三首诗，其中的"愿君取吾言，得酒莫苟辞"云云，也可能为李白所用，借此倾吐他独酌无亲时的孤傲寂寞心情。

春思

燕草如碧丝[1]，秦桑低绿枝[2]。当君怀归日，是妾断肠时[3]。春风不相识，何事入罗帏[4]？

1　燕，今河北北部、辽宁西南部。诗中征夫所在地。

2　秦，今陕西。燕地寒冷，生草迟于较暖的秦地，故当燕草还像青丝一般时，秦桑却已茂盛得低垂了。

3　妾，古代妇女自称。这两句是"流水对"，意思是说，当你看到碧草而想还家时，正是我见桑树而断肠。

4 罗帏，丝织的帘帐。

说明

诗写夫妇两人分处异地，一个春光来得早，一个却迟些，但相思的真切却是易地皆然。妻子估计丈夫只要一触及春的气息，一定会急于想归来，正由于她是这样期许丈夫，信任丈夫，所以连春风也不让它吹入罗帏，因为她和春风素不相识。诗是虚构的，却为读者塑造了这样一对忠实相爱的夫妇典型。

杜甫

作者介绍

杜甫（712—770），字子美，祖籍襄阳（今属湖北），出生巩县（今属河南）。开元二十三年（735），杜甫自吴越漫游归来，赴东都洛阳参加进士考试，未取。天宝三载（744），初次遇李白于东都。后又赴长安应征召，因李林甫的把持，与元结一同落第，所以终身未成进士。后曾向玄宗三次献赋，以文干禄，这些赋自然难以写得好。天宝十四载，拒受河西尉，后改任率府参军。幼子即在这一年饿死。安史乱起，辗转兵间，曾任肃宗朝左拾遗，后因营救房琯得罪肃宗，贬华州司功参军，不久弃官而去。经秦州而入蜀，构草堂于成都，从此草堂就和杜甫结合在一起，一同经受怒号的秋风。但他在草堂实际生活的时间不过一年多，因中间曾避居梓州。入剑南节度使严武幕时，曾授检校工部员外郎，世因称杜工部。代宗大历三年（768），携家出峡，打算到郴州去依靠舅父崔伟，不料途中阻水，风痹加剧，病倒船中，不久就死了。他的绝笔为《风疾舟中伏枕书怀》："公孙仍恃险，侯景未生擒。书信中原阔，干戈北斗（指京都）深。"对于当时的军阀混战，危及京都的动荡局面，他还是十分耽心，最后两句的"家事丹砂诀，无成涕作霖"，则又写出贫病中已乏炼金之术，无法妥筹家事，善处身后了。

杜甫祖父审言病危时，曾对问病的宋之问等说："但恨不见替人！"（《新唐书》本传）可是杜甫不但做了他祖父的替人，还自豪地对他儿子宗武说过："诗是吾家事。"

他死后，家属因无力营葬，只好旅殡于岳州。儿子宗武，后也流落湖湘而死。临终，曾命其子嗣业给杜甫迁葬，也因家贫而未成。直到元和中，才移葬于首阳山下杜审言墓旁。李杜两大诗人的身后，竟凄惨到这样地步。宋人徐介《耒阳杜工部祠堂》诗云："故教工部死，来伴大夫魂。流落同千古，风骚共一源。"有了杰出的人才而不知道爱护纪念，这就说明当时的时代正是一个悲剧的时代。

杜甫是一个严肃的人，一个具有高度政治热情的诗人，虽然他参加实际的政治生活时间，总起来不过三年，但关心国事，同情人民却是贯串始终。"会当凌绝顶，一览众山小""所向无空阔，真堪托死生"，这些都是他三十岁前作品，却已表现出他的政治抱负和创作锋芒。相对说来，李白的出世思想多些，杜甫的入世思想多些，也比较现实些。希望有一个好皇帝，使百姓温饱，风俗淳厚；希望有广厦万间来大庇寒士，免得雨漏床头，彻夜不眠。所以他也不大讲究虚幻缥缈的神仙佛道。而他的政治热情和生活态度又较为一致，很少有轻薄的绮艳语句，对妻儿弟妹也有着深挚之爱。儒家思想对他的影响，毋宁说，积极的一面多于消极的一面。缺点是拘谨，不像李白那样敢于突破。

历来封建士大夫中，也有不少描写民间疾苦的诗文，除了其中装腔作势、自表"仁爱"外，某些较好的作品，读起来总觉得和人民的痛痒隔了一层，多少有些像旁观者似的，杜甫就不同，和人民的距离就少些，好多作品，使人真有相濡以沫、相呴以湿之感。这原因，固然由于他自己也饱经忧患，因而对人民的苦乐也有更深刻敏锐的了解与体会，所谓己饥己溺，也促使他逐渐确立了对人民的态度。然而自安史之乱至唐朝灭亡，类似杜甫那样的出身学养、那样流离困顿的封建士大夫不止一个，为什么他们在创作上不能达到杜甫那样的成就，他们的作品为什么不能使后世的读者那样感动？万方多难、千家野哭的客观历史是人人心中共同感受的，但倾诸纸墨，使读者感到如泣如诉，引起强烈共鸣的却不是人人笔下所有。从这一意义上说，就不能不感到杜甫之难能可贵了。

望岳[1]

岱宗夫如何[2]，齐鲁青未了[3]。造化钟神秀[4]，阴阳割昏晓[5]。荡胸生曾云[6]，决眦入归鸟[7]。会当凌绝顶[8]，一览众山小[9]。

1 望岳,杜集中以"望岳"为题的共三首,余二首一写西岳华山(卷六),一写南岳衡山(卷二十二)。

2 岱宗,泰山别名岱,因其居五岳之首,故曰岱宗。夫(扶fú),语助词。宋魏庆之《诗人玉屑》卷十四云:老杜诗凡一篇中皆工拙相半,"《望岳》诗无第二句,而云岱宗夫何如,虽曰乱道可也"。说得很有道理,我们还可举出《咏怀古迹》中的"诸葛大名垂宇宙,宗臣遗像肃清高"两句来。

3 齐鲁,原是春秋时两个国家名,都在今山东境内。齐在泰山北,鲁在泰山南。未了(liǎo),无穷无尽。意谓泰山横跨齐鲁,故青翠的峰峦望个不尽。明王嗣奭《杜臆》云:"语未必实,而用此状岳之高,真雄盖一世。"

4 造化句,意谓大自然把神奇和秀丽都集中在泰山了。造化,万物的主人之意。钟,赋予,集中。

5 阴阳,阴指山后(山北),日光不到,故易昏;阳指山前(山南),日光先照,故易晓。在同一山区内,而光线如此幽明不同,足见泰山之高大。割,分划。

6 荡胸句,意谓望着山中云气层起,不觉心胸爽朗,就像云气在胸间波荡一样。曾,通"层"。

7 决,裂开。眦(恣zì),眼眶。入归鸟,山高鸟小,远望归鸟,几乎睁得眼睛也裂开了。这是一种夸张说法,实是"极目"意。入,"入目"之"入"。

8 会当,终当,总有一天。凌,跃上。

9 一览句,用《孟子·尽心》"登泰山而小天下"意。

说明

作者在洛阳下第后,曾探其父杜闲于兖州司马任上,乘便游兖州一带名胜。这诗大约写在这段时间。诗题叫"望岳",第七句也说"会当凌绝顶",可见只是瞭望,并未登顶,故也从"望"字上着意,而山的形势和作者抱负,也就毕现于诗中。到大历初,他的《又上后园山脚》一诗中曾云:"昔我游山东,忆戏东岳阳。穷秋立日观,矫首望八荒。"日观为泰山东南岩,似乎后来还是上去。一说即这一次。但他以"望岳"为题的尚有望西岳、南岳二首,皆望而未登。

施补华《岘佣说诗》云:"'齐鲁青未了'五字,囊括数千里,可谓雄阔。后来惟退之'荆山已去华山来'七字足以敌之。"

赠卫八处士[1]

人生不相见,动如参与商[2]。今夕复何夕[3],共此灯烛光。少壮能几时,鬓发各已苍[4]。访旧半为鬼[5],惊呼热中肠[6]。焉知二十载,重上君子堂[7]。昔别君未婚,儿女忽成行。怡然敬父执[8],问我来何方。问答未及已,儿女罗酒浆。夜雨剪春韭,新炊间黄粱[9]。主称会面难,一举累十觞[10]。十觞亦不醉,感子故意长[11]。明日隔山岳[12],世事两茫茫。

1 卫八处士,名不详。旧注或以为是卫宾,非。八,排行第八。处士,隐居不仕的人。
2 动,动辄,往往。参(深 shēn)与商,参星在西方,商星在东方,当一个上升地面,一个即下沉地平线下,故不相见。
3 今夕句,《诗经·绸缪》:"今夕何夕,见此良人。"

4 苍,灰白。
5 访,打听。
6 热中肠,内心激动。
7 君子,指卫八处士。
8 怡然,和悦貌。父执,父亲的挚友。执,执友(志同道合的朋友)的省称。
9 间(建jiàn),搀合。黄粱,黄小米。黄粱味香于白粱。
10 累,接连。十觞,犹十杯,极言主人的殷勤。
11 故意,故交的情意。
12 山岳句,意谓明天彼此又要为山岳隔开(指分手)。山岳,指西岳华山。

说明

　　作者于乾元元年(758)贬华州司功参军,冬末赴洛阳,次年又从洛阳返华州任所,路中遇卫八处士。这时战乱之余,又值荒年,杜甫自己也拾橡栗、掘黄独(土芋)以充饥。一旦逢到二十年不见的老朋友,还殷勤地端出香味浓郁的春韭、黄粱,自然又欣慰又感慨。诗中的"访旧半为鬼",点出了时代背景;"世事两茫茫",又耽心着国家前途。以忧患余生(时年四十八)而话家常,故而句句是真情实感。

佳人

　　绝代有佳人¹,幽居在空谷²。自云良家子³,零落依草木⁴。关中昔丧乱⁵，兄弟遭杀戮。官高何足论⁶，不得收骨肉⁷。世情恶衰歇⁸，万事随转烛⁹。夫婿轻薄儿¹⁰，新人美如玉。合昏尚知时¹¹，鸳鸯不独宿¹²。但见新人笑，那闻旧人哭。在山泉水清，出山泉水浊¹³。侍婢卖珠回¹⁴，牵萝补茅屋¹⁵。摘花不插发¹⁶，采柏动盈掬¹⁷。天寒翠袖薄，日暮倚修竹¹⁸。

1 绝代，冠绝当代。汉乐府李延年歌："北方有佳人，绝世而独立。"此似用其意。
2 空谷，衬托佳人的清寂而孤高。
3 良家子，好人家的儿女。古代女子也叫"子"。
4 零落，飘零沦落之意。
5 关中，当时函谷关以西也称关中。此句实指安禄山陷长安事。
6 官高，应上句的"良家子"。
7 收，聚合。
8 世情句，意谓母家因兵乱而衰败，她自己也被势利的世俗所嫌弃。
9 转烛，烛光随风转动，比喻世态摇摆易转。
10 夫婿，古代妇女也称丈夫为婿。
11 合昏，即夜合花，豆科，因其叶入夜即合而得名，故曰"尚知时"。
12 鸳鸯，水鸟，常雌雄相随。两句自叹不如花鸟。
13 在山两句，诗意着重在上句，意谓由于自己志节坚贞，故能如在山泉水之清，反之就要污浊了。清浦起龙《读杜心解》云："仇注谓守正清而改节浊也。他说皆未当。"似是。
14 卖珠，喻穷困。

15 萝，此处泛指常自树梢悬垂的植物。
16 摘花句，意谓无心修饰。
17 采柏句，柏常绿不凋，古常以喻妇女的贞节。动，动辄，往往。盈掬，一满把。两手捧取叫"掬"。
18 修竹，长竹，与上句"翠袖"相映照。这两句，从女主人的外形到内心，都给人以"挺立"的感觉。

说明

诗作于乾元二年（759）。当是虚构，却自有寄托，也可能偶有此人，又投上诗人自己的影子。因为这时诗人正当贬官后寄居秦州，生活非常艰困。舍此不论，单就全诗本身看，也写出了战乱时代一个出身良家的妇女的不幸遭遇：兄弟被杀害了，丈夫又遗弃她，于是她在社会上也孤立了；然而她始终坚守劲节，决心做清澈的在山泉水。

梦李白 二首

死别已吞声，生别常恻恻[1]。江南瘴疠地[2]，逐客无消息[3]。故人入我梦，明我长相忆[4]。恐非平生魂，路远不可测[5]。魂来枫林青，魂返关塞黑[6]。君今在罗网，何以有羽翼[7]？落月满屋梁，犹疑照颜色[8]。水深波浪阔，无使蛟龙得[9]。

1 死别两句，意谓已为死别而吞声了，如今又为生别而常常悲伤。实写生离死别之痛。吞声，犹泣不成声。

2 江南，意即南方，有别于较高爽的北方。瘴疠地，李白流放的西南地区，因其湿热蒸郁，旧时以为易致疾病。

3 逐客，被流放的人，与下"故人"都指李白。无消息，这时杜甫只知李白遭流放，还不知道他已得赦，故下云"君今在罗网"。

4 明我句，说明这是因我常想念的缘故。明，表明。长相忆，即上"常恻恻"。

5 恐非两句，怀疑李白已死，故魂也不是平常的神魂了。只是道路遥远，真相难明。平生，平素。

6 枫林青，指李白所在。关塞黑，指杜甫所在秦陇地区。两句是设想魂来魂去的景状。

7 君今两句，因为李白既在"罗网"，所以连他神魂往来，也使杜甫发生疑问。语意实甚沉痛。

8 落月两句，这是写梦醒后的幻觉。看到月色，想到梦境，李白的容貌仿佛在月光下还隐约可见。

9 水深两句，李白神魂回去，必须经过江湖，故默祝他平安而归，并提醒他不要落在蛟龙口里。蛟龙，喻恶人。

浮云终日行，游子久不至[1]。三夜频梦君，情亲见君意[2]。告归常局促[3]，苦道来不易[4]。江湖多风波，舟楫恐失坠[5]。出门搔白首，若负平生志[6]。冠盖满京华[7]，斯人独憔悴[8]。孰云网恢恢，将老身反累[9]。千秋万岁名，寂寞身后事[10]。

1 浮云两句，用《古诗》"浮云蔽白日，游子不顾返"诗意，意谓只见云浮天空，却不见游子到来。游子，指李白。久不至，

1 李杜于天宝四载(745)在兖州城东分手后,从此即未曾聚首。
2 三夜两句,这是看作李白自己特意来入梦,故更见情亲。
3 告归,告假归来,时间匆促,所以下文说"来不易"。
4 苦道,竭力说道。
5 楫,船桨,也指船。自"来不易"至"恐失坠",都作为梦中李白的话。
6 若负句,像是枉抱了一生壮志。
7 冠盖,冠冕和车盖,这里指京城的达官贵人。盖,张在车上的伞。
8 斯人,指李白。憔悴,困苦抑郁。
9 孰云两句,意谓谁说天道公平,像李白这样的人不是还受累含屈。恢恢,宽广貌。《老子》:"天网恢恢,疏而不漏。"将老,当时李白五十九岁(比杜甫大十一岁)。
10 千秋两句,意谓千秋万岁之名,也不足偿身后寂寞之悲。但仇兆鳌云:"身累名传,其屈伸亦足相慰。"直到这里,杜甫还是以为李白已经死了。

说明

天宝三载(744),李杜在洛阳初会后,就渐成深交。杜集中就有十多首为李白而作的诗。"醉眠秋共被,携手日同行",是李、杜友情的纪实;"敏捷诗千首,飘零酒一杯",是对李白才能的赏识;"世人皆欲杀,吾意独怜才",则是对李白生平的高度评价。

这两首诗是听到李白流放夜郎,积思成梦而作。正因为有这样的友谊,所以当李白入梦后,欣慰之余,却又有着不祥的念头,这正说明他对李白爱护之深,在一些泛泛之交身上是不可能有的。

"水深波浪阔,无使蛟龙得",从这种殷勤的叮嘱里,又说明李白当时的处境是怎样险恶。虽然当时李白并没有死,可是这两大诗人以后就真的没能再见。

王维

作者介绍

王维(701—761),字摩诘。太原祁(今山西祁县)人,后其父迁家于蒲(今山西永济市),遂为河东人。开元九年(721)进士擢第。天宝末,为给事中。安禄山陷两都,遣人将他送至洛阳,迫授伪职。后禄山张宴于长安凝碧池,召集了当时的梨园子弟,王维闻而悲之,作了一首"万户伤心生野烟"的诗。及乱平,对受伪职的人以六等定罪。王维因曾作此诗,其弟王缙又请求削自己官职以赎兄罪,故得特赦,责授太子中允,后转尚书右丞。世称王右丞。

王维早期很感佩贤相张九龄,政治上也有抱负。后来张九龄被李林甫排挤,正直敢言之士受到打击,他也为此沮丧。四十岁后就隐居蓝田辋川。妻亡无子,孑然一身。他本信佛教,晚年更不吃荤腥,不衣文彩,过着"万事不关心"的生活,成为隐士加居士的人物。安史乱后,政局的大动荡、人民的大痛苦,在他诗篇里就很少反映。

他在十五岁就开始作诗,名篇如《洛阳女儿行》《九月九日忆山东兄弟》，就是十六七岁时作的。但真正能代表他作品特色的，却是晚年的山水诗，寻常的一点云彩、一片竹林、一道溪流，在他笔下都有鲜明的个性，在当时的诗坛开拓了自己的艺术天地，形成了一种流派。

除了诗，他还擅长书画，精通音乐，这和他的山水诗有互相参通之处，因为两者的把握对象都是自然界。善于捕捉印象，是这位自然界猎手的一大本领。但传世的《画学秘诀》，赵殿成以为系后人托王维名之作。

送綦毋潜落第还乡[1]

圣代无隐者[2]，英灵尽来归[3]。遂令东山客，不得顾采薇[4]。既至金门远[5]，孰云吾道非[6]。江淮度寒食，京洛缝春衣[7]。置酒长安道[8]，同心与我违[9]。行当浮桂棹[10]，未几拂荆扉[11]。远树带行客，孤城当落晖。吾谋适不用[12]，勿谓知音稀[13]。

1. 綦毋潜，注见后面"作者介绍"。落第，应试未中。还乡，《唐才子传》说綦毋潜是荆南人。王维另有《送綦毋校书弃官还江东》诗。
2. 圣代，当代的美称。
3. 英灵，犹英才。
4. 遂令两句，意谓隐士们皆不再隐居了。东山客，东晋谢安曾隐居过会稽东山。采薇，指殷末伯夷、叔齐采薇西山事，也是指隐居。

5　既至句，意谓已到长安却没有考中。金门，即金马门，汉代宫门名。汉代对征召来的优异之士皆令待诏金马门。远，指不能进入金马门。

6　吾道非，《史记·孔子世家》记孔子困于陈蔡时，曾对子贡说："吾道非耶，吾何为于此？"子贡说："夫子之道至大也，故天下莫能容夫子。"

7　江淮两句，指綦毋潜渡江淮时正当寒食节，后因落第而留滞京洛，自缝春衣。寒食，节令名，清明前一天或两天。相传为纪念春秋时晋人介之推之自焚死，这一天就不再举火，故称。实是附会。京洛，指洛阳。

8　长安，今陕西西安市。

9　同心，犹知己。违，分离。意谓心虽同而行踪却相违。

10　行当，将要。桂棹（照 zhào），船之美称。棹，船桨，也指船。《离骚》："桂棹兮兰枻。"

11　未几句，意谓不久就可回到家园。荆扉，柴门。

12　吾谋句，指文章未被主考采用。《左传·文公十三年》记秦人绕朝曾说："子无谓秦无人，吾谋适不用也。"

13　知音，相传春秋时钟子期能听出伯牙琴中的曲意，伯牙乃许为知音。

说明

这首诗是对落第人的反复劝慰，曲为之譬，实是解嘲。这类诗也确实不容易写得好。

蘅塘退士选这类诗，也许有这样用意：让落第的士子们读读，多少可以得到些安慰，并使他们仍然颂念"圣代"，不非"吾道"，如沈德潜所谓"反复曲折,使落第人绝无怨尤"。也说明编选一个普及性选本,就得照顾到各方面的读者对象。当然,在唐人慰下第者的诗中,王维这一首写得算是较有感情的,以它来"聊备一格",也是经过了缜密的选择的。

送别

下马饮君酒¹,问君何所之²?君言不得意,归卧南山陲³。但去莫复问,白云无尽时⁴。

1 饮君酒,请君饮酒。饮(读去声 yìn),使动词,使喝。
2 之,往。
3 南山,终南山,即秦岭,在今陕西西安市南。陲,边。
4 但去两句,沈德潜云:"白云无尽,足以自娱,勿言不得意也。"但,只。

说明

旧注疑是送孟浩然归南山之作。则南山应指襄阳南岘山。若无末两句,诗即毫无意味。

青溪¹

言入黄花川²,每逐青溪水³。随山将万转,趣途无百里⁴。声喧乱石中⁵，色静深松里⁶。漾漾泛菱荇⁷，澄澄映葭苇⁸。我心素已闲，清川澹如此⁹。请留盘石上¹⁰，垂钓将已矣¹¹。

1　青溪，在今陕西勉县之东。
2　言，发语词，无义。黄花川，在今陕西凤县东北。
3　逐，循，沿。
4　随山两句，意谓自黄花川到青溪，途程虽不到百里，山路却千回万转。趣，通"趋"。
5　声，溪声。
6　色，山色。
7　漾漾，水波动荡貌。菱荇，皆指水草。
8　葭苇，芦苇。
9　澹，安静貌。
10　盘石，大石。
11　将已矣，将以此终其身。有感叹意。

说明

"我心素已闲"两句，是心境也是诗境，即以清川的淡泊来印证自己的素愿。

渭川田家¹

斜阳照墟落²，穷巷牛羊归³。野老念牧童，倚杖候荆扉⁴。雉雊麦苗秀⁵,蚕眠桑叶稀⁶。田夫荷锄至⁷,相见语依依。即此羡闲逸⁸,怅然吟《式微》⁹。

1 渭川,渭水。
2 墟落,村庄。
3 穷巷,深巷。
4 荆扉,柴门。
5 雉,野鸡。雊(够gòu),雉鸣曰"雊"。秀,麦子吐华曰"秀"。
6 蚕眠,蚕蜕皮时,不食不动,如睡眠状,故曰"蚕眠"。
7 荷,负。
8 即此句,就是这些情景也觉得闲散之可羡慕了。
9 式微,《诗经·邶风·式微》中有"式微式微,胡不归"语,这里表示自己有归隐之意。

说明

　　这些初夏景色其实都极平常,作者也是随手写去,然而诗意盎然。诗中的野老想念牧童,田夫荷锄相见,纯系白描,不事雕绘,读来故也分外亲切。

西施咏¹

　　艳色天下重,西施宁久微²?朝为越溪女³,暮作吴宫妃。贱日岂殊众⁴,贵来方悟稀。邀人傅脂粉⁵,不自著罗衣⁶。君宠益娇态,君怜无是非⁷。当时浣纱伴,莫得同车归⁸。

持谢邻家子⁹，效颦安可希¹⁰？

1 西施，即西子。相传是春秋时越国美女，本苎萝山下卖柴人家女儿。后为越王句践所得，献与吴王夫差，颇受宠爱，最后吴国就为越国所灭。传说如此，实则吴之灭亡另有原因。
2 艳色两句，意谓西施既有此艳色，又怎会永远微贱下去。宁，岂。
3 越溪，指若耶溪，在今浙江绍兴市东南，传为西施浣纱处。一说在苎萝山下，苎萝山又有在诸暨、在萧山二说。
4 岂殊众，难道与众不同。
5 傅，通"敷"，抹。
6 罗，丝织品。
7 怜，爱怜。
8 当时两句，因为西施已选到吴国去了，所以就不会再和当时浣纱的女伴同车而归了。唐汝询在《唐诗解》中则以为"惟恐同列之侔己，畴肯载浣纱之伴与同归乎"。
9 持谢，奉告。邻家子，指传说中的东施，西施的东邻。古代女子也叫"子"。
10 效颦句，相传西施因病捧心而颦，当地的丑女见而美之，归亦捧心而颦，结果大家都避开丑女。见《庄子·天运》。意思是说，没有西施那样美貌，单是效颦只能令人讨厌。颦，皱眉。安可希，怎能希望别人的赏识。

说明

　　这诗借西施的故事，感慨世情之无常。"朝为越溪女，暮作吴宫妃"，实是一些借机缘而骤贵的幸运儿的写照，而他们受到厚宠的这一事实本身，就足以说明君主无是非之明，沈德潜在《唐诗别裁集》中说："写尽炎凉人眼界，不为题缚，乃臻斯诣。"

孟浩然

作者介绍

孟浩然（689—740），襄州襄阳（今属湖北）人。年轻时曾隐居家乡鹿门山，以诗自娱。后往长安，应进士试，不第，又还襄阳。张九龄镇荆州，曾入其幕，但时间不长。后病疽死。终身是个布衣。

他的一生，多半在襄阳度过，他的诗歌，也很多以襄阳为题材，故张祜有"襄阳属浩然"之句。

他原来也想有一番建树，"乡曲无知己，朝端乏亲故。谁能为扬雄，一荐《甘泉赋》"（《田园作》），"欲济无舟楫，端居耻圣明"（《临洞庭上张丞相》）。从这些诗篇看，欲为世用的意愿是很明显的。

愿望落空后，最后还是退隐家园。这在中国的封建士大夫中，这种达与隐的起伏，说是矛盾其实也是统一的，因为这都是儒家立身的两个方面。

他的诗五言最多，也以五言为长。前人曾说盛唐诗人，李杜之外，当推王孟。王孟之诗虽不尽相同，但在描写山水、田园上，自有异中之同，形成一种流派。

秋登兰山寄张五[1]

北山白云里[2],隐者自怡悦[3]。相望试登高[4],心随雁飞灭[5]。愁因薄暮起,兴是清秋发[6]。时见归村人,沙行渡头歇[7]。天边树若荠[8],江畔洲如月[9]。何当载酒来[10],共醉重阳节[11]。

1 兰山,《孟襄阳集》作万山。兰山在山东临沂或四川旧庆符县,孟浩然皆未到过,应是万山,在今湖北襄阳。诗题一作《九月九日岘山寄张子容》,又作《秋登万山寄张文儃》。张五,岑仲勉先生《唐人行第录》以为是张諲,官部员外郎,擅书画。张子容则为张八,浩然乡人,两不相蒙。
2 北山,指万山。
3 隐者,指作者自己。晋陶弘景《诏问山中何所有赋诗以答》:"山中何所有,岭上多白云。只可自怡悦,不堪持赠君。"此两句当是用其意。
4 相望句,意谓为了瞻望远人,且试着登上高处。
5 心随句,因登高而见雁飞。
6 兴,指秋兴。
7 时见两句,指归村人由沙滩行来而在渡口歇脚。
8 荠,一种野菜,形容远望中天边树木的细小。
9 洲,水中可居之地。
10 何当,何时能够。载酒,具酒。
11 重阳节,旧以阴历九月初九日为重阳节,有登高风俗。参见王维《九月九日忆山东兄弟》注。

说明

此诗写秋天登山怀友,希望到重阳那天同来登高饮酒。日暮归雁,唤起愁心;清秋发兴,因引出结句共醉重阳之望。

夏日南亭怀辛大 [1]

　　山光忽西落 [2],池月渐东上 [3]。散发乘夕凉 [4],开轩卧闲敞 [5]。荷风送香气,竹露滴清响。欲取鸣琴弹,恨无知音赏 [6]。感此怀故人,终宵劳梦想。

1　辛大,名未详。大,排行第一。
2　山光,山上的日光。
3　池月,池边的月色。
4　散发,古人平时都束发戴帽,散发表示闲适自在,不受簪冠拘束。
5　轩,这里指窗。卧闲敞,朝幽静宽畅的地方躺着。
6　知音,相传春秋时钟子期能听出伯牙琴中的曲意,伯牙乃许为知音。

说明

　　孟集中还有几首与辛大有关的诗,另一首是辛大和张七到南亭来找作者一同喝酒。

宿业师山房待丁大不至 [1]

　　夕阳度西岭,群壑倏已暝 [2]。松月生夜凉,风泉满清听。

樵人归欲尽,烟鸟栖初定³。之子期宿来⁴,孤琴候萝径⁵。

1 业师,名叫业的僧人。师,对僧人的尊称。山房,这里指僧舍。丁大,作者另有《送丁大凤进士赴举呈张九龄》一诗,若为一人,则其人名凤,排行第一。
2 壑,山谷。倏(舒shū),忽然。暝,昏暗。
3 烟鸟,暮烟中的归鸟。
4 之子句,作者原与丁大相约过一天就来,因此抱琴而待,结果却没有来。之子,这个人。宿,隔夜。
5 萝,此处泛指常自树梢悬垂的植物。

说明
诗写待人不至。末句虽未明说,其实没有等着。

王昌龄

作者介绍

王昌龄(690?—757?),字少伯。京兆(今陕西西安市)人,《新唐书》作江宁(今属江苏)人。开元进士,任校书郎,后举博学宏词科。曾一贬江宁丞,再贬龙标(今湖南黔阳)尉。安史乱起,往江宁,道出亳州,为刺史闾丘晓所杀。后晓因贻误军机,河南节度使张镐将戮之,晓哀求曰:"有亲,乞贷馀命。"镐曰:"王昌龄之亲欲与谁养?"晓默然。

他的诗以七绝最好。在同时代诗人中，可以和李白七绝争胜的，只有王昌龄。明李攀龙推他的"秦时明月汉时关"为唐代七绝压卷之作。七绝的体制本易为读者吟诵欣赏，通过他的流畅的语言、明快的节奏、蕴藉的词意，这一诗体更显出它的特色。似乎也可以说，没有这些七绝，他在盛唐诗坛上不可能享有"诗家天子王江宁"的盛名。

薛用弱的《集异记》，记开元中王昌龄、高适、王之涣饮于旗亭，令伶人唱曲，于王诗就唱"寒雨连江"和"奉帚平明"二诗。这记载虽不可靠，但说明这两首诗在当时已风行于社会。

他的七绝，多写边塞哀愁和闺中幽怨，后者也包括宫怨。在封建社会中，民间也好，宫廷也好，妇女们总是有这样那样的难言的苦痛。王昌龄就以同情的态度、奇特的构思揭开了她们的灵魂世界，让她们有一个倾吐的机会。这种题材，如果抒情上没有本领，就很难写得好。

同从弟南斋玩月忆山阴崔少府[1]

高卧南斋时，开帷月初吐[2]。清辉澹水木，演漾在窗户[3]。荏苒几盈虚[4]，澄澄变今古。美人清江畔[5]，是夜越吟苦[6]。千里共如何，微风吹兰杜[7]。

1 从弟，堂弟。《全唐诗》"弟"字下有"销"字。斋，书室。山阴，在今浙江绍兴市。少府，官名，这里指县尉，主缉捕盗贼。唐代科第出身的士人也任之。
2 帷，帘帐。
3 清辉两句，指水木之光影在月下交映窗户。澹、演漾，皆水摇荡貌。
4 荏苒（染 rǎn），同"冉冉"，指时间的推移。几盈虚，经过几次的月圆月缺。
5 美人，旧时也指自己思慕的人。这里指崔少府。
6 越吟，楚国庄舄曾唱越歌以寄托乡思。这是以越切山阴，意谓想必在越中苦吟诗篇。
7 千里两句，意谓崔少府的名声到处皆知，就像兰杜的香气，虽隔千里也会随风吹来。共，一作"其"。兰杜，兰花和杜若，都是香草。

说明

孟浩然有《宿永嘉江寄山阴崔少府国辅》及《江上寄山阴崔少府国辅》。后一首中有云："山阴定远近，江上日相思。不及兰亭会，空吟祓禊诗。"王士禛《唐贤三昧集》以王昌龄诗中之山阴少府，即孟诗中之崔国辅。国辅，《唐才子传》作山阴人，《全唐诗》作吴郡人。开元时曾应县令举，授许昌令。唐殷璠《河岳英灵集》收有他《渡浙江问舟中人》，末云："时时引领望天末，何处青山是越中。"本诗中的山阴崔少府可能就是崔国辅。

丘为

作者介绍

丘为,嘉兴(今属浙江)人。天宝进士,官至太子右庶子。约生于武则天长安初年。《唐诗纪事》说他活了九十六岁。与王维、刘长卿等相友善。

他的"春风何时至,已绿湖上山"(《题农父庐舍》),比王安石的"春风又绿江南岸"说在前头。

寻西山隐者不遇

绝顶一茅茨[1],直上三十里。扣关无僮仆[2],窥室惟案几。若非巾柴车[3],应是钓秋水[4]。差池不相见[5],黾勉空仰止[6]。草色新雨中,松声晚窗里。及兹契幽绝,自足荡心耳[7]。虽无宾主意,颇得清净理。兴尽方下山[8],何必待之子[9]。

1 茅茨(词 cí),茅屋。
2 扣关,同"叩关",敲门。
3 巾柴车,这里是乘车出游之意。巾,作动词用,指戴幅巾。柴车,粗劣的车子,这里指隐士之车。
4 钓秋水,用《庄子·秋水》篇中庄子与惠子游于濠梁之上典。
5 差(雌 cī)池,原为参差不齐,这里是此来彼往,交叉而过之意。

6　亹（敏mǐn）勉句，意谓原是殷勤而来，却不得见，所以徒兴仰望之思。亹勉，这里是殷勤的意思。仰止，仰望。止，语助词。

7　及兹两句，意谓对着这雨中草色，窗里松声的幽雅景物，自足荡涤心胸。契，惬合。

8　兴尽句，晋王徽之（字子猷）居山阴时，曾于雪夜乘舟至剡溪访戴逵（字安道）。既临门，不前而返。人问其故，曰："本乘兴而来，兴尽而返，何必见戴。"见《世说新语·任诞》。

9　之子，这个人，指隐者。

说明

作者原以为主人在山上，等走到茅屋，才知不在，未免有些怅惘，但周围的草色松声，却使他有"看竹何须问主人"之感，也给人以"客中见主"的意味。末了的两句，只是说明两人未晤面，并非真像王徽之那样存心不想碰到戴逵。

綦毋潜

作者介绍

綦（其qí）毋（复姓）潜，字季通，一作孝通，《唐才子传》作荆南人。荆南，唐方镇名，治所在今湖北江陵县。开元进士。由宜寿尉入为集贤待制，迁右拾遗，终著作郎。后见兵乱，遂归隐江东别业。他落第时，王维曾有诗慰之，已见本书。韦应物诗称其"满城怜傲吏，终日赋新诗"。李颀诗称其"夫子大名下，家无钟石储"。他的为人，可于此约略知之。

他的诗清丽幽秀，又善写方外之情，《题灵隐寺山顶禅院》中"塔影挂清汉，钟声和白云"两句，殷璠在《河岳英灵集》中推为"历代未有"。

春泛若耶溪[1]

幽意无断绝[2]，此去随所偶[3]。晚风吹行舟，花路入溪口。际夜转西壑[4]，隔山望南斗[5]。潭烟飞溶溶[6]，林月低向后[7]。生事且弥漫[8]，愿为持竿叟[9]。

1 若耶溪，注见本卷王维《西施咏》。
2 幽意句，意谓隐居之念一直不曾中断。
3 随所偶，即随遇而安之意。偶，遇。刘熙《释名·释亲属》："二人相对遇也。"
4 际夜，至夜。壑，山沟。
5 南斗，即斗宿，因就北斗来说其位置在南。
6 潭烟，水气。溶溶，浓密貌。
7 林月句，夜深月沉，舟泛于前，故觉月低而向后。
8 生事句，意谓看到溪水而兴世事茫茫之感。生事，人事，世事。且，尚。弥漫，渺茫无尽。
9 愿为句，意谓愿终老于水乡。竿，指钓竿。

说明

　　船乘晚风吹入溪口，就此放乎中流，转西壑而望南斗；这种随遇而安的行程，似乎也象征作者这时的心情。

常建

作者介绍

　　常建，开元进士，曾任盱眙（今属江苏）尉。一生仕宦颇不得意，终于一尉，遂浪迹山水，最后移家隐居鄂渚。诗也多写山水田园，间有边塞之作。

　　殷璠《河岳英灵集》，首列常建诗，并称为"其旨远，其兴僻，佳句辄来"。像《题破山寺后禅院》之类，大概就是旨远兴僻之作。

　　常建的籍贯，《全唐诗》未书。《唐才子传》作长安人。但他的《落第长安》诗有"家园好在尚留秦，耻作明时失路人。恐逢故里莺花笑，且向长安度一春"语，则似非长安人。说见傅璇琮先生《谈新编本〈唐诗选〉的一些问题》（《文学评论丛刊》第三期）。

宿王昌龄隐居[1]

清溪深不测，隐处惟孤云。松际露微月，清光犹为君。

茅亭宿花影[2]，药院滋苔纹[3]。余亦谢时去[4]，西山鸾鹤群[5]。

1　王昌龄，见本卷的"作者介绍"。
2　宿，喻夜静时花影如眠。
3　药院，种芍药的庭院。滋，繁衍。
4　谢时，辞去世俗之累。
5　鸾鹤群，与鸾鹤为伍。鸾鹤，古常指仙人的禽鸟。

说明

据《唐才子传》，常建于开元十五年（727）与王昌龄同榜登科，后寓鄂渚（今湖北武昌），招王昌龄、张偾同隐。此诗之"隐居"，不知是否指在鄂渚者。他另有一首五古《西山》，中云："林昏楚色来，岸远荆门闭。"高步瀛《唐宋诗举要》，注诗题"西山"为武昌西的樊山，则本篇"西山鸾鹤群"之"西山"当即其地。

岑参

作者介绍

岑参（715—770），江陵（今湖北江陵县）人。父亲岑植，曾两任刺史，但在岑参少时即死去，乃从兄受学，刻苦读书。天宝进士。初为小官，后充安西节度使府掌书记及安西、北庭节度判官。大历初任嘉州刺史，后又罢官。卒于成都旅舍。新旧《唐书》都无传,其生平略见于杜确的《岑嘉州集序》。

他少经孤寒,早具怀抱,"丈夫三十未富贵,安能终日守笔砚"(《银山碛西馆》),已可见其志概。两赴边塞之后,他的意气固然舒发了,诗歌也有了新的生命。西北的大沙漠、大风雪、大战役,一齐进入他的眼底,出现他的笔端。他在边塞的时间虽然不长,可是边塞却成为这位沙漠歌手创作生活的沃土。同时,他又以豪迈乐观的气概,歌颂了那些在艰苦荒凉的环境中,镇守着祖国西北的将士们。唐室的"军威"也通过他的诗流传发扬。旧时诗文评中有所谓"阳刚"的境界,正好用在岑参的边塞诗上。严羽说高岑之诗悲壮,翁方纲说岑诗奇峭为入唐以来所未有,但这种悲壮奇峭,却又是在语言的明朗、音节的浏亮的基础上形成的。杜确序中说:"每一篇绝笔,则人人传写,虽闾里士庶,戎夷蛮貊,莫不讽诵吟习焉。"所以能够深入社会的下层,以至当时的少数民族,这种既奇峭又通俗的特色,该是一个重要的因素。

与高适薛据登慈恩寺浮图 [1]

塔势如涌出[2],孤高耸天宫。登临出世界[3],蹬道盘虚空[4]。突兀压神州[5],峥嵘如鬼工[6]。四角碍白日[7],七层摩苍穹[8]。下窥指高鸟[9],俯听闻惊风。连山若波涛,奔走似朝东。青槐夹驰道,宫观何玲珑[10]。秋色从西来,苍然满关中。五陵北原上[11],万古青濛濛[12]。净理了可悟[13],胜因夙所宗[14]。誓将挂冠去[15],觉道资无穷[16]。

1 高适，见卷四"作者介绍"。薛据，荆南人。《唐诗纪事》作河中宝鼎人。开元进士，终水部郎中。晚年终老终南山下别业。慈恩寺，在今陕西西安市。本唐高宗为太子时纪念其母文德皇后而建，故曰慈恩。浮图，本是梵文佛陀的音译，这里指佛塔。慈恩寺塔，即大雁塔，高宗永徽三年（652）僧玄奘建，今为西安名胜。
2 塔势句，《妙法莲华经·宝塔品》谓佛前有七宝塔，从地涌出。此用其语，意谓突起于平地。
3 出世界，高出于人世的境界
4 蹬道，塔的石级。
5 突兀，高耸貌。神州，犹中国。
6 峥嵘，也是高耸貌。鬼工，意谓非人力所能建成。
7 四角句，意谓塔高到挡住了太阳。四角，塔的四周。
8 七层，塔本六级，后渐毁损，武则天时重建，增为七层。摩苍穹（穹 qióng），可与青天相摩擦。
9 下窥句，对飞鸟本应仰看，这里却是下窥，其塔之高可知。
10 宫观（贯 guàn）句，从上下三句东西北看，这宫观当在南面。宫观，犹宫阙。玲珑，灵巧。
11 五陵，本指汉代五个皇帝陵墓，即高祖长陵、惠帝安陵、景帝阳陵、武帝茂陵、昭帝平陵。皆在长安北面。这里指长安附近地带。
12 濛濛，苍润貌。
13 净理，指佛理。净土之净。了，了然，明白。
14 胜因，善缘。夙，素来。
15 挂冠，辞官。
16 觉道，佛道。梵文"佛"的原意本为"觉者"。资，应用。

说明

诗作于天宝十一载（752）秋。题目中举了高适、薛据，实际同登的还有杜甫和储光羲。五人皆有诗，惟薛诗已佚。沈德潜以为"登慈恩寺塔，少陵下应推此作，高达夫、储太祝皆不及也"。杜诗的"秦山忽破碎，泾渭不可求。俯视但一气，焉能辨皇州"云云，确是压倒余子。

诗极写佛塔之高。四面眺望，又各有胜处，东面是群峰，南面是离宫，西面是秦关，北面是五陵。也因为是佛塔，故于登览之余，忽悟"净理"，甚至想挂冠而去，恐也是旧文人摇笔即来的积习，未必真是心里这么想，其实可以"万古青濛濛"句作结。

元结

作者介绍

元结（719—772），字次山。鲁山（今属河南）人。天宝进士。安史乱起，曾逃难入猗玗洞。后充山南东道节度参谋，颇立战功。代宗时，任道州刺史。终容管经略使。

他在政治上实行了儒家的仁政思想，对当时的民生疾苦，通过实际措施予以关心同情，如替当地人民营舍给田，轻徭薄赋，因而流亡归者万余人。在创作上则实践了他的诗歌必须有助于现实，反对"拘限声病，喜状形似"（《箧中集》序）的倾向，所以他自己写的诗也朴质通俗，不剪不伐，甚至令人感到枯拙。

他的《春陵行》和《贼退示官吏》，就是他对人民态度和创作态度的具体表现。刘熙载在《艺概》中说："次山诗令人想见立意较然，不欺其志。其疾官邪，轻爵禄，意皆起于恻怛为民，不独《春陵行》及《贼退示官吏》作，足使杜陵感喟也。"这话还是符合元结生平的。

贼退示官吏[1] 有序

癸卯岁，西原贼入道州[2]，焚烧杀掠，几尽而去。明年，贼又攻永破郡，不犯此州边鄙而退[3]。岂力能制敌欤？盖蒙其伤怜而已。诸使何为忍苦征敛？故作诗一篇以示官吏。

昔年逢太平，山林二十年[4]。泉源在庭户，洞壑当门前[5]。井税有常期[6]，日晏犹得眠[7]。忽然遭世变[8]，数岁亲戎旃[9]。今来典斯郡[10]，山夷又纷然[11]。城小贼不屠，人贫伤可怜。是以陷邻境，此州独见全[12]。使臣将王命[13]，岂不如贼焉。今彼征敛者，迫之如火煎。谁能绝人命，以作时世贤[14]。思欲委符节[15]，引竿自刺船[16]。将家就鱼麦[17]，归老江湖边。

1 贼，旧时也贬称抗官起事者。
2 西原，在今广西境。道州，今湖南道县。
3 永，指永州（今湖南永州市零陵区）。郡，应作"邵"，指邵州（今湖南邵阳市）。两处皆近道州。边鄙，边境。
4 山林句，指隐居时。
5 壑，山谷。

6 井税，井，原指所谓"井田"。据说古代将九百亩地分为九区，中为公田，余为八家私田，八家又共耕公田。因其形如"井"字，故名。这里借指赋税。

7 晏，晚。

8 世变，指安史之变以来的战乱。

9 亲戎旃，参加军事生活。指作者于肃宗乾元二年充山南东道节度参谋，参与对叛军之战。戎旃，军帐。旃，通"毡"。

10 典，治理。斯郡，指道州。

11 山夷，指"西原蛮"，实即当时山居的少数民族。

12 见全，指道州未受进攻而得保全。

13 使臣，指朝廷派遣的催征官员。将，奉。

14 谁能两句，意谓怎能绝了人民生计而犹作时世的贤臣，也即欲为时世贤者即不能绝人命。谁能，犹怎能，岂能。

15 委符节，意即弃官而去。委，弃。符节，古使臣出行持符节以示信，唐代刺史也加号持节。他的《舂陵行》中也说："安人天子命，符节我所持。"

16 刺船，撑船。

17 将，带领。

说明

代宗广德元年（763）癸卯十二月，"西原蛮"攻陷道州城。次年五月，元结到道州刺史任。七月，"西原蛮"攻永州，破邵州，却不再犯道州，因作此诗。他另外还写过一首《舂陵行》，也是记述此次变乱。两诗的主旨，实是说官比"贼"凶。当时的老百姓已经到了"大乡无十家，大族命单羸。朝餐是草根，暮食乃木皮"（《舂陵行》）的地步，可是官吏们还要勒索；勒索不得，鞭挞随之而下。故他之褒"贼",正是为了贬官。

两诗朴质平实,没有矫饰作态地方。说明好诗必然是真实的,好官也应当是爱民的。

施补华《岘佣说诗》云:"诗忌拙直,然如元次山《舂陵行》《贼退示官吏》诸诗,愈拙直愈可爱。盖以仁心结为真气,发为愤词,字字悲痛,《小雅》之哀音也。"

韦应物

作者介绍

韦应物(737—?),长安(今陕西西安市)人。他一生的经历极为复杂。十五岁时即为玄宗侍卫。其《温泉行》之"北风惨惨投温泉,忽忆先皇巡幸年。身骑厩马引天仗,直至华清列御前",即指此。在《逢杨开府》一诗中,对他年轻时的放浪生活曾有很坦率的陈述。因遭人轻视,便折节读书。后任洛阳丞,军士中有倚恃宦官势力专横虐民的,曾被他扑打,治之以法。其后任鄠县令、滁州刺史、江州刺史,终苏州刺史。大约德宗贞元七、八年间卒于苏州,惟已罢任。

他有意学陶渊明,写了许多山水田园诗,但他又身经玄宗至德宗四朝,目睹安史之乱后,继之以藩镇骄横,郡县残破,流民遍地,因而也写了一些同情人民疾苦的作品,如《观田家》《采玉行》《答崔都水》等。刘熙载《艺概》曾将元(结)韦并提,因两人皆学陶，而"忧民之意"又有相似处，并以韦之《高陵书情》与元之《春陵行》《贼退示官吏》相比。但在艺术上，韦却胜过元。

郡斋雨中与诸文士燕集[1]

兵卫森画戟[2]，燕寝凝清香[3]。海上风雨至[4]，消遥池阁凉[5]。烦疴近消散[6]，嘉宾复满堂[7]。自惭居处崇，未睹斯民康[8]。理会是非遣[9]，性达形迹忘[10]。鲜肥属时禁，蔬果幸见尝[11]。俯饮一杯酒，仰聆金玉章[12]。神欢体自轻，意欲凌风翔。吴中盛文史[13]，群彦今汪洋[14]。方知大藩地[15]，岂曰财赋强？

1 郡斋，指苏州刺史官署中的斋舍。燕，通"宴"。
2 森，森列。画戟，官署的一种仪仗。戟，一种能直刺横击的兵器。
3 燕寝，本指休息安寝的地方，这里指私室，即上"郡斋"。此燕字也通"宴"，但义为休息。清香，室中所焚之香。唐李肇《国史补》云："韦应物立性高洁，鲜食寡欲，所在焚香扫地而坐。"
4 海上，东南近海。
5 消遥，通"逍遥"。
6 烦疴，这里是烦躁的意思。疴，本指疾病。近消散，就即消散。
7 嘉宾，佳客。
8 康，安乐。

9　理会句,意谓事物的道理,如能参悟,是非就消释了。
10　达,旷达。形迹,这里指世俗的礼节。
11　鲜肥两句,旧时因禁屠不吃荤腥,故只好吃些蔬菜。幸,希望,这里是谦词。
12　聆,听。金玉章,指客人们的诗篇。
13　吴中,这里指苏州地区。
14　群彦,犹群英。汪洋,众多。
15　藩,本指王侯封地,这里指大郡。

说明

诗为德宗贞元五年(789)在苏州刺史任上作。这时顾况贬饶州司户,途经苏州,韦应物设宴接待,顾况也作了和诗。开头二句,颇为白居易所赞赏。

初发扬子寄元大校书[1]

凄凄去亲爱[2],泛泛入烟雾。归棹洛阳人[3],残钟广陵树[4]。今朝此为别,何处还相遇。世事波上舟,沿洄安得住[5]?

1　初发,启程。扬子,渡口名,在今江苏扬州市江都区南,近瓜洲。元大,未详。大,排行第一。校书,唐秘书省及弘文馆均置校书郎,掌校勘书籍。
2　亲爱,指好友。
3　棹(照zhào),船桨,也指船。

4 残钟句,意谓回望广陵,只听得晓钟的残音传自林间。广陵,今江苏扬州市。
5 沿洄,指处境的顺逆。沿,顺流;洄,逆流。

说明

此诗可能是罢官时作。末二句即景生情,以舟行的颠簸不定,喻世事之顺逆翻覆,难以自主。

寄全椒山中道士[1]

今朝郡斋冷[2],忽念山中客。涧底束荆薪[3],归来煮白石[4]。欲持一瓢酒,远慰风雨夕。落叶满空山,何处寻行迹[5]。

1 全椒,今属安徽,唐属滁州。王象之《舆地记胜》云:"神山在全椒县西三十里,有洞极深。唐韦应物《寄全椒山中道士》诗,此即道士所居也。"
2 郡斋,指滁州刺史官署中的斋舍。
3 涧,山沟。荆薪,柴草。
4 白石,葛洪《神仙传》卷二《白石先生》条,记白石先生"常煮白石为粮,因就白石山居,时人故号曰'白石先生'"。这里借喻全椒道士,实是说他生活的清苦。
5 末四句是说,本欲持酒往访,又恐寻不到,故而以诗寄之。瓢,原指剖瓠(葫芦)做成的舀水器。

说明

德宗建中四年（783）夏，韦应物出任滁州刺史。此诗当为次年秋天作。以刺史而欲访一孤寂的全椒山中道士，可见作者还不脱书生本色。

长安遇冯著[1]

客从东方来，衣上灞陵雨[2]。问客何为来，采山因买斧[3]。冥冥花正开[4]，飏飏燕新乳[5]。昨别今已春[6]，鬓丝生几缕[7]？

1　长安，今陕西西安市。
2　灞陵，即霸陵，旧县名，因汉文帝霸陵而得名。
3　采山句，指冯著有归隐山林之意。
4　冥冥，雨貌。《楚辞·山鬼》："雷填填兮雨冥冥。"
5　飏飏，通"扬扬"，飞翔貌。燕新乳，意谓燕初生。
6　昨别句，意谓去年一别，今又已春至。昨，也泛指过去。
7　鬓丝，两鬓白发。

说明

韦应物送冯著（河间人，岑仲勉先生《唐人行第录》以为即冯十七）的诗共有四首，其《送冯著受李广州署为录事》一首，有"送君灞陵岸，纠郡南海湄"句。据傅璇琮先生《韦应物系年考证》所考（载《文史》第五辑），冯著曾应广州刺史李勉之邀入幕为录事。此外,卢纶与李端也有涉及冯著的诗,并推得他曾任著作郎及洛阳、缑氏等县尉。其人浮沉下僚,不甚得意,这时大概倦于行役,回到长安,有归隐之意。第七句之"昨别",或指冯赴广州时在灞陵送别那一回。

《全唐诗》存冯著诗四首。

夕次盱眙县[1]

落帆逗淮镇[2],停舫临孤驿[3]。浩浩风起波,冥冥日沉夕。人归山郭暗[4],雁下芦洲白[5]。独夜忆秦关[6],听钟未眠客[7]。

1 次,停泊。盱眙(虚怡 xū yí),唐属临淮郡,今属江苏。地临淮水南岸。
2 落帆,卸帆。逗,停留。淮镇,淮水边的市镇。
3 驿,供邮传人和官员旅宿的处所。
4 人归句,意谓日落城暗,人也回到休息处所去了。
5 芦洲,这里指芦苇丛生的水泽。
6 独夜,孤独之夜。忆秦关,韦应物是长安人,这里实是思乡。秦,今陕西一带。
7 客,指韦应物自己。

说明

韦应物于德宗建中四年(783)夏离长安,秋至滁州,此诗可能是这时作。

诗中写泊岸时已是日暮,因思乡而不能成眠。

东郊

吏舍跼终年[1],出郊旷清曙[2]。杨柳散和风,青山澹吾虑[3]。依丛适自憩[4],缘涧还复去[5]。微雨霭芳原[6],春鸠鸣何处。乐幽心屡止,遵事迹犹遽[7]。终罢斯结庐,慕陶直可庶[8]。

1 跼,拘束。
2 旷清曙,在清幽的曙色中得以精神舒畅。
3 澹,澄静。虑,思绪。
4 丛,树林。憩(气qì),休息。
5 缘,沿着。涧,山沟。还复去,徘徊往来。
6 霭,迷蒙貌。
7 乐幽两句,意谓自己颇爱这地方的幽静想住下来,却又几次中止,就因公事在身,行迹上还是显得很匆忙。
8 终罢两句,意谓终当辞官在此筑室,平生敬慕陶潜的愿望,到这时就可以接近了。慕陶,指归隐。直,就。庶,庶几,差不多。

说明

韦应物对滁州西涧极为爱赏,屡有题咏。从此诗中的"缘涧"

云云及其心情看，似是在滁州刺史任上作。

送杨氏女[1]

永日方戚戚[2]，出行复悠悠[3]。女子今有行[4]，大江溯轻舟[5]。尔辈苦无恃[6]，抚念益慈柔[7]。幼为长所育[8]，两别泣不休。对此结中肠，义往难复留[9]。自小阙内训[10]，事姑贻我忧[11]。赖兹托令门[12]，任恤庶无尤[13]。贫俭诚所尚，资从岂待周[14]。孝恭遵妇道，容止顺其猷[15]。别离在今晨，见尔当何秋[16]？居闲始自遣[17]，临感忽难收[18]。归来视幼女[19]，零泪缘缨流[20]。

1 杨氏女，指嫁给杨家的女儿。
2 永日，整天。方，正。戚戚，悲伤貌。
3 悠悠，遥远貌。
4 女子句，用《诗经·邶风·泉水》"女子有行，远父母兄弟"意。行，指出嫁。
5 溯，逆流而行。
6 尔辈，你等。无恃，无母。韦妻死于作者在长安任职时，韦集有《伤逝》诗十余首。
7 抚念句，意谓想到此女无母，便益发对她慈爱。
8 幼为句，作者自注云："幼女为杨氏所抚育。"
9 义往句，意谓既到出嫁年龄，自难留家。
10 阙内训，指自小得不到母亲的训诲。阙，通"缺"。

11 贻,带来。
12 托,依仗。令门,对其夫家的尊称。令,佳。
13 任,信任。一作"仁"。恤,体惜。庶,差不多。尤,过失。
14 资从,嫁妆。周,周到,完备。
15 容止,这里是一举一动的意思。猷,规矩。
16 何秋,何年。
17 居闲,平日。始,才。自遣,自己譬解着。
18 临感,临别伤感。
19 归来句,作者伤逝诗的《出还》中有云:"幼女复何知,时来庭下戏。"施补华《岘佣说诗》评此二句云:"以淡笔写之,而悲痛更甚。"
20 零泪,流泪。缘,沿。缨,系在下巴下的帽带。

说明

在滁州时作。是一首好诗。

女儿要出嫁了,本来应该高高兴兴,即使有些伤感,做父亲的也和母亲不同些。可是因为两女从小丧母,作者对他亡妻的情爱又很深挚,不禁又想起她们在地下的母亲来。大江轻舟,女子有行,感情上也更容易触动。一面又以父亲的身分,严正而恳切地叮嘱着。其次,韦氏虽做了多年的官,却还过着贫俭生活,连女儿的嫁妆也不丰厚。从韦氏一生为人看,可以相信他说的是实话。

诗中的"尔辈苦无恃"是全诗关节。通篇质朴无华,语重心长,结末尤其沉痛。

柳宗元

作者介绍

柳宗元（773—819），字子厚，河东（今山西永济市）人。德宗贞元进士。顺宗时，曾参加王叔文革新集团，任礼部员外郎。宪宗即位，王叔文集团受到打击而失败。他被贬为永州司马，后又改柳州刺史。在地方上还是惓惓以民间疾苦为念，如将抵押中的穷苦百姓，设法赎取，免得沦为奴隶。四年后，死于柳州，柳州人民因而很怀念他。

他以名进士而为御史，很想有所建树，也为王叔文所赏识。失败后，两贬边州，对他思想上创作上都起过激发作用。当他将贬柳州时，刘禹锡也将贬播州（今贵州遵义市），他因与禹锡是同年及第，又看到刘母在堂，一去势将母子永诀，便要求对调。后来大臣也为禹锡申请，遂改任连州。仅此一举，其人足传。《新唐书》本传中故特加记述，韩愈《柳子厚墓志铭》中对此也记述得颇有声色。刘禹锡《重祭柳员外文》中故有"千哀万恨，寄以一声"语。

他是唐代古文运动的主将，又是杰出的思想家、政论家。知识极为渊博。他的诗，刻画山水，反映现实，朴茂奇崛，各有风貌。山水诗如《渔翁》《江雪》诸篇，尤其有性格化的特色。但诗文相比，则诗不如文。

晨诣超师院读禅经[1]

汲井漱寒齿[2],清心拂尘服。闲持贝叶书[3],步出东斋读。真源了无取,妄迹世所逐[4]。遗言冀可冥,缮性何由熟[5]。道人庭宇静[6],苔色连深竹。日出雾露余,青松如膏沐[7]。澹然离言说[8],悟悦心自足[9]。

1. 诣(意yì),到。超师,名叫超的僧人。师,对僧人的尊称。禅经,佛经,凡与佛教有关的事物多加"禅"字。
2. 汲井句,漱井水是为了清心。
3. 贝叶书,古印度人多用贝多罗树的叶子写佛经,故佛经也称贝叶经。
4. 真源两句,意谓世俗对佛经中的真正本意实毫不领悟,却去追求虚妄的事迹。了,全然。逐,追求。
5. 遗言两句,意谓佛家的遗言原也希望能够暗合,只是我秉性如此,又如何得到精通。实是说儒、释两家不相通。冥,暗合。缮,修持。
6. 道人,指超师。
7. 日出两句,意谓日出之后,青松在雾露余光中,就像上过油脂一样。膏沐,本指润发的油脂。
8. 澹然句,意谓此时对着庭院景物,只觉心地宁静,难以言说。澹然,宁静貌。
9. 悟悦,悟道之乐。

说明

在永州时作。实以儒家思想讽世俗之佞佛。下半段是说,他对佛学精义原不甚在意,倒是道人的庭院景物,使他流连赏玩,到了忘言的境界。

溪居[1]

久为簪组束[2],幸此南夷谪[3]。闲依农圃邻[4],偶似山林客。晓耕翻露草,夜榜响溪石[5]。来往不逢人,长歌楚天碧[6]。

1 溪居,指零陵(永州的治所)愚溪,柳宗元曾筑室于溪之东南。
2 簪组,犹簪缨,古代官吏的冠饰,这里是做官的意思。束,束缚。
3 幸此句,实是反话正说。南夷,这里指当时南方的少数民族地区。谪,流放。
4 农圃,犹农田。
5 夜榜(傍bàng),夜航。榜,本指摇船用具。
6 楚天,永州古属楚地。

说明

谪居时作。首尾四句,实隐含牢骚意,沈德潜所谓"不怨而怨,怨而不怨,行间言外,时或遇之"。

乐　府

王昌龄

塞上曲 [1]

蝉鸣空桑林[2]，八月萧关道[3]。出塞入塞寒，处处黄芦草。从来幽并客[4]，皆共尘沙老[5]。莫学游侠儿[6]，矜夸紫骝好[7]。

1　塞上曲，一作"塞下曲"，出汉乐府《出塞》《入塞》，属《横吹曲》辞。唐代为乐府新辞。
2　空桑林，一作"桑林间"。空桑，指桑叶已枯落。
3　萧关，在今宁夏固原市东南。
4　幽并，幽州和并州，今河北、山西和陕西一部分。
5　尘沙，幽、并二州外接沙漠。
6　游侠儿，指恃武勇，逞意气而轻视性命的人。
7　矜夸句，意谓不要仗着自己善于驰骋而去游荡惹事。矜，自鸣不凡。紫骝，泛指骏马。杨炯《紫骝马》："侠客重周游，金鞭控紫骝。"

说明

《隋书·地理志》云："自古言勇侠者皆推幽并。"诗的后半部，是劝诫幽并客莫学游侠儿，若徒恃紫骝之善驰，则必与尘沙共老。

塞下曲

饮马度秋水[1]，水寒风似刀。平沙日未没[2]，黯黯见临洮[3]。昔日长城战[4]，咸言意气高[5]。黄尘足今古[6]，白骨乱蓬蒿[7]。

1 饮（读去声 yìn）马，给马喝水。饮，使动词，使喝。
2 平沙，一片沙漠。
3 黯黯，同"暗暗"。临洮（洮 táo），今甘肃岷县一带，是长城起点。
4 长城战，开元二年（714），唐将薛讷、王晙在临洮一带大败吐蕃，杀获数万，洮水为之不流。此句可能指此事。
5 咸，都。意气，气概。
6 黄尘句，意谓这地方自古至今都是黄沙弥漫。足，充塞。
7 蓬蒿，这里指野草。

说明

这类乐府歌曲，多是写战争的残酷。后汉陈琳曾作《饮马长城窟行》，也是用乐府旧题，也以长城为背景，如"君独不见长城下，死人骸骨相撑拄"，与此诗末两句语意相似。惟陈诗写筑城，此诗则写征战。

李白

关山月[1]

明月出天山[2]，苍茫云海间。长风几万里，吹度玉门关[3]。汉下白登道[4]，胡窥青海湾[5]。由来征战地[6]，不见有人还。戍客望边邑[7]，思归多苦颜。高楼当此夜[8]，叹息未应闲[9]。

1. 关山月，乐府《横吹曲》调名。
2. 天山，指今甘肃西北部的祁连山，匈奴称"天"为祁连，唐曾属吐蕃。
3. 玉门关，故址在今甘肃敦煌市西，古代通西域要道。
4. 汉下句，汉高祖曾亲自率军与匈奴交战，被困于白登山（在今山西大同市东）七天。下，犹出兵。
5. 胡，这里指吐蕃。窥，有所企图，犹窃伺。青海，湖名，在今青海西宁市附近。初为吐谷浑所有，后为吐蕃所并。唐与吐蕃的战争多在这一带。两句意谓，非汉出兵，即胡窥边，使下"由来"句有根。
6. 由来，从来。
7. 戍客，防边的兵士。
8. 高楼，指住在高楼中的戍客之妻。
9. 未应闲，该是不会停止的。

说明

古乐府《关山月》歌词，本写征戍或远别之苦，李白即以古题写成客望归及妻子思夫之切。后面四句,和他《春思》中的"当君怀归日,是妾断肠时"是同一笔意。

子夜吴歌[1]

长安一片月[2],万户捣衣声[3]。秋风吹不尽[4],总是玉关情[5]。何日平胡虏[6],良人罢远征[7]。

1　子夜吴歌,六朝乐府吴声歌曲有《子夜歌》,相传为晋代名叫子夜的女子所创制。因起于吴地,故又名《子夜吴歌》。
2　长安,今陕西西安市。
3　捣衣,即将洗过的衣服,放在砧石上,以木杵捣去碱质。诗中写捣衣多在秋天,今乡村水边犹常见。
4　秋风句,连上两句,意谓万户砧声,风吹不尽,而其思念远戍玉门关的丈夫的深情则是共同的(因为捣衣的多是妇女)。
5　玉关,玉门关,注见《关山月》。
6　虏,对敌方的蔑称。
7　良人,指丈夫。

说明

乐府中的《子夜歌》共四首,每首只四句,多系恋歌,分咏春、夏、秋、冬四季情事。李白的《子夜吴歌》原诗也是四首,此选第三首,即是咏秋思,实在也是这一首最好。每首则增加为六句。从语言和音节上看,实际也是民歌。

长干行[1]

妾发初覆额[2],折花门前剧[3]。郎骑竹马来[4],绕床弄青梅[5]。同居长干里,两小无嫌猜[6]。十四为君妇,羞颜未尝开[7]。低头向暗壁,千唤不一回。十五始展眉[8],愿同尘与灰[9]。常存抱柱信[10],岂上望夫台[11]。十六君远行,瞿塘滟滪堆[12]。五月不可触,猿声天上哀[13]。门前迟行迹[14],一一生绿苔。苔深不能扫,落叶秋风早。八月蝴蝶黄[15],双飞西园草。感此伤妾心[16],坐愁红颜老[17]。早晚下三巴[18],预将书报家。相迎不道远[19],直至长风沙[20]。

1 长干行,乐府旧题《杂曲歌辞》调名,原为长江下游一带民歌,其源出于《清商西曲》,内容多写船家妇女的生活,崔颢也以绝句形式写过四首《长干行》。长干,地名,今江苏南京市秦淮河南,古时有长干里,其地靠近长江。行,古诗的一种体裁。
2 妾,古代妇女自称。初覆额,指头发尚短。
3 剧,游戏。
4 骑竹马,儿童游戏时以竹竿当马骑。
5 床,这里指坐具。弄,逗弄。
6 无嫌猜,指天真烂漫。
7 羞颜句,指结婚后,就一直含着羞意了。冒下低头两句。未尝,《全唐诗》校作"尚不"。
8 始展眉,意谓才懂得一些人事,感情也在眉宇间显现出来。
9 愿同句,意谓愿意永远结合在一起。尘与灰,犹至死不渝,死了化灰化尘也要在一起。

10 抱柱信，相传古代有一叫尾生的人，与一女子约会于桥下，届时女子不来，潮水却至，尾生为表示自己的信实，结果抱着桥柱，被水淹死。事见《庄子·盗跖》。《国策·燕策》也以此为信行的范例。

11 岂上句，因深信两人的情爱都是牢固的，所以自己决不会成为望夫台上人物。望夫台，类似的望夫石、望夫山的传说有好几处。故事大意是丈夫久出不归，妻子便在台上眺望，日久变成一块石头。王琦注引苏辙《栾城集》，说是在忠州（今重庆忠县）南。

12 瞿塘，峡名，长江三峡之一，在重庆奉节县东。滟滪堆，瞿塘峡口的一块大礁石。阴历五月，江水上涨，滟滪堆被水淹没，船只不易辨识，易触礁致祸，故下云不可触。古乐府也有"滟滪大如襆，瞿塘不可触"语。

13 猿声句，三峡多猿，啼声哀切。

14 门前句，意谓女主人常望着丈夫出门时的踪迹而等待着，只见踪迹上都已生出青苔了。迟（直 zhí），等待，一作"旧"。

15 蝴蝶黄，明杨慎说是秋天时黄蝶最多，恐系附会之说。黄，《全唐诗》作"来"。

16 此，指蝴蝶双飞。

17 坐，因而。

18 早晚，何时。三巴，指巴郡、巴东、巴西，都在今四川东部。

19 不道远，不会嫌远。

20 长风沙，地名，在今安徽安庆市东的长江边上。据陆游《入蜀记》说，自金陵（南京）至长风沙有七百里，地极湍险。

说明

　　这首诗通过一个女主人的口吻,写她对经商在外的丈夫的怀恋,感情健康而真切,还带点故事性。首六句写双方儿时的天真行动。"十四"两句写初嫁时的羞态。"十五"四句写婚后的亲昵美满。"十六"四句为丈夫远行而操心,并寄以叮嘱。"门前"八句,看到苔深叶落,蝴蝶双飞,不禁为自己的青春而感触,也更盼望丈夫早日归来。末四句是全诗的归宿:只要一接到预报回家的信,哪怕远至七百里的有急流的长风沙,她也会去迎接。

　　纪昀说:"兴象之妙不可言传,此太白独有千古处。"这类诗确实是李白所擅长,也写出了古代妇女真实的生活愿望,也是李诗中写市民生活之作。

孟郊

作者介绍

　　孟郊(751—814),字东野,湖州武康(今浙江德清县)人。《旧唐书》本传说他"少隐嵩山,称处士"。两试进士不第,四十六岁时才中进士,其欣喜之情,可于《登科后》的"春风得意马蹄疾,一日看尽长安花"二语中见之。越四年,任溧阳县尉。由于不能舒展他的抱负,遂放迹林泉间,徘徊赋诗,以致公务多废,县令乃以假尉代之。后因河南尹郑余庆之荐,任职河南,晚年生活,多在洛阳度过。宪宗元和九年,郑余庆再度招他往兴元府任参军，乃偕妻往赴，行至阌乡县，暴疾而卒。

孟郊仕历简单，清寒终身，为人耿介倔强，死后曾由郑余庆买棺营葬。故诗也多写世态炎凉，民间苦难。如《择交》的"虽笑未必和，虽哭未必戚。面结口头交，胆里生荆棘"，《伤时》的"有财有势即相识，无财无势即路人"，《上达奚舍人》的"万俗皆走圆，一身犹学方"等，语意虽浅拙，却也是伤心而悟道之言。

他年长于韩愈十五岁，有"忘形交"之称，韩诗有"我愿化为云，东野化为龙"语。韩的诡奇艰险处，也可能受孟的横空硬语的影响。

他作诗的态度极为严谨，往往苦思力锤，入深履险，甚至含着涩味，但如《游子吟》等，却又自然亲切，具有民歌风味。

列女操 [1]

梧桐相待老[2]，鸳鸯会双死[3]。贞妇贵殉夫[4]，舍生亦如此。波澜誓不起，妾心古井水[5]。

1 列女操，乐府属《琴曲》歌辞。操，《琴曲》的一种体裁。列女，这里同"烈女"。
2 梧桐句，据说梧为雄树，桐为雌树。
3 鸳鸯，水鸟，常雌雄相随。会，终当。
4 殉，以死相从。

5　妾，古代妇女自称。古井水，喻不会波动。

说明

在封建制度下，由于妇女在经济上依附丈夫，人格上也存在依附关系。片面地要求妇女守节殉节，从一而终，便是这种依附关系带来的恶果。妇女也在这种习惯势力下视为当然。此诗其实是以男子的愿望，写烈女的心情，虽然他的原意也许有所寄托。

游子吟[1]

慈母手中线，游子身上衣。临行密密缝，意恐迟迟归。谁言寸草心，报得三春晖[2]？

1　吟，诗体的名称。
2　三春晖，比喻母爱的温暖。晖，阳光。

说明

德宗贞元十六年（800），作者为溧阳县尉，乃迎养其母裴氏于溧上。本诗或即此时作，作者已经五十岁了。

作者本人是寒士，诗里写的母子，也是属于平民。千百年来，这样密密缝来的针线，还是在凝结着天下母亲对远方子女的真挚的爱，这首诗故而也一直为人所传诵。

洪亮吉《北江诗话》云："孟东野诗，篇篇皆似古乐府，不仅

《游子吟》《送韩愈从军》诸首已也。"

　　此诗与《列女操》分列前后，同以妇女为诗中主人，同是写伦理关系，但《游子吟》今犹万口相传，《列女操》几已为人忘却。可见读者还是有选择的。

卷二 七言古诗

陈子昂

作者介绍

陈子昂(661—702),字伯玉,梓州射洪(今属四川)人。家世豪富,年轻时使气任侠,后乃锐意读书。初作《感遇》诗时,京兆司功王适见而惊曰:"此子必为天下文宗矣。"由此知名,后举进士。武则天曾召见,授麟台正字,又任右拾遗。一再上书,直陈自己的政见,都是针对时弊。曾两度随军远征,但终不能抒其怀抱。后因其父为县令段简所辱,他闻而立即还乡,被段简借故下狱,忧愤而卒。

他对六朝浮华颓靡的文风极为不满,力主改革,慨叹于"汉魏风骨,晋宋莫传"(《修竹篇序》),故以恢复建安、正始之风为己任;同时也体现在他的创作实践上,所以他的诗也苍劲朴厚,不事雕饰。但许学夷在《诗学辨体》中指出陈子昂的《鸳鸯篇》《修竹篇》"亦皆古律混淆,自是六朝余弊",说明前代影响深远,未能汰尽。

杜甫、白居易都很推崇他。杜甫在《送梓州李使君之任》中说:"遇害陈公殒,于今蜀道怜。君行射洪县,为我一潸然。"可见他对子昂的敬重及对其屈殁之痛惜。

登幽州台歌[1]

前不见古人,后不见来者。念天地之悠悠,独怆然而涕下[2]。

1 幽州台，即蓟北楼、燕台，也就是传说中燕昭王筑的黄金台。唐幽州治蓟，为古代燕国国都，故城在今北京市西南。
2 怆然，伤感的样子。涕，泪。

说明

此诗为武则天万岁通天元年（696）随建安王武攸宜讨契丹，在幽州时作。武攸宜是外戚，不晓军事，子昂上策进谏，皆不听，故颇抑郁。因登幽州台，有感于乐毅与昭王的故事，乃成此歌。

子昂的《感遇》诗，原是继响阮籍的《咏怀》，此诗的开头两句，实也从《咏怀》的"去者余不及，来者吾不留"变化而来。诗或有点虚无，但也说明最有把握的是现在。

此诗实应列入"杂言"（略近乐府歌行）。因本书中无杂言一体，故并入七言古诗中。

李颀

作者介绍

李颀少居颍阳（今河南登封市西，参见卷六崔曙篇）。开元进士。曾任新乡（今属河南）县尉。和王维、王昌龄、高适等都有交往，从他们所写的诗中，得以略知其生平，如王维诗云："闻君饵丹砂，甚有好颜色。"则其人也好道术。诗的内容较广泛，有边塞、音乐、游侠、山林、玄理等，以七古为长。本书中选的几首,都是较好的。方东树《昭昧詹言》将王(维)、李(颀)、高(适)、岑(参)并列,称为"别有天授,自成一家",但其缺点"往往有痕"。

古意[1]

男儿事长征[2],少小幽燕客[3]。赌胜马蹄下[4],由来轻七尺[5]。杀人莫敢前[6],须如猬毛磔[7]。黄云陇底白云飞[8],未得报恩不得归。辽东小妇年十五[9],惯弹琵琶解歌舞[10]。今为羌笛出塞声[11],使我三军泪如雨。

1 古意,犹"拟古"。

2 事长征,指从军。

3 少小句,意谓因从军而从小就旅居幽燕。幽,幽州。燕,古国名。泛指今河北、辽宁一带。古代都是游侠活动地区。

4 赌胜,逞能。

5 由来,从来。轻七尺,犹轻生甘死。七尺,七尺之躯。古时尺短,七尺相当于一般成人的高度,故常用以指男子之身。

6 杀人句,意谓所向无敌。

7 猬毛磔(哲 zhé),喻威武,犹以"发指"喻愤怒。磔,这里是纷张的意思。《晋书·桓温传》记刘惔尝称桓温姿貌甚伟,"眼如紫石棱,须作猬毛磔"。李端《晚春过夏侯校书》诗:"卧龙髯乍磔,栖蝶腹何便。"

8 黄云,喻云色昏暗。后面的《听安万善吹觱篥歌》也云:"黄云萧条白日暗。"陇,山地。
9 小妇,少妇。
10 解,懂得,这里是擅长的意思。
11 羌笛,马融《长笛赋》谓笛出于羌中。羌,古代西北地区部族名。

说明

先写长征男儿的豪侠勇猛,后来听到辽东小妇的笛声,不禁触动离情,悲伤起来。诗中的幽燕客与辽东小妇,实也有同乡意。

送陈章甫[1]

四月南风大麦黄,枣花未落桐叶长。青山朝别暮还见,嘶马出门思旧乡[2]。陈侯立身何坦荡[3],虬须虎眉仍大颡[4]。腹中贮书一万卷,不肯低头在草莽[5]。东门酤酒饮我曹[6],心轻万事如鸿毛。醉卧不知白日暮,有时空望孤云高[7]。长河浪头连天黑,津吏停舟渡不得[8]。郑国游人未及家[9],洛阳行子空叹息[10]。闻道故林相识多,罢官昨日今如何[11]?

1 陈章甫,详"说明"。
2 嘶马,鸣叫之马。
3 陈侯,指陈章甫,侯是尊称。
4 虬须,蜷曲的胡须,特指颊须。仍,犹"并",也是"又"的意思。岑参《送费子归武昌》:"广眉大口仍赤髭。"大颡,

5　草莽，犹草野。
6　东门，洛阳的东门。酤，通"沽"，买。饮，使喝。我曹，我辈。
7　醉卧两句，写陈章甫因不得志而感到无聊。
8　津吏，管渡口的小吏。
9　郑国游人，作者曾居住颍阳，当时又任新乡县尉，两地古皆属郑国。
10　洛阳行子，指陈章甫。
11　闻道两句，意谓此去虽可与故乡旧友相逢，但在刚罢官后又是如何情味呢。故林，犹故乡。昨日，也泛指过去。

说明

李颀另有《宴陈十六楼》诗，高适有《同观陈十六史兴碑诗序》，内有"楚人（实是江陵人）陈章甫继《毛诗》而作《史兴碑》"云云。岑仲勉先生《唐人行第录》以为此陈章甫与陈十六实一人。开元中进士。《全唐文》卷三七三有陈章甫《与吏部孙员外书》等三文，文中有"但仆一卧嵩丘，二十余载"语，则在河南居住时间甚久。

琴歌

主人有酒欢今夕，请奏鸣琴广陵客[1]。月照城头乌半飞[2]，霜凄万木风入衣。铜炉华烛烛增辉[3]，初弹《渌水》后《楚妃》[4]。一声已动物皆静，四座无言星欲稀。清淮奉使千余里⁵，敢告云山从此始⁶。

1　广陵客，《广陵散》本为琴曲名，魏嵇康曾奏之，这里是指善弹琴的人。
2　乌，乌鸦。半飞，分飞。
3　华烛，有文采的烛。
4　《渌水》《楚妃（叹）》，皆琴曲名。
5　清淮，李颀曾任新乡（今属河南）县尉，地近淮水。
6　敢告句，即开始有退隐之意。敢告，有敬告意。

说明

末两句写作者因听了琴歌而动回乡归隐之意，与《唐才子传》说的"性疏简，厌薄世务"云云也相符合。

听董大弹胡笳兼寄语弄房给事¹

蔡女昔造胡笳声，一弹一十有八拍²。胡人落泪沾边草，汉使断肠对归客³。古戍苍苍烽火寒⁴，大荒阴沉飞雪白⁵。先拂商弦后角羽⁶，四郊秋叶惊摵摵⁷。董夫子⁸，通神明，深松窃听来妖精⁹。言迟更速皆应手，将往复旋如有情¹⁰。空山百鸟散还合，万里浮云阴且晴¹¹。嘶酸雏雁失群夜，断绝胡儿恋母声¹²。川为静其波，鸟亦罢其鸣。乌珠部落家乡远¹³，逻娑沙尘哀怨生¹⁴。幽音变调忽飘洒¹⁵，长风吹林雨堕瓦。迸泉飒飒飞木末¹⁶，野鹿呦呦走堂下¹⁷。长安城连东掖垣[18]，凤凰池对青琐门[19]。高才脱略名与利[20]，日夕望君抱琴至[21]。

1. 董大，董庭兰，房琯门客，以善弹琴为房琯赏识，遂招纳贿赂，房琯因此也受弹劾。胡笳，《太平御览·乐部》引先蚕仪注："笳者，胡人卷芦叶吹之以作乐也。"本是吹乐器，这里是琴曲名；弹胡笳，是说用琴弹《胡笳》这个乐曲。弄，一本此字在"胡笳"两字下，当是。则"弄"应作乐曲体裁解。《乐府诗集·琴曲歌辞》转录唐刘商序文，有云："后董生（董庭兰）以琴写胡笳声为十八拍，今之《胡笳弄》是也。"可证。
2. 蔡女两句，这是根据当时传说：蔡琰（文姬）在匈奴时曾作琴曲《胡笳十八拍》。拍，乐曲的段落。
3. 归客，指蔡琰。
4. 戍，防地。烽火寒，在烽火下更显得塞上的荒寒。烽火，边地报警的火把。
5. 大荒，极言塞上的荒远。
6. 商弦、角羽，古以宫商角徵羽为五声音阶的名称。
7. 摵摵（设 shè），叶落声，喻琴声。
8. 董夫子，对董大的尊称。
9. 通神明两句，意谓董庭兰的技艺，能感召鬼神。
10. 言迟两句，意谓无论缓弹、急弹，皆能得心应手，抑扬顿挫之间，又能表达出自己的感情。更，更换。
11. 晴，明朗。
12. 嘶酸两句，蔡琰将回国时，不忍与他匈奴出生的儿子诀别，其《悲愤诗》中有一段极沉痛的描写。这里指由琴声而联想到的这一情节。

13 乌珠部落，指南匈奴。乌珠，即乌珠留若鞮单于，名囊知牙斯，汉成帝时人。见《汉书·匈奴传》。此喻蔡琰与家乡远隔。
14 逻娑，唐时吐蕃首府，即今西藏拉萨市。吐蕃系出西羌，蔡琰则被董卓部下羌兵所虏，故云。
15 飘洒，如风飘雨洒。
16 迸，喷射。飒飒（萨 sà），喻水声。木末，树梢。
17 呦呦，鹿鸣声。指琴声转入低沉。
18 长安城，今陕西西安市，唐都城。东掖垣（元 yuán），房琯任给事中，属门下省。门下省、中书省地处左右两边，像人的两掖（通"腋"）。门下省为左掖，在东面。垣，墙。
19 凤凰池，也称凤池，因接近皇帝之故而得此名。指中书省。青琐门，指宫门。琐，门窗上的连环形花纹。
20 脱略，不以为意。
21 高才两句，意谓房琯对名利并不在意，只希望天天能听到董大的琴声。君，指董大。

说明

琴是董大弹的，诗却兼寄房给事，见得董房之间关系的密切。《旧唐书·房琯传》说"朝官往往因庭兰以见琯"，又见得当时董庭兰之走运。董大的琴艺固高超，但作者之写此诗也可能有意奉承他，奉承董大其实就是讨好房琯。

听安万善吹觱篥歌[1]

南山截竹为觱篥，此乐本自龟兹出[2]。流传汉地曲转奇，凉州胡人为我吹³。傍邻闻者多叹息，远客思乡皆泪垂。世人解听不解赏⁴，长飙风中自来往⁵。枯桑老柏寒飕飕⁶，九雏鸣凤乱啾啾⁷。龙吟虎啸一时发⁸，万籁百泉相与秋⁹。忽然更作《渔阳掺》¹⁰，黄云萧条白日暗¹¹。变调如闻《杨柳》春¹²，上林繁花照眼新¹³。岁夜高堂列明烛¹⁴，美酒一杯声一曲。

1 安万善，凉州胡人。觱篥，即筚篥，乐器。其管的下端加喇叭的，就是唢呐。白居易《小童薛阳陶吹觱篥歌》："剪削干芦插寒竹，九孔漏声五音足。"犹可见其形状。

2 龟（丘 qiū）兹，古西域国名，今新疆库车县。

3 凉州，唐辖境在今甘肃永昌以东，天祝以西一带。

4 解，懂得。赏，指对曲意的领会。

5 长飙（标 biāo），喻乐声的急骤。飙，疾风。

6 枯桑句，喻乐声的凄幽。

7 九雏句，喻乐声的轻而嘈杂。《古乐府》："凤凰鸣啾啾，一母将九雏。"啾啾（纠 jiū），虫鸟的细碎鸣声。

8 龙吟两句，古有虎啸风生，龙吟泉鸣之说。

9 万籁（各种声音）百泉，应上虎啸龙吟。

10 《渔阳掺（灿 càn）》，曹操命祢衡为鼓吏，衡乃为《渔阳掺》，音节悲壮。后因指乐曲中之悲凉者。掺，本指击鼓的调子，这里指曲调。

11 黄云，喻云色昏暗。

12 变调句，句中《杨柳》指《杨柳枝》，从古曲《折杨柳》变为轻快的新声，故云。

13 上林，本为秦汉宫苑名，这里指唐宫，因《杨柳枝》唐时入教坊，故云。

14 岁夜,除夕。

说明

觱篥和芦管构制相似,因其声调凄清,故前人诗中写到觱篥的,多含伤感情绪。作者听曲时又是身处异乡,时值除夕,因而尤有孤寂之感。

孟浩然

夜归鹿门歌 [1]

山寺钟鸣昼已昏 [2],渔梁渡头争渡喧 [3]。人随沙岸向江村,余亦乘舟归鹿门。鹿门月照开烟树 [4],忽到庞公栖隐处 [5]。岩扉松径长寂寥 [6],唯有幽人自来去 [7]。

1 鹿门,作者隐居的鹿门山,在湖北襄阳。
2 昼已昏,已由昼至黄昏。
3 渔梁,《水经注·沔水注》:"沔水中有鱼梁洲,庞德公所居。"在襄阳东,离鹿门很近。
4 鹿门句,意谓烟和树本缭绕着,在月光下却各自分明了。
5 庞公,庞德公,东汉隐士,襄阳人,曾隐居鹿门。
6 岩扉,岩穴的门。
7 幽人,指作者自己。

说明

庞德公是作者"乡前辈",也曾隐居鹿门山,故作者引为同调。内容只是写心慕前辈隐士,作法上较为自然。七言非作者所长,前人因谓孟诗不能出五言外。

李白

庐山谣寄卢侍御虚舟[1]

我本楚狂人[2],凤歌笑孔丘[3]。手持绿玉杖[4],朝别黄鹤楼[5]。五岳寻仙不辞远[6],一生好入名山游。庐山秀出南斗傍[7],屏风九叠云锦张[8],影落明湖青黛光[9]。金阙前开二峰长[10],银河倒挂三石梁[11]。香炉瀑布遥相望,迥崖沓嶂凌苍苍[12]。翠影红霞映朝日[13],鸟飞不到吴天长[14]。登高壮观天地间,大江茫茫去不还。黄云万里动风色[15],白波九道流雪山[16]。好为庐山谣[17],兴因庐山发。闲窥石镜清我心[18],谢公行处苍苔没[19]。早服还丹无世情[20],琴心三叠道初成[21]。遥见仙人彩云里,手把芙蓉朝玉京[22]。先期汗漫九垓上,愿接卢敖游太清[23]。

---

[1] 庐山,在今江西九江市南。相传周武王时,有匡俗兄弟七人结庐此山,故又名匡山或匡庐。谣,本指不合乐的歌曲。卢

侍御虚舟，字御真，范阳（今北京市大兴区）人。肃宗时曾任殿中侍御史，掌殿廷仪卫及京城纠察。

2　楚狂人，《论语·微子》："楚狂接舆歌而过孔子，曰：'凤兮凤兮，何德之衰。'"又据皇甫谧《高士传》：陆通，字接舆，楚国人，因见楚昭王时政治混乱，乃佯狂不仕，人称"楚狂"。又劝孔子不要做官，以免得祸。

3　凤歌，《庄子·人间世》所载歌词有二十余句。

4　绿玉杖，神仙所用之杖。

5　黄鹤楼，故址在今湖北武汉市长江大桥武昌桥头。据高步瀛《唐宋诗举要》卷二李白《江上吟》注云："《元和郡县志》曰：'江南道鄂州城西临大江，西南角因矶名楼，为黄鹤楼。'案，黄鹤楼因黄鹄矶而名，鹤鹄字通。此说自正，而后人傅会仙人乘鹤有数说。"即费祎、荀瓌、王子安。一般采后说。

6　五岳，本指东岳泰山、西岳华山、南岳衡山、北岳恒山、中岳嵩山。这里泛指各个名山。

7　南斗句，古以星宿分野，凡地上某一区域，都划在星空某一分野之内，并以天象所示，占卜地上属邑之吉凶。南斗星为浔阳（今九江市）分野，庐山在浔阳附近，故云。南斗，即斗宿。因就北斗来说其位置在南。

8　屏风九叠，形容山峰重叠，状如屏风。一说指五老峰东北的屏风叠。云锦，云彩如锦。

9　影，指山色。明湖，指鄱阳湖。青黛，青黑色。

10　金阙，指金阙岩，又名石门，在香炉峰西南。二峰，指香炉峰和双剑峰。

11　银河，指瀑布，即下三叠泉。王琦说："今三叠泉在九叠屏之左，水势三折而下，如银河之挂石梁，与太白诗句正相吻合。"

12 迥，高远。沓（榻 tà）嶂，高叠的险峰。苍苍，天色。
13 翠影，指山色。
14 吴天，庐山一带春秋时属吴国，三国时为吴地。
15 黄云，喻云色昏暗。
16 九道，古代地志说，长江流到浔阳境内，分为九派。雪山，长江卷起的白浪。
17 好（耗 hào）为，喜为。
18 石镜，庐山东面有圆石，明净如镜。
19 谢公，指刘宋谢灵运，他曾到过庐山，其《入彭蠡湖口》诗有"攀崖照石镜"句。
20 还丹，相传道家炼丹，使丹烧成水银，积久又还成丹砂，故称"还丹"。世情，世俗之情。
21 琴心三叠，道家修炼的术语，意思是使心神宁静。
22 朝，朝见。玉京，道家说是元始天尊在天中心之上，名玉京山。
23 先期两句，据《淮南子·道应训》：卢敖周游各地，至蒙谷山，见一形状古怪之士，方迎风而舞，卢敖邀他同游，那人笑着说："吾与汗漫（仙人名）期于九垓之外，不可以久留。"说完就耸身跳入云中。据高诱注，卢敖为燕人，秦始皇时博士。这里反用其意，借指卢侍御。汗漫，意为不可知之。九垓（该 gāi），九天。接，偕。太清，道家以玉清、上清、太清为三清，太清指天空最高处。

说明

　　肃宗上元元年（760）在庐山作，也即获赦之次年。当时正六十岁。卢虚舟曾和李白同游过庐山，李集中另有《和卢侍御通塘曲》。

这时李白既遭挫折,又入晚年,寄情山水之余,求仙学道之思也更切了,故前人评此诗为"笔下殊有仙气"。

求仙目的为了长生,但在此诗作后两年,李白就死了。

梦游天姥吟留别[1]

海客谈瀛洲[2],烟涛微茫信难求[3]。越人语天姥[4],云霓明灭或可睹。天姥连天向天横,势拔五岳掩赤城[5]。天台四万八千丈[6],对此欲倒东南倾[7]。我欲因之梦吴越[8],一夜飞度镜湖月[9]。湖月照我影,送我至剡溪[10]。谢公宿处今尚在[11],渌水荡漾清猿啼[12]。脚著谢公屐[13],身登青云梯[14]。半壁见海日[15],空中闻天鸡[16]。千岩万壑路不定[17],迷花倚石忽已暝。熊咆龙吟殷岩泉[18],栗深林兮惊层巅[19]。云青青兮欲雨,水澹澹兮生烟[20]。列缺霹雳[21],丘峦崩摧[22]。洞天石扉[23],訇然中开[24]。青冥浩荡不见底[25],日月照耀金银台[26]。霓为衣兮风为马[27],云之君兮纷纷而来下[28]。虎鼓瑟兮鸾回车[29],仙之人兮列如麻[30]。忽魂悸以魄动,恍惊起而长嗟[31]。惟觉时之枕席[32],失向来之烟霞[33]。世间行乐亦如此[34],古来万事东流水。别君去兮何时还[35]?且放白鹿青崖间[36],须行即骑访名山[37]。安能摧眉折腰事权贵[38],使我不得开心颜。

1. 天姥（母 mǔ），山名，在今浙江新昌县东，相传因闻天姥歌声而得名。山脉自括苍来，道家以为第十六福地。白居易《沃洲山禅院记》说："东南山水，越为首，剡为面，沃洲（在新昌县东）天姥为眉目。"可见唐时这一带已成为游赏的名胜。吟，诗体的名称。
2. 海客，来往海上的人。瀛洲，古以蓬莱、方丈、瀛洲为三座神山。
3. 信，果真。
4. 越，指今浙江一带。天姥山，唐时属越州。前两句，意谓海上仙山实难寻求，后两句，意谓地上天姥或可见到。以上这一段，以瀛洲兴起天姥。
5. 拔，超越。五岳，注见《庐山谣寄卢侍御虚舟》。掩，盖过。赤城，山名。在今浙江天台县北，为天台山南门，土色皆赤。天姥山又与天台山相对。
6. 四万八千丈，传闻中的夸张说法，《云笈七签》说是高一万八千丈。山洞周围相传有晋葛洪炼丹处。以上这一段，是借宾定主，即力抑五岳、赤城、天台，以托出天姥之高。
7. 对此句，意谓天台虽高，比起天姥，像是倒向东南而低倾。
8. 我欲句，日之所思，夜则成梦，自此即进入梦境。吴越，这里实偏指越。之，代词，指前面越人的话。
9. 镜湖，即鉴湖，在今浙江绍兴市。
10. 剡（扇 shàn）溪，水名，在今浙江嵊州市南，为曹娥江上游。李白原有"自爱名山入剡中"之愿。
11. 谢公宿处，刘宋谢灵运游天姥，曾在剡溪投宿。其《登临海峤》诗，即有"暝投剡中宿，明登天姥岑"句。
12. 渌水，清水。
13. 谢公屐，古人游山多穿屐，谢灵运又特制一种木屐，上山去

14 青云梯，喻高峻陡峭的山中石级。谢灵运《登石门最高顶》："惜无同怀客，共登青云梯。"

15 半壁句，从朝东的半面山崖，便看得到太阳出海。

16 天鸡，《述异记》："东南有桃都山，上有大树曰桃都，枝相去三千里，上有天鸡，日初出照此木，天鸡则鸣，天下之鸡皆随之鸣。"

17 路不定，山路曲折。

18 殷，殷哮。殷（引 yǐn），震动，即《诗经·召南》"殷其雷"之"殷"。

19 栗深林句，入深林，登层峰，为之惊骇战栗。

20 澹澹，水波闪动貌。

21 列缺，闪电。霹雳，疾雷声。

22 丘峦，山峰。

23 洞天，道家称神仙所居之处，意谓洞中别有天地。石扉，石门。

24 訇（轰 hōng）然，巨响声。

25 青冥，指天空。

26 金银台，神仙所居之处。郭璞《游仙诗》："神仙排云出，但见金银台。"以上这一段，写梦中一路所见所闻的奇景异响，但谢公宿处、半壁海日又是现实。句句写梦境，而又语语皆山景。

27 霓，虹。

28 云之君，指云神。《楚辞·九歌》有《云中君》篇。

29 鼓，弹奏。瑟，一种弦乐器。鸾，古常指仙人的禽鸟。

30 列如麻，言其众多。

31 恍，恍惚，心神不定的样子。以上这一段，写雷电之际，訇然一声，洞门敞开，天日浩荡，于是众仙纷纷而下，不觉魂悸魄动，随即惊骇而起。分明又是梦境，却又极为自然。

32　惟觉时句，意谓梦醒时只剩下眼前的枕席。
33　向来，这里是刚才的意思。烟霞，泛指梦中景物。
34　世间句，意谓尘世的欢乐实际也像梦境之虚幻，也即李白《春夜宴从弟桃李园序》中"浮生若梦，为欢几何"意。
35　君，指东鲁的友人。
36　白鹿，传说仙人常乘白鹿。
37　须行即骑，要走的话可立即骑上白鹿走。
38　摧眉，犹低眉。折腰，弯腰。事，侍候。

说明

　　此诗题名一作《别东鲁诸公》，故诗末段有"别君去兮何时还"云云。天宝四载，李白将离开东鲁南下越中时作。

　　这是一首写梦游名山的奇特诗篇，执笔时当然还经过精密的构思，增加了许多现实生活里的东西，但写出来的却仍然是自然真切的梦境，一点不做作，在离奇恐怖的气氛的创造上尤为出色。沈德潜谓其"诗境离奇，脉理极细"。

　　在李白那个时代里，梦境也许比现实更值得流连，而当梦醒之后，一想到那些权贵，他还是想骑上白鹿去访问名山洞天。

　　全诗杂用四言、五言、六言、七言、九言以及骚体。信手写来，笔随兴至，也只有李白那样的才气，才能写出那样的作品。

金陵酒肆留别[1]

风吹柳花满店香[2]，吴姬压酒劝客尝[3]。金陵子弟来相送[4]，欲行不行各尽觞⁵。请君试问东流水，别意与之谁短长⁶。

1 金陵，今江苏南京市。战国时楚曾置金陵邑。
2 柳花，指柳絮，这里因花字联想到香，也与下吴姬句呼应。
3 吴姬，指吴地酒店侍女。金陵古属吴国，故曰吴姬。压酒，新酒初熟，压糟取汁。罗隐《江南行》也有"夜槽压酒银船满"句。
4 子弟，年轻人。
5 欲行不行，要走的人（自己）和不走的人（金陵子弟）。尽觞，饮干杯中酒。
6 之，指东流水。

说明

这是李白离金陵东游扬州时留赠友人之作。

风吹柳花，离情如水。面对这样的情景，走的人固然要痛饮，不走的人也应尽杯。

《苕溪渔隐丛话》引《诗眼》云："好句须要好字，如李太白诗'吴姬压酒劝客尝'，见新酒初熟，江南风物之美，工在'压'字。"（见王琦注）

宣州谢朓楼饯别校书叔云¹

弃我去者，昨日之日不可留。乱我心者，今日之日多烦忧。长风万里送秋雁²，对此可以酣高楼³。蓬莱文章建安骨⁴，中间小谢又清发⁵。俱怀逸兴壮思飞，欲上青天览日月⁶。抽刀断水水更流，举杯销愁愁更愁。人生在世不称意，明朝散发弄扁舟⁷。

1 宣州，今安徽宣城市。谢朓（挑 tiǎo），字玄晖，南齐阳夏（今河南太康县）人。谢朓楼，又名北楼。谢朓任宣城太守时所建。唐末改名叠嶂楼。饯别，以酒食送别。叔云，李白族叔李云，曾任秘书省校书郎。
2 秋雁，喻李云。
3 酣，畅饮。
4 蓬莱文章，原指东汉时朝廷贮书所在"东观"，因其所藏皆幽经秘录，故以海中神山蓬莱称之。这里指李云供职的秘书省，因校书郎职务也为校订图书。建安骨，汉献帝建安年间，曹操父子和建安七子作品，风格苍劲刚健，后人因称"建安风骨"。
5 小谢，本也指谢惠连（谢灵运族弟）。这里指谢朓。他以山水风景诗见长，后人常将他和谢灵运并举，因他时代在后，故称为"小谢"。清发，清新秀发。
6 览，通"揽"，拦取。
7 散发，古人平时都束发戴帽，散发表示闲适自在，不受冠簪拘束。

说明

此诗题目一作《陪侍御叔华登楼歌》，华是李华，天宝时曾任监察御史。

谢朓诗警逎丽密，严羽称其"已有全篇似唐人者"。李白于《古风》中有感于"自从建安来,绮丽不足珍",却极心折谢朓,故诗中以蓬莱文章拟李云而以谢朓清发自比。

王士禛《论诗绝句》云:"青莲才笔九州横,六代淫哇总废声。白纻青山魂魄在,一生低首谢宣城。"末两句即指李白生前有死葬青山(在安徽当涂)之愿,因其地有谢朓旧宅。

岑参

走马川行奉送封大夫出师西征 [1]

君不见走马川行雪海边,平沙莽莽黄入天 [2]。轮台九月风夜吼 [3],一川碎石大如斗,随风满地石乱走。匈奴草黄马正肥 [4],金山西见烟尘飞 [5],汉家大将西出师 [6]。将军金甲夜不脱 [7],半夜军行戈相拨 [8],风头如刀面如割。马毛带雪汗气蒸,五花连钱旋作冰 [9],幕中草檄砚水凝 [10]。虏骑闻之应胆慑 [11],料知短兵不敢接 [12],军师西门伫献捷 [13]。

1 走马川,地名,在今新疆境内。从正文"一川"两句看,这里似是平地。行,古诗的一种体裁。
2 行,这里的"行"字当是衍文,因题目而误入。雪海,在今新疆境内。《新唐书·西域传》:"北三日行度雪海,春夏带雨雪。"可能即其地。莽莽,渺无边际貌。

3 轮台，今新疆米泉境。取汉西域地名，唐时始置县，隶北庭都护府。
4 匈奴，本古北方部族名，这里借指唐西域的游牧部族。
5 金山，即阿尔泰山，在新疆北部和蒙古国西部。蒙古人呼金为阿尔泰。烟尘飞，指胡骑犯边，烽烟示警，故将帅出师西征。烟尘，尘土与烽烟相接。
6 汉家，实借汉以指唐。
7 金甲，犹铁衣。
8 拨，因是深夜，故以戈拨地导步。
9 五花，毛色斑驳的良马名。一说将马鬃剪成五瓣。见宋郭若虚《图画见闻志》。连钱，马身上的斑纹。旋作冰，连上句指马身上的雪和汗水迅即结冰。旧时曾有"汗马"之称，旋，随即。
10 草檄，起草征讨的文书。
11 虏骑，敌方的骑兵。慑，惧怕。
12 短兵，指刀剑。
13 军师，应作车师，唐北庭都护府治所。伫（住 zhù），等待。

说明

封常清，蒲州猗氏（今山西临猗县）人。天宝十三载任北庭都护、伊西节度使、瀚海军使。曾奏调岑参充安西、北庭判官。军府驻轮台。五月，封常清曾西征播仙（在轮台之西）。六月，受降回军。冬，又破之。因其入朝时曾摄御史大夫，故称封大夫。此诗即于是年在轮台时作。

全诗句句用韵，三句一转，先平后仄，也是七古中一种独特形式。

轮台歌奉送封大夫出师西征[1]

轮台城头夜吹角[2],轮台城北旄头落[3]。羽书昨夜过渠黎[4],单于已在金山西[5]。戍楼西望烟尘黑[6],汉军屯在轮台北。上将拥旄西出征[7],平明吹笛大军行[8]。四边伐鼓雪海涌,三军大呼阴山动[9]。虏塞兵气连云屯[10],战场白骨缠草根。剑河风急云片阔[11],沙口石冻马蹄脱[12]。亚相勤王甘苦辛[13],誓将报主静边尘。古来青史谁不见[14],今见功名胜古人[15]。

1. 轮台、封大夫及下金山、烟尘、雪海注皆见前首。
2. 角,军中所吹报时乐器。
3. 旄头,即"髦头",也即是二十八宿中的昴宿,旧时以为"胡星"。旄头落,意谓胡人败亡之兆。
4. 羽书,紧急军书,上插鸟羽,以示加速。渠黎,本汉西域国名,在轮台东南。
5. 单(蝉 chán)于,本是匈奴君长的称号。这是以汉西域之军与匈奴之战,比拟唐与播仙之战。
6. 戍楼,驻防的城楼。烟尘黑,指播仙军活动。播仙在轮台之西,故曰"西望"。
7. 上将,犹大将。旄,旌旗竿上的饰物。唐时节度使皆拥旄节,得以专制军事。
8. 平明,天刚亮时。吹笛,第一句吹角指整师(集合部队),这里的吹笛指出兵。
9. 阴山,在今内蒙古中部,匈奴常据此侵汉。
10. 虏塞,敌方要塞。
11. 剑河,在今新疆境内,《新唐书·回鹘传》:"青山东,有水曰剑河。偶艇以渡,水悉东北流。"
12 沙口,不详。
13 亚相,犹次相。汉制,御史大夫位上卿,称亚相。封常清时摄御史大夫,故称之。勤王,为王事而勤劳。
14 青史,古代削青竹为简(片)以记事,故史册称青史。
15 今见句,赞美封常清功业胜过古人。

说明

封常清破播仙事,史传失载,据闻一多先生《岑嘉州系年考证》所考,在天宝十三载冬。

诗中的具体地理位置,有的当系借用,如阴山距轮台、渠黎本甚远(说见《唐宋诗举要》),但就当时西部边疆交战方位而言,唐与播仙的战争地势,大体上还可想见。

白雪歌送武判官归[1]

北风卷地白草折[2],胡天八月即飞雪[3]。忽如一夜春风来,千树万树梨花开。散入珠帘湿罗幕,狐裘不暖锦衾薄[4]。将军角弓不得控[5],都护铁衣冷犹著[6]。瀚海阑干百丈冰[7],愁云惨淡万里凝。中军置酒饮归客[8],胡琴琵琶与羌笛[9]。纷纷暮雪下辕门[10],风掣红旗冻不翻[11]。轮台东门送君去[12],去时雪满天山路[13]。山回路转不见君,雪上空留马行处。

1 判官,节度使下面资佐理的官吏。

2 白草,西域牧草名,秋天变白色。

3 胡天,指西域的气候

4 狐裘,狐皮袍子。衾(钦 qīn),被子。

5 角弓,以兽角为装饰的硬弓。不得控,因手冻僵,没法控弦。

6 都护,当时曾设置安西、北庭等六大都护府,每府都有大都护,管理有关边政事务,这里是泛指,与上句"将军"是互文见意。将军、都护都冷得这样,更不必说士兵了。铁衣,护身的铁甲。著,穿。

7 瀚海句,意谓沙漠中处处都是冰雪。瀚海,大沙漠。阑干,纵横貌,犹遍地。百丈,指冰层之厚。

8 中军,本指主帅亲自率领的军队,这里指主帅营幕。归客,指武判官。

9 羌笛,注见李颀《古意》。

10 辕门,古代军营前以两车之辕相向交接,成一半圆形门,后遂称营门为辕门

11 风掣(彻 chè)句,意谓红旗因雪凝而冰冻,风吹时也不能飘动了。掣,牵引。

12 轮台,注见前首。

13 天山,在今新疆境内。唐时也称伊州、西州以北一带山脉。

说明

梁萧子显《燕歌行》有"洛阳梨花落如雪"句,岑诗中的"千树万树"句当是用其意,却把胡天八月的一夜大雪,写得又猛又美。这场雪好像永远在他诗篇里飞舞着,使人想起《水浒传》里的"那雪下得紧"来,这句话同样有诗意。

自然多情,常常留给诗人以歌唱的天地。

杜甫

韦讽录事宅观曹将军画马图[1]

国初已来画鞍马[2]，神妙独数江都王[3]。将军得名三十载，人间又见真乘黄[4]。曾貌先帝照夜白[5]，龙池十日飞霹雳[6]。内府殷红马脑盘[7]，婕妤传诏才人索[8]。盘赐将军拜舞归[9]，轻纨细绮相追飞[10]。贵戚权门得笔迹，始觉屏障生光辉[11]。昔日太宗拳毛䯄[12]，近时郭家狮子花[13]。今之新图有二马，复令识者久叹嗟。此皆战骑一敌万[14]，缟素漠漠开风沙[15]。其余七匹亦殊绝[16]，迥若寒空动烟雪[17]。霜蹄蹴踏长楸间[18]，马官厮养森成列[19]。可怜九马争神骏[20]，顾视清高气深稳[21]。借问苦心爱者谁[22]，后有韦讽前支遁[23]。忆昔巡幸新丰宫[24]，翠华拂天来向东[25]。腾骧磊落三万匹[26]，皆与此图筋骨同[27]。自从献宝朝河宗[28]，无复射蛟江水中[29]。君不见金粟堆前松柏里[30]，龙媒去尽鸟呼风[31]。

1 韦讽，曾任阆州（今四川阆中市）录事，住在成都，故杜甫在韦宅见到此画。他另有一首《送韦讽上阆州录事参军》，中云："韦生富春秋，洞澈有清识。操持纲纪地，喜见朱丝直。"可见韦正当少壮。因为录事参军也举弹善恶，古有"纲纪掾"之称，所以诗中这样期待韦讽。曹将军，曹霸，三国魏高贵乡公曹髦（曹髦也以善画著名）一系之后。天宝末，玄宗每命他画御马及功臣，官左武卫将军（宿卫京畿）。安史乱后，流落在四川。画马图，据清朱鹤龄注，此图后藏长安薛绍彭家，苏轼曾写过赞。
2 国初，旧称一个皇朝的开国初期。已来，同"以来"。
3 独数，独惟。江都王，李绪，唐太宗之侄，故云"国初"。绪也以画鞍马著名。武则天时官至荆州刺史，后被杀。
4 真乘黄，意谓古代传说中的神马，现在真的又出现了。乘黄，神马。
5 貌，这里是描绘的意思。先帝，指唐玄宗。先，对死者的尊称。照夜白，马名。唐郑处晦《明皇杂录》，说玄宗所乘马，有玉花骢、照夜白。参见《丹青引》注。
6 龙池，旧注也以为指唐长安南内之兴庆池，并有黄龙出其中的怪诞之说。明王嗣奭《杜臆》卷六云："神马龙种，善画者夺其神，故龙池飞霹雳，不必有实事，注引兴庆池，非也。"似可取。龙池当为泛指，也即《丹青引》中"斯须九重真龙出"之龙。飞霹雳，比喻马像池龙那样腾跃飞舞。霹雳，疾雷声。
7 内府，皇宫中的府库。殷（烟 yān）红，犹紫红。马脑，宝石名，也作玛瑙，有多种颜色。
8 婕妤（捷于 jié yú）句，意谓妃嫔们奉着玄宗之诏，向内府索取马脑盘。喻此盘之名贵。婕妤、才人，皆宫中女官名称，此处泛指妃嫔。
9 拜舞，原为古代臣下朝见皇帝的仪节。
10 轻纨细绮，指精美的丝织品。《杜臆》以为"纨绮追飞乃贵戚权门之求画也"，连下句是用倒插法。清施鸿保《读杜诗说》，则以为"今按此谓赐盘之外，更赠纨绮耳。谓权戚求画，则是将军出朝，而诸人即于朝外以纨绮随归，似亦无此情事。"施说较长。
11 屏障，屏风。
12 拳毛䯄（瓜 guā），唐太宗六匹好马之一。拳，通"蜷"。

13　郭家狮子花,据唐苏鹗《杜阳杂编》,代宗曾以御马九花虬赠郭子仪。似即狮子花。这是以太宗、代宗之马,兴起曹图中二马。
14　战骑,骑兵。一作"骑战"。
15　缟素句,意谓一张开白色的画绢,只见风沙漠漠中有骏马在奔驰。
16　殊绝,与众不同。
17　迥(窘jiǒng)若句,意谓七马中有黑有白,远远望去,就像寒空下烟和雪在飘舞。迥,远。
18　霜蹄,《庄子·马蹄》:"马,蹄可以践霜雪。"长楸,古人种楸于道,故曰长楸。这里指大道。楸,一种落叶乔木。
19　厮养,饲养马的役卒。森成列,形容人数之多。
20　可怜,可爱惜。争神骏,各以神奇雄健相竞炫。
21　顾视清高,指马昂首时的神情。深稳,深沉而稳重,指马的品性。
22　借问,请问。
23　支遁,东晋名僧,字道林,本姓关。《世说新语·言语》:"支道林常养马数匹,或言道人畜马不韵(不文雅)。支曰:'贫道重其神骏。'"
24　新丰宫,指华清宫。新丰本汉置,宋时改名临潼,华清宫则在临潼东南骊山下。这里说的新丰宫非专名,是说在新丰的那座玄宗游乐的离宫。
25　翠华,皇帝仪仗中用翠鸟羽毛作装饰的旗帜。这里指皇帝车驾。来向东,骊山在长安东北。
26　腾骧,跳跃。磊落,纷多。
27　筋骨,指筋骨挺硬。《列子·说符篇》:"伯乐曰:良马可形容、筋骨相也。"

28 献宝朝河宗，《穆天子传》卷一，记穆天子西征，河宗伯夭逆之于燕然之山，后又与天子披图视典，用观宝器。后来周穆王自此归而上升，这里即指玄宗之死。又，《旧唐书·肃宗本纪》，载肃宗上元二年四月，楚州刺史崔侁向玄宗献宝后，过了一天，玄宗就死了。

29 无复句，《汉书·武帝本纪》："武帝元封五年，自浔阳浮江，亲射蛟江中，获之。"这句意谓，玄宗不再能巡游，即是说他已经死了。

30 金粟堆，玄宗葬于今陕西蒲城县金粟山，陵号泰陵。

31 龙媒，《汉书·礼乐志》天马歌："天马来，龙之媒。"意谓天马来，即龙必至之兆。后因称良马为龙媒。鸟呼风，意谓良马既去，徒见林鸟呼风啼雨而已。

说明

骏马本来是诗歌的好题材，何况出于杜甫之笔。杜集中写马的有十一首，都是笔锋带着情感，都是性格化，并寄托着自己的抱负。写马，也写人。故而尤着重筋骨气概。

本诗当是代宗广德二年在成都时作。这时玄宗、肃宗已死，作者已是身经三朝的人了，诗里自有沧桑之感。所谓"绝大波澜，无穷感慨"。浦起龙在《读杜心解》中说："身历兴衰，感时抚事，惟其胸中有泪，是以言中有物。"

丹青引[1] 赠曹将军霸

将军魏武之子孙[2]，于今为庶为清门[3]。英雄割据虽已矣⁴,文彩风流今尚存⁵。学书初学卫夫人⁶,但恨无过王右军⁷。丹青不知老将至⁸,富贵于我如浮云。开元之中常引见⁹,承恩数上南熏殿¹⁰。凌烟功臣少颜色¹¹,将军下笔开生面¹²。良相头上进贤冠¹³,猛将腰间大羽箭¹⁴。褒公鄂公毛发动¹⁵,英姿飒爽来酣战¹⁶。先帝天马玉花骢¹⁷,画工如山貌不同¹⁸。是日牵来赤墀下¹⁹,迥立阊阖生长风²⁰。诏谓将军拂绢素²¹,意匠惨澹经营中²²。斯须九重真龙出²³,一洗万古凡马空²⁴。玉花却在御榻上²⁵,榻上庭前屹相向。至尊含笑催赐金²⁶,圉人太仆皆惆怅²⁷。弟子韩幹早入室²⁸,亦能画马穷殊相²⁹。幹惟画肉不画骨,忍使骅骝气凋丧³⁰。将军画善盖有神³¹,必逢佳士亦写真。即今漂泊干戈际,屡貌寻常行路人³²,途穷反遭俗眼白³³,世上未有如公贫。但看古来盛名下,终日坎壈缠其身³⁴。

1 题下曾自注:"赠曹将军霸。"丹青引,意即绘画歌。丹,丹砂,青,青䨼,本指绘画的颜料,后为绘画的代称。引,诗体名称,相等于"歌"。曹将军霸,见前首《画马图》注。
2 魏武之子孙,曹丕建魏国后,追尊其父曹操为太祖武皇帝。
3 为庶为清门,玄宗末年,曹霸因罪贬为庶民,也就成为寒门了。
4 英雄割据,指曹操与刘备、孙权鼎立。
5 文彩句,指曹氏的文章风度还能影响曹霸。
6 卫夫人,名铄,字茂漪,晋汝阴太守李矩妻,工隶书,王羲之曾从她学习书法。
7 但恨,只恨。王右军,指曾任右军将军的王羲之。右军,魏晋南北朝时官名，但非实际领兵之官。
8 丹青句，意谓曹霸以毕生精力专心于绘事，竟不知老之将至。《论语·述而》："不知老之将至云尔。"
9 开元之中，指唐玄宗时。引见，由内臣引领以应皇帝的召见。
10 数（朔 shuò）上，屡上。南熏殿，在南内兴庆宫内。
11 凌烟功臣，贞观十七年二月，诏命画功臣像于凌烟阁。开元时，玄宗命曹霸重画一次。少颜色，指旧画颜色已暗淡。
12 开生面，又有了新面目。
13 进贤冠，黑布做的帽子，本古代儒者所戴，唐时百官上朝都戴之。
14 大羽箭，旧注曾引《酉阳杂俎》中"太宗好用四羽大笴（箭杆）长箭"典。
15 褒公，褒忠壮公段志玄。鄂公，鄂国公尉迟敬德。都是凌烟功臣。
16 飒（萨 sà），英武飞动貌。来酣战，来，一作"犹"，实是"来"字生辣。
17 先帝，指唐玄宗。先，对死者的尊称。天马，一作"御马"。玉花骢（匆 cōng），玄宗所乘骏马名。骢，马青白色。
18 画工句，意谓画工虽多，还是画得不能同于真马，为下文"斯须"两句做眼。貌，这里是描绘的意思。
19 赤墀（迟 chí），宫内涂红漆的台阶。
20 迥（窘 jiǒng）立，昂头屹立。阊阖，本是神话中的天门，这里指宫门。生长风，形容马昂立耸矗时给人的感觉。
21 诏谓句，意谓皇帝命曹霸拂拭绢素准备绘画。绢素，书画用的白绢。
22 意匠，本指行文作画，心意如匠人的设计，后用作构思。惨澹经营，犹煞费苦心。

23 斯须，须臾，一会儿。九重，旧谓天有九重，这里指皇帝所居。《楚辞·九辩》："君之门以九重。"真龙，古代对八尺以上的马，为了表示神奇，也叫做龙。

24 一洗句，意谓真龙一出，历来平凡的马像是不存在似的。一，加强语气的助词。

25 玉花，指画中的马。却在，反在，倒在。榻，这里指坐具。张相先生《诗词曲语辞汇释》卷一云："榻上之玉花骢，画中假马也；庭前之玉花骢，真马也。然以画马逼真，故玉花反在御榻上，与庭前之真马对峙而不可辨矣。"原诗之意当如此。

26 至尊，指皇帝。

27 圉（语 yǔ）人，养马的官员。太仆，掌管皇帝车马的官。惆怅，这里是赞叹的意思。杜甫的《画马赞》中也有"良工惆怅，落笔雄才"语。

28 韩幹，玄宗时官太府寺丞，初以曹霸为师，后自成一派。对宫中及王府的良马，都曾写生过。入室，指最得师传的学生。下面的"幹惟画肉不画骨"，意思是嫌韩幹把马画得太肥了，但韩幹却是据实画的。唐张彦远《历代名画记》即说"玄宗好大马"。当时御厩中的马，多是"胡种"，由于专人饲养，也不可能不肥，宋人张耒在《萧朝散惠石本韩幹马图马亡后足》中即说："韩生丹青写天厩，磊落万龙无一瘦"（《柯山集》卷十三）。杜甫自己在《画马赞》中，也称韩马为"毫端有神"。大抵画家只从马的真实形态来画，尤其是"御马"；诗人则从马的筋骨上别具寄托，后来的李贺也有"向前敲瘦骨，犹自作铜声"的话。本诗这样说，实是借韩以特重曹。

29 殊相，不凡的形态。

30 骅骝，古骏马名，周穆王八骏之一。气凋丧，意谓没有精气。

31 善，精美。

32 必逢三句,意谓曹霸不仅写画,也写人,但从前必须逢到佳士才写,现在因战乱而沦落,连普通的行路人也写了。写真,写人像。
33 俗眼白,遭到世俗的轻视。用魏时阮籍善作青眼白眼典。
34 但看两句,意谓历来负盛名的人,往往以穷愁终其身。杜甫作这首诗时,已是晚年,所以这里面也隐寓自己的感慨。但看,只看。坎壈(砍览 kǎn lǎn),穷困不得志。

说明

这首诗实际也是曹霸的小传。从前后的遭遇上,反映出当时人情的势利,因而也自然地引起人们对这位名画家后期的漂泊生涯的同情。其次,杜诗中的马,往往真马假马,写马写人,写画家写自己,难以分辨,曲尽错综变化之能事。

诗作于广德二年,这时作者已经五十三岁了,在生活上饱经忧患,在艺术上也更加苍劲了。清代翁方纲曾称为气势充盛,"古今七言诗第一压卷之作。"(《王文简古诗平仄论》)苏轼曾有《韩幹马》诗:"少陵翰墨无形画,韩幹丹青不语诗。此画此诗今已矣,人间驽骥漫争驰。"也就是把杜诗韩画看作双绝。

寄韩谏议注[1]

今我不乐思岳阳[2],身欲奋飞病在床。美人娟娟隔秋水[3],濯足洞庭望八荒[4]。鸿飞冥冥日月白[5],青枫叶赤天雨霜[6]。玉京群帝集北斗[7],或骑麒麟翳凤凰[8]。芙蓉旌旗烟雾落⁹,影动倒景摇潇湘¹⁰。星宫之君醉琼浆,羽人稀少不在旁¹¹。似闻昨者赤松子¹²,恐是汉代韩张良¹³。昔随刘氏定长安¹⁴,帷幄未改神惨伤¹⁵。国家成败吾岂敢,色难腥腐餐枫香¹⁶。周南留滞古所惜¹⁷,南极老人应寿昌¹⁸。美人胡为隔秋水,焉得置之贡玉堂¹⁹?

1 韩谏议注,生平不详。从诗中的岳阳、洞庭、潇湘用语看,当是楚人。谏议,官名,掌侍从规谏。
2 岳阳,今属湖南。
3 美人,旧时多指自己慕念的人,这里指韩谏议。娟娟,美好貌。
4 濯(浊zhuó)足,用《孟子·离娄》"沧浪之水浊兮可以濯吾足"语意。洞庭,洞庭湖,在今湖南北部,长江南岸。八荒,八方(四方和四隅)远地。
5 鸿飞冥冥,指韩已遁世。冥冥,远空。
6 青枫句,指深秋。
7 玉京,道家说是元始天尊在天中心之上,名玉京山。群帝,众仙人。
8 翳,本是掩蔽的意思,这里当是以身掩凤,引伸为跨于其上之意,与上"骑"字是互文。明王嗣奭《杜臆》以为"语助词",可备一说。
9 旌旗烟雾落,旌旗如落烟雾之中。
10 潇湘,本今湖南省内二水名,在零陵境合流。
11 羽人,穿羽衣的仙人。旧注以为指韩已去位。
12 昨者,犹昔者。赤松子,传说中的仙人。
13 韩张良,张良为汉初功臣,后弃功名从赤松子游。又因他本是韩国人，故以韩张良切韩谏议之姓。

14 长安，今陕西西安市，汉建都于此。定长安，意即助刘邦奠定基业。

15 帷幄句，意谓韩谏议谋国之忠虽未改变，可是目击朝政的腐败，内心却很惨伤了。帷幄，本指帐幕。《汉书·张良传》："运筹帷幄之中，决胜千里之外，子房功也。"后也喻作大臣用以决策的场所。

16 国家两句，意谓对国家成败我岂敢坐视，但又不愿与浊世同流合污，故而只有洁身退居山林。色难（读平声），有难色，"不愿"的婉转说法。餐枫香，意即隐居山林。餐，食。作动词用。

17 留滞，《史记·太史公自序》："是岁天子始建汉家之封，而太史公留滞周南，不得与从事。"此句即用其意。周南，据《集解》："古之周南，今之洛阳。"

18 南极，星名，即老人星。

19 焉得句，这是杜甫的愿望，意谓怎么才能把他安置在朝廷上。玉堂，本汉宫殿名，这里指朝廷。

说明

这首诗的本事已无法知道，钱谦益以为指邺侯李泌，好多人都认为是附会，但诗的意旨还可以理解：韩注曾经替唐室出过力，安史之乱后，眼看朝政日益衰败，非常灰心，就此效法张良的明哲保身，隐居衡山，求仙学道。杜甫觉得他是国家有用之人，因而殷切地劝他重新出来。诗用《诗经·秦风·蒹葭》篇"蒹葭苍苍，白露为霜，所谓伊人，在水一方"唤起，内容写得很隐约，也许不得不这样写，也见得当时政局的险恶。

古柏行[1]

　　孔明庙前有老柏[2]，柯如青铜根如石[3]。霜皮溜雨四十围[4]，黛色参天二千尺[5]。君臣已与时际会，树木犹为人爱惜[6]。云来气接巫峡长，月出寒通雪山白[7]。忆昨路绕锦亭东[8]，先主武侯同閟宫[9]。崔嵬枝干郊原古[10]，窈窕丹青户牖空[11]。落落盘踞虽得地，冥冥孤高多烈风[12]。扶持自是神明力，正直原因造化功[13]。大厦如倾要梁栋，万牛回首丘山重[14]。不露文章世已惊[15]，未辞剪伐谁能送[16]。苦心岂免容蝼蚁，香叶曾经宿鸾凤[17]。志士仁人莫怨嗟，古来材大难为用。

1　古柏，此指在夔州（今重庆奉节县）诸葛庙前的古柏。行，古诗的一种体裁。

2　孔明，诸葛亮。古人名与字常相应。

3　柯，树枝。

4　霜皮溜雨，树皮白而润滑。四十围，极言其高大，犹下之二千尺。围，合抱曰围，古也以三寸或五寸为一围。

5　黛色，青黑色。参天，朝天。

6　君臣两句，意谓君臣的遇合既已如此融洽，故树木还被后人爱惜。这是用周代人民爱护召伯甘棠典故，所谓思其人犹爱其树。与时，因时。际会，遇合。

7　云来两句，形容柏树高耸阴森气象，可以气接巫峡，寒通雪山。巫峡，在今重庆巫山县东，长江三峡之一。雪山，在四川松潘县南，为岷山主峰。这里泛指四川西部的岷山。

8　昨，也泛指过去。锦亭，杜甫成都草堂之亭，草堂近锦江，故云。孔明庙在亭东。

9　先主,开国君主之意,指刘备。武侯,诸葛亮曾封武乡侯。閟(必 bì)宫,神庙。閟,幽深。成都的武侯庙附于先主庙,故云"同閟宫"。

10　崔嵬,高大貌。这是指成都武侯庙前的柏树,即《蜀相》诗中"锦官城外柏森森"。

11　窈窕(咬挑 yǎo tiǎo),深远貌。丹青,这里指庙内的漆绘。参见《丹青引》。户牖(有 yǒu)空,从空旷中托出庙貌的幽深肃穆。

12　落落两句,意谓夔州的古柏,虽地在孔明庙前而显得挺拔耸立,只是高处多风。落落,独立不苟合。冥冥,指高空。

13　扶持两句,意谓古柏所以虽经烈风而能长存,全靠神明扶持之力;它本身的正直,正是造物主赋予它以力量。神明,这里指自然的力量。原因,原是因为。造化,万物的主人之意。

14　大厦(霎 shà)两句,意谓大厦如果倾倒原要栋梁支持,可是古柏重如丘山,万牛也难搬拽去作栋梁。万牛句,喻万头牛也因搬不动而回头停步。

15　不露文章,指古柏没有花叶之美,实际是在说人。文章,华美的色彩。

16　未辞句,谓古柏虽不避砍削,又有谁能采送。剪伐,《诗经·召南·甘棠》:"蔽芾甘棠,勿剪勿伐,召伯所茇。"

17　苦心两句,意谓古柏虽有此苦心,仍难免为蝼蚁(喻小人)侵蚀,但其余芳却为鸾凤(喻贤人)所留恋。苦心,柏心味苦。

说明

诗作于代宗大历元年(766)。前一年正值回纥、吐蕃入侵,大将浑瑊北御吐蕃于奉天（今陕西乾县），唐室还是纷乱。

杜甫对诸葛亮是怀着极大的敬意的，杜诗中凡是写到诸葛亮，无不倾注着自己的深情，由诸葛亮又联想到他和刘备。"武侯祠堂不可忘，中有松柏参天长"（《夔州歌十绝句》），于是连孔明庙前的树木也当作一种遗爱来纪念。动荡的时代自然更想起鞠躬尽瘁的老臣，想起刘备和他的如鱼得水的君臣关系，想起久经风霜，挺立寒空的古柏。读了这些诗篇，也确实使人消去鄙吝之心。末句的"古来材大难为用"，透露了自己怀才莫展之恨，即所谓"卒章显志"。要之，写诸葛，写松柏，写马，写与李白的友情，唐诗人中没有一个能胜过杜甫的。

蜀江水碧，丞相之树常青。伟大的诗人歌颂了应当歌颂的伟大的政治家。在这一点上，杜甫确实无负他这枝如椽之笔。

卷三 七言古诗

杜甫

观公孙大娘弟子舞剑器行[1] 并序

　　大历二年十月十九日[2]，夔府别驾元持宅[3]，见临颍李十二娘舞剑器[4]，壮其蔚跂[5]，问其所师，曰："余公孙大娘弟子也。"开元三载[6]，余尚童稚，记于郾城观公孙氏舞剑器浑脱[7]，浏漓顿挫[8]，独出冠时。自高头宜春梨园二伎坊内人洎外供奉[9]，晓是舞者，圣文神武皇帝初[10]，公孙一人而已。玉貌锦衣，况余白首，今兹弟子，亦非盛颜[11]。既辨其由来，知波澜莫二[12]，抚事慷慨[13]，聊为《剑器行》[14]。往者吴人张旭[15]，善草书书帖，数常于邺县见公孙大娘舞西河剑器[16]，自此草书长进，豪荡感激[17]，即公孙可知矣[18]。

　　昔有佳人公孙氏，一舞《剑器》动四方[19]。观者如山色沮丧[20]，天地为之久低昂[21]。㸌如羿射九日落[22]，矫如群帝骖龙翔[23]。来如雷霆收震怒[24]，罢如江海凝清光[25]。绛唇珠袖两寂寞[26]，晚有弟子传芬芳[27]。临颍美人在白帝[28]，妙舞此曲神扬扬。与余问答既有以[29]，感时抚事增惋伤。先帝侍女八千人[30]，公孙剑器初第一[31]。五十年间似反掌[32]，风尘澒洞昏王室[33]。梨园子弟散如烟，女乐余姿映寒日[34]。金粟堆前木已拱[35]，瞿塘石城草萧瑟[36]。玳弦急管曲复终[37]，乐极哀来月东出。老夫不知其所往，足茧荒山转愁疾[38]。

1　公孙大娘，唐玄宗开元间有名的女舞蹈家，能为《邻里曲》

及《裴将军满堂势》等舞蹈。司空图《剑器》诗云："楼下公孙昔擅场，空教女子爱军装。"可见其声名一直流传到唐末。弟子，即下李十二娘。剑器，古代武舞（健舞）曲名，当是西域传入。《通考》说是"其舞用女妓雄装，空手而舞。"但既是武舞，又着雄装，舞时应是持剑（一说是双剑），唐人诗也可证，如姚合《剑器词》之"掉剑龙缠臂"（似还兼用彩帛），本诗中之"罢如江海凝清光"，似也指剑光。且剑字也只能作刀剑之剑解，若与剑无关，不会凭空写上剑字。冯至先生《杜甫传》也说："近来四川出土的古砖，其中有描绘舞剑器浑脱的，舞者则手持双剑。"行，古诗的一种体裁。

2　大历（唐代宗年号）二年，公元767年。

3　夔（葵kuí）府，唐太宗贞观十四年，夔州（今重庆奉节县）曾设都督府，故也称夔府。别驾，刺史的佐吏。随刺史巡行时得别乘车驾，故名。隋唐一度改为长史。元持，人名。

4　临颍，今属河南。

5　蔚跂，形容舞姿的变幻矫健。跂，通"企"。

6　开元三载（715），三，一作"五"，五载时杜甫是六岁，三载只有四岁。故钱谦益云："公七龄思即壮，六岁观剑似无不可。"

7　郾城，今属河南。浑脱（驼tuó），也是一种武舞。有名的《苏莫遮》，也是浑脱舞的一种。自西域传入。长孙无忌（封赵国公）曾戴乌羊毛制的浑脱毡帽舞之，故也名赵公浑脱。舞态跟剑器舞一样雄健。把这两种舞结合起来，叫剑器浑脱。

8　浏漓顿挫，流旋飘逸而又摇曳有致的意思。

9　自高头句，伎坊，也称教坊，本唐高祖武德时设置，为宫内练习舞艺的机构，开元二年又设于蓬莱宫侧，由玄宗亲教法曲，习艺者称为梨园弟子，其中有宫女数百人，居宜春院，则称为"内人",也称为"前头人",意谓常在皇上前头。高头,疑是"前头人"之意。洎(记 jì),及。外供奉,指不居宫内,设在宫外左右教坊,随时入宫承应的男女伎人,与内教坊对称。

10 圣文神武皇帝,指玄宗,开元二十七年群臣所上尊号。初,初年。

11 玉貌四句,意谓想想数十年前玉貌锦衣的公孙大娘,自然已非昔比,何况连我也头白了呢,就是眼前的她的弟子,也已不如当年的盛颜了。况余,一说疑为"晚余"二字之误。

12 波澜莫二,师徒舞技一脉相承,点滴不差。

13 慷慨,激昂感叹之意。

14 聊,姑且。

15 张旭,李肇《唐国史补》:"旭言始吾见公主担夫争路而得笔法之意,后见公孙氏舞剑器而得其神。"余见本书卷八"作者介绍"。

16 数(朔 shuò),屡次。邺县,今河南安阳县。西河剑器,剑器舞的一种。陈寅恪先生疑为河西或河湟之异称,明此伎实出西胡(《元白诗笺证稿》)。

17 感激,受到感染。

18 即公孙句,意谓张旭既从公孙大娘处受此感染,则公孙大娘本人的技艺更可想见。即,则。

19 一,加强语气的助词。

20 色沮丧,犹失色。

21 天地句,意谓天地为之震动。

22 㸌,闪光貌,实是"霍"之或字。羿(艺 yì),即后羿,传说尧时十日并出,草木焦死,羿一连射下九个。

23 矫，飞举，矫捷。群帝，东方诸天神。骖龙翔，驾龙飞翔。

24 来，指开场，下句罢，指收场。雷霆，指鼓声。剑器、浑脱皆有鼓助奏。如张说所谓"豪歌急鼓送寒来"(《苏幕遮》)。收震怒，当是鼓声响处能使观众屏息，犹上"色沮丧"，今剧场所谓"压堂"。

25 清光，当指剑光。

26 绛唇，指歌。珠袖，指舞。寂寞，衰落。

27 传芬芳，传公孙的精华。

28 临颍美人，指李十二娘。白帝，白帝城，在今重庆奉节县东。本鱼腹城，西汉末公孙述改白帝城。这里泛指夔州。

29 既有以，即序中"既辨其由来"之意。以，因由。

30 先帝，指唐玄宗。先，对死者的尊称。

31 初第一，本第一。

32 五十年间，自开元五年（717）至大历二年（767）为五十年。似反掌，形容时间过得快。

33 风尘句，指安史之乱带来的朝政衰落。澒（hòng）洞，弥漫无际貌。

34 女乐，原指歌妓。余姿，指李十二娘犹存开元盛世的歌舞风貌。寒日，此诗作于十月。

35 金粟堆，玄宗死于肃宗宝应元年（762）。次年，葬于今陕西蒲城县金粟山，陵号泰陵。至此死已五年。木已拱，言墓木已长得合抱。语出《左传·僖公三十二年》："尔墓之木拱矣。"

36 瞿塘石城，指夔州地带，夔州近瞿塘峡。高步瀛以为石城当即指白帝城。

37 玳弦，玳瑁饰制的弦乐器，如琴瑟之类，喻乐器的精美。又，玳弦一作"玳筵",亦通。急管,节奏急促的音乐。管,原指箫笛等。
38 老夫两句,足茧原是妨碍速行,此时却不忍离去,像是行走荒山,虽有足茧碍行,但仍感到走得太快了。老夫,杜甫自称。转,反,倒。疾,快速。仇兆鳌说:"足茧行迟,反愁太疾,临去而不忍其去也。"

说明

杜甫作这首诗时,玄宗、肃宗都已死了,他自己也白头滞峡。时序变迁,人事蹉跎,自又引起他盛衰之感,正如王嗣奭《杜臆》所说,"全是为开元、天宝五十年治乱兴衰而发。"

诗前的序文,也错落悲凉,可作杜甫散文读,朱彝尊称为"佳绝"。

本书五古七古部分,杜甫占最多,如同施补华《岘佣说诗》所说:"少陵七古,学问才力性情,俱臻绝顶,为自有七古以来之极盛。故五古以少陵为变体,七古以少陵为正宗。"

元结

石鱼湖上醉歌[1] 并序

漫叟以公田米酿酒[2],因休暇则载酒于湖上,时取一醉。欢醉中,据湖岸引臂向鱼取酒[3],使舫载之,遍饮坐者。意疑倚巴丘酌于君山之上[4],诸子环洞庭而坐⁵,酒舫泛泛然触波涛而往来者,乃作歌以长之⁶。

　　石鱼湖,似洞庭,夏水欲满君山青。山为樽⁷,水为沼⁸,酒徒历历坐洲岛⁹。长风连日作大浪,不能废人运酒舫¹⁰。我持长瓢坐巴丘¹¹,酌饮四座以散愁。

1　石鱼湖,在今湖南道县东。
2　漫叟,元结的别号。
3　引臂,伸臂。鱼,指石鱼。
4　疑,似。巴丘,又名巴陵,洞庭湖边山名。君山,一名洞庭山,在洞庭湖中。相传为舜妃湘君游处,故又名湘山。
5　诸子,同游的人。洞庭,洞庭湖,在今湖南北部,长江南。
6　长（掌zhǎng）,犹助兴。
7　樽,酒器。
8　沼,池。
9　历历,一个个。洲,水中可居之地。
10　废人,阻止人。
11　瓢,原指剖瓠（葫芦）做成的舀水之器。

说明

　　元结在道州时,写了好几首咏吟石鱼湖的诗,其《石鱼湖上作》序云:"㴭泉南上有独石在水中,状如游鱼。鱼凹处,修之可以贮酒。水涯四匝,多欹石相连,石上,人堪坐。水能浮小舫载酒,又能绕石鱼洄流,乃命湖曰石鱼湖。"此为石鱼湖得名之由来,当时或已有归隐之意。

韩愈

作者介绍

韩愈（768—824），字退之，河南河阳（今孟州市西）人。昌黎是韩氏的郡望。幼以孤子刻苦力学。德宗贞元进士。任监察御史时，因上书言事，贬阳山令。顺宗即位，以大赦移江陵府。宪宗元和十四年，任刑部侍郎时，因上表谏迎佛骨，中有"自佛法入中国，帝王事之寿不能长"语，大触宪宗之怒，欲加极刑。经裴度、崔群奏请宽减，中云："然非内怀忠恳，不避黜责，岂能至此。"乃贬潮州刺史，后复召回。

穆宗时，镇州（今河北正定）乱起，杀其帅田弘正而立王廷凑，他奉命冒危宣抚，以严词正言面斥乱军。回朝后，以吏部侍郎卒。

韩愈是唐代古文运动的倡行者。他的一生，行事也颇特异，两受贬斥而倔强如故，己虽厚禄犹关心孤寒，对冥顽不灵的鳄鱼却欲以一纸祭文驱之，力排佛法却爱与僧人交游。他的诗文，也每每表现出特异的个性。

天宝之后，李、杜已殁，这时候，韩愈以"奇崛险怪"的风格，开山辟土，自成一径，一反大历、贞元柔靡浮荡之风。那些古风，也果然给人以气魄雄浑，意境奥衍的感觉。然而另一方面，也带来了故作奇语，刻意求工之弊，诗的美感、语言的和谐这些特点也消失了。有些诗，不但是散文化，而且是辞赋化了。难怪沈括要说："韩退之诗，乃押韵之文耳，虽健美富赡，而格不近诗。"（见胡仔《苕溪渔隐丛话前集》）

倒是他的近体诗写得亲切自然,很有感染力,如《赠贾岛》、《左迁至蓝关示侄孙湘》,可惜本书没有选入。

山石[1]

山石荦确行径微[2],黄昏到寺蝙蝠飞。升堂坐阶新雨足,芭蕉叶大支子肥[3]。僧言古壁佛画好,以火来照所见稀[4]。铺床拂席置羹饭[5],疏粝亦足饱我饥[6]。夜深静卧百虫绝[7],清月出岭光入扉[8]。天明独去无道路[9],出入高下穷烟霏[10]。山红涧碧纷烂漫[11],时见松枥皆十围[12]。当流赤足踏涧石,水声激激风生衣。人生如此自可乐,岂必局促为人鞿[13]。嗟哉吾党二三子[14],安得至老不更归[15]。

1 山石,旧诗中常有以首句首二字为题,实与内容无关。
2 荦确(洛却 luò què),险峻不平貌。微,狭窄。
3 支子,即栀子,夏天开花,色白而香。
4 稀,依稀,隐约。
5 置,供。
6 疏粝,粗糙的饭食。粝,粗米。
7 百虫绝,指虫声绝。
8 扉,门。
9 无道路,指晓色迷茫中看不清道路。也有信步走去,行不由径之意。
10 出入高下,在高高低低的山路中进出着。穷烟霏,看尽烟霏,实即走遍山径。烟霏,泛指云雾。
11 山红涧碧,山指山花,涧指涧水。纷烂漫,光泽繁艳。
12 枥,同"栎"。落叶乔木。围,注见杜甫《古柏行》。
13 局促,拘束。靮(机 jī),马缰绳,这里也是拘束意。
14 吾党二三子,指与作者志趣投合的几个人。
15 不更归,更不归。更,再。

说明

方世举《韩诗编年笺注》以此诗为德宗贞元十七年(801)夏秋间闲居洛阳时作。寺即惠林寺。

开头四句,其实就可以独立成为一首绝诗,写雨后黄昏的古寺景色,生动而真切,语言也干净自然。

八月十五夜赠张功曹[1]

纤云四卷天无河[2],清风吹空月舒波[3]。沙平水息声影绝,一杯相属君当歌[4]。君歌声酸辞正苦,不能听终泪如雨。洞庭连天九疑高[5],蛟龙出没猩鼯号[6]。十生九死到官所[7],幽居默默如藏逃[8]。下床畏蛇食畏药[9],海气湿蛰熏腥臊[10]。昨者州前搥大鼓[11],嗣皇继圣登夔皋[12]。赦书一日行千里[13],罪从大辟皆除死。迁者追回流者还[14],涤瑕荡垢清朝班[15]。州家申名使家抑[16],坎轲只得移荆蛮[17]。判司卑官不堪说[18],未免捶楚尘埃间[19]。同时流辈多上道[20],天路幽险难追攀[21]。君歌且休听我歌,我歌今与君殊科[22]:一年明月今宵多[23],

人生由命非由他，有酒不饮奈明何 24。

1　张功曹，张署，河间（今属河北）人。
2　纤云，云丝。卷，收敛。河，指银河。
3　月舒波，指月光如水，光波向四野舒展。
4　属（主 zhǔ），原义为倾注，这里意为劝酒。苏轼：《赤壁赋》："举酒属客。"
5　洞庭，洞庭湖，在今湖南北部，长江南。九疑，即苍梧山，在今湖南宁远县境。从这句起至"天路幽险"句，都是张功曹的话。
6　猩，猩猩。鼯，也叫"大飞鼠"。
7　十生九死，犹九死一生。官所，指张署贬地临武（今属湖南）。
8　幽居句，指谪居时的心情。
9　药，指蛊毒，旧说是一种用毒虫制成的害人的药。
10　湿蛰，蛰伏在潮湿地方的蛇虫。熏腥臊，蒸发出腥臊之气。
11　昨者，犹云昔者。州，指郴州（今湖南郴州市）衙署。挝大鼓，唐制，颁大赦令时，击鼓千声以集百官。
12　嗣皇，指唐宪宗。登，进用。夔、皋，以舜时任用贤臣夔和皋陶，比喻宪宗继位后必能任贤举能。
13　赦书句，这次大赦令于八月初五日颁发，在十五日前到达郴州。一日行千里，极言递传之快速。
14　罪从两句，大辟者免死，谪迁、流放者也召回、放还。大辟，处死刑。迁，降职。
15　涤瑕句，革除积弊，清理朝政。瑕，玉斑。
16　州家，指州刺史。使家，指观察使（朝廷派赴各道访察吏绩民隐的大员）。州家、使家都是当时的方言。申名，将姓名申报上去。抑，抑制他们不使回到朝廷。

17 坎轲，困顿失意。移荆蛮，指调往江陵（今属湖北）府任职。江陵古曾为楚（荆）的郢都。
18 判司句，当时张署调任江陵府功曹参军，韩愈为法曹参军。唐之参军，常为贬职官虚衔，故受人轻视，有过即受笞杖。杜牧《赠小侄阿宜诗》："参军与簿尉，尘土动劻勷。一语不中治，鞭笞满身疮。"判司（判一司之事），对诸曹参军的统称。
19 捶楚，鞭打。尘埃间，指伏地受刑。
20 同时流辈，指同时迁谪诸人。上道，指往京城长安。
21 天路，指进身朝廷之途。
22 殊科，不同类。
23 多，最值得赞美。因这天是中秋。
24 奈明何，意谓如何对得起明月。末句实是解嘲。

说明

贞元十九年（803），韩愈和张署都在长安任监察御史，时天旱，即以言官身份，向德宗进谏数千言，极论宫市等之弊，遂触德宗之怒，贬为阳山（今属广东）令，张署贬临武令。二十一年，顺宗即位，大赦天下，乃离任所至郴州待命，因湖南观察使杨凭的阻抑，未能调任，即诗中所谓"使家抑"。八月，顺宗因病传位宪宗，又颁大赦，始得改官江陵。此诗是在郴州时作，虽未正式到任而职分已定。

由于先因直谏而遭贬，后又受抑于杨凭，这时身处客馆，举头望月之余，只得强作譬解，自叹命运如此了。

谒衡岳庙遂宿岳寺题门楼[1]

五岳祭秩皆三公[2]，四方环镇嵩当中[3]。火维地荒足妖怪[4]，天假神柄专其雄[5]。喷云泄雾藏半腹[6]，虽有绝顶谁能穷？我来正逢秋雨节，阴气晦昧无清风。潜心默祷若有应，岂非正直能感通[7]？须臾静扫众峰出[8]，仰见突兀撑青空[9]。紫盖连延接天柱[10]，石廪腾掷堆祝融[11]。森然魄动下马拜[12]，松柏一径趋灵宫[13]。粉墙丹柱动光彩，鬼物图画填青红[14]。升阶伛偻荐脯酒[15]，欲以菲薄明其衷[16]。庙令老人识神意[17]，睢盱侦伺能鞠躬[18]。手持杯珓导我掷[19]，云此最吉余难同[20]。窜逐蛮荒幸不死[21]，衣食才足甘长终[22]。侯王将相望久绝，神纵欲福难为功[23]。夜投佛寺上高阁，星月掩映云朣胧[24]。猿鸣钟动不知曙[25]，杲杲寒日生于东[26]。

1　谒，进见。衡岳庙，在今湖南衡山县西。
2　五岳，指东岳泰山，西岳华山，南岳衡山，北岳恒山，中岳嵩山。祭秩皆三公，祭祀的等级都照祭三公的礼节致祭。秩，次序。三公，历代官制不同，周以太师、太傅、太保为三公，后世遂用以称人臣之最高官位。《礼记·王制》："天子祭天下名山大川，五岳视三公。"唐五岳之神都封王号，衡岳神封司天王。
3　嵩当中，以嵩岳为中心。
4　火维，古以五行分属五方，因以"火维"指南方，又以赤帝祝融氏为衡岳之神，摄位火乡。维，隅落。足，多。
5　假，授予。柄，权力。

6　半腹，山腰。

7　正直，指岳神。《左传·庄公三十二年》："神，聪明正直而壹者也。"

8　须臾，一会儿。静扫，安详地吹开了云雾，含有对岳神的肃敬意。

9　突兀，高耸突出貌，指众峰。

10　紫盖、天柱，与下石廩、祝融，都是山峰名，加上芙蓉峰，为衡山最高山峰。

11　腾掷，犹言腾踊，形容山势逶迤上延之状。

12　魄动，敬畏意。

13　一径，一路。趋，朝向。灵宫，神宫。

14　粉墙两句，指墙上柱上都画着彩色的鬼怪图状。动，闪耀着。

15　伛偻（字旅 yǔ lǚ），曲身示敬。荐，进献。脯，干肉。

16　菲薄，指祭品。明其衷，表明自己的诚敬。

17　庙令，唐五岳皆设庙令以管理之。

18　睢盱（虽虚 suī xū），这里是凝视的意思。侦伺，窥察韩愈祭神的用意。能鞠躬，惯于鞠躬。

19　杯珓，也作"杯教""杯校"。占卜用具，形似蚌壳，共两片，占时合而投空掷地，视其俯仰以定吉凶。

20　云此句，旧说以半俯半仰者最吉。余难同，言其他卦象难以相比。一说这三字似是趁韵。

21　窜逐蛮荒，指迁谪阳山事。阳山今属广东，古以为南蛮荒僻之地。

22　衣食才足，刚够衣食之需。

23　神纵句，神虽欲赐福，使其富贵，也无能为力。此系承上句自述对功名富贵已经断念而来。实际都是牢骚话。

24　朣朦，隐约不明的样子。

25　不知曙，也不知天是何时亮的。
26　杲杲（搞 gǎo），形容日色明亮。

说明

　　这诗是韩愈从贬所阳山北归，中途游衡山时作。他的求神问卜，恐也只是借此解嘲消闷，从末段"侯王将相"及"猿鸣钟动"等句看，也反映了他这时对现实冷淡的心情。

　　司空图《题柳柳州集后》："韩吏部歌诗数百首，其驱驾气势，若掀雷挟电撑抉于天地之间，物状奇怪，不得不鼓舞而徇其呼吸也。"类似本篇这些古风，就使人有这种印象。

石鼓歌

　　张生手持石鼓文[1]，劝我试作石鼓歌。少陵无人谪仙死[2]，才薄将奈石鼓何。周纲陵迟四海沸[3]，宣王愤起挥天戈[4]。大开明堂受朝贺[5]，诸侯剑佩鸣相磨[6]。蒐于岐阳骋雄俊[7]，万里禽兽皆遮罗[8]。镌功勒成告万世[9]，凿石作鼓隳嵯峨[10]。从臣才艺咸第一，拣选撰刻留山阿[11]。雨淋日炙野火燎，鬼物守护烦㧑呵[12]。公从何处得纸本[13]，毫发尽备无差讹。辞严义密读难晓，字体不类隶与蝌[14]。年深岂免有缺画[15]，快剑斫断生蛟鼍[16]。鸾翔凤翥众仙下[17]，珊瑚碧树交枝柯[18]。金绳铁索锁钮壮[19]，古鼎跃水龙腾梭[20]。陋儒编《诗》不收入[21]，二雅褊迫无委蛇[22]。孔子西行不到秦，掎摭星宿遗羲娥²³。嗟余好古生苦晚，对此涕泪双滂沱²⁴。忆昔初蒙博士征，其年始改称元和²⁵。故人从军在右辅²⁶，为我度量掘臼科²⁷。濯冠沐浴告祭酒²⁸，如此至宝存岂多？毡包席裹可立致²⁹，十鼓只载数骆驼。荐诸太庙比郜鼎³⁰，光价岂止百倍过³¹？圣恩若许留太学³²，诸生讲解得切磋³³。观经鸿都尚填咽³⁴，坐见举国来奔波³⁵。剜苔剔藓露节角³⁶，安置妥帖平不颇³⁷。大厦深檐与盖覆，经历久远期无佗³⁸。中朝大官老于事³⁹，讵肯感激徒媕婀⁴⁰。牧童敲火牛砺角⁴¹，谁复着手为摩挲⁴²。日销月铄就埋没⁴³，六年西顾空吟哦⁴⁴。羲之俗书趁姿媚⁴⁵，数纸尚可博白鹅⁴⁶。继周八代争战罢⁴⁷，无人收拾理则那⁴⁸？方今太平日无事，柄任儒术崇丘轲⁴⁹。安能以此上论列⁵⁰，愿借辩口如悬河⁵¹。石鼓之歌止于此，呜呼吾意其蹉跎⁵²。

1 张生，旧注多以为是张籍。钱仲联先生《韩昌黎诗系年集释》云："按张籍时不在东都，此张生当是张彻。本年《李花》诗有'夜领张彻投卢仝'句可证。"

2 少陵，杜甫。谪仙，李白。

3 周纲，周朝的政治秩序。陵迟，衰败。沸（费 fèi），动荡。

4 宣王，姬静，厉王之子，旧时称他为周室中兴之主。挥天戈，指宣王对淮夷、犹等用兵事。

5 明堂，天子颁布政教，接见诸侯，举行祭祀的场所。

6 诸侯句，喻入朝的诸侯之多，以致剑佩相磨擦而发出声响。剑佩，剑上的玉饰。

7 蒐（搜 sōu）于岐阳，《左传·昭公四年》有"成（成王）有岐阳之蒐"语,这里却以为是宣王。按《诗经·小雅·车攻》,起句有"我车既攻,我马既同"语,《诗序》以为为宣王田猎而作。此八字适又与石鼓文起句相同,韩诗或即据此。蒐,打猎。岐阳,岐山的南面。山南曰阳。

8　遮罗,拦捕。

9　镌(捐juān)功,将功业刻在石上,与勒成为互文。勒,刻。成,成就。

10　凿石句,意谓凿破嵯峨的山石而作石鼓。隳(灰huī),毁堕。嵯峨,高峻貌。

11　山阿(ē),泛指山陵。

12　雨淋两句,意谓因有鬼神的守护,石鼓始能经雨淋日炙不至毁没。扚,通"挥"。呵(诃hē),喝叱。意思是不令他物侵犯。

13　公,指张生。

14　不类,不像。隶,隶书。蝌,指蝌蚪文,相传是一种古文字,因其字形像蝌蚪而得名。按石鼓文所用为籀文,即大篆,古书中所谓蝌蚪文,当指籀文。

15　缺画,笔画残缺。

16　快剑句,这句似也是写石鼓文的残缺。杜甫《李潮八分小篆歌》:"况潮小篆逼秦相,快剑长戟森相向。八分(指隶书)一字值千金,蛟龙盘拏肉屈强。"斫(酌zhuó),砍。蛟鼍(驼tuó),犹蛟龙,因押韵故用"鼍"字。

17　鸾翔凤翥(铸zhù)句,形容字体的活泼,犹龙飞凤舞。翥,飞。

18　珊瑚句,形容字体的交相纵横。柯,树枝。珊瑚形状也像树枝。

19　金绳铁索句,喻字体的遒劲而钩连。

20　古鼎句,传周显王时九鼎沦没泗水,秦始皇时,派人入水求之，龙齿啮断绳索而不得出。见《水经注·泗水注》。龙腾梭，陶侃少时，渔于雷泽，网得一梭挂于壁；有顷雷雨化为龙而去。见《晋书·陶侃传》。

21　诗，指《诗经》。

22　二雅，指《诗经》中的《大雅》《小雅》。褊迫，狭小。委蛇，即"委佗"（驼 tuó），庄严而又从容貌。《二雅》中多称颂宣王征伐事，石鼓文韩愈以为也是记宣王功业，却未收入《二雅》，故讥为眼光狭小的陋儒所为。

23　孔子两句，意谓孔子因未到秦地，故采诗未收石鼓文，就像只取星宿而遗漏日月。秦，石鼓唐初在天兴（今陕西宝鸡市）三畤原出土，春秋时为秦地。挎擿（已直 jǐ zhí），采取。羲，羲和，日之驾车人，这里指日。娥，嫦娥，这里指月。以上四句，都是在提高石鼓文的地位，其实有些夸大。

24　滂沱（乓驼 pāng tuó），形容泪下如雨。

25　忆昔两句，元和元年（806），韩愈自江陵召为国子（监）博士。元和，唐宪宗年号。

26　右辅，即右扶风。汉武帝时以京兆尹、左冯翊、右扶风为三辅，所辖皆京畿地，约当今陕西中部。至唐犹沿此称。右扶风在渭城西，即凤翔府（今属陕西）。从军在右辅，指凤翔节度府从事。旧注以为郑余庆。但郑余庆虽曾将石鼓移至凤翔，又曾为国子祭酒，此时却无从军右辅事。

27　度量，设计。臼科，坑穴，指埋石鼓所在。

28　濯（浊 zhuó）冠沐浴，表示诚敬。祭酒，学官名。本为首席之意。唐为国子监的主管官。当时是郑余庆任此职。

29　立致，立刻办到。

30　荐，进献。太庙，皇家的祠堂。郜鼎，《春秋·桓公二年》："四月，取郜大鼎于宋。戊申，纳于太庙。"这里的意思，是把石鼓比为可进献太庙的文物。

31 光价，犹声价。

32 太学，古代的大学，唐属国子监。

33 切磋，钻研。

34 观经句，汉灵帝光和元年，置鸿都门学士。鸿都门是藏书之所。又，灵帝熹平四年，蔡邕奏请正定六经文字，使工刻石，立于太学门外，即熹平石经。来观看、摹写的人，每天极为拥挤。这原是两件事，因都在灵帝时期，便合在一起了。填咽（夜 yè），阻塞。

35 坐，即将。

36 剜（弯 wān），刀挖。节角，文字的棱角。

37 颇，歪斜。

38 期无佗，意谓免得发生意外。佗，同"他"，念"驼"。

39 中朝，犹朝中。老于事，老是老练之老，实是讥讽。

40 讵肯，岂肯。感激，有所感受而奋激。婀婀（庵屙 ān'ē），无主见。

41 敲火，敲石取火。这里比喻石鼓被儿童们任意玩弄。砺，磨。

42 着手，用手。摩挲，常指对文物图书的抚玩。

43 铄（朔 shuò），熔毁。就，归于。

44 六年西顾，这诗是元和六年作。

45 羲之句，一说俗书是对古书（篆文）而言，乃时俗之俗，非俚俗之俗，实非贬辞。但从下"趁姿媚"观之，似仍有贬意。

46 数纸句，王羲之爱鹅，曾以所写《道德经》换一山阴道士之鹅。见《晋书·王羲之传》。博，换取。

47 八代，所指不明，以苏轼称韩愈为"文起八代之衰"言之，则为东汉、魏、晋、宋、齐、梁、陈、隋。这里当泛指秦汉以来诸朝。
48 则那（懦 nuò），又奈何。
49 柄任儒术，重用儒学之士的意思。丘，孔丘。轲，孟轲。
50 论列，议论，建议。
51 悬河，比喻有辩才。《晋书·郭象传》："太尉王衍每云：听象语如悬河泻水，注而不竭。"
52 其，将。蹉跎，本指岁月虚度，这里是白费心思之意。

说明

石鼓文为中国最早的石刻文字。刻于十块鼓形石上，故名。内容记述出猎情状。书体为大篆，即籀文。制作时代，前人说法不一。经近代学者考证，为秦刻石。究属于秦国的文公、穆公、襄公、献公，仍难确定（韩愈以为周宣王时物）。宋徽宗时曾自凤翔府迁至汴京，金人陷汴京乃运至燕京。今藏北京故宫博物院。

韩愈想把石鼓运到太学，这一建议未被采纳，故而末段感慨系之。从诗中"牧童敲火"云云看，可见当时朝廷对这样名贵的文物之不爱护。

杜甫、韦应物、苏轼都写过吟咏石鼓的诗，以杜诗较胜。这类诗实在也不容易写得好，说理多而抒情少。《韩昌黎诗系年集释》引程学恂对此诗的评论，也说"其实此殊无甚深意，非韩诗之至者，特取其体势宏敞，音韵铿訇耳"。

柳宗元

渔翁

渔翁夜傍西岩宿[1],晓汲清湘燃楚竹[2]。烟销日出不见人,欸乃一声山水绿[3]。回看天际下中流,岩上无心云相逐[4]。

1 西岩,即作者《始得西山宴游记》中的西山,在湖南永州市零陵区西湘江外。
2 湘,指湘水。其水至清。楚,永州古属楚地。燃楚竹,烧竹煮水。
3 欸(矮 ǎi)乃,摇橹声。唐时湘中又有棹歌《欸乃曲》。
4 岩上句,此句应在"云"字下一逗。陶潜《归去来辞》:"云无心而出岫。"

说明

这诗是站在作者角度说的,故诗中"不见人"的"人"是指渔翁。全诗用灵活的手法,写眼中事物变化之倏忽:刚才还明明看到渔翁在汲水烧火,忽然不见了。再回过身来,只见渔船仿佛自天际来了。于是欸乃声中才见山水一绿,船已下中流了。句中这一"绿"字和王安石"春风又绿江南岸"之"绿",同是一字之微,全境俱活。

《苕溪渔隐丛话·前集》引《冷斋诗话》云:"东坡云:'诗以奇趣为宗,反常合道为趣。熟味此诗有奇趣。然其尾两句,虽不必亦可。'"

白居易

作者介绍

白居易（772—846），字乐天，号香山居士。下邽（今陕西渭南市附近）人，生于河南新郑。贞元进士，曾任校书郎、赞善大夫等职。后因宰相武元衡被人刺杀，上疏论其冤，为当权者所忌，贬江州。路中故有"草草辞家忧后事，迟迟去国问前途"（《初贬官过望秦岭》）之慨。长庆时，出守杭州，又刺苏州。后任太子少傅，分司东都，遂在洛阳宅中以诗酒自遣，也是他思想趋于消沉的时期。会昌二年（842），以刑部尚书致仕。死后葬于洛阳之香山。

他身经八朝，终年七十五，作诗近三千首。这都是唐代诗人中少见的。他是新乐府运动的倡导者，自己有完整的文学观点，并且通过创作来实践他的理论。他又是一位叙事诗的高手，《长恨歌》和《琵琶行》，就说明诗人织造故事的才能。其他作品，也由于故事性强、形象鲜明、音节流畅、语言优美通俗这些特点，能够深入到社会的各个角落。同时，作者对作品中的事物又具有明显的倾向性，对那些苦难无告的折臂翁、卖炭翁、上阳宫人、缚戎人等，都寄予同情心和正义感，因而取得了人民的共鸣，连当时的日本、朝鲜、契丹也争相传诵，甚至以百金换诗一篇。还有一点值得一提的，就是他对当时处于阴暗屈辱地位的妇女，常常以人道的观点，为她们作沉痛的呼号，并且在他的诗中占着一定的比重。本书中所选的五首诗，琵琶女和《宫词》里的宫女即占其二。《长恨歌》中的杨贵妃,先为儿子之妻,后为父亲之妾;先为消遣品,后为牺牲品,也反映了妇女在封建社会的人格和生命,即使像杨贵妃那样,也是没有保障的。

长恨歌

汉皇重色思倾国[1],御宇多年求不得[2]。杨家有女初长成,养在深闺人未识。天生丽质难自弃,一朝选在君王侧[3]。回眸一笑百媚生,六宫粉黛无颜色[4]。春寒赐浴华清池[5],温泉水滑洗凝脂[6]。侍儿扶起娇无力,始是新承恩泽时。云鬓花颜金步摇[7],芙蓉帐暖度春宵。春宵苦短日高起,从此君王不早朝。承欢侍宴无闲暇,春从春游夜专夜。后宫佳丽三千人[8],三千宠爱在一身。金屋妆成娇侍夜[9],玉楼宴罢醉和春[10]。姊妹弟兄皆列土[11],可怜光彩生门户。遂令天下父母心,不重生男重生女[12]。骊宫高处入青云[13],仙乐风飘处处闻。缓歌漫舞凝丝竹[14],尽日君王看不足[15]。渔阳鼙鼓动地来[16],惊破《霓裳羽衣曲》[17]。九重城阙烟尘生[18],千乘万骑西南行。翠华摇摇行复止[19],西出都门百余里[20]。六军不发无奈何[21],宛转蛾眉马前死[22]。花钿委地无人收,翠翘金雀玉搔头[23]。君王掩面救不得,回看血泪相和流[24]。黄埃散漫风萧索,云栈萦纡登剑阁[25]。峨嵋山下少人行[26],旌旗无光日色薄[27]。蜀江水碧蜀山青,圣主朝朝暮暮情。行宫见月伤心色[28],夜雨闻铃肠断声[29]。天旋地转回龙驭[30],到此踌踟蹰不能去[31]。马嵬坡下泥土中，不见玉颜空死处[32]。君臣相顾尽沾衣[33]，东望都门信马归[34]。归来池苑皆依旧，太液芙蓉未央柳[35]。芙蓉如面柳如眉[36]，对此如何不泪垂？春风桃李花开日，秋雨梧桐叶落时。西宫南内多秋草[37]，落叶满阶红不扫。梨园弟子白发新[38]，椒房阿监青娥老[39]。夕殿萤飞思悄然[40]，孤灯挑尽未成眠。迟迟钟鼓初长夜[41]，耿耿星河欲曙天[42]。鸳鸯瓦冷霜华重[43]，翡翠衾寒谁与共[44]。悠悠生死别经年，魂魄不曾来入梦[45]。临邛道士鸿都客[46]，能以精诚致魂魄[47]。为感君王辗转思，遂教方士殷勤觅[48]。排空驭气奔如电，升天入地求之遍。上穷碧落下黄泉[49]，两处茫茫皆不见。忽闻海上有仙山，山在虚无缥缈间[50]。楼阁玲珑五云起[51]，其中绰约多仙子[52]。中有一人字太真[53]，雪肤花貌参差是[54]。金阙西厢叩玉扃[55]，转教小玉报双成[56]。闻道汉家天子使，九华帐里梦魂惊[57]。揽衣推枕起徘徊[58]，珠箔银屏迤逦开[59]。云鬓半偏新睡觉[60]，花冠不整下堂来。风吹仙袂飘飘举[61]，犹似《霓裳羽衣舞》。玉容寂寞泪阑干[62]，梨花一枝春带雨。含情凝睇谢君王[63]，一别音容两渺茫。昭阳殿里恩爱绝，蓬莱宫中日月长[64]。回头下望人寰处，不见长安见尘雾[65]。惟将旧物表深情[66]，钿合金钗寄将去[67]。钗留一股合一扇[68]，钗擘黄金合分钿[69]。但教心似金钿坚，天上人间会相见[70]。临别殷勤重寄词[71]，词中有誓两心知。七月七日长生殿[72]，夜半无人私语时。在天愿作比翼鸟[73]，在地愿为连理枝[74]。天长地久有时尽，此恨绵绵无绝期[75]。

1. 汉皇句，唐人诗多以汉武帝指唐玄宗，如杜甫《兵车行》之"武皇开边意未已"。这里又借武帝宠李夫人喻唐玄宗之宠杨贵妃。作者另有乐府《李夫人》，中有云："又不见泰陵一掬泪，马嵬坡下念杨妃。纵令妍姿艳质化为土，此恨长在无销期。"倾国，原义为其美色足以倾动全国。《汉书·外戚传》记李夫人兄李延年曾于武帝前歌曰："北方有佳人，绝世而独立。一顾倾人城，再顾倾人国。宁知倾国与倾城，佳人难再得。"后遂用以喻妇女之美貌。

2. 御宇，治理天下之意。

3. 杨家四句，杨贵妃（719—756），小字玉环。蒲州永乐（今山西永济市）人。幼时养在叔父杨玄珪家。本玄宗子寿王李瑁妃。这时玄宗的宠妾武惠妃已死，便先要她出家做女道士。天宝四载（745），遂封为贵妃。这里的"养在深闺"云云，是为玄宗隐讳。宋赵与旹《宾退录》卷九云："白乐天《长恨歌》书太真本末详矣，殊不为君讳。然太真本寿王妃，白云杨家有女初长成，养在深闺人未识，何耶？盖宴昵之私犹可以书，而大恶不容不隐。"

4. 六宫粉黛，指皇宫内所有后妃。六宫，本专指皇后寝宫，后也指妃嫔居处。粉黛，本指妇女敷面画眉的化妆品，因用以称妇女。

5. 华清池，即骊山（在今陕西临潼区境）上华清宫的温泉。玄宗常往避寒，辟浴池十余处。

6. 凝脂，指白嫩柔滑的皮肤。《诗经·卫风·硕人》："肤如凝脂。"

7. 云鬓，形容妇女发脚的浓密。金步摇，钗的一种，缀珠玉以垂下，行则动摇。乐史《太真外传》记定情之夕，玄宗授金钗钿合，"又自执丽水镇库紫磨金琢成步摇至妆阁，亲与插鬓。"

8. 后宫，后妃所居宫室。三千人，《旧唐书·后妃传》记玄宗自武惠妃死后,"后庭数千,无可意者"。

9 金屋,汉武帝幼时,曾对长公主(武帝姑母)说:"若得阿娇(长公主的女儿)作妇,当作金屋贮之。"后多用指给予宠妾所居之屋。

10 醉和春,醉意和着春意。

11 姊妹句,杨贵妃受册封后,大姊嫁崔家,封韩国夫人;三姐嫁裴家,封虢国夫人;八姊嫁柳家,封秦国夫人。宗兄杨铦封鸿胪卿,杨锜封侍御史,杨钊(国忠)尤显赫,任右丞相,封魏国公。列土,分封领地。

12 可怜三句,参见《长恨歌传》所引当时歌谣。可怜,可羡,可爱。

13 骊宫,即骊山华清宫。

14 谩舞,通"慢舞"。凝丝竹,喻歌舞能紧扣音乐声。丝竹,指弦乐器与管乐器。

15 看不足,看不厌。以上写杨贵妃得宠经过。

16 渔阳句,指安禄山在渔阳起兵叛乱。渔阳,唐郡名,范阳节度使所辖八郡之一。在今天津市蓟州区一带。当时安禄山兼平卢、范阳、河东三节度使。鼙(皮 pí)鼓,本军中所用小鼓与大鼓,后也指战事。以这句的渔阳鼙鼓暗摄下句的霓裳羽衣,实是一种对照。

17 《霓裳羽衣曲》,舞曲名。本名《婆罗门曲》,原为西域乐舞,由西凉节度使杨敬述依曲创声,进入宫廷,又经玄宗改编。舞与乐皆演缥缈仙境与仙女形象。

18 九重城阙,指京城长安。《楚辞·九辩》:"君之门以九重。"阙,宫门前的望楼。烟尘,尘土与烽烟相接,指战火。

19 翠华,皇帝仪仗中用翠鸟羽毛作装饰的旗帜。这里指皇帝的车驾。

20 西出句，指长安至马嵬驿路程。马嵬驿故址在今陕西兴平市西北。相传晋人马嵬在此筑城，故名。

21 六军，周制，王有六军。这里泛指皇帝的扈从军队。《旧唐书·杨贵妃传》有"既而四军不散"语，盖指左右龙武军，左右羽林军。

22 宛转句，指杨贵妃被高力士缢杀于佛堂。宛转，缠绵委屈状，含哀怜意。蛾眉，旧指美貌妇女。《诗经·卫风·硕人》："螓首蛾眉。"马前死，意谓死于兵乱中。

23 花钿两句，实应读作花钿、翠翘、金雀、玉搔头委地无人收。花钿，金玉等制的花朵形首饰。翠翘，形似翠鸟尾的首饰。金雀，钗名。玉搔头，玉簪。据说汉武帝曾取李夫人玉簪搔头。

24 回看句，以上写玄宗等出奔及杨贵妃之死。

25 云栈，高入云霄的栈道（山岩险要处凿石架木筑成的通道）。剑阁，在今四川剑阁县东北大剑山、小剑山之间，为川陕间主要通道，即南栈道的一部分。

26 峨嵋山，在今四川峨眉山市南。这里只是泛指蜀地之山。沈括《梦溪笔谈》卷二十三："峨嵋山在嘉州，与幸蜀路并无交涉。"

27 日色薄，日光暗淡。

28 行宫，皇帝出行时的住所。

29 夜雨句，唐郑处诲《明皇杂录》："明皇既幸蜀，西南行。初入斜谷，霖雨涉旬，于栈道雨中闻铃音，与山相应。上既悼念贵妃，采其声为《雨淋铃》曲以寄恨焉。"铃，栈道铁索上所挂铃铛，以便行人闻铃声前后照应。

30 天旋句，指肃宗至德二载十二月，大局转变，玄宗还京。龙驭，皇帝的车驾。

31 踌躇，徘徊。

32 不见句,意谓不见玉颜,空见死处。空,徒。
33 沾衣,指流泪。
34 信马归,意谓悲伤之余,就任马驰去。以上写玄宗入蜀及还京。
35 太液,汉唐都有太液池。唐太液池在长安城北大明宫北。未央,宫名,汉初所建。这里借指唐宫苑。芙蓉,指荷花。
36 芙蓉句,因见芙蓉又想起杨贵妃来。
37 西宫句,玄宗回京后,初居南内,即兴庆宫,因地近市街,易与外界接触,宦官李辅国乃矫诏强迁玄宗于西内,即太极宫,并将玄宗亲信陈玄礼、高力士流徙远方。南内,义同"南宫"。皇宫之内叫"大内"。参见卷六《奉和圣制》诗。
38 梨园,宫内习艺的机构,由玄宗亲教法曲,习艺者称梨园弟子。
39 椒房,汉代后妃宫中,以椒末和泥涂壁,取其温暖而有香气。阿监,指宫中女官。青娥,青春美貌之意,指上椒房阿监。意谓经过几年的变乱,这些女官也由年轻而衰老了。
40 思悄然,意兴索然。
41 迟迟句,意谓听到徐徐传来的钟鼓之声,开始觉得夜长得难受。
42 耿耿,明亮貌。河,指银河。
43 鸳鸯瓦,嵌合成对的瓦片。鸳鸯,常雌雄相随的水禽。霜华,霜花。
44 翡翠,旧说翡翠亦指雌雄相随之鸟。
45 魂魄句,以上写玄宗回宫后苦思杨贵妃。
46 临邛(穷 qióng)句,意谓来自蜀中,作客长安的一个道士。临邛,今四川邛崃。鸿都,后汉京城洛阳宫门名,这里借指唐都长安。
47 致魂魄,将杨贵妃的精魂召来。应上魂魄句。
48 方士,好讲神仙方术的人,义与道士同。
49 上穷句,意谓上穷碧落下穷黄泉。碧落,道家称天界为碧落,以其碧霞遍满之故。
50　山在句，沈德潜云："著虚无缥缈字，知以下皆方士诳言。"
51　五云起，簇起于五色祥云之间。
52　绰约，姿态柔美貌。
53　太真，杨贵妃为女道士时号太真，住内太真宫。真，道家与"仙"字同义。
54　参差（cēn cī）是，看起来差不多。
55　金阙句，意谓在金阙西面敲着白玉之门。金阙，金碧辉煌的神仙宫观。扃（jiōng），门户。
56　转教，指托侍女通报。小玉，作者《霓裳羽衣舞歌》有云："吴妖小玉飞作烟。"下自注说是吴王夫差女。双成，董双成，传说中西王母侍女。这里皆指太真侍女。
57　九华帐，鲜艳的花罗帐。
58　揽衣，披衣。
59　珠箔，珠帘。迤（以 yǐ）逦开，一路敞开，好让方士进来。迤逦，曲折连绵貌。
60　半偏，不整齐。新睡觉，刚睡醒。觉，醒。
61　袂（妹 mèi），袖。
62　寂寞，暗淡。阑干，纵横，遍流。下梨花比喻肌肤白。苏轼的"故将别语调佳人，要看梨花枝上雨。"即用其意。
63　凝睇，凝视。谢，告诉。
64　昭阳两句，意谓和玄宗的恩爱已经断绝了，现在在蓬莱宫中的日子却是永久的。昭阳殿，本汉代赵飞燕姊妹得宠时所居宫殿，这里指杨贵妃生前居处。蓬莱宫，泛指仙宫。
65　长安，今陕西西安市。
66　旧物，指生前和玄宗定情时的信物。
67　钿合，镶金花的盒子。李贺《春怀引》"钿合碧寒龙脑冻"，谓以碧色之钿合盛龙脑香。《隋书·后妃传》，载杨广（时尚为太子）遣使者赍金合子予宣华夫人陈氏，合中有同心结数枚。疑即此类表定情的饰物。一说也是首饰。《太平御览》引祖台之《志怪》，吴中王大夫行至曲阿塘上，有一女子解臂上金合系其肘下，令暮更来。则似是首饰。将，送。

68 钗留一股，钗即"叉"，歧出两股，故有钗股之称。韩偓《惆怅》："钗股欲分犹半疑。"一扇，一片，作量词用。

69 钗擘（bò）句，伸足上句意思。擘，分开。合分钿，盒上完整的花纹分为两半。

70 天上人间，非天上即人间，也即《长恨歌传》中"或为天，或为人，决再相见，好合如旧"意。会，终会。

71 重，翻覆。

72 长生殿，在华清宫，天宝元年造，祭神的宫殿，一名集灵台。又据《通鉴》胡注，唐代帝后之寝殿也名长生殿。

73 比翼鸟，又名鹣鹣。传说产于南方，雌雄不比不飞，常以喻夫妇。比，并列。

74 连理枝，不同根的树木，其枝干连生在一起。理，纹理。以上写方士会晤杨贵妃经过。

75 此恨句，高步瀛云："结处戛然而止，不纠缠方士复命、上皇震悼不豫等事，笔力高人数倍。"

说明

此诗作于宪宗元和元年（806）。

诗以喜剧开始而转入悲剧。在政治上是讽刺的，在爱情上却是歌颂的。正因为这样，作者原来的创作意图，即《长恨歌传》中说的"意者不但感其事，亦欲惩尤物，窒乱阶，垂于将来者也"

这一政治上的效果,就被削弱甚至破坏了。

大概作者对玄宗后期的荒淫生活,即史家所谓"天宝夺明"是不满的,对杨氏兄妹的弄权乱政更是痛恶,但对杨贵妃被缢杀的结局,以及玄宗由此而引起的种种痛苦屈辱却是同情的,而诗歌尤须通过较强的抒情手段,于是写作的结果,便形成了主题思想上的矛盾。

清人袁枚在《马嵬驿》中的两句诗,倒可以从另一意义上给李杨之间的"长恨"作一注脚:"石壕村里夫妻别,泪比长生殿上多。"

另外,洪迈《容斋续笔》卷二"唐诗无讳避"条云:"唐人歌诗,其于先世及当时事,直辞咏寄,略无避隐。至宫禁嬖昵,非外间所应知者,皆反覆极言,而上之人亦不以为罪。如白乐天《长恨歌》讽谏诸章,元微之《连昌宫词》,始末皆为明皇而发。杜子美尤多……今之诗人不敢尔也。"按照洪迈的说法,那么,宋代的诗人就不及唐代的大胆;另一方面,也许由于宋之宫闱不像唐代那么不像样。

附:陈鸿《长恨歌传》

作者介绍

陈鸿,字大亮。德宗时曾任主客郎中等职。曾修《大统志》三十卷。

除本传外,他还写过《东城老父传》,在唐传奇中也是较有意义的一篇，但因文中有"颍川陈鸿祖"字样，故一说为陈鸿祖作。《全唐文》中还有一篇陈鸿的《华清汤池记》。

开元中[1]，泰阶平[2]，四海无事。玄宗在位岁久，倦于旰食宵衣[3]，政无大小，始委于右丞相[4]，稍深居游宴，以声色自娱。先是[5]，元献皇后[6]、武惠妃[7]皆有宠，相次即世[8]。宫中虽良家子千数[9]，无可悦目者。上心忽忽不乐[10]。

时每岁十月，驾幸华清宫，内外命妇[11]，熠耀景从[12]，浴日余波，赐以汤沐[13]。春风灵液[14]，澹荡其间[15]，上心油然，若有所遇[16]。顾左右前后[17]，粉色如土。诏高力士潜搜外宫[18]，得弘农杨玄琰女于寿邸[19]。既笄矣[20]，鬈发腻理[21]，纤秾中度[22]，举止闲冶[23]，如汉武帝李夫人。别疏汤泉[24]，诏赐澡莹[25]。即出水，体弱力微，若不任罗绮[26]。光彩焕发，转动照人。上甚悦。进见之日，奏《霓裳羽衣曲》以导之[27]；定情之夕[28]，授金钗钿合以固之。又命戴步摇，垂金珰[29]。明年，册为贵妃[30]，半后服用[31]。由是治其容，敏其词，婉娈万态[32]，以中上意。上益嬖焉[33]。时省风九州[34]，泥金五岳[35]，骊山雪夜，上阳春朝[36]，与上行同辇[37]，止同室，宴专席，寝专房。虽有三夫人、九嫔、二十七世妇、八十一御妻[38]，暨后宫才人[39]、乐府妓女[40]，使天子无顾盼意[41]。自是六宫无复进幸者[42]。非徒殊艳尤态致是[43]，盖才智明慧，善巧便佞[44]，先意希旨[45]，有不可形容者。叔父昆弟皆列位清贵[46]，爵为通侯[47]。姊妹封国夫人，富埒王室[48]，车服邸第[49]，与大长公主侔矣[50]。而恩泽势力，则又过。出入禁门不问[51]，京师长吏为之侧目[52]。故当时谣咏有云："生女勿悲酸，生男勿喜欢[53]。"又曰："男不封侯女作妃，看女却为门上楣[54]。"其为人心羡慕如此。

天宝末[55]，兄国忠盗丞相位[56]，愚弄国柄。及安禄山引兵向阙[57]，以讨杨氏为词[58]。潼关不守[59]，翠华南幸。出咸阳[60]，道次马嵬亭[61]，六军徘徊[62]，持戟不进[63]。从官郎吏伏上马前[64]，请诛晁错以谢天下[65]。国忠奉氂缨盘水[66]，死于道周。左右之意未快。上问之，当时敢言者，请以贵妃塞天下怨。上知不免，而不忍见其死，反袂掩面，使牵之而去。仓皇展转[67]，竟就死于尺组之下[68]。既而玄宗狩成都[69]，肃宗受禅灵武[70]。

明年，大凶归元[71]，大驾还都。尊玄宗为太上皇[72]，就养南宫，自南宫迁于西内。时移事去，乐尽悲来。每至春之日，冬之夜，池莲夏开，宫槐秋落，梨园弟子，玉琯发音[73]，闻《霓裳羽衣》一声，则天颜不怡，左右歔欷[74]。三载一意，其念不衰。求之梦魂，杳不能得[75]。适有道士自蜀来，知上皇心念杨妃如是[76]，自言有李少君之术[77]。玄宗大喜，命致其神。方士乃竭其术以索之，不至。又能游神驭气，出天界、没地府以求之，不见。又旁求四虚上下[78]，东极大海，跨蓬壶[79]。见最高仙山，上多楼阙，西厢下有洞户[80]，东向，阖其门[81]，署曰"玉妃太真院[82]"。方士抽簪扣扉[83]，有双鬟童女[84]，出应其门。方士造次未及言[85]，而双鬟复入。俄有碧衣侍女又至，诘其所从[86]。方士因称唐天子使者，且致其命[87]。碧衣云："玉妃方寝，请少待之[88]。"于时云海沉沉，洞天日晚[89]，琼户重闱，悄然无声。方士屏息敛足[90]，拱手门下。久之，而碧衣延入[91]，且曰："玉妃出。"见一人冠金莲，披紫绡[92]，佩红玉，曳凤舄[93]，左右侍者七八人。揖方士，问皇帝安否，次问天宝十四载已还事[94]。言讫，悯然。指碧衣取金钗钿合，各析其半，授使者曰："为我谢太上皇，谨献是物，寻旧好也。"方士受辞于信[95]，将行，色有不足。玉妃固征其意[96]，复前跪致词："请当时一事，不为他人闻者[97]，验于太上皇。不然，恐钿合金钗，负新垣平之诈也[98]。"玉妃茫然退立，若有所思，徐而言曰："昔天宝十载，侍辇避暑于骊山宫[99]。秋七月，牵牛织女相见之夕，秦人风俗[100]，是夜张锦绣，陈饮食，树瓜华[101]，焚香于庭，号为乞巧，宫掖间尤尚之[102]。时夜殆半[103]，休侍卫于东西厢，独侍上。上凭肩而立[104]，因仰天感牛女事，密相誓心，愿世世为夫妇。言毕，执手各呜咽。此独君王知之耳。"因自悲曰："由此一念，又不得居此。复堕下界，且结后缘。或为天，或为人，决再相见，好合如旧。"因言："太上皇亦不久人间，幸惟自安[105]，无自苦耳。"使者还奏太上皇，皇心震悼，日日不豫[106]。其年夏四月[107]，南宫晏驾[108]。

元和元年冬十二月[109]，太原白乐天自校书郎尉于盩厔[110]。鸿与琅琊王质夫家于是邑[111]，暇日相携游仙游寺，话及此事，相与感叹。质夫举酒于乐天前曰："夫稀代之事[112]，非遇出世之才润色之[113]，则与时消没，不闻于世。乐天深于诗，多于情者也。试为歌之如何？"乐天因为《长恨歌》[114]。意者不但感其事[115]，亦欲惩尤物[116]，窒乱阶[117]，垂于将来者也[118]。歌既成，使鸿传焉。世所不闻者，予非开元遗民，不得知，世所知者，有《玄宗本纪》在[119]。今但传《长恨歌》云尔[120]。

1　开元，唐玄宗年号。
2　泰阶，三台星（上台、中台、下台）的别名。古人认为泰阶平即天下太平之兆。

3 倦于句,这是对玄宗荒废政务的婉转说法。旰(gàn)食宵衣,天未亮即起床穿衣,天晚了才进食。旰,天晚。宵,深夜。

4 右丞相,即中书令,指李林甫。他曾被人称为"口蜜腹剑"。

5 先是,这之前。

6 元献皇后,姓杨,玄宗之妃,肃宗生母,死后由肃宗追尊为元献皇后。

7 武惠妃,玄宗妃,死后追尊为贞顺皇后。是武则天族人。

8 即世,死去。

9 良家子,旧指家世清白的民间女子。古代女子也叫"子"。

10 忽忽,心中空虚郁闷。

11 命妇,曾受皇帝封号的妇女,即所谓诰命夫人。内命妇,指妃嫔等;外命妇,指公主、王公之妻等。

12 熠(逸 yì)耀,光彩鲜明的样子。景从,如影随形。景,通"影"。

13 浴日两句,意谓皇帝洗过澡后,又赐命妇们就浴。日,指皇帝。

14 灵液,指温泉。

15 澹荡,舒缓荡漾。

16 油然,心动貌。

17 顾,回看。

18 高力士,玄宗宠信的宦官,掌管内侍省事。

19 弘农,据乐史《杨太真外传》,杨贵妃本弘农华阴人,后迁居蒲州永乐。寿邸,寿王(李瑁)府中。

20 既,已经。笄(鸡 jī),簪。古代女子十五岁而加笄,表示已到成年,这里暗示已嫁人。

21 腻理,光泽细密。

22　纤秾句，肥瘦合于标准。

23　闲冶，文雅娇媚。

24　别疏，另辟。汤泉，温泉。

25　澡莹，肌肤明净，这里是洁身的意思。

26　若不句，像是连穿一件绸衣都感到乏力。

27　导，犹助兴。

28　定情，古指男女结合成为夫妇。

29　珰，耳饰。

30　册，皇帝封立后妃叫册封。贵妃，仅次于皇后。

31　半后服用，服饰享用的待遇，照皇后减一半，也是仅次皇后之意。

32　婉娈，犹柔媚。

33　嬖（闭 bì），宠爱，多含贬义。

34　省（醒 xǐng）风，观察民风。九州，这里泛指全中国。

35　泥金句，这里是皇帝祭祀天地山川的意思。泥金，指以水银和金为泥，封在盛皇帝祭祷文的玉牒盖子上。五岳，注见卷二李白《庐山谣寄卢侍御虚舟》。

36　上阳，指东都洛阳上阳宫。

37　辇（捻 niǎn），车子。

38　三夫人至御妻，唐无此类内职，此沿古称，泛指妃嫔。

39　暨，和。才人，唐代女官名，即"承旨"。

40　乐府，指管理音乐的官署。妓女，指能歌舞的女子。

41　顾盼，注目，留神。

42　进幸，为皇帝侍寝。

43　非徒，非但。尤态，出众的仪态。

44　便佞（骈宁 pián nìng），善于以口舌献媚。

45　先意句，对方未开口，就已能领会其意图。

46　叔父，指任光禄卿的杨玄珪。清贵，指高贵的地位。
47　通侯，即列侯，古代爵位中最高的一种。这里形容杨家权位之高。
48　埒（劣 liè），相等。
49　车服，原指皇帝酬功之具。邸第，指王公等住宅。
50　大长公主，皇帝姊妹称长公主，皇帝姑母称大长公主。这里指杨氏姊妹受到贵妇中最高待遇。侔，相等。
51　禁门，宫门。因皇帝居处有禁，故名宫中为禁中。
52　侧目，不敢正视。
53　谣咏，民间所编之歌。生女两句，语本《史记·外戚世家》："生男勿喜，生女勿怒，独不见卫子夫（汉武帝皇后）霸天下。"
54　门上楣，旧时多以门楣喻门第。楣，门上的横木。
55　天宝，唐玄宗年号，共十四年。
56　兄国忠，杨国忠是杨贵妃堂兄。盗，对杨国忠专权的贬责。
57　向阙，这里是进犯都城的意思。阙，宫门前的望楼。
58　为词，为借口。
59　潼关，在今陕西潼关县。
60　咸阳，今属陕西。
61　道次，路中停驻。
62　徘徊，意谓不肯再前进。
63　戟，一种能直刺横击的兵器。
64　郎，此处与"廊"字通，本指侍从殿廊下的官员，如侍郎。
65　请诛句，汉景帝时晁错曾建议削诸王藩地，引起七国之乱，后被景帝杀死。这里是祸首的意思，以杨国忠比之。谢天下，向天下人认错。

66 奉氂缨盘水,古官吏有过,戴白冠氂缨,手捧盘水,上加宝剑,请皇帝正法。盘水供杀人者洗手用。这里指杨国忠伏法。奉,通"捧"。

67 仓皇,慌乱。

68 尺组之下,指杨贵妃被缢杀。组,以丝织成的阔带子。

69 狩,巡守,这里是皇帝出奔的讳辞。

70 肃宗,李亨,玄宗之子。受禅(善 shàn),接受帝位。禅,原指以帝位让人。天宝十五载,朔方留后杜鸿渐等迎太子李亨即位于灵武郡(在今宁夏)城南楼。

71 大凶,指安禄山。归元,犹授首,指安禄山被其子安庆绪所杀。元,人头。

72 太上皇,皇帝未死时即传位于太子,称太上皇。

73 玉琯,指玉笛等管乐器。琯,同"管"。

74 歔欷,叹气。

75 杳(舀 yǎo),渺茫。

76 如是,到了这地步。

77 李少君,汉武帝时方士,自称曾遇仙,得长生之方,为武帝所信。见《史记·武帝本纪》。又据《汉书·外戚传》,方士齐人少翁,曾召汉武帝宠妃李夫人之魂,现于灯帐间,使武帝居他帐而遥望之。应是两人,但因这类事本属虚妄,作者也就连类书之。

78 四虚,四处。

79 蓬壶,指蓬莱,传说中的海中仙山。

80 洞户,深邃的门户。

81 阖,关闭。

82 玉妃,犹仙子。

83 扣扉,敲门。

84　双鬟，这里指少女的装饰。鬟，环形发髻。

85　造（操去声 cào）次，匆促。

86　诘，问。

87　致其命，说明他的使命。

88　少，稍。

89　洞天，道家称神仙所居之处，意谓洞中别有天地。

90　屏息，屏气。敛足，并足。皆表示诚敬。

91　延，邀请。

92　绡，丝织品。

93　曳，穿。凤舃（系 xì），凤头绣鞋。

94　天宝十四载，即杨贵妃死的那一年。已还，以来。

95　信，信物，指钿合金钗。

96　固征，紧问。

97　请当时两句，意谓当时只有玄宗、贵妃两人才知道的事情。

98　新垣（复姓）平，汉时方士，自称能望气，测吉祥，因得文帝宠信。后经人告发是欺诈，被杀。这里意思是说，如果没有可以取信于玄宗的言词带去，恐怕要受欺君的嫌疑。

99　辇，这里指皇帝。

100　秦，指今陕西一带。

101　树瓜华，这里是陈列瓜果的意思。华，也指瓜果。

102　宫掖，妃嫔居处。掖，通"腋"，原义为两侧。尚，流行。

103　殆，大概。

104　凭肩，与贵妃并肩。

105　幸惟，犹祝愿。

106　不豫，不安。

107　其年句，唐玄宗死于代宗宝应元年（762）。

108　晏驾，帝王死亡的讳辞。旧说："臣子之心犹谓宫车当驾而晚出。"

109　元和，唐宪宗年号。

110　自校书郎句，从校书郎调至盩厔县尉。校书郎，唐秘书省及弘文馆均置此职，掌校订书籍。盩厔，今陕西周至县。

111　琅琊，郡名，治所在今山东临沂市北。邑，县城。

112　稀代之事，历史上稀见之事。

113　出世之才，高出于世俗的才能。润色，修饰。

114　因为，因而撰作。

115　意者，揣想其用意。

116　惩尤物，以美色为戒。尤物，本指特异的事物，多指美色。

117　窒乱阶，堵塞祸乱的根源。

118　垂，流传。

119　本纪，正史中记载皇帝言行的专篇。

120　但，只。云尔，语末助词，犹"如此而已"。

说明

　　本传是《长恨歌》的姊妹篇，可以相互补充。在传中，已直接写出"玄宗"，不再用"汉皇"来代替，且明言杨贵妃是得之于寿王府。

　　因为是径接白诗，故诗中已注的，这里不再重复。

　　顷读钱钟书先生《管锥编》第二册，其《长恨传》一条，记董逌《广川画跋》卷一《书马嵬图》引《青城山录》，谓玄宗曾召广汉陈什邠行朝廷斋场，求神于冥漠，初遍搜莫知其所，后乃于蓬莱南宫西庑见上元玉女张太真，云帝乃太阳朱宫真人，因世念颇重，谪降人世，因取玉龟为信云云。则当时已有此传说。

琵琶行 [1] 并序

元和十年[2],余左迁九江郡司马[3]。明年秋,送客湓浦口[4],闻舟中夜弹琵琶者。听其音,铮铮然有京都声[5]。问其人,本长安倡女[6],尝学琵琶于穆、曹二善才[7],年长色衰,委身为贾人妇[8]。遂命酒使快弹数曲[9]。曲罢悯然,自叙少小时欢乐事,今漂沦憔悴[10],转徙于江湖间[11]。余出官二年,恬然自安[12],感斯人言[13],是夕始觉有迁谪意[14]。因为长歌以赠之[15],凡六百一十二言[16]。命曰《琵琶行》[17]。

浔阳江头夜送客[18],枫叶荻花秋瑟瑟[19]。主人下马客在船,举酒欲饮无管弦[20]。醉不成欢惨将别,别时茫茫江浸月。忽闻水上琵琶声,主人忘归客不发。寻声暗问弹者谁[21],琵琶声停欲语迟[22]。移船相近邀相见,添酒回灯重开宴[23]。千呼万唤始出来,犹抱琵琶半遮面。转轴拨弦三两声[24],未成曲调先有情。弦弦掩抑声声思[25],似诉生平不得志。低眉信手续续弹[26],说尽心中无限事。轻拢慢捻抹复挑[27],初为《霓裳》后《六幺》[28]。大弦嘈嘈如急雨[29],小弦切切如私语[30]。嘈嘈切切错杂弹,大珠小珠落玉盘。间关莺语花底滑[31],幽咽流泉水下滩[32]。水泉冷涩弦凝绝,凝绝不通声渐歇。别有幽愁暗恨生,此时无声胜有声。银瓶乍破水浆迸[33],铁骑突出刀枪鸣[34]。曲终收拨当心画[35],四弦一声如裂帛[36]。东船西舫悄无言,唯见江心秋月白。沉吟放拨插弦中[37],整顿衣裳起敛容[38]。自言本是京城女,家在虾蟆陵下住[39]。十三学得琵琶成,名属教坊第一部[40]。曲罢常教善才服,妆成每被秋娘妒[41]。五陵年少争缠头[42],一曲红绡不知数[43]。钿头银篦击节碎[44],血色罗裙翻酒污[45]。今年欢笑复明年,秋月春风等闲度⁴⁶。弟走从军阿姨死⁴⁷，暮去朝来颜色故⁴⁸。门前冷落车马稀，老大嫁作商人妇。商人重利轻别离，前月浮梁买茶去⁴⁹。去来江口守空船⁵⁰，绕船明月江水寒。夜深忽梦少年事，梦啼妆泪红阑干⁵¹。我闻琵琶已叹息，又闻此语重唧唧⁵²。同是天涯沦落人，相逢何必曾相识。我从去年辞帝京，谪居卧病浔阳城。浔阳地僻无音乐，终岁不闻丝竹声⁵³。住近湓城地低湿，黄芦苦竹绕宅生⁵⁴。其间旦暮闻何物，杜鹃啼血猿哀鸣⁵⁵。春江花朝秋月夜，往往取酒还独倾⁵⁶。岂无山歌与村笛，呕哑嘲哳难为听⁵⁷。今夜闻君琵琶语，如听仙乐耳暂明。莫辞更坐弹一曲⁵⁸，为君翻作《琵琶行》⁵⁹。感我此言良久立，却坐促弦弦转急⁶⁰。凄凄不似向前声⁶¹，满座重闻皆掩泣。座中泣下谁最多，江州司马青衫湿⁶²。

1 行，古诗的一种体裁。
2 元和十年，815年。元和，唐宪宗年号。
3 左迁，贬官的婉转说法。汉代尊右而卑左，故降官称左迁（见《汉书·周昌传》颜师古注），后世因此沿用。九江郡，隋郡名，即诗中之浔阳、江州；治所在今江西九江市。司马，州刺史的副职。这时已成为安置贬斥之官的闲职。作者《江州司马厅记》中有云："州民康，非司马功，郡政坏，非司马罪，无言责，无事忧。"可略见当时州司马的处境。
4 湓浦，即湓水，今名龙开河。其水口之地叫湓浦口。
5 听其音两句，意谓含有京中流行的腔调。
6 长安，今陕西西安市。倡女，古代以歌舞曲艺为业的人。
7 善才，唐人特称琵琶师之词。

8　委身，以身付人之意。贾（古 gǔ）人，商人。

9　快，痛快，尽情。

10　憔悴，困苦貌。

11　转徙（xǐ），犹流浪。

12　恬（甜 tián）然自安，犹随遇而安。

13　斯人，其人。

14　谪（折 zhé），贬官。

15　因为，因而撰作。

16　凡，总共。六百一十二言，全诗实为六百一十六字。二，当是传写之误。言，字。

17　命，题名。

18　浔阳江，长江的一段，在九江市北。

19　瑟瑟，指风吹枫荻声。

20　管，管乐器。弦，弦乐器。

21　暗问，低声问。

22　欲语迟，犹欲说还休。

23　回灯，移灯。

24　轴，琵琶上收紧弦线的把手。三两声，试弹几声。

25　弦弦，犹下"声声"。掩抑，犹幽咽。

26　信手，随手，意谓很自然地。续续，连续。

27　拢，抚弦。捻，揉弦。抹，顺手下拨。挑，反手回拨。

28　霓裳，《霓裳羽衣曲》，注见《长恨歌》。《六幺》，本名《录要》。乐工进曲时，将其要点录出谱成，故名。当时京城流行的歌曲。

29　大弦句，琵琶有四弦（或五弦），一条比一条细。大弦，指最粗的弦。嘈嘈，声音沉重悠长。

30　小弦，指最细的弦。切切，幽细声。

31 间关,状鸟鸣声。花底,花下。滑,流啭。

32 幽咽句,此句"流泉"与"水"重复,但意义上还是可解,段玉裁说"昔年曾谓当作泉流冰下难",固可备一说,然"水下滩"尚能状乐声如流水之经沙滩那样幽咽,是听的人从听觉直接得来,"冰下难"并不能产生听觉,只是意识上的联想。冰下难,一本作"冰下滩"。

33 银瓶两句,写乐声暂歇之后,忽又迸发出高昂激越的声音。银瓶,汲水器。作者另有《井底引银瓶》诗:"井底引银瓶,银瓶欲上丝绳绝。"乍(诈 zhà),忽然。迸,急溅。

34 铁骑,穿铁甲的骑兵。

35 拨,拨弦的用具。当心画,用拨当着琵琶槽的中心,用力一划。画,同"划"。

36 裂帛,如将布帛撕裂,形容声音的脆厉。

37 沉吟,心境沉重的样子。

38 敛容,脸现正色。

39 虾蟆陵,在长安东南,曲江附近,当时歌女聚居之地。旧说本董仲舒墓,其门人经过,皆下马,故谓之下马陵,后人乃讹为虾蟆陵。

40 教坊,注见杜甫《观公孙大娘弟子舞剑器行》。名属教坊,当是挂名教坊,临时入宫供奉。部,队。

41 秋娘,唐代歌妓的通称。秋娘妒,意为被同行所妒。

42 五陵,注见岑参《与高适薛据登慈恩寺浮图》。其地颇多豪富。年少,年轻人。缠头,当时歌舞妓演奏完毕,多以绫帛之类为赠,叫缠头彩。争缠头,竞相赠她财物。

43 一曲句,意谓一曲既罢,就得到好多的红绡。绡,丝织品,指缠头。

44 钿头句,意谓欢乐时便以首饰代替拍板,以致被击碎了。钿头银篦,两端镶着金玉制花朵的银篦子。
45 血色句,意谓戏笑时酒也打翻,酒渍污染了红色罗裙。血色,鲜红色。
46 秋月春风,指一年中的美景。
47 走,前去。阿姨,当指姊妹。妻之姊妹、母之姊妹皆称姨。泛喻骨肉凋丧,仅余一身。
48 颜色故,姿色衰老。
49 浮梁,今江西景德镇市。当时为茶叶集散地。
50 去来,指商人去浮梁以来。
51 梦啼句,意谓梦中哭醒后,泪痕还夹着脂粉。阑干,纵横,遍流。
52 唧唧,叹声。
53 丝,弦乐器。竹,管乐器。
54 苦竹,也称伞柄竹。
55 杜鹃,子规鸟。其声凄厉动人哀思。
56 独倾,犹独酌。
57 呕(ōu)哑、嘲哳(招扎 zhāo zhā),都是形容声音杂乱刺耳。难为听,难以听下去。
58 莫辞更坐,意谓不要就去,仍请坐下。更,再。
59 翻,指按曲调翻成歌辞。
60 却坐,回到原来坐处。却,退回。促弦,拧紧弦子。
61 向前,刚才。
62 青衫,唐官员品级最低之服色。

说明

前人曾经怀疑诗中的故事是否真实,但在《琵琶行》之前,作者还写过五言的《夜闻歌者》一诗，也是写他在秋江月夜，听到邻船有一歌女在悲歌，因而寻声相见的经过，可见并非完全出于虚构。

这一类流落天涯的卖艺妇女，在旧社会本是常见，身世大多是凄凉畸零，作者这时正官贬闲职，为人又较通脱，这类歌女的故事，心中或许已有积累，成为他诗歌的素材，贬官江州则是触发他创作的一个契机，"同是天涯沦落人"是全诗的主题。也就是说，大家都是被丢弃的。在写法上，可能脱胎于杜甫的《观公孙大娘弟子舞剑器行》。

这首诗同时也是古代诗歌中描写音乐的代表作品。

李商隐

作者介绍

李商隐（813—858），字义山，号玉谿生，怀州河内（今河南沁阳市）人。年轻时曾受知于天平军节度使令狐楚，聘为幕僚，并亲自教以骈文。文宗开成二年，以令狐绹延誉，登进士第。同年冬，令狐楚死，入泾原节度使王茂元幕。茂元爱其才，以女嫁之。这时牛（僧孺）、李（德裕）党争已很尖锐，令狐是牛党，茂元是李党，而商隐是令狐提拔的，于是遂被牛党责难。后来李德裕被排挤，令狐楚之子令狐绹为相，他又屡上书陈情，希望引荐，却受到冷遇。自此奔走四川、岭表、湘中、徐州等地，仍以幕僚寄人篱下，又身多疾病，益自抑郁。后还郑州闲居，卒。"急景倏云暮，颓年寖已衰。如何匡国分，不与夙心期。"这是他逝世那一年《幽居冬暮》诗中的下截，其实还只四十六岁，但颓丧寂寞和有志未申的心情，却也情现于词。

他是个早熟的人，十七岁时即写出"军令未闻诛马谡，捷书惟是报孙歆"（《隋师东》）那样的诗。他与王氏结婚，本来也很美满，不想由此牵入牛李党争的旋涡，成为他纠缠终身的葛藤，然而后来又想和令狐绹修好了。

在唐代诗人中，能够善于织绘、表现语言艺术的魅力的，李商隐是其中之一。就是那些咏史、吊古之作，也往往语言有味，发挥出讽刺诗的极大效果。如果说，李诗直接反映现实，诉述疾苦的比较少，那么，那些咏史诗却具有以古为鉴的作用，并且体现了他的倾向性。

他的爱情诗，好多都隐晦迷离，真真假假，历来又众说纷纭，也真有"只苦无人作郑笺"之感。其中有些可能有政治上的寄托，我们只好"以不解为解"。这些诗，如果单纯作为爱情诗看，固然也在不同程度上反映了封建礼教束缚下男女相爱的不自由，但有些诗的情调却是不健康的。

韩碑

元和天子神武姿[1]，彼何人哉轩与羲[2]。誓将上雪列圣耻[3]，坐法宫中朝四夷[4]。淮西有贼五十载[5]，封狼生貙貙生罴⁶。不据山河据平地⁷，长戈利矛日可麾⁸。帝得圣相相曰度，贼斫不死神扶持⁹。腰悬相印作都统¹⁰，阴风惨澹天王旗¹¹。愬武古通作牙爪¹²，仪曹外郎载笔随¹³。行军司马智且勇¹⁴，十四万众犹虎貔¹⁵。入蔡缚贼献太庙¹⁶，功无与让恩不訾¹⁷。帝曰汝度功第一，汝从事愈宜为辞¹⁸。愈拜稽首蹈且舞¹⁹，金石刻画臣能为²⁰。古者世称大手笔²¹，此事不系于职司²²，当仁自古有不让²³。言讫屡颔天子颐²⁴。公退斋戒坐小阁²⁵，濡染大笔何淋漓²⁶。点窜《尧典》《舜典》字，涂改《清庙》《生民》诗²⁷。文成破体书在纸²⁸，清晨再拜铺丹墀²⁹。表曰臣愈昧死上³⁰，咏神圣功书之碑。碑高三丈字如斗，负以灵鳌蟠以螭³¹。句奇语重喻者少³²，谗之天子言其私。长绳百尺拽碑倒，粗砂大石相磨治³³。公之斯文若元气³⁴，先时已入人肝脾。汤盘孔鼎有述作³⁵，今无其器存其辞。呜呼圣王及圣相，相与烜赫流淳熙³⁶。公之斯文不示后，曷与三五相攀追³⁷？愿书万本诵万遍³⁸，口角流沫右手胝³⁹。传之七十有二代⁴⁰，以为封禅玉检明堂基⁴¹。

1 元和天子，指唐宪宗。元和，本宪宗年号。
2 轩，黄帝轩辕氏。羲，伏羲氏。代表三皇五帝。这里是说，宪宗的功业足与三皇五帝媲美。
3 誓将句，指自玄宗至顺宗因藩镇叛乱，皇帝出奔等大事。宪宗即位后，则能平定刘辟、李锜、吴元济等之乱，故曰雪耻。列圣，指先前几个皇帝。
4 法宫，路寝（君主治政事的宫室）的正殿。朝四夷，受四夷朝见。韩碑："既定淮蔡，四夷毕来。遂开明堂，坐以治之。"

四夷，泛指四方边远之地。

5　淮西句，代宗宝应元年（762），任李忠臣为淮西十一州节度使，镇蔡州（今河南汝南县），因其贪残好色，为军中所逐，后又因投叛将朱泚而被诛。中经李希烈、陈仙奇、吴少诚、吴少阳之割据，至元和十二年（817）之平吴元济（吴少阳之子），凡五十余年。韩碑："蔡帅之不廷授，于今五十年，传三姓四将。"

6　封狼，大狼。貙（初 chū）、罴（皮 pí），皆野兽，喻这些武臣的残暴又是代代相承。柳宗元《罴说》："鹿畏貙，貙畏虎，虎畏罴。"此句七字皆平声。

7　不据句，意谓有恃无恐。

8　日可麾，用《淮南子·览冥训》鲁阳公与韩相争，援戈挥日的典故。这里比喻胆敢反叛作乱。麾，通"挥"。

9　帝得两句，当时宰相武元衡及御史中丞裴度都主张对淮西用兵，节度使王承宗、李师道则请赦吴元济。元和十年六月，李师道派刺客暗杀了武元衡，又击裴度，度伤骨未死，宪宗怒曰："度得全，天也。"三日后，乃任裴度为相。斫（酌 zhuó），砍。

10　都统，唐后期招讨藩镇，设诸道行营都统，为统帅之任。当时裴度亲往淮西督战，除拜相外，兼彰义军节度使、淮西宣慰招讨处置使。度因韩弘已领淮西行营都统，乃辞招讨之名，只称宣慰处置使，但实际仍行都统事，故诗里这样说。

11　阴风句，裴度赴淮西在阴历八月三日，时序已在仲秋，宪宗以神策军三百骑卫从，并亲临通化门慰勉之。天王旗，皇帝的旗帜。

12　愬（诉 sù），唐邓随节度使李愬。武，淮西都统韩弘之子韩公武。古，鄂岳观察使李道古。通，寿州团练使李文通。四人皆裴度手下大将。牙爪，犹"爪牙"，《诗经·小雅·祈父》："祈父予王之爪牙。"这里是得力的部将意思，不像现在多用于贬义。

13　仪曹句，当时李宗闵以礼部员外郎为两使书记。仪曹，指礼部郎官。

14 行军司马,以太子右庶子韩愈为行军司马。其职务为备军中谘询。

15 貔(皮pí),貔貅,传说中的猛兽。

16 入蔡句,元和十二年十月十五日,李愬雪夜进袭蔡州。十七日,擒吴元济,送至长安,献于太庙,然后斩于京师独柳树。太庙,皇家的祠堂。国有大事,每祭告太庙。

17 功无句,意谓论裴度之功固可当仁不让,朝廷对他的恩遇也不可估量。裴度还朝后,官阶为金紫光禄大夫,职为弘文馆大学士,勋为上柱国(正二品),爵为晋国公。不訾(资zī),即"不赀"。

18 从事,汉州郡长官皆自举僚属,多以从事为称。韩愈的充行军司马,也由裴度奏请提名,故以此为喻。宜为辞,指诏命韩愈撰《平淮西碑》。

19 稽(启qǐ)首,叩头。

20 金石句,指为钟鼎石碑而撰写的歌颂功业的文章。画,同"划"。

21 大手笔,指撰拟有关国之大事的文告的名家。

22 此事句,意谓此事和主掌文字的官员不相干,须亲自执笔。韩愈《进撰平淮西碑文表》:"兹事至大,不可以轻属人。"即此意,系,也通"繋",关涉。职司,指以文章为职业的翰林。

23 当仁句,《论语·卫灵公》:"当仁不让于师。"

24 颔(憾hàn)天子颐,天子点头称善。颔、颐,本皆指颊部。

25 公,指韩愈。斋戒,本指祭祀前表示虔敬的一种仪式。这里指韩愈撰碑文时态度的严谨。

26 濡(如rú)染句,意谓文章中蕴含的情意何等痛快。濡染,浸沾。

27 点窜、涂改,这里都是运用的意思。《尧典》《舜典》,《尚书》篇名。《清庙》《生民》,《诗经》篇名。四者皆记颂古帝王建功立业之作。

28　破体,行书的一种。翁方纲《石洲诗话》云:"戴容州(叔伦)《怀素上人草书歌》:'始从破体变风姿。'可证义山《韩碑》语。"一说指其文颇能变更旧体。

29　再拜,先后拜两次,表示隆重的一种礼节。丹墀(迟 chí),宫内涂红漆的台阶。

30　昧死,犹冒死。古臣子上书多用此语,以示敬畏。

31　负以灵鳌,指石座上负碑的饰物。蟠以螭(痴 chī),指碑上所刻盘绕的饰物。鳌,大龟类。螭,龙类。蟠,盘。

32　喻,懂得。

33　谗之三句,指李愬妻入宫向宪宗陈诉碑文不实事,详"说明"。拽,用力拉。磨治,磨平的意思。治,读平声。

34　斯文,此文。元气,不能消灭的原气。

35　汤盘,传为商汤沐浴之盆。《礼记·大学》:"汤之盘铭曰:'苟日新,又日新,日日新。'"孔鼎,指孔子祖先正考父之鼎,其铭文见《左传·昭公七年》。这里以汤盘、孔鼎比韩碑。

36　相与,相互。烜(宣 xuān)赫,显耀。淳熙,强烈的光泽。

37　公之两句,意谓韩文若不能昭示后世,宪宗功业又如何和三皇五帝承接。仍归结起首两句。曷,怎么。

38　书,抄写。

39　胝(支 zhī),即俗名老茧。

40　传之句,《史记·封禅书》:"管仲曰:'古者封泰山,禅梁父者七十二家。'"二代,一作"三代",包括唐代。从"传之"两句看,作七十三代也通。

41　封禅,古代帝王宣扬功业的一种祭祀仪式。封,指登泰山筑坛祭天。禅,指在山南梁父山上辟基祭地。玉检,封禅书的封套。明堂,注见韩愈《石鼓歌》。这两句意谓,也像上古那样递传下去,并可为封禅时明堂的基石。

说明

淮西之役，先入蔡州擒吴元济者为唐邓随节度使李愬。后来（元和十三年）韩愈奉诏撰《平淮西碑》，文中对裴度当时的位置侧重了些，这却引起李愬的不平。又因李妻是唐安公主女儿（唐安公主是德宗女，宪宗姑母，嫁韦宥），故得出入宫中，便向宪宗陈诉碑辞不实，于是将韩碑磨去，重命翰林学士段文昌撰文勒石。罗隐《说石烈士》文则以为李愬旧部石孝忠因愤韩碑不叙李愬功，推碑几仆，致为宪宗所闻，因而命文昌重撰。

蔡州之破，李愬确实立下大功，但从整个战役看，裴度的作用更大些，这主要由于他的决策和威望。威望在当时的战争中是一个十分重要的政治条件，而他所以具有崇高的威望，则又由于他拜相时立身治国的正直忠恳，所以《旧唐书》也对他作了高度的评价。而且，韩碑中既未抹煞李愬雪夜破城之勇，也并没特别铺张裴度之功。总之，韩愈这篇碑文，态度还是客观的，李商隐之推崇韩碑，实际就是同意韩愈的观点，同时，他又归功于唐宪宗在这一战役上的英明果断。由于这种种因素，使全诗也情意深厚，笔力矫健。沈德潜《唐诗别裁集》中也收入了此诗，并说："晚唐人古诗，秾鲜柔媚，近诗余矣。即义山七古，亦以辞胜。独此篇意则正正堂堂，辞则鹰扬凤翙，在尔时如景星庆云，偶然一见。"又云："段文昌改作亦自明顺，然较之韩碑，不啻虫吟草间矣。宋代陈珦磨去段文，仍立韩碑，大是快事。"这意见也是对的。

秦朝《消寒诗话》云："义山《韩碑》，在其诗中另自一体，直拟退之，殆复过之。"

卷四 七言乐府

高适

作者介绍

高适（700—765），字达夫，沧州渤海蓨（今河北景县）人。早年穷困，狂放落拓，不事生产，客游梁宋间，过着流浪生活。天宝八载，经睢阳太守张九皋之荐，举有道科中第，授封丘县尉，又感于"拜迎长官心欲碎，鞭挞黎庶令人悲"（《封丘作》），愤而辞去官职。后入河西节度使哥舒翰之幕为书记，这使他得以接触大漠风光、士卒隐情。安史乱起，又佐哥舒翰守潼关。玄宗出奔，他间道觐见于河池（在今甘肃），详陈潼关之失的原因。后又任西川节度使、左散骑常侍（属门下省）等职。封渤海县侯。

高适一生极为奇异复杂。年轻时隐迹博徒，"以求丐取给"，晚年却出居重镇，入任显职。《旧唐书》说他"有唐以来，诗人之达者，唯适而已"。又说他"年过五十，始留意诗什"，却并非事实，如《燕歌行》即是早年所作。

他为人以功名自许，为诗以气质自高。《燕歌行》《古大梁行》《邯郸少年行》《别韦参军》诸作，都是他个人性格体现为作品风格的显例。

他的诗以七言歌行见长，有魄力、有情感、有文采，却又不尚雕饰，自然写去，音节也非常浏亮。

燕歌行[1] 有序

开元二十六年[2],客有从元戎出塞而还者[3],作《燕歌行》以示适。感征戍之事[4],因而和焉[5]。

汉家烟尘在东北[6],汉将辞家破残贼[7]。男儿本自重横行[8],天子非常赐颜色[9]。摐金伐鼓下榆关[10],旌旗逶迤碣石间[11]。校尉羽书飞瀚海[12],单于猎火照狼山[13]。山川萧条极边土[14],胡骑凭陵杂风雨[15]。战士军前半死生[16],美人帐下犹歌舞。大漠穷秋塞草衰[17],孤城落日斗兵稀[18]。身当恩遇常轻敌,力尽关山未解围[19]。铁衣远戍辛勤久[20],玉箸应啼别离后[21]。少妇城南欲断肠,征人蓟北空回首[22]。边风飘飘那可度[23],绝域苍茫更何有[24]?杀气三时作阵云[25],寒声一夜传刁斗[26]。相看白刃血纷纷,死节从来岂顾勋[27]?君不见沙场争战苦,至今犹忆李将军[28]。

1 行,古诗的一种体裁。
2 开元,唐玄宗年号。二十六年,公元738年。
3 元戎,主帅,一作"张公",指幽州节度使张守珪。
4 征戍,军役。
5 和,以诗相和答。参见卷四岑参《和贾至舍人早朝大明宫之作》。
6 汉家,实借汉以指唐。烟尘,尘土与烽烟相接,泛指边警。
7 残,凶暴。
8 横行,驰骋沙场之意。《史记·季布传》:"上将军樊哙曰:'臣愿得十万众,横行匈奴中。'"

9 非常,破格。赐颜色,犹赏脸。
10 摐(窗 chuāng),击,打。金,指钲,行军乐器。伐,击。下,犹出兵。榆关,即渝关、山海关。唐为东北军事要镇。一说故址在今河北抚宁东榆关镇。
11 逶迤(夷 yí),宛延不绝。碣(竭 jié)石,山名,在今河北昌黎县北。这里泛指北方的山间海边。
12 校尉,位次于将军的武官,指当时驻边塞部队的长官。羽书,紧急军书,上插鸟羽,以示加速。瀚海,大沙漠。
13 单(蝉 chán)于,古代匈奴首领的称号,这里指当时敌方的首领。猎火,猎有驰逐、追捕义。这里疑指出战时的火炬。又,古也以会猎喻战争,如曹操《与孙权书》:"方与将军会猎于吴。"狼山,今内蒙古中部有狼山,属阴山山脉西段。一说即狼居胥山。这里也非实指,当指敌方活动的重要山地。
14 极边土,临边境的尽头。
15 胡骑句,意谓敌人来势凶猛,像疾风暴雨。凭陵,侵凌。杂,混合。
16 半死生,死者已占生者之一半。
17 穷秋,秋尽。
18 斗兵稀,应上半死生句。
19 身当两句,意谓战士们身承朝廷的恩遇,常常不顾敌人的凶猛而死战,但仍未能解除重围。轻敌,不把敌人放在眼里。
20 铁衣,指远征战士。
21 玉箸句,指战士们想象他们的妻子,必为思夫远征而流泪。玉箸,旧喻妇女的眼泪。
22 蓟(计 jì)北,唐蓟州治所在渔阳,在今天津蓟县。这里泛指东北边地。空回首,徒望乡。这两句与沈佺期《独不见》之"白狼河北音书断,丹凤城南秋夜长"同一笔意。
23　边风飘飘,一本作"边庭飘飖"。当是。
24　绝域,与中原隔绝的远地。更何有,极言其荒凉。
25　三时,春、夏、秋三个农忙季节。意谓一年中最重要的时节都耗在战争中了。《左传·桓公六年》:"谓其三时不害而民和年丰也。"一说指一天中的早午晚。
26　刁斗,军中打更用的铜器,形似锅,白天作炊具,能容一斗。
27　死节句,意谓战士的为国捐躯,难道为了得到功勋。死节,为节而死。
28　李将军,指李广。广为右北平太守,匈奴畏之,号为汉之飞将军,数岁不敢犯境。又能与士卒同甘苦,士卒因此乐为其用。这句含意,实是慨叹当时边疆缺少李广那样的良将。

说明

《燕歌行》本乐府《相和歌·平调曲》名,歌辞多歌咏东北边地征情。

开元二十三年(735),张守珪以战功拜辅国大将军、右羽林大将军兼御史大夫。二十六年,其部将赵堪等借守珪之命,强迫平卢军使乌知义邀击叛奚余众于潢水之北,先胜后败。守珪却隐瞒败绩,妄奏战功。事泄,贬括州刺史。高适曾送兵蓟北,目睹军中腐败情状。后回封丘,乃作此诗。序所谓"感征戍之事",当是有感而发(按,此据旧说,近时学者也有怀疑的)。

全诗的主题还是雄健激越,对战争的位置也是摆正了的,末段的"死节从来岂顾勋",尤其悲壮慷慨。另一方面,对于军营中主将士兵的苦与乐、荒淫与庄严的对照,战争给士兵家属带来的精神上的痛苦,也作了如实的反映,城南的少妇断肠正所以反衬帐下的美人歌舞。这种上下之间的尖锐矛盾,在当时原也不止一时一地,因而着末的"至今犹忆李将军",就显得不是空泛的怀古掉文。史称李广治兵,"士卒不尽饮,广不近水;士卒不尽食,广不尝食"。诗人举出这样的与士卒同甘苦的将领来,正是有其示范意义。

李颀

古从军行 [1]

白日登山望烽火 [2],黄昏饮马傍交河 [3]。行人刁斗风沙暗 [4],公主琵琶幽怨多 [5]。野营万里无城郭,雨雪纷纷连大漠。胡雁哀鸣夜夜飞,胡儿眼泪双双落。闻道玉门犹被遮,应将性命逐轻车 [6]。年年战骨埋荒外,空见蒲萄入汉家 [7]。

1 行,古诗的一种体裁。
2 烽火,古代一种警报。
3 饮(读去声 yìn)马,使马喝水。饮,使动词。交河,在今新疆吐鲁番市西北,因河水分流绕城下,故名。唐亦置县。
4 行人句,意谓行人在风沙的昏暗中只听到刁斗的声音。这是写夜晚。刁斗,注见高适《燕歌行》。
5 公主琵琶,汉武帝时以江都王刘建女细君嫁乌孙(西域国名)

国王昆莫,恐其途中烦闷,故弹琵琶以娱之。琵琶,据刘熙《释名》,本胡人马上所弹乐器。

6 闻道两句,汉武帝曾命李广利攻大宛,欲至贰师城取良马,战不利,广利上书请罢兵回国,武帝大怒,发使遮玉门关,曰:"军有敢入,斩之!"两句意谓边战还在进行,只得随着将军去拼命。玉门,注见卷一李白《关山月》。遮,阻拦。逐,犹追随。轻车,汉有轻车将军,这里泛指将帅。

7 年年两句,意谓年年暴尸边境,所换来的只是蒲萄的移植而已。荒,边远地区。空见,徒见。蒲萄,即葡萄,本西域特产,汉武帝时采蒲萄、苜蓿之种归,植于离宫旁。

说明

《从军行》本乐府《相和歌·平调曲》旧题,故曰"古"。内容多写军情边思。本诗借汉武帝的开边,讽唐玄宗的用兵,末两句感慨尤深,沈德潜云:"以人命换塞外之物,失策甚矣。为开边者垂戒,故作此诗。"

王维

洛阳女儿行[1]

洛阳女儿对门居,才可容颜十五余[2]。良人玉勒乘骢马[3],侍女金盘脍鲤鱼[4]。画阁珠楼尽相望,红桃绿柳垂檐向。罗帏送上七香车⁵，宝扇迎归九华帐⁶。狂夫富贵在青春⁷，意气骄奢剧季伦⁸。自怜碧玉亲教舞⁹，不惜珊瑚持与人。春窗曙灭九微火，九微片片飞花琐¹⁰。戏罢曾无理曲时¹¹，妆成只是熏香坐¹²。城中相识尽繁华，日夜经过赵李家¹³。谁怜越女颜如玉¹⁴，贫贱江头自浣纱¹⁵。

1 题下有原注："时年十六。"六，一作"八"。洛阳女儿，取梁武帝萧衍《河中之水歌》中"河中之水向东流，洛阳女儿名莫愁"语。行，古诗的一种体裁。

2 才可，恰好。容颜，一作"颜容"。十五余，十五六岁。梁简文帝《怨歌行》："十五颇有余。"

3 良人，古代妻对夫的尊称。勒，马衔的嚼口。骢马，青白色的马。

4 脍（快 kuài）鲤鱼，鲤鱼片。

5 罗帏，丝织的帘帐。七香车，旧注以为以七种香木为车。

6 宝扇，古代贵妇出行时遮蔽之具，用鸟羽编成。九华帐，鲜艳的花罗帐。这两句形容洛阳女儿进出时的排场。

7 狂夫，犹拙夫，古代妇女自称其夫的谦词，李白《捣衣篇》："狂夫犹戍交河北。"

8 剧，戏弄，意谓可轻视石崇。李白《长干行》："折花门前剧。"季伦，晋石崇字季伦，家甚豪富，曾与贵戚王恺、羊琇等比阔。晋武帝曾赐王恺高二尺的珊瑚树，世所罕比。恺以示崇，崇便以铁如意击之。恺厉声相责，崇乃命人搬来六七株三四尺高的珊瑚树偿还他。珊瑚，形状像树枝，实动物珊瑚虫石灰质骨骼堆积而成。

9 怜，爱怜。碧玉，《乐府诗集》以为刘宋汝南王妾名。这里指洛阳女儿。

10　春窗两句，写通宵欢娱，直到清晓才灭灯火。九微，《汉武内传》记有"九光九微之灯"。片片，指灯花。花琐，指雕花的连环形窗格。

11　戏罢句，指溺于嬉戏，连练习曲子的功夫都没有。曾无，从无。理，温习。

12　妆成句，梳妆完毕后，就坐在炉边等着衣裳熏好。熏香，用香料熏衣服。

13　赵李家，旧有三说，今姑采汉成帝的皇后赵飞燕、婕妤李平说。这里泛指贵戚之家。

14　越女，指西施。越，这里今指浙东。

15　贫贱句，指西施原为若耶溪的浣纱女，参见《西施咏》。

说明

诗的主题和作者《西施咏》相同（但本诗中的西施只作为贫贱者来陪衬），也是写一个出身寒微的女儿（观诗中以碧玉相比可知）之骤为贵妇。沈德潜说："结意况君子不遇也，与《西施咏》同一寄托。"作者讽世的意图原很明白。但就诗论诗，也反映了当时东都豪门大户的生活面貌，男主人显然是纨绔子弟，行为的骄奢放荡甚至超过石崇；女主人的生活方式虽然香车宝扇，十分阔绰，其实不过是供消遣的玩物，观诗中之"妆成只是熏香坐"即可见其无聊。像李白的《春思》《长干行》等作品中所写的征夫、商贾家的妇女，他们夫妇之间才是忠实地相爱着，使爱情真正能在生活中占地位。

老将行[1]

少年十五二十时,步行夺得胡马骑[2]。射杀山中白额虎[3],肯数邺下黄须儿[4]。一身转战三千里,一剑曾当百万师。汉兵奋迅如霹雳[5],虏骑奔腾畏蒺藜[6]。卫青不败由天幸[7],李广无功缘数奇[8]。自从弃置便衰朽[9],世事蹉跎成白首[10]。昔时飞箭无全目[11],今日垂杨生左肘[12]。路傍时卖故侯瓜[13],门前学种先生柳[14]。苍茫古木连穷巷[15],寥落寒山对虚牖[16]。誓令疏勒出飞泉[17],不似颍川空使酒[18]。贺兰山下阵如云[19],羽檄交驰日夕闻[20]。节使三河募年少[21],诏书五道出将军[22]。试拂铁衣如雪色[23],聊持宝剑动星文[24]。愿得燕弓射大将[25],耻令越甲鸣吾君[26]。莫嫌旧日云中守[27],犹堪一战立功勋。

1 行,古诗的一种体裁。
2 步行句,汉名将李广,为匈奴骑兵所擒,广时已受伤,便即装死。后于途中见一胡儿骑着良马,便一跃而上,将胡儿推在地下,疾驰而归。见《史记·李将军列传》。
3 射杀句,与上文连观,应是指李广为右北平太守时,多次射杀山中猛虎事。白额虎(传说为虎中最凶猛一种),则似是用晋名将周处除三害事。南山白额虎是三害之一。见《晋书·周处传》。
4 肯数,岂可只推。邺下黄须儿,指曹彰,曹操第二子,须黄色,性刚猛,曾亲征乌丸,颇为曹操爱重,曾持彰须曰:"黄须儿竟大奇也。"这句意谓,岂可只算黄须儿才是英雄。邺下,曹操封魏王时,都邺(今河北临漳县西)。
5 霹雳,疾雷声。

6 虏骑，对敌骑的蔑称。蒺藜，本是有三角刺的植物，这里指铁蒺藜，战地所用障碍物。

7 卫青，汉代名将，汉武帝皇后卫子夫之弟，以征伐匈奴官至大将军。卫青姊子霍去病，也曾远入匈奴境，却未曾受困折，因而被看作"有天幸"。"天幸"本霍去病事，然古代常卫、霍并称，这里当因卫青而联想霍去病事。

8 李广曾屡立战功，汉武帝却以他年老数奇，暗示卫青不要让李广抵挡匈奴，因而被看成无功，没有封侯。缘，因为。数，命运。奇（基 jī），单数。偶之对称，奇即不偶，不偶即不遇。

9 弃置，丢在一旁。

10 蹉跎，犹虚度。

11 飞箭（一作"飞雀"）无全目，鲍照《拟古诗》："惊雀无全目。"李善注引《帝王世纪》：吴贺使羿射雀，贺要羿射雀左目，却误中右目。这里只是强调羿能使雀双目不全，于此见其射艺之精。

12 垂杨生左肘，《庄子·至乐》："支离叔与滑介叔观于冥伯之丘，昆仑之虚，黄帝之所休，俄而柳生其左肘，其意蹶蹶然恶之。"沈德潜以为"柳，疡也，非杨柳之谓"，并以王诗的垂杨"亦误用"。他意思是说，庄子的柳生其左肘的柳本来即疡之意，王维却误解为杨柳之柳，因而有垂杨云云。高步瀛说："或谓柳为瘤之借字，盖以人肘无生柳者。然支离、滑介本无其人，生柳寓言亦无不可。"高说似较胜。

13 故侯瓜，召平，本秦东陵侯，秦亡为平民，贫，种瓜长安城东，瓜味甘美。

14 先生柳，晋陶渊明弃官归隐后，因门前有五株杨柳，遂自号"五柳先生"，并写有《五柳先生传》。

15 穷巷，深巷。

16 虚牖（有 yǒu），空寂的窗。
17 誓令句，后汉耿恭与匈奴作战，据疏勒城，匈奴于城下绝其涧水，恭于城中穿井，至十五丈犹不得水，他仰叹道："闻昔贰师将军（李广利）拔佩刀刺山，飞泉涌出，今汉德神明，岂有穷哉。"旋向井祈祷，过了一会，果然得水。事见《后汉书·耿恭传》。疏勒，指汉疏勒城，非疏勒国。
18 颍川空使酒，灌夫，汉颍阴人，为人刚直，失势后颇牢骚不平，后被诛。使酒，恃酒逞意气。
19 贺兰山，一称阿拉善山，在今宁夏中部，唐代常为战地。
20 羽檄，紧急军书，上插鸟羽，以示加速。闻，传报。
21 节使，持有朝廷符节的使臣。符节是使臣持作凭证之用。三河，汉代称河南、河东、河内三郡为三河，相当于今河南一带。年少，年轻人。
22 诏书句，诏令众将军分五道出兵。《汉书·常惠传》："汉大发十五万骑，五将军分道出。"
23 铁衣，护身的铁甲。
24 聊持，且持。星文，指剑上所嵌的七星文。
25 燕弓，燕地出产的弓，以坚劲出名。燕，今河北北部，辽宁西南部。
26 耻令句，意谓以敌人甲兵惊动国君为可耻。《说苑·立节》：越国甲兵入齐，雍门子狄请齐君让他自杀，因为这是越甲在鸣国君，自己应当以身殉之，遂自刎死。鸣，这里是惊动的意思。
27 莫嫌句，魏尚为汉文帝时名将，为云中太守，深得军心，匈奴不敢犯其境，嗣因所缴敌首差六级，被削爵。后冯唐在文帝前为他抱不平，文帝乃命冯唐持节赦魏尚罪，复其官职。云中，汉郡名，在今山西大同市一带。

说明

　　老将行也是新乐府辞,内容写老将从小就跃马边疆,后因衰朽而被冷落,自己却仍不服老,志在千里,还是想为国家立功。当时唐室用兵频烦,这类被弃置的老将想必很多,所以有其现实意义,唐汝询以为是作者自况。全诗用典太多,有些典也不很切题,近于堆砌。

桃源行[1]

　　渔舟逐水爱山春[2],两岸桃花夹古津[3]。坐看红树不知远[4],行尽青溪忽值人。山口潜行始隈隩[5],山开旷望旋平陆[6]。遥看一处攒云树[7],近入千家散花竹[8]。樵客初传汉姓名[9],居人未改秦衣服。居人共住武陵源[10],还从物外起田园[11]。月明松下房栊静[12],日出云中鸡犬喧。惊闻俗客争来集[13],竞引还家问都邑[14]。平明闾巷扫花开[15],薄暮渔樵乘水入。初因避地去人间,更问神仙遂不还。峡里谁知有人事,世中遥望空云山[16]。不疑灵境难闻见,尘心未尽思乡县[17]。出洞无论隔山水,辞家终拟长游衍[18]。自谓经过旧不迷,安知峰壑今来变。当时只记入山深,青溪几度到云林。春来遍是桃花水,不辨仙源何处寻[19]。

1　原注:"时年十九。"行,古诗的一种体裁。
2　逐水,顺着溪水。

3　古津，古渡口。一作"去津"，远远流去的溪水渡口。
4　坐，因。
5　隈隩（wēi ào），山崖的幽曲处。
6　旷望，旷野在望。旋，忽然间。
7　攒（cuán）云树，云树相连。攒，聚集。
8　千家散花竹，家家都有花和竹。
9　樵客句，意谓居民初次听到樵客传告的汉以来各朝名字。樵客，本指打柴人，这里指渔人，古常渔樵并称，下也云"薄暮渔樵乘水入"。这两句，即用《桃花源记》的"先世避秦乱，率妻子邑人来此"一段文意。
10　武陵，武陵本实有其地，即今湖南常德市。武陵源指桃花源，相传在今湖南桃源县（晋属武陵郡）西南，这却是附会。
11　物外，世外。
12　房栊，窗户。
13　俗客，指渔人。因桃源中人以仙境自居，故指渔人为俗客。
14　引，陪领。都邑，指居人原来的家乡。
15　平明，天刚亮时。闾巷，街巷。扫花，古以扫花径表示迎客的诚意。开，开门。
16　峡里两句，意谓山中人已不知有人间的事情，世人也只能空自遥望云山而已。
17　不疑两句，意谓本也不疑仙境之难以闻见，如今居然亲身经历了，只是尘心未尽，还是带着思家之念而离去。灵境，仙境。
18　出洞两句，意谓出洞后又觉桃源之值得逗留，不管山水远隔，还是想辞家长游。游衍，犹流连不去。
19　自谓至不辨六句，即用《桃花源记》中"太守即遣人随其往"

一段文意。自谓,自以为。壑,山谷。几度,指入山既深,故几次见到溪流。桃花水,指桃花开时雨水涨溢。

说明

此诗也是新乐府。唐宋以来,作桃源诗的很多,王士禛只推王维、韩愈、王安石三家,后二诗虽也好,和王维此诗比,"便如努力挽强,不免面赤耳热,此盛唐所以高不可及。"(见章燮《唐诗三百首注疏》引)其好处便是从容自然,也即沈德潜所谓"顺文叙事,不须自出意见,而夷犹容与,令人味之不尽"。

这里选的王维三首七古,中间多参以律句,也即尚沿唐初体裁。

李白

蜀道难[1]

噫吁嚱[2],危乎高哉!蜀道之难难于上青天。蚕丛及鱼凫[3],开国何茫然[4]。尔来四万八千岁[5],不与秦塞通人烟[6]。西当太白有鸟道[7],可以横绝峨眉巅[8]。地崩山摧壮士死[9],然后天梯石栈方钩连[10]。上有六龙回日之高标[11],下有冲波逆折之回川[12]。黄鹤之飞尚不得过[13],猿猱欲度愁攀缘[14]。青泥何盘盘[15],百步九折萦岩峦[16]。扪参历井仰胁息[17],以手抚膺坐长叹[18]。问君西游何时还[19],畏途巉岩不可攀[20]。但见悲鸟号古木[21]，雄飞雌从绕林间。又闻子规啼夜月，愁空山[22]。蜀道之难难于上青天，使人听此凋朱颜[23]。连峰去天不盈尺，枯松倒挂倚绝壁。飞湍瀑流争喧豗[24]，砯崖转石万壑雷[25]。其险也若此，嗟尔远道之人胡为乎来哉[26]。剑阁峥嵘而崔嵬[27]，一夫当关，万夫莫开[28]。所守或匪亲[29]，化为狼与豺。朝避猛虎，夕避长蛇。磨牙吮血，杀人如麻[30]。锦城虽云乐[31]，不如早还家。蜀道之难难于上青天，侧身西望长咨嗟[32]。

1. 蜀道，通常指自陕西入四川的山路。
2. 噫吁嚱，蜀人见物惊叹声。
3. 蚕丛、鱼凫（扶 fú），都是传说中古蜀国国王。古代的蜀国本与中原不通，至秦惠王灭蜀（公元前 316 年），始与中原相通。
4. 茫然，茫昧难详。
5. 尔来，自那时以来。四万八千岁，极言时间久远。《梦游天姥吟留别》也云："天台四万八千丈。"
6. 不与，一作"乃与"。秦塞，犹秦地。塞，山川险阻之处。
7. 太白，山名，又名太乙山，秦岭主峰，在今陕西周至、眉县、太白县一带。旧说因其冬夏积雪，故名。太白山在当时京城长安之西，故云"西当太白"。鸟道，极言山路险窄，仅能容鸟飞过。
8. 横绝，横渡。峨嵋，山名，在今四川峨眉山市西。巅，山顶。
9. 地崩句，相传秦惠王嫁五美女与蜀，蜀遣五个力士迎之，回到梓潼，见一大蛇入穴中，五人引其尾使出；结果山崩，五人皆被压死，五女上山化为石。见《艺文类聚》引《蜀王本纪》及《华阳国志·蜀志》。

10 天梯,喻上陡峰的山路。石栈,山岩险要处凿石架木筑成的通道叫栈道。

11 六龙回日,相传太阳神乘车,羲和驾六龙而驶之。此指高标阻住了六龙,只得回车。高标,立木为表记,其最高处叫标,也即这一带高山的标志。

12 冲波逆折,激浪逆流。回川,纡回的川流。

13 黄鹤,即黄鹄,善于高飞。古鹤、鹄字通。

14 猿猱(挠náo),统指猿类。

15 青泥,岭名,在今陕西略阳县。盘盘,盘旋曲折。

16 萦岩峦,山峰缭绕。

17 扪参(深shēn)句,意谓山高入天,竟至可以伸手摸到一路所见星辰。古以星宿分野,凡地上某一区域,都划在星空某一分野之内,并以天象所示来占卜地上属邑之吉凶。秦属井宿分野,蜀属参宿分野。胁息,屏气不敢呼吸。

18 抚膺,抚胸。

19 西游,蜀在秦西南。

20 畏途,艰险可畏之途。巉岩,险峻的山岩。

21 号,悲鸣。

22 子规,杜鹃鸟,蜀地最多。相传蜀帝杜宇,号望帝,死后其魂化为子规,啼声悲凄。

23 此,指子规悲鸣。凋朱颜,容颜为之衰老。朱颜,青春的壮健颜色。

24 飞湍(tuān)、瀑流,互文,统指迸喷的瀑布。湍,急流。即《剑阁赋》"旁则飞湍走壁,洒石喷阁,汹涌而惊雷"意。喧豗(辉huī),喧闹声。

25 砯(乒pīng)崖句,意谓水石相击如万壑雷鸣。砯,水击岩石声。

26　尔,你。胡为乎,为什么啊。
27　剑阁,注见卷三白居易《长恨歌》。诗题"蜀道",全诗所叙述实仅及剑阁,李白本人也未到过剑阁。峥嵘、崔嵬,皆高峻状。
28　一夫当关,语本晋张载《剑阁铭》:"一夫荷戟,万夫趑趄。形胜之地,非亲勿居。"
29　或,倘若。
30　朝避四句,想象万一发生祸变后情况。
31　锦城,即锦官城,今四川成都市。
32　咨(资zī)嗟,叹息。

说明

《蜀道难》本是乐府《相和歌·瑟调曲》旧题。《乐府古题要解》云:"《蜀道难》备言铜梁、玉垒(均蜀中山名)之阻。"(见《乐府诗集》)乐府《蜀道难》则源于更古的《行路难》。李白此诗,即根据这一诗题的传统内容,描写秦蜀栈道的险阻与世路人情的险恶叵测。虽托名古调,却自创新声。

唐孟棨《本事诗》、宋计有功《唐诗纪事》皆记李白自蜀至长安,与贺知章相遇,知章览其《蜀道难》,大为叹赏,曰:"公非人世人,岂非太白星精耶?"知章于天宝三载致仕归越,故其写作时间不得迟于天宝三载,因而元萧士赟《分类补注李太白诗》以为讽天宝十五载玄宗奔蜀之说即难成立。又因此诗曾收入唐殷璠所编《河岳英灵集》,其书据岑仲勉先生《唐集质疑》考订,谓编成于天宝四载或十二载,更可肯定为安史乱前作。另据詹锳先生考订,则此诗与《送友人入蜀》《剑阁赋》是同一主题同时之作。

　　李白没有到过剑阁，但诗中西望太白，曲绕青泥，经栈道、逾剑阁而前往锦城，途程历历分明。手法也和《梦游天姥吟》等一样，文句参差，笔意纵横，间杂散文的结构。总之，语言一到了他手里，不拘言之短长、声之高下，无不听从驱遣，而这又径通着他豪放洒脱的个性。

　　在语言个性化上，历代诗人中实不多见，李白是其中最突出的一个。

长相思 二首

　　长相思，在长安[1]。络纬秋啼金井阑[2]，微霜凄凄簟色寒[3]。孤灯不明思欲绝[4]，卷帷望月空长叹[5]。美人如花隔云端[6]，上有青冥之长天[7]，下有渌水之波澜[8]。天长地远魂飞苦，梦魂不到关山难[9]。长相思，摧心肝[10]。

1　在长安，思念的对象在长安。长安，今陕西西安市。
2　络纬，又名莎鸡，俗称纺织娘。金井阑，精美的井阑。
3　簟色寒，指竹席的凉意。
4　思欲绝，想念到极点。
5　帷，窗帘。
6　美人，指相思的人物。
7　青冥，萧士赟说"云也"。
8　渌水，清水。

9　难，犹言难渡。
10　摧，伤。

说明

"长相思"，本汉人诗中用语，六朝时始以名篇。属乐府《杂曲歌辞》。大多以"长相思"三字起首，并以此三字作结。郭茂倩《乐府诗集》卷九十六《杂曲歌辞》云："古诗又曰：'客从远方来，遗我一端绮。文彩双鸳鸯，裁为合欢被。著以长相思，缘以结不解。谓被中著绵以致相思绵绵之意，故曰长相思也。'"李白此诗，正拟其本格。是否有什么寄托，已不可知（一说是怀念长安的朝廷）。

日色欲尽花含烟[1]，月明如素愁不眠[2]。赵瑟初停凤凰柱[3]，蜀琴欲奏鸳鸯弦[4]。此曲有意无人传，愿随春风寄燕然[5]。忆君迢迢隔青天，昔时横波目[6]，今作流泪泉。不信妾肠断，归来看取明镜前[7]。

1　花含烟，形容暮色中花蒙水气，如含烟雾。
2　素，洁白的绢。
3　赵瑟，相传古代赵国的人善弹瑟。杨恽《报孙会宗书》："妇赵女也，雅善鼓瑟。"瑟，弦乐器。凤凰柱，或是瑟柱上雕饰凤凰形状。
4　蜀琴句，旧注谓蜀琴与司马相如琴挑故事有关。按，鲍照有"蜀琴抽白雪"句。白居易也有"蜀琴安膝上，《周易》在床头"句。李贺"吴丝蜀桐张高秋"，王琦注云："蜀中桐木宜为乐器，故曰蜀桐。"蜀桐实即蜀琴。似古人诗中常以蜀琴喻佳琴,恐与司马相如、卓文君事无关。鸳鸯弦也只是为了强对凤凰柱。

5 燕然,山名,即杭爱山,在今蒙古国境内。东汉窦宪征匈奴时曾到此山。

6 横波,犹流盼,形容眼神流动。

7 不信两句,意谓我想你想得肠断,你如果不相信,回家时就拿明镜照我,容颜憔悴到什么样子了。妾,古代妇女自称。取,语助词,表示动作的进行。

说明

这两首《长相思》本不列在一起。《李太白全集》中一入卷三,一入卷六。其内容也是一思长安,时间是秋;一寄燕然,时间是春。蘅塘退士把它们联在前后,就像是男女双方异地相处,各以诗篇抒其苦思了。与李白本意并不相符。

行路难

金樽清酒斗十千[1],玉盘珍馐值万钱[2]。停杯投箸不能食[3],拔剑四顾心茫然[4]。欲渡黄河冰塞川,将登太行雪满山[5]。闲来垂钓坐溪上[6],忽复乘舟梦日边[7]。行路难,行路难。多歧路,今安在。长风破浪会有时[8],直挂云帆济沧海[9]。

1 金樽,喻精美的酒器。斗十千,一斗酒值十千钱。曹植《名都篇》:"归来宴平乐,美酒斗十千。"皆非当时真实的酒价。

2　珍馐,名贵的菜肴。
3　箸,筷子。
4　顾,望。
5　太行(杭 háng),太行山。
6　垂钓坐溪上,传说吕尚未遇周文王时,曾在磻溪(今陕西宝鸡市东南)垂钓。
7　乘舟梦日边,传说伊尹见汤以前,梦乘舟过日月之边。合用这两句典故,是比喻人生遇合无常,多出于偶然。
8　长风破浪,刘宋宗悫少年时,叔父宗炳问其志向,他说:"愿乘长风破万里浪。"会,适逢其会之会。
9　直,就即。云帆,指天水相连时,船帆像是出没云中。济,渡。沧海,大海。

说明

本乐府《杂曲歌辞》,多写世路艰难与别离伤感。此诗当是李白于天宝三载(744)遭谗离都后作。

李集中的《行路难》共有三首,举了许多高才不善终的故事,如伍员、屈原、陆机、李斯等,其第三首"吾观自古贤达人,功成不退皆殒身……君不见吴中张翰称达生,秋风忽忆江东行。且乐生前一杯酒,何须身后千载名",意思尤为明白。

这首诗也是表现诗人思想的矛盾,他也想弃金樽玉盘而渡黄河,登太行,可是河未解冻,山有大雪,而宗悫那样的乘风破浪的时势,也得适逢其会,不能常遇,故而只得挂帆浮海,浪迹江湖了。

将进酒[1]

君不见黄河之水天上来，奔流到海不复回。君不见高堂明镜悲白发，朝如青丝暮成雪[2]。人生得意须尽欢，莫使金樽空对月[3]。天生我材必有用，千金散尽还复来。烹羊宰牛且为乐，会须一饮三百杯[4]。岑夫子，丹丘生[5]，将进酒，杯莫停。与君歌一曲，请君为我倾耳听。钟鼓馔玉何足贵[6]，但愿长醉不愿醒。古来圣贤皆寂寞，唯有饮者留其名。陈王昔时宴平乐[7]，斗酒十千恣欢谑[8]。主人何为言少钱，径须沽取对君酌[9]。五花马[10]，千金裘[11]，呼儿将出换美酒[12]，与尔同销万古愁[13]。

1 将，请。
2 青丝，黑发。
3 金樽，喻精美的酒器。
4 会须，正应当。
5 岑夫子，岑勋。丹丘生，元丹丘。李集中提到元丹丘的有多处。他也是一个学道谈玄的人，李白称之为"逸人"，并有"吾将（与）元夫子，异姓为天伦"（《颍阳别元丹丘之淮阳》）及"故交深情，出处无间"（《题嵩山逸人元丹丘山居并序》）之语，可见李白和他的友好。
6 钟鼓馔（撰 zhuàn）玉，泛指豪门贵族的奢华生活。钟鼓，富贵人家宴会时用的乐器。馔玉，梁戴嵩《煌煌京洛行》："挥金留客坐，馔玉待钟鸣。"馔，吃喝。
7 陈王，三国魏曹植，曾被封为陈王。平乐，平乐观。
8 斗酒十千，注见《行路难》。恣，任性。欢谑（血 xuè），戏笑。

9　径，干脆。沽取，买来。取，注见《长相思》。
10　五花马，注见卷二岑参《走马川行奉送封大夫出师西征》。
11　千金裘，《史记·孟尝君列传》："此时孟尝君有一狐白裘，直千金。"裘，皮衣。
12　将出，拿出。
13　尔，你。

说明

汉乐府旧题，属《鼓吹曲·铙歌》。天宝十一载（752）在嵩山元丹丘处作。

作者有一篇《上安州裴长史书》，其中曾说"曩昔东游维扬，不逾一年，散金三十余万，有落魄公子，悉皆济之。此则是白之轻财好施也"，与诗中的"千金散尽还复来"可相表里。

诗中表现的思想，一面是虚无消沉，想在长醉中了却一切；一面又很自负，对现实像有所期待。这种矛盾，几乎是李白诗歌中的一个特征。

杜甫

兵车行[1]

车辚辚[2]，马萧萧[3]，行人弓箭各在腰。爷娘妻子走相送[4]，尘埃不见咸阳桥[5]。牵衣顿足拦道哭，哭声直上干云霄[6]。道旁过者问行人，行人但云点行频[7]。或从十五北防河[8]，便至四十西营田[9]。去时里正与裹头[10]，归来头白还戍边[11]。边庭流血成海水，武皇开边意未已[12]。君不见汉家山东二百州[13]，千村万落生荆杞[14]。纵有健妇把锄犁，禾生陇亩无东西[15]。况复秦兵耐苦战[16]，被驱不异犬与鸡。长者虽有问[17]，役夫敢申恨[18]？且如今年冬[19]，未休关西卒[20]。县官急索租[21]，租税从何出[22]？信知生男恶，反是生女好[23]。生女犹得嫁比邻[24]，生男埋没随百草[25]。君不见青海头[26]，古来白骨无人收。新鬼烦冤旧鬼哭，天阴雨湿声啾啾[27]。

1　行，古诗的一种体裁。
2　辚辚，车行声。
3　萧萧，马鸣声。
4　妻子，妻和子女。
5　尘埃句，指因车马所扬起的尘埃遮蔽了咸阳桥，可见此次出兵之多。不见实是见。咸阳桥，本名便桥，在咸阳大道上，为唐代长安通西域的要道。
6　干，犯，冲。
7　但云，只说。点行（杭 háng）频，一再按丁口册上的行次点名征发。
8　北防河，当时吐蕃常犯边境，故征调大批兵力驻在河西（黄河以西之地，在今甘肃、宁夏境），称为防河。
9　营田，即古代的屯田制。平时种田，战时作战。四十，与上十五皆指年龄。
10　里正，即里长。唐制，百户为一里，里有里正，管户口、赋役等事。与裹头，古以皂罗三尺裹头作头巾。因应征者年龄还小,故由里正替他裹头。
11 头白句,喻征役频繁,回来时虽已头白,还是要驻边。还,一本作"犹"。
12 武皇,汉武帝,他在历史上以开疆拓土著称。这里暗喻唐玄宗。钱谦益笺云:"唐人诗称明皇多云武皇。王昌龄'白马金鞍从武皇',韦应物'少事武皇帝',公亦云'武帝旌旗在眼中'也。"白居易《长恨歌》也云:"汉皇重色思倾国。"开边意未已,含有讽默武意。
13 山东,指华山以东,义同"关东"。二百州,唐代潼关以东设七道,共二百一十一州。这里举其成数。
14 荆杞,犹荆棘,比喻这一带荒芜冷落。
15 纵有两句,此因府兵制兵农不分所致,意谓壮男皆出征,留下来的虽有健妇耕作,也必影响收成,故庄稼长得不成行列,难辨东西。陇,通"垅",田埂。
16 秦兵,即下"关西卒",也就是此次被征的士兵。因他们能经苦战,故更被驱遣。秦人素以勇于攻战著名。
17 长者,对老人的尊称,即上"道旁过者"。
18 役夫,应兵役者自称。敢,那敢,怎敢。当时鲜于仲通等南征,"凡举二十万众,弃之死地,只轮不返,人衔冤毒,无敢言者"(见《旧唐书·杨国忠传》)。此皆杜诗之切时事者。
19 且如,就像。虽不敢说而终于还是举例说之,足见役夫内心的悲愤。
20 未休句,指因连年交战,使关西之卒不得休战回家。
21 县官,指朝廷,官府。
22 租税句,承上千村万落句意。
23 信知两句,这在重男轻女的时代,实际是在说反话。信知,才真的明白。恶,这里是不吉利的意思。

24　比邻，近邻，意即不必远嫁。唐制，四海为邻。
25　生男句，指尸体无人收葬，埋没在野草中。
26　青海，注见卷一李白《关山月》。
27　啾啾（究 jiū），象声词，随事而异，这里指鸣咽声。

说明

本诗据单复说是为玄宗用兵吐蕃而作，"中言内郡凋蔽，民不聊生，此安史之乱所由起也。"（《杜少陵集详注》引）钱谦益以为指天宝十载（751）剑南节度使鲜于仲通讨南诏（在云南的一个政权）事。据《通鉴·唐纪三十二》，两军交战后，唐军大败，士卒死者六万人，杨国忠掩其败状，仍叙战功，后又大募士兵，因云南多瘴疠，皆莫肯应募，杨国忠乃遣御史分道捕人，连枷送诣军所，于是行者愁怨，哭声震野。

但其中也概括当时开边战争的惨状和府兵制度的弊端。总之，作者所哀痛和同情的还是人民，又从"武皇开边意未已"一语，作者对唐玄宗的批评态度虽似隐约，实很明显。

形式用乐府诗，但"即事名篇"，不用旧题，《兵车行》就是自拟的新题目，在表现手法上因而也能摆脱旧形式的约束，而有了新的创造。

丽人行[1]

三月三日天气新[2]，长安水边多丽人[3]。态浓意远淑且真[4]，肌理细腻骨肉匀[5]。绣罗衣裳照暮春[6]，蹙金孔雀银麒麟[7]。头上何所有，翠微匐叶垂鬓唇[8]。背后何所见，珠压腰衱稳称身[9]。就中云幕椒房亲[10]，赐名大国虢与秦[11]。紫驼之峰出翠釜[12]，水精之盘行素鳞[13]。犀箸厌饫久未下[14]，鸾刀缕切空纷纶[15]。黄门飞鞚不动尘[16]，御厨络绎送八珍[17]。箫鼓哀吟感鬼神[18]，宾从杂遝实要津[19]。后来鞍马何逡巡[20]，当轩下马入锦茵[21]。杨花雪落覆白苹[22]，青鸟飞去衔红巾[23]。炙手可热势绝伦[24]，慎莫近前丞相嗔[25]。

1 丽人，这里泛指贵妇人。行，古诗的一种体裁。
2 三月三日，古代以三月第一个"巳"日为上巳日，后遂定为三月三日，人们都于水边祓除不祥，后来变成到水畔饮宴、郊外游春的节日。
3 长安，今陕西西安市。水边，指长安东南风景区曲江，因江水屈曲而得名。附近有慈恩寺、芙蓉苑、乐游原等。
4 态浓意远，姿色浓艳，神情高雅。淑且真，样子文雅而又自然。
5 理，纹理。骨肉匀，肥瘦适中。
6 罗，丝织品。
7 蹙（促 cù）金句，指罗衣上用金银线绣出金孔雀银麒麟。金银二字互文。蹙金，用捻紧的金线刺绣，使纹路绉缩，故又名捻金。
8 翠微，薄薄的翡翠片。微，一本作"为"。匐（饿 è）叶，匐彩是妇女的发饰。鬓唇，鬓边。
9 腰衱（诘 jié），解释不一，这里姑作腰带解。珠压，谓珠按其上，使不让风吹起，故下云"稳称身"。
10 就中，其中。云幕，画着云彩的帐幕。椒房，汉代后妃宫中

11 以椒末和泥涂壁，取其温暖而有香气，后遂借指后妃。椒房亲，指杨贵妃的家族，即外戚。
11 赐名句，指赐以国夫人封号。杨贵妃的大姊嫁崔家，封韩国夫人；三姊嫁裴家，封虢（国 guó）国夫人（参见张祜《集灵台》注）；八姊嫁柳家，封秦国夫人。
12 紫驼之峰，骆驼背上隆起的肉，为珍贵食品。翠釜，翠绿的锅。这句与下句，王嗣奭《杜臆》云："语对意对而词义不对，诗联变体。"
13 水精，水晶。行，陈列着。素鳞，洁白的鱼。
14 犀箸，犀牛角制的筷子。厌饫（裕 yù），饱腻，呆胃，故下云"久未下"。厌，同"餍"。
15 鸾刀，也作銮刀。有小铃的刀，割肉用。缕切，切成丝。空纷纶，因为贵妇们吃不下，厨司们就空忙一番。
16 黄门，宦官的通称，其服役处在黄门之内，故名。飞鞚，驰着快马。鞚，马勒。不动尘，喻马之轻快。
17 八珍，《周礼·天官·膳夫》有"珍用八物"语，原指烹饪方法。
18 哀吟，这里是缠绵宛转的意思。
19 宾从，指杨氏的清客帮闲。杂遝（踏 tà），纷杂。遝，通"沓"。实要津，占满各种重要的职位。
20 后来鞍马，指杨国忠，却故意不在这里明说。逡巡，原意为欲进不进，这里是顾盼自得的意思。
21 轩，车辆。锦茵，锦绣地毯。
22 杨花句，旧注以为指杨国忠与虢国夫人的暧昧关系，又引北魏胡太后和杨白花私通事，因太后曾作"杨花飘荡落南家"，及"愿衔杨花入窠里"诗句。后人有"杨花入水化为浮萍"

之说，又暗合诸杨之姓及兄妹丑行。
23 青鸟，神话中鸟名，西王母使者。相传西王母将见汉武帝时，先有青鸟飞集殿前（见《汉武故事》）。后常被用作男女之间的信使。红巾，妇女所用的红帕，这里是说使者在暗递消息。
24 炙手可热，气焰熏天。
25 丞相，天宝十一载，李林甫死，杨国忠遂代为右丞相，兼领四十余使。嗔，恼怒。因起先杨国忠未至，观者犹得近前，及其既至，就把人们斥退了。

说明

外戚是中国封建皇权的真正"禄蠹"，也是冷酷的宫闱生活的必然产物，他们凭借皇帝的得宠后妃而高踞要津，过着奢淫的寄生生活；后妃们则又以外戚为最可靠的亲信，从而巩固她们自己在皇家的地位。但是，民间对外戚的态度也是十分明显的，只要一提起"皇亲国戚"，就有鄙薄之色。

以唐代而论，前有武氏，后有杨氏，就都是这样，形成了一种以家族为中心的特权集团。本诗所写的只是他们丑恶生活的一个侧面，然而，"慎莫近前丞相嗔"这七个字就刻画出了这位国舅的气焰，正如沈德潜所说："微指椒房，直言丞相，大意本《君子偕老》（旧说以为刺卫君夫人之淫乱）之诗，而讽刺意较显。"浦起龙也说："无一刺讥语，描摹处语语刺讥。无一慨叹声，点逗处声声慨叹。"因而也发挥了讽刺艺术的最大效果。

诗当作于天宝十二载（753），可是隔了两年，马嵬的"六军不发"，杨家也终于落得覆灭的下场了。

哀江头[1]

少陵野老吞声哭[2]，春日潜行曲江曲[3]。江头宫殿锁千门[4]，细柳新蒲为谁绿[5]。忆昔霓旌下南苑[6]，苑中万物生颜色[7]。昭阳殿里第一人[8]，同辇随君侍君侧[9]。辇前才人带弓箭[10]，白马嚼啮黄金勒[11]。翻身向天仰射云，一箭正坠双飞翼[12]。明眸皓齿今何在，血污游魂归不得[13]。清渭东流剑阁深，去住彼此无消息[14]。人生有情泪沾臆[15]，江水江花岂终极[16]？黄昏胡骑尘满城[17]，欲往城南望城北[18]。

1　江，指曲江，注见《丽人行》。
2　少陵，汉宣帝许后墓，在今陕西西安市长安区杜陵（汉宣帝墓）东南。杜甫曾在少陵北、杜陵西住过，故自号"少陵野老""杜陵布衣"。这时他四十六岁。吞声，不敢出声。
3　潜，偷偷地。曲江曲，曲江的深曲之处。
4　江头宫殿，《杜臆》云："曲江，帝与妃游幸之所，故有宫殿。"后来毁坏了，所以到唐文宗时，读了杜甫这首诗，"乃知天宝以前曲江四岸皆有行宫台殿，百司廨署，思复升平故事，故为楼殿以壮之"。（《旧唐书·文宗纪》）
5　细柳新蒲，康骈《剧谈录》："入夏则菰蒲葱翠，柳阴四合，碧波红蕖，湛然可爱。"
6　霓旌，皇帝仪仗中一种旌旗，缀有五色羽毛，望之如虹霓。南苑，即芙蓉苑，因在曲江东南，故名。
7　颜色，光彩。
8　昭阳殿，汉成帝时宫殿，赵飞燕姊妹所居，唐人诗中多以赵飞燕喻杨贵妃。第一人，最得宠的人。

9　同辇（碾 niǎn）句，讽玄宗之嬖宠贵妃。汉成帝欲与班婕妤同车，班即婉却。以此相比，又见贵妃之骄妄。辇，皇帝的车子。
10　才人，宫中女官名。
11　啮（孽 niè），咬，衔。勒，马衔的嚼口。
12　一箭，胡震亨《唐音癸签》，谓唐制宫人随皇帝出行，也骑马挟弓矢。一作"一笑"，则指杨贵妃。双飞翼，双飞鸟。
13　明眸两句，指杨贵妃已死于马嵬坡，血污游魂，是说她死于非命。
14　清渭两句，马嵬南滨渭水，是杨贵妃死处，剑阁在蜀，是玄宗入蜀所经。借喻二人一生一死，了无消息。剑阁，注见卷三《长恨歌》。去住，去指唐玄宗，住指杨贵妃，意即死生。
15　臆，胸部。
16　江水，一作"江草"。岂终极，岂有完尽之日，意即"此恨绵绵无绝期"。
17　胡骑，指安禄山军队。
18　欲往句，意谓心意迷茫，竟认错方向。望，这里是往向的意思。杜甫住在长安城南。望城北，一作"忘城北"，是说忘记方向，走向城北。含义同。陆游《老学庵笔记》云："言方惶惑避死之际，欲往城南，乃不能记孰为南北也。"

说明

肃宗至德元载（756）七月，安禄山攻陷长安，杜甫在投奔肃宗灵武（在今宁夏）行在途中，为叛军所执，被带到长安，看到了曲江一带的景物，其凄惨荒凉，大非昔比，便于次年写了这首诗。从次句"潜行曲江曲"上，可以看出他是偷偷地出来，故意拣那些冷僻的角落。末段"清渭东流"四句,也可看作开了《长恨歌》"蜀江水碧蜀山清,圣主朝朝暮暮情"的先河。

哀王孙[1]

长安城头头白乌[2],夜飞延秋门上呼[3]。又向人家啄大屋,屋底达官走避胡[4]。金鞭断折九马死,骨肉不得同驰驱[5]。腰下宝玦青珊瑚[6],可怜王孙泣路隅[7]。问之不肯道姓名,但道困苦乞为奴[8]。已经百日窜荆棘[9],身上无有完肌肤。高帝子孙尽隆准,龙种自与常人殊[10]。豺狼在邑龙在野[11],王孙善保千金躯[12]。不敢长语临交衢[13],且为王孙立斯须[14]。昨夜东风吹血腥,东来橐驼满旧都[15]。朔方健儿好身手,昔何勇锐今何愚[16]。窃闻天子已传位[17],圣德北服南单于[18]。花门剺面请雪耻[19],慎勿出口他人狙[20]。哀哉王孙慎勿疏,五陵佳气无时无[21]。

1　王孙,皇帝的后代。这里泛指李氏宗室。
2　长安,今陕西西安市。头白乌,旧时以乌鸦为不祥之物,何况又是白头。
3　延秋门,唐宫苑西门,出此门,即由便桥(即咸阳桥)渡渭水,自咸阳大道往马嵬。
4　又向两句,先呼后啄,吓得达官们只得逃走了。屋底,屋里。达官,原指卿大夫等受命于君之官。走,这里是逃走的意思。胡,指安禄山军队。

5 金鞭两句，指玄宗快马加鞭，急于出奔，丢下李家骨肉而去。九马，九匹骏马，指皇帝御用之马。

6 玦，环形而有缺口的玉佩。珊瑚，原为海中动物，常用作饰物。

7 路隅，路角。

8 但道，只说。

9 窜，犹投身。

10 高帝两句，《史记》说汉高祖"隆准而龙颜"。隆准（桌zhuō），高鼻。这里借汉喻唐，意谓这些人都有皇族的特征。

11 豺狼在邑，指安禄山在洛阳称帝。龙在野，指玄宗出奔在蜀。

12 王孙句，因为安禄山已杀了许多贵族，所以这里是在告诫王孙，要他们注意安全，并与上龙种句相应。

13 长语，详语。交衢，交通大道。

14 且，暂且。斯须，须臾，一会儿。

15 橐（驼tuó）驼，骆驼。旧都，指长安。因这时肃宗已即位于灵武。

16 朔方两句，指哥舒翰守潼关的河陇、朔方军二十万，为安禄山大败事。

17 窃闻句，指玄宗禅位，肃宗即皇帝位于灵武事。窃，犹言"私"。因系说皇帝事，含有谦卑意。

18 圣德句，后汉光武帝时，匈奴两分为南北，南单于（南匈奴王）遣使称臣。这里指肃宗即位后，回纥曾遣使结好，愿助唐平乱。

19 花门，花门山堡在居延海（在今甘肃）北三百里，是回纥骑兵驻地，故借以指回纥。劈面，即"梨面"。古匈奴俗以割面流血，表示忠诚哀痛。

20 慎勿句，钱谦益云："当时降贼之臣必有为贼耳目，搜捕皇孙妃主以献奉者。"所以这里这样说。狙（居jū），猕猴。因善伺伏攫食，比喻有人会暗中侦视。
21 五陵，长安有汉五陵，即高帝长陵、惠帝安陵、景帝阳陵、武帝茂陵、昭帝平陵。恰好玄宗以前的唐室也有五陵，即高祖献陵、太宗昭陵、高宗乾陵、中宗定陵、睿宗桥陵。施鸿保《读杜诗说》，以为"此就唐五陵言，非借汉为比，亦非借用字面"。佳气，指陵墓间郁郁葱葱之气，原是旧时堪舆家的风水之说。无时无，意谓随时都有中兴的希望。

说明

天宝十五载（至七月，肃宗即位，乃改元至德。公元756年）六月九日，潼关失守，长安大震，玄宗听从杨国忠奔蜀之策，于十三日黎明，带着杨贵妃姊妹等少数人仓皇逃出延秋门，外间知道的绝少，因此其他的妃嫔、皇孙、公主都来不及逃走。七月间，安禄山部将孙孝哲占领长安。孙是契丹人，为人奢侈残酷，于是大肆屠戮，先后杀了霍国长公主（长公主是皇帝姊妹之称）以下百余人。诗里写的王孙，则是幸存下来的了。后半段对王孙小心殷勤的叮嘱，口吻真实而亲切，同时又点出了当时的恐怖气氛。杜诗所以不愧为史诗，正由于作者亲自经历了这种大变乱大痛苦的缘故。诗里说"已经百日窜荆棘"，则此诗当作于九月间。

卷五 五言律诗

唐玄宗

作者介绍

唐玄宗（685—762），即李隆基。祖籍陇西。睿宗李旦之子。睿宗延和元年（712），受禅即位。开元二十七年，封孔子为文宣王。安史之乱，出奔蜀中，后其子李亨（肃宗）即位，尊为太上皇。至德二载末回长安，后即抑郁而卒。谥曰至道大圣大明孝皇帝，故也称明皇。

他爱好音乐，讲究声律，能自度曲，并亲自教导梨园子弟，又善书法，在艺术上不失为一个行家。对大臣文士也能礼遇，贺知章回乡，曾作诗送之。唐之能诗诸帝中，他要算是高明的一个。唐诗之革新发扬，并能吸收外来的乐曲，达到盛唐的境界，他的爱好倡导也是一个重要的因素。

经鲁祭孔子而叹之[1]

夫子何为者[2]？栖栖一代中[3]。地犹鄹氏邑[4]，宅即鲁王宫[5]。叹凤嗟身否[6]，伤麟怨道穷[7]。今看两楹奠，当与梦时同[8]。

1 鲁，这里指鲁国都城，即今山东曲阜市。
2 夫子，这里是对孔子的特称。
3 栖栖句，《论语·宪问》记微生亩问孔子："丘何为是栖栖者欤，毋乃为佞乎？"孔子答说："非敢为佞也，疾固也（痛恶世风之鄙陋）。"这里意在解答：孔子所以栖栖于当时，实出于"疾固"的缘故。栖栖，忙碌不安貌，指孔子周游列国。

4　鄹（邹 zōu），春秋时鲁地，在今山东曲阜市东南。孔子父叔梁纥曾为鄹邑大夫，孔子出生于此，后迁曲阜。鄹氏邑，鄹人地。

5　宅即句，相传汉鲁共（恭）王刘余（景帝子）曾坏孔子旧宅，以广其宫，及升堂，闻金石丝竹之音，乃不敢坏。

6　叹凤句，《论语·子罕》："子曰：凤鸟不至，河不出图，吾已矣夫。"传说凤至象征圣人出而受瑞，今凤凰既不至，故孔子遂有身不能亲见圣人之叹。否（pǐ），不通畅。

7　伤麟句，相传鲁哀公十四年，西狩（猎）获麟，孔子叹曰："吾道穷矣。"他编的《春秋》，也至获麟而绝笔。旧时也以麒麟为祥瑞之征。实则凤和麟都是传说中的禽兽。

8　今看两句，《礼记·檀弓上》，记孔子曾语子贡云："予畴昔之夜，梦坐奠于两楹之间……予殆将死也。"殷制，人死后，灵柩停于两楹之间，孔子为殷人之后，故从梦境中知道自己快要死了。两楹奠，喻祭祀的庄严隆重。两楹，指殿堂的中间。楹，堂前直柱。奠，致祭。当，想必。意谓该是符合孔子生前愿望的。

说明

开元十三年（725），唐玄宗曾至孔子宅亲自奠祭，因写此诗。

孔子一生，变化多端，此诗只写他栖遑不遇一面，如纪昀所谓"只以唱叹取神最妙"。又说："五六叹嗟伤怨，用字重复，虽初体常有之,然不可为训。"亦是。

张九龄

望月怀远

海上生明月,天涯共此时[1]。情人怨遥夜[2],竟夕起相思[3]。灭烛怜光满,披衣觉露滋[4]。不堪盈手赠[5],还寝梦佳期[6]。

1 海上两句,意谓这时远在天涯的情人,一定和我一样在望月。天涯,极远的地方。
2 情人,有情之人。遥夜,长夜。
3 竟夕,整夜。
4 灭烛两句,刻画相思时心神恍惚,不觉从室内走到室外。爱月灭烛,露凉披衣,写尽无眠。怜,爱。滋,生。
5 不堪,不能。盈手,满手,意即捧。
6 梦佳期,在梦中得到相会的佳期。

说明
　　这是一首围绕望月终夜怀念远人的诗。先是从室内走出到室外,后来又回到室内,应该是天将亮了。

王勃

作者介绍

王勃（649—676），字子安，绛州龙门（今山西河津市）人，年十四即及第，授朝散郎，为沛王府修撰，因戏作檄英王鸡文，被高宗逐出，乃客蜀中。为虢州参军时又犯死罪，遇赦革职。父福畤因受累而谪迁交趾令，勃前往省亲，渡海溺水，惊悸而死。

他是初唐四杰之一，才气最高，相传作文先具"腹稿"，初不加点，也善为骈文，名作有《滕王阁序》，承六朝藻饰之风而特为雄放，也象征当时政局正处于上升时期。其诗以"高华"著称，内容较六朝宫体诗扩大，音调的宛转变化，则又吸取乐府之长（如《采莲曲》）。也由于四杰的努力，诗风已有所改变，于五律的格律逐渐树立，故使杜甫有"不废江河万古流"之称。明陆时雍在《诗境总论》中说："调入初唐，时带六朝锦色。"这也是说得很公允的。

杜少府之任蜀州[1]

城阙辅三秦，风烟望五津[2]。与君离别意，同是宦游人[3]。
海内存知己，天涯若比邻[4]。无为在歧路，儿女共沾巾[5]。

[1] 少府，这里指县尉，主缉捕盗贼。唐代科第出身之士人也任

之，与官署名之少府不同。之任，赴任。蜀州，一作"蜀川"，当是。指今四川。蜀州于武则天垂拱时始置之。

2　城阙两句，意谓长安（指己所处之地）与蜀相隔虽远，但五津风烟，犹可在城阙上想望之。是远而不远，正无须悲伤。城阙，这里指京城长安。阙，宫门前的望楼。辅三秦，以三秦为辅。辅，畿辅，原指京城附近地方。三秦，项羽灭秦后，曾将秦国旧地分为雍、塞、翟三国，故称。这里泛指今陕西一带。风烟，犹风物。五津，四川都江堰市至乐山市犍为县之岷江有五个渡口，名白华津、万里津、江首津、涉头津、江南津，皆在蜀中。

3　宦游人，在外做官的人。别中送别，原极感伤，正为反逼下文。

4　海内两句，意谓得一知己，千里同心（俞陛云《诗境浅说》语）。天涯，指极远的地方。比邻，近邻。唐人习用语。杜甫《兵车行》："生女犹得嫁比邻。"唐制，四家为邻。

5　无为两句，意谓不要在分手路上，效儿女之情而流泪。儿女，指青年男女。沾巾，流泪。

说明

此诗起句严整雄阔，三四两句则承以散调，即由实转虚。这六句皆送别时慰勉之词，却非信笔应付的话。全诗开合顿挫，却又气脉流通，应是唐人律诗的正格，也是王勃的杰作。

骆宾王

作者介绍

骆宾王（640？—？），婺州义乌（今属浙江）人。早年落魄无行，好与博徒游。后为道王李元庆府属。曾从军西域，宦游蜀中。及任侍御史，又因赃罪下狱，他在诗文中则力辨其冤。出狱后，为临海县丞，怏怏不得意。睿宗文明（684）时，徐敬业起兵讨武则天，他曾为其僚属，军中书檄，皆出其手。敬业失败，宾王下落不明，或说被杀，或说亡命，甚至说在灵隐寺为僧，其一生行迹，颇为诡奇，也近于纵横家。

他是初唐四杰之一，辞采华赡，格律谨严。长篇如《帝京篇》，五七言参差转换，讽时与自伤兼而有之，小诗如《于易水送人》，二十字中，悲凉慷慨，余情不绝。

在狱咏蝉 并序

余禁所禁垣西[1]，是法厅事也[2]，有古槐数株焉。虽生意可知，同殷仲文之古树[3]；而听讼斯在，即周召伯之甘棠[4]。每至夕照低阴，秋蝉疏引[5]，发声幽息[6]，有切尝闻[7]。岂人心异于曩时[8]，将虫响悲于前听[9]？嗟乎，声以动容，德以象贤。故洁其身也，禀君子达人之高行[10]；蜕其皮也，有仙都羽化之灵姿[11]。候时而来，顺阴阳之数[12]；应节为变[13]，审藏用之机[14]。有目斯开，不以道昏而昧其视；有翼自薄[15]，不以俗厚而易其真。吟乔树之微风[16]，韵姿天纵；饮高秋之坠露，清畏人知[17]。仆失路艰虞[18]，遭时徽纆[19]。不哀伤而自怨，未摇落而先衰。闻蟪蛄之流声[20]，悟平反之已奏；

见螳螂之抱影[21]，怯危机之未安[22]。感而缀诗[23]，贻诸知己[24]。庶情沿物应[25]，哀弱羽之飘零[26]；道寄人知，悯余声之寂寞。非谓文墨，取代幽忧云尔[27]。

西陆蝉声唱[28]，南冠客思深[29]。不堪玄鬓影[30]，来对《白头吟》[31]。露重飞难进，风多响易沉[32]。无人信高洁[33]，谁为表予心？

1　禁所，囚所。垣，矮墙。
2　法厅事，一作"法曹厅事"。曹，官署。厅事，即"听事"，指中庭，意谓在此受案听讼。
3　虽生意两句，东晋殷仲文，见大司马桓温府中老槐树，叹曰："此树婆娑，无复生意。"借此自叹其不得志。这里即用其事。
4　而听讼两句，传说周代召伯巡行，听民间之讼而不烦劳百姓，就在甘棠（即棠梨）下断案，后人因相戒不要损伤这树。《诗经·召南·甘棠》："蔽芾甘棠，勿翦勿伐，召伯所茇。"召伯，即召公。周代燕国始祖，名奭，因封邑在召（今陕西岐山西南）而得名。
5　疏引，导唱。引，本指乐曲。
6　幽息，气息轻幽。
7　有切尝闻，意谓声音的凄切过于从前所听到的。尝，曾。
8　曩（nǎng）时，前时。
9　将，抑或。
10　故洁其身也两句，古人误以为蝉是餐风饮露的，又是不处在巢中，随季候而生，故陆机《寒蝉赋序》称其有清廉俭信之德。

11 蜕其皮也两句,蜕,指蝉脱皮,道家则用蜕质为死亡之讳称,即是"解脱"。这里是说,蝉蜕质之后,便羽化(道家成仙之称)飞天,上登仙都。夏侯湛《东方朔画赞序》:"蝉蜕龙变,弃俗登仙。"

12 数,犹规律。

13 应节为变,适应季节的变化。

14 审藏用之机,这是以蝉的隐藏和活动比喻士人的退隐和出仕。《论语·述而》:"用之则行,舍之则藏。"审,洞察。机,机宜。

15 有翼自薄,意谓蝉淡泊寡欲。

16 乔树,高枝。

17 清畏人知,晋武帝颇重荆州刺史胡质之忠清,曾问其子胡威:"卿孰与父清?"威对曰:"臣不如也。臣父清恐人知,臣清恐人不知。"见《晋书·良吏·胡威传》。

18 仆,自称的谦词。艰虞,艰忧。

19 徽缧(墨 mò),捆绑罪犯的绳索,这里是被囚禁的意思。

20 蟪蛄,旧注以为指寒蝉。

21 螳螂之抱影,据《说苑·正谏》:蝉高居悲鸣饮露,螳螂委身曲附欲取蝉。抱影,指螳螂见蝉影欲捕取。

22 以上四句,一面以寒蝉高洁而可怜自比,相信自己终会得到平反,一面又感到作对的人还在其旁。

23 缀诗,成诗。

24 贻,赠。

25 庶,希冀之词。物,指蝉。

26 弱羽,也指蝉。

27 取代幽忧,犹聊表幽忧。云尔,语末助词,犹"如此而已"。

28 西陆,指秋天。《隋书·天文志》:日循黄道东行,行西陆谓之秋。

29 南冠，楚冠，这里是囚徒的意思。用《左传·成公九年》，楚钟仪戴着南冠被囚于晋国军府事。
30 玄鬓，指蝉的黑色翅膀，这里比喻自己正当盛年。
31 白头吟，乐府曲名，《乐府诗集》解题说是鲍照、张正见、虞世南诸作，皆自伤清直却遭诬谤。两句意谓，自己正当玄鬓之年，却来默诵《白头吟》那样哀怨的诗句。于句法流转中又见琢句之工。
32 露重两句，意谓世道艰险，阻力甚重，自己的冤情也难以表白。
33 高洁，指蝉，实是自喻。

说明

据清陈熙晋《续补唐书骆侍御传》中所载，高宗仪凤三年（678），作者迁任侍御史，因上疏讽谏，被诬以赃罪下狱。此诗即作于此时。他另有一首《狱中书情通简知己》诗，有"绝缣非易辨，疑璧果难裁"句，也可证与赃罪有关。

杜审言

作者介绍

杜审言（646—708），字必简，巩县（今属河南）人。因他属于襄阳杜氏一支，故新旧《唐书》作襄阳人。高宗咸亨间进士，历任尉、丞等职。武则天时迁膳部员外郎。因结交张易之等流峰州。后起复为国子监主簿，修文馆直学士。

他是杜甫的祖父,杜甫以有他这样的祖父而自豪,他自己也恃才傲世,颇为自负,曾说"吾文章当得屈宋作衙官,吾笔当得王羲之北面"(《旧唐书》本传)。年轻时又与李峤、崔融、苏味道称"文章四友",而以审言诗最卓著。近体诗虽梁陈已有,但到杜审言却发展得更完备了,王夫之所谓"至杜审言而始叶于度"(《姜斋诗话》)。杜甫的排律也从他那里有所承受。

入选的这首诗,也有作韦应物作的。

和晋陵陆丞早春游望[1]

独有宦游人,偏惊物候新[2]。云霞出海曙[3],梅柳渡江春[4]。淑气催黄鸟[5],晴光转绿蘋[6]。忽闻歌古调[7],归思欲沾巾[8]。

1 和,指以诗相酬答。参见卷四岑参《和贾至舍人早朝大明宫之作》。晋陵,今江苏常州市。陆丞,姓陆的晋陵县丞。丞,县令下的佐官。
2 独有两句,意谓早春来到,季节初转,本应喜悦,惟独对在外做官的人反感到惊心。物候,景物变化的征象。
3 海曙,海边的晓色。
4 梅柳句,梅柳间的春色,从江南渡到江北。
5 淑气,和暖的气候。催黄鸟,催着黄莺的啼叫。
6 晴光句,水上的绿蘋在阳光下摇动着光泽。蘋,水草。
7 古调,指陆丞的诗。
8 沾巾,流泪。

说明

全诗对仗工整，结构细密，紧贴"物候"二字。中间出、渡、催、转等字，都是"诗眼"，"渡"字尤精巧。

沈佺期

作者介绍

沈佺期（656？—713），字云卿，相州内黄（今属河南）人。高宗上元间进士。由协律郎累除给事中、考功郎。他与宋之问齐名，有"沈宋"之称。又皆谄事太平公主、张易之等贵佞。曾因受赃被劾，未追究，值张易之败，遂长流驩州（在今越南境），后复起用，官至太子詹事。卒于开元初。他的主要活动在武则天时期，其作品也多是陪幸奉侍之作，如《唐诗纪事》所录，全是这类颂诗，一方面也因这时国力较为强盛的缘故。除此之外，写闺思的如本书所选两首，谪贬后如《夜宿七盘岭》《遥同杜员外审言过岭》等，还是较有抒情色彩之作。还有一点也很重要，从古律过渡到真正的律体，沈宋是起了重要的规范作用。律诗在形式上要求声调谐和，对偶整齐，他们是达到定型的地步的，而这正是律诗所以成为律诗的重要条件，如卷六中的《独不见》，前人也有推为唐诗中一气呵成的七律之冠。

高棅《唐诗品汇序》云："沈宋之新声，苏（颋）张（说）之大手笔，此初唐之渐盛也。"前人论沈宋，大抵薄其为人而又肯定他们律诗的历史地位。

杂诗

闻道黄龙戍[1],频年不解兵[2]。可怜闺里月,长在汉家营[3]。少妇今春意,良人昨夜情[4]。谁能将旗鼓[5],一为取龙城[6]。

1 黄龙戍,即黄龙冈,在今辽宁开原市北,唐时驻兵于此。戍,驻边的防地。
2 解兵,撤兵或休战。
3 可怜两句,意谓闺中之月,本应是团之月,现在却久照汉家营中,成为别离之月,岂非可怜。汉家,实指唐朝。
4 少妇两句,今春意,指此刻相思之情;昨夜情,指当时别离之悲。其实是共通的,这里用互文而分别言之,既使文境变化,又成今昔对照。良人,古代妻对夫的尊称。昨,这里是过去的意思。
5 将,持。
6 一为,一举。一,加强语气的助词。龙城,原址在今蒙古国。匈奴祭天处,这里泛指入侵者聚集处。此据旧注,另详重版附记。

说明

诗以闺中少妇为主,实也包括她远戍的丈夫,末两句便是共同的愿望,也即上通首两句:只要把龙城拿下,就可解黄龙之兵,回来共赏团圆之月。于凄怨中仍含积极意义。

宋之问

作者介绍

宋之问（656？—712），一名少连，字延清，汾州（今山西汾阳市）人，一说虢州弘农（今河南灵宝市）人。年轻时即知名，曾任左奉宸内供奉，实近弄臣，故得倾附张易之兄弟，受知于武则天，并随从游宴。二张败，谪泷州，忽又逃还。睿宗即位，以之问曾附张易之、武三思，配徙钦州（今属广西）。玄宗先天中，赐死于谪所。其友人武平一将之问诗编为一集。

他的诗以律诗见长，间工五古。他与沈佺期齐名，为人则诣事武、张，巧于逢承，善看风色；为诗则使五七律体制益臻完美，值得在文学史上一提；既经贬谪，处境骤变，故也写出若干较有情致之作。这一些，沈宋都是近似的。

题大庾岭北驿[1]

阳月南飞雁[2]，传闻至此回。我行殊未已[3]，何日复归来。江静潮初落，林昏瘴不开[4]。明朝望乡处[5]，应见陇头梅[6]。

1 大庾岭，在今江西大余县，为五岭之一。驿，供邮传人和官员旅宿的处所。
2 阳月，阴历十月。

3　我行句，相传雁至衡阳而止，遇春而回。这里是说，南雁尚不逾此岭，自己却还须远度岭南，行程未止。殊，实。
4　瘴，旧指南方山林间湿热致病之气。
5　望乡处，指岭之高处，即陇头。
6　陇头梅，其地气候和暖，故十月即可见梅，旧时红白梅夹道，故有梅岭之称。沈德潜疑"陇头"应是"岭头"。但据章注引《荆州记》，陆凯与范晔相善，自江南寄梅花一枝，诣长安与范，并赠诗曰："折梅逢驿使，寄与陇头人。江南无所有，聊寄一枝春。"当用其事。陇，通"垄"，高地，义也可通岭头。应见陇头梅，意即应更切乡思。

说明

作者另外还有一首五律《度大庾岭》，也是写南谪时心情，《旧唐书》本传说："之问再被窜谪，经途江岭，所有篇咏，传布远近。"此篇即其一。

王湾

作者介绍

王湾，生卒年不详，洛阳（今属河南）人。玄宗先天年间进士。任荥阳主簿，后参加群书整理工作。以洛阳尉终。

他早年即以诗著名，往来吴楚间，多有著述，但今收录在《全唐诗》的只一卷，十首。

次北固山下[1]

客路青山下，行舟绿水前。潮平两岸阔[2]，风正一帆悬[3]。海日生残夜[4]，江春入旧年[5]。乡书何处达，归雁洛阳边[6]。

1 次，停泊。北固山，在今江苏镇江市北，三面临水，与金山、焦山称京口三山。
2 潮平句，意谓水涨及岸，益见两岸间水面的宽阔。阔，一作"失"。
3 风正（读去声 zhèng），风顺。一帆，指孤舟。
4 海，古诗中也以海指江。残夜，夜之残余，意即快天亮时。
5 江春句，这里是说江上之春来得偏早，旧年还未尽，就已有春意了。因立春节常在阴历前一年底。
6 归雁句，旧说雁能传书（原出《汉书·苏武传》），这里是希望雁能带信回乡（作者是洛阳人）。

说明

此诗题目，《河岳英灵集》作《江南意》。写冬末江行途中所见所感。一二两句的客路、行舟实是互文，意即旅程在青山绿水之间。五六两句见锻炼功，《唐诗纪事》卷十五云："诗人以来，无闻此句。张公（指张说）居相府，手题于政事堂，每示能文，令为楷式。"其倾赏如此。

常建

破山寺后禅院[1]

清晨入古寺,初日照高林。曲径通幽处,禅房花木深。山光悦鸟性[2],潭影空人心[3]。万籁此皆寂[4],惟闻钟磬音[5]。

1 破山寺,即兴福寺,原为南齐倪德光宅,后舍为寺。在今江苏常熟市虞山北。后禅院,三字连读,僧人居住之区。凡与佛教有关的事物多加"禅"字。
2 悦,逗娱。
3 人心,指人的俗念。寺中旧有空心亭。
4 万籁,各种声响。
5 磬(庆 qìng),僧寺中的铜乐器。鸣钟击磬,僧人用以表示活动的开始与结束。

说明

这是常建的名篇。从头到尾,都是写出"清晨"二字,而且愈转愈静,其曲径通幽一联,尤为欧阳修爱赏。

原诗是五律,但起首两句是对的,而以警策见称的三四两句,反而对得不工,如以"通幽处"对"花木深"。又如第六句"空人心"的"空"字,也应用仄声而却用平声,沈德潜说是"此入古句法",也即还带些古体诗的作法。

起首一联,前人叫作"十字对",因其十字一意,完全浑成之故。

岑参

寄左省杜拾遗[1]

联步趋丹陛[2],分曹限紫微[3]。晓随天仗入[4],暮惹御香归[5]。白发悲花落,青云羡鸟飞。圣朝无阙事[6],自觉谏书稀。

1 左省,唐代的门下省,在殿庑之左,故称左省。杜甫时任左拾遗,属门下省。
2 趋,小步而行,表示上朝时的敬意。丹陛,宫殿前涂红漆的台阶。
3 分曹句,时岑参为右补阙,属中书省,在殿庑之右,称右省,也称紫微省。紫微,本指星座,因其成屏藩的形状,故取象以为喻。微,一作薇。曹,官署。限,界限。连上句,意谓两人联步同趋,然后各立东西。
4 天仗,皇帝的仪仗。
5 惹,沾染。御香,即贾至《早朝大明宫》诗中"衣冠身惹御炉香"意。
6 阙,通"缺"。补阙和拾遗都是谏官,意思就是以讽谏弥补皇帝的缺失。

说明

肃宗至德二载(757),杜甫等曾荐岑参可充谏官之职,故诏以参为右补阙。次年乃作此诗。下半首借白发而自伤迟暮,如已到花落时节,无可尽力,别人却像鸟入青云那样飞腾,实也有些牢骚。因这时他只四十四岁,还比杜甫小三岁。

李白

赠孟浩然[1]

吾爱孟夫子[2],风流天下闻[3]。红颜弃轩冕[4],白首卧松云[5]。醉月频中圣[6],迷花不事君[7]。高山安可仰[8],徒此揖清芬[9]。

1 孟浩然,见卷一"作者介绍"。
2 夫子,古代对男子的敬称。
3 风流,指孟浩然为人的风雅潇洒。
4 红颜句,意谓少壮时即鄙弃仕宦。红颜,也指男子中的青年,犹朱颜,意即青春的壮健颜色。轩冕,古代大夫以上的官才可乘轩服冕,这里泛指官爵。轩,车子。冕,王侯等所戴礼帽。
5 卧松云,指隐居山林。
6 醉月,月夜醉酒。中圣,中酒的隐语。《三国志·魏志·徐邈传》:尚书郎徐邈酒醉,校事赵达来问事,邈说:"中圣人。"达告诉曹操,操甚怒,鲜于辅解释道:"平日醉客,谓酒清者为圣人,浊者为贤人。"语本此。中,本应读去声,如中暑,中风,这里因是近体诗,仍读平声。
7 迷花,意谓留恋丘壑。

8 高山句,《诗经·小雅·车舝》:"高山仰止,景行行止。"这里以高山喻孟浩然的品格。
9 徒此,惟有在此。揖,犹致敬。清芬,犹高节。

说明

　　此诗为孟浩然遭归南山时,李白送行所作。从诗中"白首卧松云"句看,当已是浩然晚年。旧注云:"盖始相识而尊礼之如此。"

　　据计有功《唐诗纪事》,山南采访使韩朝宗因爱重孟浩然诗律,欲荐之朝廷,俾为颂诗。"浩然叱曰:'业已饮矣,身行乐耳,遑恤其他。'遂毕饮不赴。由是闻罢,浩然不之悔也。"与诗中所引"中圣"典故正相吻合。李白之所以故用僻典"中圣"而不用"中酒",盖"中酒"只能平写其醉态,"中圣"还包含他的品格;与下句的"事君"相对,也更见工巧。惟第三句"弃轩冕"与第六句"不事君",意有重复处。

渡荆门送别[1]

渡远荆门外,来从楚国游[2]。山随平野尽[3],江入大荒流[4]。月下飞天镜[5],云生结海楼[6]。仍怜故乡水[7],万里送行舟。

1 渡荆门送别,沈德潜云:"诗中无送别意,题中二字可删。"唐汝询也疑"送别"二字是衍文。一说指江水为李白送别,所以末句这样说。荆门,山名,在今湖北宜都市北,长江南面。形势险要，为战国时楚国西面门户，也为楚蜀交界。蜀中诸山，至此不复见。
2 从，至、向。楚国，今湖北省地春秋战国时属楚国，故云。
3 山随句，山势将随平原的出现而完尽。
4 江入句，江水进入了大野而流去。形容江宽。大荒，广阔无际的原野。
5 月下句，月影倒映江中，好像天镜从高空飞来。
6 海楼，海市蜃楼。海上空气下层比上层密度大，光线折射，在空中变幻出像城市、楼台等景象。旧说误以为蜃（大蛤）吁气所致。
7 仍，又、频。怜，爱。故乡水，长江自蜀东流，李白蜀人，故云。

说明

开元十四年（726）刚刚出蜀东下，在长江途中作。年二十六岁。当时是怀着"仗剑去国，辞亲远游"的心情的。

诗中三、四两句，胡应麟《诗薮》说："太白壮语也。杜'星垂平野阔，月涌大江流'，骨力过之。"王琦注引丁龙友曰："李是昼景，杜是夜景；李是行舟暂视，杜是停舟细观。未可概论。"

送友人

青山横北郭[1]，白水绕东城。此地一为别[2]，孤蓬万里征[3]。浮云游子意[4]，落日故人情[5]。挥手自兹去，萧萧班马鸣[6]。

1　郭，外城。古代城分内外。
2　一，加强语气的助词。
3　蓬，草名。枯后断根，遇风飞扬，故也叫飞蓬。此处喻远行的征人。
4　浮云句，因浮云来去无定，故以比游子心意。
5　落日句，意谓主客虽皆依依不舍，但落日难挽，还是留他不住。
6　萧萧，马鸣声。班马，临别的马，也隐寓马有离群之感。

说明

　　此诗语言流畅而情意宛转蕴藉。沈德潜云："苏李赠言多唏嘘而无蹶蹙声，知古人之意在不尽矣。太白犹不失斯旨。"

听蜀僧濬弹琴 [1]

　　蜀僧抱绿绮 [2]，西下峨嵋峰 [3]。为我一挥手 [4]，如听万壑松 [5]。客心洗流水 [6]，余响入霜钟 [7]。不觉碧山暮 [8]，秋云暗几重 [9]。

1　蜀僧濬，有人以为即李集中《赠宣州灵源寺仲濬公》中的仲濬公。
2　绿绮，琴名。晋傅玄《琴赋序》："司马相如有绿绮。"相如是蜀人，弹者是蜀僧，故以绿绮切之。
3　峨嵋，山名，在今四川峨眉山市南。

4 一,加强语气的助词。挥手,指弹琴。嵇康《琴赋》有"伯牙挥手,钟期听声"句。
5 万壑松,万壑松声。琴曲有《风入松》。壑,山谷。
6 流水,相传春秋时钟子期能听出伯牙琴中的曲意,时而是志在高山,时而是志在流水,伯牙乃许为知音。见《列子·汤问篇》。这句是说,客中的情怀,听了"高山流水"的曲意,为之一洗。
7 霜钟,指钟声,《山海经》:丰山"有九钟焉,是知霜鸣"。郭璞注:"霜降则钟鸣,故言知也。"入霜钟,余音与钟声交流,兼喻入知音者之耳。
8 不觉句,指曲终的时间。
9 秋云句,伸足上句"暮"字。

说明

李白五律,往往于一气不断中给人以行云流水之思,此诗即其一。

夜泊牛渚怀古[1]

牛渚西江夜,青天无片云。登舟望秋月,空忆谢将军[2]。余亦能高咏,斯人不可闻[3]。明朝挂帆去,枫叶落纷纷[4]。

1 题下原注:"此地即谢尚闻袁宏咏史处。"牛渚(主 zhǔ),山名,在今安徽当涂县西北,北部为采石矶。西江,古称约自南京至今江西一段长江为西江，牛渚也在西江这一段中。
2 空忆，徒然想念着。谢将军，东晋谢尚，阳夏（今河南太康县）人，官镇西将军。镇守牛渚时，秋夜泛舟赏月，适袁宏在运租船中诵己作《咏史》诗。音辞都很好，遂往听之，大加赞赏，邀其前来，谈到天明。袁宏本来孤贫，自此名声日著，后官至东阳太守。
3 斯人句，意谓不能再听说有谢将军那样的人了。
4 明朝两句，意谓月夜既难遇知音，惟有明早乘船而去，忍对着枫叶随风纷落西江。

说明

李白在《劳劳亭歌》中也提到谢尚与袁宏的故事，都是抒写他怀才不遇的感慨。

此诗虽为五律，却并无对偶，孟浩然《舟中晓望》中的"舳舻争利涉，来往接风潮。问我今何适，天台访石桥"二联，句法也同。后人颇有解释，王琦注引赵宧光说，李、孟"二诗无一句属对，而调则无一字不律，故调律则律，属对非律也。"这说法终嫌牵强。"属对非律"一语尤费解。杨慎说："乃是平仄稳贴古诗也。"这话有一点道理。《唐诗三百首注疏》中引田雯说："青莲作近体如作古风，一气呵成，无对待之迹，有流行之乐，境地高绝。"却不能说明孟浩然的一首。方回在《瀛奎律髓》中评李白《鹦鹉洲》的话最得要领："是时律诗犹未甚拘偶也。"这就是能从诗的发展观点来看，因而也适用于上述孟浩然诗。

施补华《岘佣说诗》云，此类诗"须一气挥洒，妙极自然。初学人当讲究对仗，不能臻此化境"。

杜甫

春望

国破山河在[1],城春草木深[2]。感时花溅泪[3],恨别鸟惊心[4]。烽火连三月,家书抵万金[5]。白头搔更短[6],浑欲不胜簪[7]。

1 国破,指长安沦陷。山河在,只有山河依旧。
2 草木深,因人烟稀少,一到春天,更使杂草丛生。
3 感时句,因感伤国事,看到花开,泪水便溅在花上。
4 恨别句,因与家人分离已久,听到鸟声也觉得心惊。这一联是律句中加一倍写法。
5 烽火两句,指春季的整整三个月里,唐军正和叛军进行激烈的战斗,战火不息。这时杜甫家在鄜(fū)州,音信稀少。烽火,本指边地烧柴报警之火,引伸为兵乱。
6 白头,指白发。短,短少。
7 浑,简直。不胜簪,发不能胜任簪,意即插不上簪。簪,连发于冠的一种长针。古男子成年后束发,故也用簪。鲍照《拟行路难十八首》:"白头零落不胜簪。"

说明

肃宗至德二载(757)三月在长安作。当时长安在叛军占据下,经过烧杀劫掠,景物全非,感时之余,也益切思家之念了。

月夜

今夜鄜州月[1],闺中只独看[2]。遥怜小儿女,未解忆长安[3]。香雾云鬟湿,清辉玉臂寒[4]。何时倚虚幌,双照泪痕干[5]。

1 鄜州,今陕西富县。
2 闺中,原意是指内室,这里指妻。看(kān),注视着。"看"字中已有"忆"字。
3 遥怜两句,《瀛奎律髓》纪昀批云:"言儿女不解忆,正言闺人相忆耳。"忆长安(今陕西西安市),忆在长安的父亲。
4 香雾两句,由自己的望月思家,联想到妻子想念他时的情景。香雾,仇兆鳌注:"雾本无香,香从鬟中膏沐生耳。"古人雾露并提,这里当是泛指水气。云鬟湿,鬟发被水气沾湿。清辉,指月光。玉臂寒,因在月下忆夫久立,所以臂有寒意。
5 何时两句,想象有一天能在月光下并聚一起,两人的泪痕才消失了。虚幌,通明的薄幔。黄生云:"照字应月字,双字应独字,语意玲珑,章法紧密。五律至此,无忝称圣矣。"

说明

肃宗至德元载(756)八月,杜甫携家逃难,最后安家于鄜州,自己投奔灵武的肃宗行在,中途被叛军所执,带到长安。这首诗是秋天月夜,在长安怀妻之作。杜夫人姓杨,为司农少卿杨怡之女。由于两人共经艰苦的流亡生活,每逢分离,常有怀念之诗,如另一首在梓州时所作《客夜》,也有"老妻书数纸,应悉未归情"之句。

诗本来写他自己思家,却写成妻子在想念他,故而感情也曲折而深刻。

春宿左省[1]

花隐掖垣暮[2],啾啾栖鸟过[3]。星临万户动[4],月傍九霄多[5]。不寝听金钥[6],因风想玉珂[7]。明朝有封事[8],数问夜如何[9]?

1 左省,注见岑参《寄左省杜拾遗》。
2 掖垣(元 yuán),因门下省、中书省地处左右两边,像人的两掖(通腋)。门下省为左掖。
3 啾啾(究 jiū),象声词,因事而异,这里指鸟叫声。栖鸟,日暮将投巢之鸟。
4 星临句,意谓星光闪照下,宫中千门万户也像在闪动。
5 九霄,犹九重,天上最高处,这里指朝廷。多,指得月光之多。
6 金钥,指开宫门的锁钥声。
7 珂,指马铃。这两句其实是想象。
8 封事,臣下上书奏事,防有泄漏,用黑色袋子密封,故称。
9 数(朔 shuò)问句,《诗经·小雅·庭燎》:"夜如何其,夜未央。"

说明

杜甫于至德二载(757)五月十六日拜左拾遗,此诗为次年(乾元元年)在长安时作。左拾遗是谏官,所谓大事廷诤,小事上"封事"。诗中上四句写景，下四句写情，也即自暮至夜，又自夜至朝时的情景。纪昀在《瀛奎律髓》中评云："平正妥帖，但无深味。"这时期杜甫写的有些诗，还不脱初唐以来应制诗、奉和诗的习气，正如冯至先生在《杜甫传》中说的："我们只能从'明朝有封事，数问夜如何''避人焚谏草'这样的诗句中想象杜甫不过是一个小心谨慎的官吏。"

至德二载[1]，甫自京金光门出[2]，间道归凤翔[3]。乾元初，从左拾遗移华州掾[4]，与亲故别，因出此门[5]，有悲往事

此道昔归顺[6]，西郊胡正繁[7]。至今犹破胆[8]，应有未招魂[9]。近侍归京邑[10]，移官岂至尊[11]？无才日衰老，驻马望千门[12]。

1 至德二载，公元757年。载，唐自玄宗天宝三年改"年"为"载"，至肃宗乾元元年又改为"年"。
2 京，指长安。金光门，长安外城有三座门，中间一座叫金光门。
3 间道，偏僻的小路。凤翔，在今陕西，肃宗时一度改名西京。
4 左拾遗，职司规谏君主，荐举人才，属门下省。移，这里是贬降的意思。华州，今陕西华县。掾（院yuàn），属官的通称。这里指当时降为华州司功参军。
5 因出此门，浦起龙《读杜心解》云："华在东而出西面门，为

与亲故别,亲故有在西者也。"
6 此道,指金光门。昔归顺,指至德二载投奔凤翔。时长安西边的胡骑正甚繁乱。
7 胡,这里指安禄山部队。
8 破胆,丧胆,惊骇。
9 未招魂,指活人的神魂。意谓推想叛军占据时,臣民神魂惊散之余,应有未招而不归之魂。
10 近侍,指拜左拾遗。京邑,指华州,因系畿县,距京城长安不远。
11 移官句,这里固指贺兰进明之进谗,其实也多少含有对肃宗的牢骚。岂至尊,岂出皇帝之意。
12 千门,原指宫中的门户,这里借代宫殿。

说明

至德二载,杜甫身陷长安时,曾于四月间冒险走出金光门,由小路到了凤翔行在(因二月间肃宗已自灵武至凤翔),即授以左拾遗。十月,肃宗返长安。次年(乾元元年),因宰相房琯战败去职,杜甫上章辩护,触怒肃宗,北海太守贺兰进明又进谗言,遂贬华州司功参军,于是又从金光门而出,但此后即不再回到长安了。

此诗选在紧接《春宿左省》之后,使题中的"从左拾遗移华州掾"云云有所照应,也见出本书编选者的用心。

月夜忆舍弟[1]

戍鼓断人行[2],秋边一雁声[3]。露从今夜白[4],月是故乡明。

有弟皆分散,无家问死生[5]。寄书长不达[6],况乃未休兵[7]。

1 舍弟,古也用以对人谦称自己之弟。
2 戍鼓,戍楼上的更鼓。戍,驻防。断人行,击鼓后即不能再行走。或作战争中音信难通解亦可。
3 秋边,一作"边秋",秋天的边境。一雁,孤雁。
4 露从句,这天或许是白露节。
5 无家,因为各自分散,消息不明,故有无家之感。杜甫洛阳附近之家已毁于战火。
6 长,一直,老是。
7 未休兵,这时叛军史思明攻陷汴州,西进洛阳,唐将李光弼御之。

说明

杜甫有弟四人,即杜颖、杜观、杜丰、杜占。这时惟杜占同在。诗是乾元二年(759)秋夜在秦州时,怀念他分散在河南、山东的兄弟而作。月亮本来普照大地,可是因忆弟而念家,因念家就连故乡的月色也比他处可爱了。下半首四句,写虽有弟而皆分散,分散又皆无家,以致死生不明,于是想写信去问,却又老是寄不到,何况还是烽火连天。曲折的心事尽现于此二十字中。

天末怀李白

凉风起天末,君子意如何[1]。鸿雁几时到[2],江湖秋水多[3]。

文章憎命达⁴，魑魅喜人过⁵。应共冤魂语⁶，投诗赠汨罗⁷。

1　天末，犹天边。君子，指李白。
2　鸿雁，指音信。传说雁能传书（原出《汉书·苏武传》）。
3　秋水多，犹《梦李白》中"江湖多风波"。
4　文章句，意谓有文才的人总是薄命遭忌。
5　魑魅（痴妹 chī mèi）句，意谓山精水鬼在等着你经过，以便出而吞食，犹"水深波浪阔，无使蛟龙得"。一憎一喜，遂令诗人无置身地。
6　应共句，因屈原被谗含冤，投江而死，与李白之受枉窜身，有共通处，往夜郎又须经过汨罗，故也应有可以共语处。
7　汨罗，汨罗江，屈原自沉处，在今湖南湘阴县。

说明

　　本诗与五古中《梦李白》二首，同是乾元二年（759）秋作。诗中设想李白流放夜郎途中，当会经过汨罗江，其实这时李白已遇赦得释，而且确实在舟游洞庭了。

　　友情的建立是不容易的，而可贵的友情也只有在患难中才能建立。文人相重，末路相亲，竟于杜甫身上见之。

奉济驿重送严公四韵¹

远送从此别，青山空复情²。几时杯重把，昨夜月同行³。列郡讴歌惜⁴，三朝出入荣⁵。江村独归处⁶，寂寞养残生。

1. 奉济驿，在今四川绵阳市。驿，供邮传人和官员旅宿的处所。重送，在这之前，作者已写过《送严侍郎到绵州同登杜使君江楼宴》。严公，严武，字季鹰，华阴（今属陕西）人。时任成都尹，充剑南节度使。四韵，律诗都是双句押韵，也有首句也押，但不算在内。
2. 空复情，枉又多情。
3. 几时两句，这是倒装，意谓想起昨夜在月光下举杯送别的深情，不知几时重得此会。
4. 列郡，指东西两川属邑。讴（欧 ōu）歌，犹歌颂。惜，惋惜严武离任。
5. 三朝，指玄宗、肃宗、代宗三朝。出入荣，指严武迭居重位。
6. 江村句，指送别后独自回到浣花溪边的草堂。

说明

诗作于代宗宝应元年（762），送严武奉召还朝。

杜甫在蜀时，生活上很受严武的关怀，所以他对严武也很感激。本诗末两句写严武走后杜甫彷徨寂寞之感。在《奉送严公入朝十韵》中也云："此生那老蜀，不死会归秦。"即是说，严武一走，他也不想老死蜀中，准备回长安了。这都说明他对严武依恋之深。广德二年（七六四）二月，严武再镇蜀，次年四月，死于任所，年仅四十。五月，杜甫也去蜀东下。

严武治蜀，以"恣行猛政"称，史多不满之词，施鸿保《读杜诗说》，以为后人读杜诗的，因推重杜并也推重严。唐代镇蜀者甚多，庸懦贪污辈固不必说，像韦皋、杜鸿渐，也有政绩足纪，而其名反不及严武，其原因就是由于杜诗的影响，"然则公之倚赖武者在一时,而武之倚赖公者在万世矣"。

别房太尉墓[1]

他乡复行役[2],驻马别孤坟[3]。近泪无干土[4],低空有断云。对棋陪谢傅[5],把剑觅徐君[6]。唯见林花落,莺啼送客闻。

1 房太尉,房琯,字次律,河南(今河南洛阳市)人。玄宗时拜相。肃宗时因陈涛斜(在陕西咸阳市东)之败贬职。代宗广德元年(763)卒于阆州僧舍。赠太尉。
2 复行役,指一再奔走。
3 孤坟,房琯长子房乘,自少目盲,另一子房孺复时又年幼;杜甫的《祭故相国清河房公文》中也有"殓以素帛,付诸蓬蒿。身瘗万里,家无一毫"语。这里是说他身后寂寞。
4 近泪句,意谓泪流处土为之不干。
5 对棋句,晋名将谢安,生前拜太傅,爱下围棋。这里以谢安比房琯。
6 把剑句,春秋时吴季札(延陵季子)聘晋,路过徐国,心知徐君爱其宝剑,及还,徐君已死,遂解剑挂在坟树上而去。意即早已心许。事见《史记·吴太伯世家》。上句忆生前过从之密,这句写两人交情生死如一。

说明

代宗广德二年(764)在阆州(今四川阆中市)时将赴成都作。

杜甫与房琯是布衣交,晚年又视为"醇儒"。这时看到孤坟在外,林花摇落,故也倍觉凄凉。

谈到杜甫生平,必及严武、房琯,故选此二诗。

方回《瀛奎律髓》评首句云:"他乡已为客矣,又复行役,则愈客愈远。此句中折旋法也。"

旅夜书怀

细草微风岸,危樯独夜舟[1]。星垂平野阔[2],月涌大江流[3]。名岂文章著[4],官应老病休[5]。飘飘何所似[6],天地一沙鸥。

1 危樯,高耸的桅竿。独夜,孤独之夜。
2 星垂句,言平野广阔,远处近地的天边星点如垂。朱彝尊云:"中两联皆一字起头(星、月、名、官),亦小失检点。"
3 月涌句,因大江奔流,月亮如从江中涌出。大江,指长江。李白《渡荆门送别》也有"山随平野尽,江入大荒流"句。
4 名岂句,杜甫的名气其实是因文章而著,这里这样说,原是"反言以见意"。
5 应,不定之词,犹"想必",因而也益见愤激意。
6 飘飘,不定貌。这两句,实仍是《奉赠韦左丞丈》中"白鸥没浩荡,万里谁能驯"意。洪仲《苦竹轩杜诗评律》云:"七八说得宽闲,而悲愤愈甚。"

说明

代宗永泰元年（765）正月，杜甫辞去严武幕府职务。四月，严武卒。五月，杜甫即率家人离开成都草堂，乘舟东下。当舟经渝州（今重庆）、忠州（今忠县）一带时，写下了这首诗。时年五十四。

登岳阳楼[1]

昔闻洞庭水，今上岳阳楼[2]。吴楚东南坼[3]，乾坤日夜浮[4]。亲朋无一字，老病有孤舟[5]。戎马关山北[6]，凭轩涕泗流[7]。

1 岳阳楼，湖南岳阳城西门城楼，高三层，下临洞庭湖。唐张说谪岳州时筑，宋时重修。

2 昔闻两句，说明是初登。洞庭湖，在湖南北部，长江南岸。

3 吴楚句，大致说来，吴在湖东，楚在湖西，洞庭湖像是把两地隔了开来。吴楚，本是古代二国名，约有今江苏、浙江、安徽、江西、湖南、湖北一带，大致以江西为分界，故曰东南。坼（拆 chè），裂。

4 乾坤，天地，或指日月，《水经·湘水注》云："洞庭湖水广圆五百余里，日月若出没其中。"这两句极写洞庭湖气象阔大。

5 老病句，时杜甫五十七岁，又多病痛，耳聋臂麻，出蜀后全家都在水上飘荡着。有，在。徐陵《内园逐凉》："昔有北山北。"即昔在北山北。

6 戎马句，这时北方战事未息，吐蕃入侵，郭子仪领兵屯奉天（今陕西乾县）以备。

7 轩,指楼窗。涕泗,眼泪。

说明

代宗大历三年(768)正月,杜甫出峡后漂泊在今湖北、湖南一带。此诗当为同年冬天作。诗中写景实只两句,可是这两句却已尽其大观,表现出它的"虽小而大"的高度技巧。正如黄生所说:"虽不到洞庭者读之,可使胸次豁达。"五六书怀,却又如此暗淡落寞,然于感怀生平、俯仰身世之间,就显得波澜顿挫。通过最末两句,则又把全诗的主题统一在诗人的怀抱上,正如黄生所说:"胸襟气象,一等相称,宜使后人搁笔。"(参见孟浩然《临洞庭上张丞相》的"说明")所谓杜诗的"沉郁",在这些地方正是曲尽其能。

王维

辋川闲居赠裴秀才迪[1]

寒山转苍翠,秋水日潺湲[2]。倚杖柴门外,临风听暮蝉。渡头余落日,墟里上孤烟[3]。复值接舆醉[4],狂歌五柳前[5]。

1 辋川,水名。在今陕西蓝田县终南山下,中有鹿柴、华子冈、竹里馆、辛夷坞等。王维晚年得宋之问别墅,隐居于此,与裴迪泛舟往来,赋诗唱和。裴迪,注见本书卷七"作者介绍"。

秀才,这里是士子的泛称。
2　潺湲(馋元 chán yuán),水徐流貌。
3　墟里,村落。孤烟,炊烟。陶渊明《归园田居》:"依依墟里烟。"写景须曲肖其景,如这两句确是晚村光景,就像常建的"山光悦鸟性,潭影空人心",确是古寺光景。
4　接舆,注见卷二李白《庐山谣寄卢侍御虚舟》,这里比裴迪。
5　五柳,注见卷四王维《老将行》,这里比自己。两句意谓,又碰到裴迪在辋川别墅前醉酒狂歌了。

说明

已经是秋深山寒了,山景应该是萧瑟的,却反而显得苍翠;水也应该是涸而无声,却还是潺湲成流,竟日可闻。单这两句,就写出这一带山光水色之如何可爱,又写出了诗人之如何有情。

此诗也像常建《破山寺后禅院》一样,一二两句对得很工,三四的"柴门外"和"听暮蝉"却不成对。前人说这是"偷春格",意思是像梅花偷春色而先开。

山居秋暝[1]

空山新雨后,天气晚来秋。明月松间照,清泉石上流[2]。竹喧归浣女,莲动下渔舟。随意春芳歇,王孙自可留[3]。

1　秋暝,秋晚。
2　清泉句,正是雨后的景象。

3 随意两句,逆用《楚辞·招隐士》"王孙兮归来,山中兮不可以久留"意,意谓任它春芳消歇吧,这里还有秋色在留人。王孙,也指游子。即作者自己。参见卷七《送别》。

说明

从"竹喧"(竹林中众语声)一句中,见得洗衣女不止一两个。由于古代西北地区得水不易,刚巧逢到一阵雨后,便于月夜结伴而去,难怪洗涤回来,一路上语声不绝。黄培芳于《唐贤三昧集笺注》中评云:"写景太多,非其至者。"这话也有一定见地。

归嵩山作[1]

清川带长薄[2],车马去闲闲[3]。流水如有意,暮禽相与还。荒城临古渡,落日满秋山。迢递嵩高下[4],归来且闭关[5]。

1 嵩山,古称中岳,因其居五岳之中而高,故又名嵩高。在河南登封市北。
2 薄,草木密茂地方,全句实指草泽。
3 闲闲,从容貌。
4 迢递,远貌。
5 且闭关,有闭门谢客意。

说明

这首诗写辞官归隐时的心情。第三句的流水喻一去不还,第四句的暮禽含"鸟倦飞而知还"意,末句则隐露自己不想再与闻世事。

终南山[1]

太乙近天都[2],连山到海隅[3]。白云回望合,青霭入看无[4]。分野中峰变,阴晴众壑殊[5]。欲投人处宿[6],隔水问樵夫。

1 终南山,注见卷一李白《下终南山过斛斯山人宿置酒》。
2 太乙,即"太一"。终南山主峰,也是终南山别名。天都,犹帝都,指唐都长安。一说指天帝所居处。
3 连山句,意谓山脉绵延直至海边。沈德潜说:"近天都言其高,到海隅言其远。"因终南山本不到海边。隅,角。
4 白云两句,意谓云雾在回望中合成一片;青霭迷茫,近看却像没有。霭(矮ǎi),雾气。
5 分野,注见卷四李白《蜀道难》。这里是说,终南山区很大,中峰所隔,分野就变,各山之间也阴晴不一。壑,山谷。殊,异。
6 人处,有居人处。

说明

末两句写山远人少,不同于一般写景:如果山里的人家多,作者即可就近借宿,也不必"隔水问樵夫"了。八句四十字,尽摄终南山之大。

酬张少府[1]

晚年惟好静,万事不关心。自顾无长策,空知返旧林[2]。松风吹解带[3],山月照弹琴。君问穷通理,渔歌入浦深[4]。

1 酬,以诗词酬答。少府,注见卷一王昌龄《同从弟南斋玩月忆山阴崔少府》。
2 空,徒。旧林,故居。
3 吹解带,吹着诗人宽解衣带时的闲散心情。
4 君问两句,这是劝张少府达观,也即要他像渔樵那样,不因穷通而有得失之患。

说明

王维晚年的心情,在这些诗中约略可见。这种心情,也和他不满当时朝政有关,三四两句,即隐含牢骚。

过香积寺[1]

不知香积寺,数里入云峰。古木无人径[2],深山何处钟。泉声咽危石,日色冷青松[3]。薄暮空潭曲,安禅制毒龙[4]。

1 香积寺,故址在今陕西西安市长安区南。
2 古木句,古木丛生处人迹罕到。

3　泉声两句，泉声为石阻而咽，日色因松深而寒。前一句写幽静，后一句写深僻。
4　薄暮两句，因寺旁空潭而想到毒龙的故事。安禅（馋chán），指身心安然入于清寂宁静之境。毒龙，这里是机心妄想的意思。《涅槃经》："但我住处有一毒龙，其性暴急，恐相危害。"

说明

作者曾闻香积寺之名，却不知究在山中何处，此诗写偶然经过其处，初不知寺在山中，及至听到钟声，惊讶于这古木葱茏、人迹不到的深山里，如何会有钟声。末两句言看到深潭已空，想必毒龙已制，不觉又悟禅理之高深。通篇未写寺院风光，而寺院已在其中。

俞陛云《诗境浅说》云："常建过破山寺，咏寺中静趣，此诗咏寺外幽景，皆不从本寺落笔。游山寺者，可知所着想矣。"

施补华《岘佣说诗》云："五律须讲炼字法，荆公所谓诗眼也。泉声咽危石，日色冷青松。远水兼天净，孤城隐雾深。此炼实字。"

送梓州李使君[1]

万壑树参天[2]，千山响杜鹃[3]。山中一夜雨，树杪百重泉[4]。汉女输橦布[5]，巴人讼芋田[6]。文翁翻教授，不敢倚先贤[7]。

1　梓州，州治在今四川三台县。肃宗乾元后，梓州为东川节度使治所。使君，指刺史，唐刺史相当于后世知府。

　高步瀛云："杜子美有《送李梓州使君之任诗》，未知即此人否。"

2　参天，朝天。

3　杜鹃，鸟名，即子规，蜀中以出杜鹃著名，故千山可闻。

4　树杪（杪 miǎo），树梢。百重，犹百道。

5　汉女句，指蜀地少数民族妇女以橦布向官府缴纳。《晋书·食货志》："夷人输賨布，户一匹，远者或一丈。"（古时布四丈为一匹）汉女，嘉陵江古也称西汉水，故以"汉女"称之。橦布，橦木花织成的布。左思《蜀都赋》："布有橦花。"《瀛奎律髓》作"賨布"。

6　巴，古国名，后为郡名，今四川东部地。芋田，蜀中产芋。《蜀都赋》："瓜畴芋区。"这句当是指巴人常为农田事而发生讼案。

7　文翁，汉景帝时为蜀郡太守，政尚宽宏，见蜀地僻陋，乃建造学宫，诱育人才，使巴蜀日渐开化。《汉书》入《循吏传》。翻，翻然改图之翻。

　这两句，纪昀说是"不可解"。赵殿成说是"不敢，当是敢不之讹"。高步瀛云："末二句言文翁教化至今已衰，当更翻新以振起之，不敢倚先贤成绩而泰然无为也。此相勉之意，而昔人以为此二句不可解，何邪？"赵、高二说中，赵说似可采。

说明

　此诗兼写蜀中风土故实，故方回《瀛奎律髓》入风土类。但正如纪昀所说:"然此诗佳处不在五六。"佳处实在头四句之挺拔流动。

汉江临眺[1]

楚塞三湘接[2],荆门九派通[3]。江流天地外[4],山色有无中[5]。郡邑浮前浦[6],波澜动远空。襄阳好风日[7],留醉与山翁[8]。

1 汉江,指东汉水。长江最长支流。源出陕西,经湖北而入长江。临眺,登高望远。一作"临泛"。
2 楚塞,楚国的边界。战国时这一带本为楚地。三湘,漓湘、潇湘、蒸湘的总称。在今湖南境内。
3 荆门,注见李白《渡荆门送别》。九派,古代传说,大禹治水,凿江流,通九派。九派就是九条支流流入长江。
4 江流句,意谓江水浩瀚,像是流在天地之外。
5 山色句,指远处的荆门山色。
6 郡邑句,极言水势弥漫,郡邑似浮在水上。浦,指湘浦。
7 襄阳,今属湖北,位于汉江中游,即诗人临眺之处。风日,犹风光。
8 山翁,指晋代山简。他是竹林七贤山涛之子,曾任征南将军,镇守襄阳,有政绩,但好饮酒,常去郡中豪族习氏园池宴饮,每饮必醉。这句意谓,唯山简始无负此襄阳风日。

说明

　　这首诗写作者泛览汉江时所见,而这一带的水脉也隐括于开头两句中:南接三湘,东通长江九派。

　　全诗最警策的为三四两句,也最为历来所传诵,五六两句差,纪昀说是"五六撑不起,六句尤少味,复衍二句故也"。因为"郡邑"句,也是说水势之盛,却不及"江流"句之自然雄浑,接下来的"波澜"句,仍是在说水势,却又嫌过熟,说明"复衍"是诗家之忌。

终南别业[1]

中岁颇好道,晚家南山陲[2]。兴来每独往,胜事空自知[3]。行到水穷处,坐看云起时。偶然值林叟[4],谈笑无还期[5]。

1　终南别业,作者在长安附近终南山上的别墅。一作"初至山中"。
2　中岁两句,意谓中年已存好道之心,但至晚年移家南山,才始实现此愿。南山,注见卷一李白《下终南山过斛斯山人宿置酒》。陲,边。
3　胜事,快意的事。空,徒,只。
4　值,遇见。林叟,乡村的老人。
5　无还期,无一定时间。

说明

五六两句,是写景也隐含哲理:随遇而安的结果,自有一种意外的收获。

此诗赵殿成笺注本入古诗,他本多入律诗。高步瀛云:"此等作律诗读则体格极高,若在古诗则非其至者。齐梁人诗皆可以此意求之。"高见甚是。

孟浩然

临洞庭上张丞相[1]

八月湖水平[2],涵虚混太清[3]。气蒸云梦泽[4],波撼岳阳城[5]。欲济无舟楫[6],端居耻圣明[7]。坐观垂钓者,徒有羡鱼情[8]。

1 洞庭,注见杜甫《登岳阳楼》。张丞相,张九龄。
2 湖水平,湖水涨得饱满。
3 涵虚,水气弥漫。太清,天空。
4 云梦泽,古代云梦泽范围很广,包括今湖北省南部、湖南省北部一带低洼之地,后来大部分淤成陆地。洞庭湖也在其内。
5 岳阳城,即今湖南岳阳市,在洞庭湖东岸。
6 欲济句,比喻自己想出仕却无人引荐。济,渡。楫,橹,也指船。孟浩然另有《洞庭湖寄阎九》诗,末二句云:"迟尔为

7 端居句，意谓就此闲居实有愧于圣明之世。端居，安居。
8 坐观两句，用《淮南子·说林训》"临河而羡鱼，不若归家织网"意。这里以"垂钓者"喻已经出仕的人，以"羡鱼情"喻自己想出仕的愿望。言外之意，希望张丞相不要使自己愿望落空。

说明

玄宗开元二十一年（733），张九龄为相，作者游长安，以此诗相赠，实际是向他乞仕。后张九龄出镇荆州，曾招之于幕府。故浩然有"共理分荆国，招贤愧楚材"句。

方回《瀛奎律髓》云："予登岳阳楼，此诗大书左序毬门壁间，右书杜诗，后人自不敢复题也。刘长卿有句云：叠浪浮元气，中流没太阳。世不甚传，他可知也。"全诗之可取实也只此二句，但刘诗确实不能相抵，正如纪昀所说："叠浪二句似海诗不似洞庭，工部乾坤日夜浮句亦似海诗，赖吴楚句清出洞庭耳，此工部律细于随州（指刘长卿）处。"

"七岁侍行湖外去，岳阳楼上敢题诗"，这是晚唐郑谷在《卷末偶题》中的话，可见题诗岳阳，当时是看作一件大事情了。

旧时评者以此诗长处在干乞不露痕迹，倒是沈德潜说得有意思："读此诗知襄阳非甘于隐遁者。"我们还可以和他的"不才明主弃，多病故人疏"的牢骚联系起来，更可看出他"羡鱼"之情的急切。

与诸子登岘山 [1]

人事有代谢 [2],往来成古今。江山留胜迹 [3],我辈复登临。水落鱼梁浅 [4],天寒梦泽深 [5]。羊公碑尚在,读罢泪沾襟。

1. 岘山,一名岘首山,在湖北襄阳。西晋名将羊祜镇守荆襄时,常登此山饮酒咏诗,曾对同游者说:"自有宇宙,便有此山,由来贤者胜士登此远望如我与卿者多矣,皆湮灭无闻,使人伤悲。"及祜卒,襄阳百姓建碑于山,见者堕泪,杜预因名曰堕泪碑。
2. 代谢,交替,轮换。
3. 胜迹,指上述堕泪碑。
4. 鱼梁,鱼梁洲(渔鱼互用),作者《夜归鹿门歌》云:"山寺钟鸣昼已昏,渔梁渡头争渡喧。"其地也在襄阳。《水经注·沔水》"沔水中有鱼梁州,庞德公所居。"
5. 梦泽,云梦泽,注见《临洞庭上张丞相》。

说明

全诗主题为天留胜迹,碑志去思。三四两句自然清逸,写来毫不着力,尽孟诗之长。

宴梅道士山房 [1]

林卧愁春尽 [2],搴帷览物华 [3]。忽逢青鸟使 [4],邀入赤松家 [5]。

金灶初开火⁶,仙桃正发花⁷。童颜若可驻,何惜醉流霞⁸。

1　山房,这里指道士的房舍。
2　林卧,高卧林下之意。
3　搴(牵qiān),揭。帷,帘帐。物华,美好的景物。
4　青鸟,神话中鸟名,西王母使者。见《汉武故事》。这里指梅道士。
5　赤松,赤松子,传说中的仙人。这里也指梅道士。
6　金灶,道家炼丹的炉灶。
7　仙桃,传说西王母曾以仙桃赠汉武帝,称此桃三千年才结实。
8　童颜两句,意谓如果仙酒真能使容颜不老,那就不惜一醉。流霞,仙酒名,见《抱朴子·祛惑》。李商隐《武夷山诗》:"只得流霞酒一杯。"这里也指醉颜。

说明

　　作者以隐士而宴于道士山房,故也带点游仙诗的意味。

岁暮归南山¹

　　北阙休上书²,南山归敝庐³。不才明主弃,多病故人疏。白发催年老,青阳逼岁除⁴。永怀愁不寐,松月夜窗虚⁵。

1　南山,此处当指岘山,在作者家乡襄阳城之南,故云。
2　北阙,《汉书·高帝纪》注:"尚书奏事,谒见之徒,皆诣北阙。"阙，宫门前的望楼。
3　敝庐，指自己的破旧家园，《左传·襄公二十三年》："犹有先人之敝庐在。"
4　青阳句，意谓新春将到，逼得旧年除去。青阳，指春天。
5　虚，空寂。

说明

　　据《新唐书·孟浩然传》：王维曾邀孟浩然入内署，俄而玄宗至，浩然匿床下，维以实对。帝命其出，并问其诗，浩然乃自诵所作，至"不才明主弃"句，玄宗曰：卿不求仕而朕未尝弃卿，奈何诬我。因放还。

　　这就是所谓"转喉触讳"。但此事恐系出于附会。《旧唐书》只说他"年四十，来游京师。应进士不第，还襄阳"。（全传也只有四十余字）或者他确有怀才不遇的牢骚，对玄宗也有所不满。

过故人庄[1]

　　故人具鸡黍[2]，邀我至田家。绿树村边合[3]，青山郭外斜[4]。开轩面场圃[5]，把酒话桑麻[6]。待到重阳日[7]，还来就菊花[8]。

1　过，探望。
2　具，备办。鸡黍，指农家待客的丰盛菜饭。黍，黄米。

3 合,意谓环绕。
4 郭,原指外城,这里泛指城墙。
5 轩,这里指窗。场圃,犹园地,郑玄所谓"场圃同地"。
6 话桑麻,闲谈农家生活。桑麻为蚕织所需,古代常以喻农事。
7 重阳日,指阴历九月九日。九为阳数,日月并应,因九久音谐,旧时以为有长久之意,故于此日举宴。又有登高饮菊花酒之俗。参见王维《九月九日忆山东兄弟》。
8 就菊花,乘菊花开时再来探望。就,交接。

说明

这是一首很著名的田园诗。读了之后,一个最突出的感觉是亲切,也即纪昀所谓"王(维)清而远,孟清而切"。诗里所写的农村面貌,在作者生活的开元年间(作者死于开元二十八年),也还是比较真实的。

秦中寄远上人[1]

一丘常欲卧[2],三径苦无资[3]。北土非吾愿[4],东林怀我师[5]。黄金燃桂尽[6],壮志逐年衰。日夕凉风至,闻蝉但益悲[7]。

1 秦中,指唐都长安,今陕西西安市。远上人,名叫远的僧人。上人,对僧人的敬称。
2 一丘句,意谓志在隐居山林。
3 三径,王莽专权时,兖州刺史蒋诩辞官回乡,于院中辟三径,唯与求仲、羊仲来往。晋陶渊明曾谓亲朋曰："卿欲弦歌以为三径之资可乎？"后多以三径指退隐家园。

4　北土，指秦中。意谓不愿留京从仕。

5　东林句，晋僧人慧远初居庐山西林寺，后以来问道者多，刺史桓伊为他于山之东另立房殿，即东林寺。慧远是著名高僧，与远上人之名又适相同，故借此以表慕念。师，也是对僧人的敬称。

6　黄金句，《战国策·楚策》："楚国之食贵于玉，薪贵于桂。"这里比喻留秦中时处境贫困。燃桂，犹销金。

7　但，只。

说明

孟浩然家境贫困，又素有退隐之愿，而慧远与陶渊明复相友善，诗里用三径、东林的典故，或许以此比拟远上人和作者自己。此诗一作崔国辅作。

宿桐庐江寄广陵旧游 [1]

山暝听猿愁[2]，沧江急夜流[3]。风鸣两岸叶，月照一孤舟。建德非吾土[4]，维扬忆旧游[5]。还将两行泪，遥寄海西头[6]。

1　桐庐江，即桐江，在今浙江桐庐县境。广陵，今江苏扬州市。旧游，犹故交。

2　暝，昏暗。听猿愁，听到猿的啼声而兴客愁。

3 沧江,同"苍江"。
4 建德,今属浙江,居桐江上游。非吾土,王粲《登楼赋》:"虽信美而非吾土兮。"
5 维扬,即扬州。《尚书·禹贡》:"淮海维扬州。"
6 海西头,扬州近海,故曰海西头。隋炀帝《泛龙舟歌》:"借问扬州在何处,淮南江北海西头。"

说明

诗写江上夜色和旅途悲愁,中心意思是他乡虽好,究不及故土。诗人也总是爱他故乡的。这一首尚未到建德,卷七的《宿建德江》,则已进入其境了。

留别王维[1]

寂寂竟何待,朝朝空自归。欲寻芳草去[2],惜与故人违[3]。当路谁相假[4],知音世所稀[5]。只应守寂寞,还掩故园扉[6]。

1 王维,当时或在隐居中。
2 欲寻句,意谓要到山林去过隐居生活。
3 违,分离。
4 当路,当权者。假,宽假,优容的意思。
5 知音,注见卷一王维《送綦毋潜落第还乡》。
6 还掩句,犹杜门不仕意。扉,门。

说明

此诗当是他离开长安时所作，此诗与《岁暮归南山》同时作。

诗是律诗，其中两联却写得似对非对。贯串全诗的是失意后的牢骚。七八两句，其实也是勉强说的，即是带些解嘲的意味。

早寒有怀

木落雁南渡，北风江上寒。我家襄水曲[1]，遥隔楚云端[2]。乡泪客中尽，孤帆天际看。迷津欲有问[3]，平海夕漫漫[4]。

1. 我家句，孟浩然家在襄阳，襄阳则当襄水之曲，故云。襄水，也叫襄河，汉水在襄阳市以下一段，水流曲折，故云襄水曲。
2. 遥隔句，指乡思遥隔云端。楚，襄阳古属楚国。
3. 迷津句，《论语·微子》有记孔子命子路向长沮、桀溺问津，却为两人讥讽事。这里是慨叹自己彷徨失意，如同迷津的意思。津，渡口。
4. 平海，指水面平阔。古时间亦称江为海。

说明

此诗写怀乡情切，终日低徊。首句实也隐含客思。中间是说眼看孤帆远去，自己却没法同行，因而夕海漫漫，更觉望洋兴叹了。

刘长卿

作者介绍

刘长卿，字文房，河间（今属河北）人。开元进士，曾任监察御史、苏州长洲尉、转运使判官。因刚而犯上，两度迁谪。终随州刺史。新旧《唐书》无传，《新唐书·艺文志》中略有记载，其诗则驰名上元、宝应间。《新唐书·秦系传》云："（秦系）与刘长卿善，以诗相赠答。权德舆曰：'长卿自以为五言长城，系用偏师攻之，虽老益壮。'"所谓五言，当是指他的近体诗。当时或以钱（起）、郎、刘、李并称，他却说："李嘉祐、郎士元焉得与予齐称也？"（见范摅《云溪友议》）可见其自负，也未免倨傲。本书中五律五绝共选八首，也因其五言擅长之故。

他的诗多写幽寒孤寂之境，又善以白描写荒村水乡，著名的如"柴门闻犬吠，风雪夜归人"（《逢雪宿芙蓉山主人》），惜未收入本书。

据傅璇琮先生《刘长卿事迹考辨》所考，长卿卒年当在德宗贞元二年至七年间。

秋日登吴公台上寺远眺[1]

古台摇落后[2]，秋入望乡心[3]。野寺来人少，云峰隔水深[4]。夕阳依旧垒[5]，寒磬满空林[6]。惆怅南朝事[7]，长江独至今。

1 题一本"远眺"下有"寺即陈将吴明彻战场"九字。吴公台，在今江苏江都区。本为刘宋沈庆之攻竟陵王刘诞所筑弩台，后吴明彻又增筑，故名。

2　摇落，零落。宋玉《九辩》："悲哉秋之为气也，萧瑟兮摇落而变衰。"

3　秋，秋意。

4　野寺两句，意谓野寺来人之少，当由云峰隔水而深。

5　旧垒，指吴公台。

6　寒磬（庆 qìng）句，俞陛云《诗境浅说》云："六句言平林叶脱，时闻磬声。用一满字，正以状秋林之空。"磬，注见常建《破山寺后禅院》。

7　南朝，宋、齐、梁、陈，据地皆在南方，故名。应宋、陈时吴公台故事。

说明

诗是吊古，以神韵而论，此是上乘之作。末两句近似"大江东去，浪淘尽千古风流人物"意。

送李中丞归汉阳别业 [1]

流落征南将，曾驱十万师。罢归无旧业 [2]，老去恋明时 [3]。独立三边静 [4]，轻生一剑知 [5]。茫茫江汉上 [6]，日暮欲何之 [7]。

1　题一作"送李中丞之襄州"。中丞，御史中丞。唐代常代行御史大夫的职务。汉阳，今属湖北。别业，别墅。

2　旧业，在家乡的产业。

3 明时，对自己所处时代的美称。
4 独立句，意即威镇三边。三边，汉幽、并、凉三州，其地皆在边疆，后即泛指边地。
5 轻生句，意谓为报国而献身之心，惟有随身宝剑知道。
6 江汉，泛指江水。
7 何之，何往。

说明

诗写久经边疆，晚沦江汉的老将境遇，然而宝剑犹存，自能知其心事。三四两句，又写出他的廉与忠。

饯别王十一南游[1]

望君烟水阔[2]，挥手泪沾巾。飞鸟没何处[3]，青山空向人[4]。长江一帆远，落日五湖春[5]。谁见汀洲上，相思愁白蘋[6]。

1 饯别，以酒食送行。王十一，名未详，十一是他的排行。
2 望君句，指王十一的船已在烟水空茫之处。
3 飞鸟，比喻远行的人。没何处，侧写作者仍在凝望。
4 空向人，枉向人，意思是徒增相思。
5 落日句，指王十一到南方后，当可看到夕照下的五湖春色。五湖，这里指太湖。
6 谁见两句及上面落日句，均出梁朝柳恽《江南曲》："汀洲采白蘋，落日江南春。洞庭有归客，潇湘逢故人。故人何不返，春花复应晚。不道新知乐，只言行路远。"汀洲，水中可居之地,这里指江岸。白蘋,一种水草,花白色,故名。

说明

此诗首尾相应,情景互通,方东树《昭昧詹言》评为"言近而意皆深"。

寻南溪常道士

一路经行处,莓苔见屐痕[1]。白云依静渚[2],芳草闭闲门。过雨看松色[3],随山到水源。溪花与禅意,相对亦忘言[4]。

1 莓苔,复词,皆指苔。屐痕,古人游山多穿屐,这里指足迹,补足"寻"字。
2 渚(主 zhǔ),水中的小洲。
3 过雨,一作"遇雨",但这里的"过"仍是"遇"意。
4 溪花两句,因悟禅意,故也相对忘言。犹陶渊明《饮酒》之"此中有真意,欲辨已忘言"。禅,佛教指清寂凝定的心境。俞陛云《诗境浅说》云:"七句花与禅本不相涉,而连合言之,便有妙悟。"

说明

三五两句的白云、过雨,已在写"禅意",末两句则是以"悟"伸足。从诗意看,似乎未寻着常道士。本书卷一中丘为的《寻西山隐者不遇》,也是写寻访隐士不遇,却趁此赏览了雨中的草色松声,因而"颇得清净理"。命意有相似处。

新年作

乡心新岁切,天畔独潸然[1]。老至居人下,春归在客先[2]。岭猿同旦暮[3],江柳共风烟。已似长沙傅[4],从今又几年[5]?

1 潸(山 shān)然,流泪貌。
2 春归句,意谓春已归而自己尚未回去。客,指作者自己。
3 岭猿句,意谓早晚所见的只有岭猿。岭,岭南,指今广东一带。
4 已似句,西汉贾谊曾为大臣所忌,贬为长沙王太傅。这里借以自喻。
5 又几年,不知又要淹留多少年。

说明

作者曾由苏州长洲尉贬潘州(今广东茂名市)南巴尉。此诗当是这时期作,故有"岭猿同旦暮"及"已似长沙傅"句,本书卷六有作者《过长沙贾谊宅》的七律,可参看。

钱起

作者介绍

钱起(?—780?),字仲文,吴兴(今属浙江)人。天宝进士,曾任考功郎中,故世称钱考功。代宗大历中为翰林学士。

他是大历十才子之一，也是其中杰出者。又与郎士元齐名，当时称为"前有沈宋，后有钱郎"。

他们的诗风承接王孟之后，高仲武在《中兴间气集》中有"右丞之后，员外（指钱起）为雄"之语，但视王维，究嫌浅露。其诗律体为精，写景为长。施补华《岘佣说诗》云："大历刘、钱古诗亦近摩诘，然清气中时露工秀，澹字远字微字皆不能到，此所以日趋于薄也。"本书中所以在紧接刘诗之后而选钱诗，大概因钱刘常被并提之故，只是没有选郎士元的诗。

送僧归日本

上国随缘住[1]，来途若梦行。浮天沧海远[2]，去世法舟轻[3]。水月通禅寂[4]，鱼龙听梵声[5]。惟怜一灯影[6]，万里眼中明。

1 上国，这里指中国。
2 浮天句，意谓来自沧海远处，故其舟如浮于天际。沧海，大海。
3 去世句，意谓人在法舟中，就像离开尘世那样轻快了。法，特指属于佛教徒的事物。
4 水月，佛教用语，比喻一切都像水中月那样虚幻。禅寂，犹禅定，佛教指清寂凝定的心境。这里因是写舟行海上，故以水月扣之。
5 鱼龙句，意谓鱼龙也为经义的感召而出听，也是扣舟行海上。梵声，指念经声。梵文为古印度文，佛教来自印度，故与佛教有关的事物常加"梵"字。
6 惟怜,最爱。灯,双关,以舟灯喻禅灯。

说明

古代中日之间的文化交流,两国僧人曾经起很大的作用。

诗题为送归,前半截却偏写日僧来处,后半截也偏写海上景物,这样就使诗境宽而不散,诗情蕴而不晦。

谷口书斋寄杨补阙[1]

泉壑带茅茨[2],云霞生薜帷[3]。竹怜新雨后[4],山爱夕阳时。闲鹭栖常早,秋花落更迟[5]。家僮扫萝径[6],昨与故人期[7]。

1 谷口,古地名,在今陕西泾阳县西北。西汉为县,东汉废。补阙,官名,分左右补阙,职司向皇帝规谏及举荐,低一级的称左右拾遗。
2 泉壑,犹山水。茅茨(词 cí),茅屋。
3 云霞,指云霞之光。薜,薜荔,也称木莲,常绿藤本。薜帷,《楚辞·九歌·湘夫人》:"网薜荔兮为帷。"
4 怜,爱。
5 秋花句,犹陆游"名花未落如相待"意。
6 家僮,旧指奴仆。扫萝径,古常以扫径表示迎客之诚。萝,古常与薜合称薜萝,作为隐居者特征。《楚辞·九歌·山鬼》:"若有人兮山之阿,被薜荔兮带女萝。"女萝,即菟丝,古也以为女萝即松萝。

7 昨与句，意谓前时已与杨补阙预订游期。昨，也泛指过去。

说明

诗写谷口书斋一带的景物：连竹都因新雨之后分外可爱了，因为生命里多了水分；夕阳之山所以可爱，因为是一种稍纵即逝的境界。这样也更促使杨补阙能践约前来。

韦应物

淮上喜会梁州故人[1]

江汉曾为客[2]，相逢每醉还。浮云一别后[3]，流水十年间[4]。欢笑情如旧，萧疏鬓已斑[5]。何因不归去？淮上有秋山[6]。

1 淮上，淮水边。梁州，唐梁州在今陕西南郑县东。州，一本作"川"。
2 江汉，犹汉江，源出陕西南部，与诗题梁州相应。
3 浮云，喻聚散无常。李白《送友人》："浮云游子意。"
4 流水，喻岁月如流，又暗合江汉。
5 萧疏句，意谓零落的发脚已现花白。
6 淮上句，言淮上风光可恋，伸足上"不归去"之意。《唐诗别裁集》云:"语意好,然淮上实无山也。"

说明

诗写一别十年的故人忽在淮上相遇,因而也颇有感慨。韦集中尚有《淮上即事寄广陵亲故》《淮上遇洛阳李主簿》,后一首有云:"结茅临古渡,卧见长淮流。"则他在淮上还住过一段时间。

赋得暮雨送李曹[1]

楚江微雨里[2],建业暮钟时[3]。漠漠帆来重[4],冥冥鸟去迟[5]。海门深不见[6],浦树远含滋[7]。相送情无限,沾襟比散丝[8]。

1 赋得,古人与朋友分题赋诗,分到的题目叫"赋得",义似"咏"。此题是咏"暮雨",故云"赋得暮雨"。后来科举时代的试帖诗,也冠以"赋得"二字。李曹,应如《韦江州集》作"李胄"。
2 楚江,指长江,因长江自三峡以下至濡须口,皆为古代楚国境。
3 建业,今江苏省南京市。战国时亦楚地,与楚江为互文。
4 漠漠,水气密布的样子。
5 冥冥句,意谓因暮雨鸟也飞得缓慢了。冥冥,雨貌。
6 海门,长江入海处。
7 浦,水边。滋,润泽。
8 沾襟,以微雨沾襟,喻流泪。晋张协《杂诗》:"密雨如散丝。"

说明

此诗好处是切题。虽是微雨,却下得很密,所以连船帆也饱满了。冥冥句,又隐寓客人不忍离去意。

韩翃

作者介绍

韩翃,字君平,南阳(今河南沁阳附近)人。天宝末进士。曾两为节度使幕僚。德宗时以驾部郎中知制诰。官终中书舍人。

他是大历十才子之一。高仲武称其诗"匠意近于史"。其生平有两事为人传播,一是"两韩翃",详见《寒食即事》说明;一是他曾作《章台柳》词,也即唐传奇许尧佐《柳氏传》之所本,晚唐孟棨的《本事诗》中也载其事,可见其为当时所盛传。惟《柳氏传》韩翃作韩翊,不知是误书还是故为之讳。

酬程近秋夜即事见赠[1]

长簟迎风早[2],空城澹月华[3]。星河秋一雁[4],砧杵夜千家[5]。节候看应晚[6],心期卧已赊[7]。向来吟秀句[8],不觉已鸣鸦[9]。

[1] 酬,以诗词赠答。秋夜即事,是程近诗的题目。即事,写当

前的情事。见赠，相赠（从受赠者言）。全句意为"为酬答程近《秋夜即事》赠诗而作"。

2　簟（殿 diàn），竹席。
3　空，形容秋天的清虚景象。澹，荡漾貌。月华，月光。
4　星河句，喻秋雁高飞如往星河。河，银河。
5　砧杵（针楮 zhēn chǔ），捣衣用具。砧，垫石。杵，棒槌。古代捣衣多在秋晚。
6　看，估量之词。
7　心期句，意谓因两心相通而酬赠，连睡觉也迟了。心期，《南史·向柳传》："我与士逊（颜竣）心期久矣，岂可一旦以势利处之。"赊（奢 shē），迟。
8　向来，这里指即时，犹刚才。秀句，指程近的诗。
9　鸣鸦，指天将亮时的鸦啼声，应上"卧已赊"。

说明

为了酬诗，不觉通宵未眠，从而见得彼此心期之深切。全诗前六句都是紧扣"秋夜"。颔联"秋"字"夜"字，本是熟字，用在这里便显得生辣。

刘眘虚

作者介绍

刘眘（古"慎"字）虚，《全唐诗》作江东人。据谢先模先生考证，应是新吴人，即今江西奉新县人。详见1980年第四期《学术月刊》。开元进士，曾任洛阳尉及夏县令。

他为人较淡泊，脱略势利，交游多山僧道侣，像这首《阙题》，殷璠就说是"方外之音"。今存诗仅一卷，存年约五十岁。后人曾将他与贺知章、包融、张旭称吴中四友。殷璠又称其诗"情幽兴远，思苦语奇，忽有所得，便惊众听"。可见其作品在唐时之影响。

阙题[1]

道由白云尽[2]，春与青溪长。时有落花至，远随流水香[3]。闲门向山路[4]，深柳读书堂。幽映每白日，清辉照衣裳[5]。

1. 阙题，题目原缺。阙，通"缺"。
2. 道由句，指山路在白云尽处，也即在尘境之外。
3. 远随句，流水即上溪水，因其长，故落花也只好远远跟着它，因而香随水流。意即青溪藉落花犹留春色。
4. 闲门句，门一开，便可见上山之路。
5. 幽映两句，意谓白日常常穿柳阴而照着衣裳。

说明

从语气看，当是写友人暮春山中的读书生活，写得从容自然。末两句是拗句。

俞陛云《诗境浅说》云："此诗起结皆不用谐律，弥见古雅。初学效之，恐有举鼎绝膑之患（意谓力小者不能胜重负），仍以谐音为妥贴。"

戴叔伦

作者介绍

戴叔伦（732—789），字幼公，润州金坛（今属江苏）人。年轻时师事萧颖士。曾参湖南、江西幕府。后为抚州刺史，《新唐书》本传有"耕饷岁广，狱无系囚"之称。又迁容管经略使，也以清明仁恕见称。晚年上表自请为道士。岑仲勉先生《唐史余瀋》疑叔伦非从进士科出身。

他的《过申州》《女耕田行》《屯田词》等，都是反映战乱之后的民间惨苦，如"井邑初安堵，儿童未长成"等。其余写景抒情之作，也明净流宕。

江乡故人偶集客舍

天秋月又满，城阙夜千重[1]。还作江南会[2]，翻疑梦里逢[3]。风枝惊暗鹊，露草泣寒虫[4]。羁旅长堪醉[5]，相留畏晓钟。

1 天秋两句，意谓在秋天的满月下，映照着宫城的千重门户。城阙，这里指京城长安。阙，宫门前的望楼。千重，千道。

2　还作句,作者原籍是润州,居然还能在京城之夜,会集江南故人,故有意外之感。
3　翻,义同"反"。
4　风枝两句,实暗寓乡思。
5　羁旅,犹漂泊。

说明

乡思与故人,常常占着人的感情里的重要位置。如今居然在月满长安的秋夜,偶集于客舍,大家自有意外之感。因为相见之难,故也最怕晓钟一响,就要分手。

卢纶

作者介绍

卢纶,字允言,河中蒲(今山西永济市)人。大历十才子之一。安史之乱时,曾客居鄱阳。屡举进士不第,后宰相元载取其文进荐之,补阌乡尉。迁检校户部郎中。后入浑瑊河中元帅府,德宗驿召之,适卒,当在贞元十四十五年间。

送李端[1]

故关衰草遍,离别正堪悲。路出寒云外,人归暮雪时。

少孤为客早², 多难识君迟。掩泣空相向³, 风尘何所期⁴。

1　李端, 注见卷七"作者介绍"。
2　少孤, 指自己早年丧父。
3　掩泣句, 指李端走后, 作者尚朝他离去的方向掩面而泣。空, 徒。
4　风尘, 意谓风尘扰攘, 也不知后会何期。后汉繁钦《定情诗》: "与我期何所。"风尘, 这里是时代纷乱的意思。

说明

　　诗是送别, 时当故关衰草, 岁寒暮雪, 人则识交于多难之际, 但已感相知恨晚, 一别之后, 又不知后会何期。五六两句的迟、早两字, 于工整中尤显得悲凉回荡。

　　唐姚合《极玄集》中选录此诗, 自序说是"此皆诗家射雕手也"。意思是皆高手之作。

李益

作者介绍

　　李益（748—827）, 字君虞, 姑臧（今甘肃武威市）人, 家于郑州, 他的《送同落第者东归》诗云: "余亦依嵩颖, 松花深闭关。"大历进士。每作一诗, 教坊乐人竞作为供奉的歌词。北游河朔时, 幽州节度使刘济召为从事。唐宪宗闻其名, 用为秘书少监、集贤殿学士。但他自负才能，多所凌忽，故为众不容。文宗大和初，以礼部尚书致仕，卒（当时有两李益，原籍又都出姑臧）。

他的七绝，在中唐诗人中是一绝，音节神韵，不减王昌龄和李白。又因亲历塞上，有不少表现边塞生活的佳作，语言也明净自然。本书中选的几首，或描人情，或写边声，都是十分精致的抒情诗。

另外还有一桩为大家议论的事，唐人传奇蒋防《霍小玉传》中的男主角就是在写他。《旧唐书》本传中说他"少有痴病而多猜忌，防闲妻妾，过为苛酷"。当时因将妒痴者称为"李益疾"，他为此也影响了迁升。可见那时社会上曾盛传着他的故事了。

喜见外弟又言别[1]

十年离乱后，长大一相逢[2]。问姓惊初见，称名忆旧容。别来沧海事，语罢暮天钟[3]。明日巴陵道[4]，秋山又几重。

1 外弟，姑母的儿子。
2 一，加强语气的助词。
3 别来两句，因为谈到十年来世事变化之大，一直到了天晚。沧海，《神仙传·麻姑》："麻姑自说云，接待以来，已见东海三为桑田。"后因以"沧海桑田"喻世事变迁剧烈。
4 巴陵，唐郡名，治所在今湖南岳阳市。

说明

先问到姓氏，心里已在惊疑，待说出名字，这才想起旧容，不禁化惊为喜。

他们原是表兄弟,但由于乱离之故,平时就没法相见。这种惊喜之情,在沧桑剧变的乱世,也愈见其真切,与司空曙"乍见翻疑梦,相悲各问年"同一情意。沈德潜说是"一气旋折,中唐诗中仅见者"。所以本书中接着就选了司空曙这一首。

司空曙

作者介绍

司空曙,字文明,广平(今河北永年县附近)人。曾登进士第。韦皋为剑南节度使,曾召致幕府。累官左拾遗,终水部郎中。家贫,性耿介,曾流寓长沙,迁谪江右。苗发《送司空曙之苏州》中云:"归国人皆久,移家君独迟。"可见其在外留滞之久。

他是大历十才子之一,诗多幽凄情调,间写乱后的心情,常有好句,如传诵的"乍见翻疑梦,相悲各问年",像是不很着力,却是常人心中所有。

云阳馆与韩绅宿别[1]

故人江海别,几度隔山川[2]。乍见翻疑梦[3],相悲各问年。

孤灯寒照雨,深竹暗浮烟。更有明朝恨,离杯惜共传[4]。

1 云阳,县治在今陕西泾阳县西北。韩绅,据《全唐诗》注云:"一作韩升卿。"韩愈《虢州司户韩府君墓志铭》:"(睿素)有子四人,最季曰绅卿,文而能官。"绅卿是韩愈叔父,与司空曙同时,曾在泾阳任县令(引自人民文学出版社一九七八年版《唐诗选》本篇注)。宿别,同宿后又分别。
2 几度,多少遍。
3 乍(炸 zhà),骤,突然。翻,义同"反"。
4 惜,珍惜。共传,互相举杯。

说明
　　三四两句是久别忽逢的绝唱。混乱的时代,使人把分明的现实当作梦境了。

喜外弟卢纶见宿[1]

静夜四无邻,荒居旧业贫[2]。雨中黄叶树[3],灯下白头人。以我独沉久[4],愧君相见频。平生自有分[5],况是霍家亲[6]。

1 外弟,姑母的儿子。卢纶,见前"作者介绍"。见宿,留下住宿。
2 业,家产。
3 雨中句,也是写衰暮,应下"白头人"。
4 沉,沉沦。
5 分(奋 fèn),情谊。

6 霍家亲,一作蔡家亲。晋羊祜为蔡邕外孙,这里只说明两家是表亲。

说明

卢纶《晚次鄂州》(见本书卷六)中也有"旧业已随征战尽"句,说明当时两人的处境都很艰困,所以也愈加能够互相体惜。全诗的最大特色是创造了气氛。

贼平后送人北归[1]

世乱同南去,时清独北还[2]。他乡生白发[3],旧国见青山[4]。晓月过残垒,繁星宿故关[5]。寒禽与衰草,处处伴愁颜。

1 贼平,指安史之乱已平。
2 时清,指时局已安定。
3 他乡句,指在外地很久,白发也生了。
4 旧国句,意谓你到故乡,所见者也惟有青山如故。旧国,指故乡,密对他乡。
5 晓月两句,想象友人北行时晓过残垒,夜宿故关的旅程。残垒,指乱后景象。

说明

两人本是一同避乱南来,这时战乱虽已平息,但一路上还是劫后的荒凉景象,自己却留在江南的客地。作者在《峡口送友》中也云:"来时万里同为客,今日翻成送故人。"

刘禹锡

作者介绍

刘禹锡（772—842），字梦得，洛阳（今属河南）人。《旧唐书》作彭城人，生长于江南。贞元进士。与柳宗元同榜。后入淮南节度使杜佑幕。又随佑入朝，为监察御史。唐顺宗永贞元年（805），王叔文执政，他和柳宗元皆被叔文引入禁中，参与谋议，曾有意于革新。王叔文失败，他贬为朗州（今湖南常德市）司马，即八司马之一。时年三十四，有名的哲学论文《天论》即作于此时。

后召还长安，因作《戏赠看花诸君子》诗，触怒权贵，又被贬连州（今广东连州市）。如他自己所说"一坐飞语，废锢十年"（《谢门下武相公启》）。文宗大和二年再还长安，又作了《再游玄都观绝句》以遣讽。晚年迁太子宾客，分司东都，世称刘宾客。

他是诗人，又是思想家。他有远大的抱负，却屡遭贬斥，因而诗歌也多桀傲之气，常借虫鸟以讽世。"沉舟侧畔千帆过，病树前头万木春"，也可看作他对横逆的态度，犹"玄都观里桃千树，尽是刘郎去后栽"之意。怀古诗也低徊沉着，启人遐想。

他的竹枝词，自己是很重视的，也说明他对民间文学的态度，如"东边日出西边雨，道是无晴却有晴"，在艺术上能自创一格，在感情上反映了他对下层群众的喜闻乐见的事物，能大胆接受，相呴相濡。长期的流放生活，使他呼吸了更多的泥土气息，视野因而更开阔了，可惜本书中没有选入。

蜀先主庙[1]

天地英雄气[2],千秋尚凛然。势分三足鼎[3],业复五铢钱[4]。得相能开国[5],生儿不肖贤[6]。凄凉蜀故伎,来舞魏宫前[7]。

1 蜀先主庙,在夔州(今重庆奉节县)。先主,开国君主之意,指刘备。
2 天地句,《三国志·蜀书·先主传》记曹操曾对刘备说:"今天下英雄,惟使君与操耳。"
3 三足鼎,喻魏蜀吴并立。
4 业复句,王莽代汉时,曾废五铢钱,至光武帝时,又从马援奏重铸,天下称便。这里以光武帝恢复五铢钱,比喻刘备想复兴汉室。
5 得相句,指诸葛亮以丞相辅佐蜀汉。
6 生儿句,指刘备儿子后主刘禅,不像刘备那样英明有为。
7 凄凉两句,蜀汉降魏后,刘禅迁至洛阳,被封为安乐县公。魏太尉司马昭与之宴,并使蜀国女乐歌舞于刘禅前,旁人皆为他感伤,他却喜笑自若。见《三国志·蜀志·后主传》注引《汉晋春秋》。伎,同"妓",女乐。实际也是俘虏。

说明

这是作者任夔州刺史时所作。全诗的用事、对仗都极警辟工整,也颇有后继无人之慨。首句似是泛语,实有针对性,五六两句即所谓"爱憎格"。

张籍

作者介绍

张籍（767？—830？），字文昌，和州乌江（在今安徽和县）人，郡望为吴郡。贞元进士，曾任太常寺太祝。他和韩愈关系在师友之间，其任国子博士即由韩愈所荐。最后任国子司业，世称张司业。

早年生活贫困，后入仕途，也只是闲职下僚。节度使李师道欲以书币聘他入幕，他作《节妇吟》却之。

他的诗取材广泛，善于叙事，尤以乐府著名，对民间疾苦，社会阴暗，颇多讽喻。张戒《岁寒堂诗话》说：张司业诗与元白一样，"专以道得人心中事为工"。对当时妇女的悲惨处境，也以同情态度为之呼告，如《离妇》篇就是一首有故事性的悲剧诗。结句"为人莫作女，作女实难为"，尤其沉痛。

白居易很推重他，曾作《读张籍古乐府》，中云："如何欲五十，官小身贱贫。病眼街西住，无人行到门。"他患眼疾，人家称为"穷瞎张太祝"，从这里也可看到他生活的清苦。

没蕃故人[1]

前年戍月支[2]，城下没全师[3]。蕃汉断消息，死生长别离。无人收废帐[4]，归马识残旗。欲祭疑君在，天涯哭此时[5]。

1 没,陷身,消失。蕃(波 bō),吐蕃,古代藏族建立的地方政权。
2 戍,指出征。月支,也作月氏,汉西域国名,借指吐蕃。
3 没,覆没。
4 废帐,指战败后遗弃的营帐。
5 天涯,犹天边,指作者所处地方。

说明

从前六句看,这位故人当是死了,但犹带幸存之想,所谓"疑",也只是希望之意,故而题目仍作"没蕃"。

白居易

草[1]

离离原上草[2],一岁一枯荣。野火烧不尽,春风吹又生。远芳侵古道[3],晴翠接荒城[4]。又送王孙去[5],萋萋满别情[6]。

1 题一作《赋得古原草送别》。
2 离离,草长垂貌。
3 远芳,指远处的草。
4 晴翠,指阳光下反射的碧草之色。晴,这里是清朗的意思。
5 王孙,这里指游子。《楚辞·招隐士》"王孙游兮不归,春草生兮萋萋"，《史记·淮阴侯列传》中漂母对韩信说的"吾哀王孙而进食"，都是游子意。参看卷七王维《送别》注。

6　萋萋，草盛貌，用上《招隐士》句意。

说明

旧传这是白氏十六岁时作，并有以此诗谒在长安的著作郎顾况，况为之延誉之说。实不可靠。因为白氏十六岁时在江南。

诗里的原上草，固有所指，但究竟指正面势力还是反面势力就难说。俞陛云《诗境浅说》中，就说"取喻本无确定"，也可能"喻小人去之不尽，如草之滋蔓，作者正有此意，亦未可知"。

杜牧

作者介绍

杜牧（803—853？），字牧之，京兆万年（今陕西西安市）人。文宗大和进士。为弘文馆校书郎。曾入江西、宣歙及淮南使府之幕。武宗时数为刺史。官终中书舍人。

他是宰相杜佑之孙，但少年时已很穷困。生平胸怀大志，又好谈兵，曾注《孙子》。刚直有奇节，曾指陈时政之弊，深忧藩镇的骄纵，吐蕃的侵扰，强调战备的重要。这些其实也是安史之乱以后有政治头脑的士大夫所同感的。

在晚唐诗人中，杜牧是有自己特色的一人。明媚流转，富有色泽，七绝尤有情致。他在《上知己文章启》中曾说："宝历（指唐敬宗）大起宫室，广声色，故作《阿房宫赋》。"即是有意识地借古讽今，这同样可适用于他的若干咏史吊古之作。这些诗的好处是含蓄而不艰涩，不把话说完，读者稍稍思索后，就觉得构思的巧妙。另外也有一些渲染声色、颓废轻薄的作品，如本书中的《赠别》之类，对后世起过不良影响。这主要固由于他自己行为上的放荡，但也与晚唐腐败的社会风气有关，后来他也有所愧悔，故而有"十年一觉扬州梦"之作。

旅宿

旅馆无良伴，凝情自悄然[1]。寒灯思旧事，断雁警愁眠[2]。远梦归侵晓[3]，家书到隔年。沧江好烟月[4]，门系钓鱼船。

1 悄然，这里是忧郁的意思。白居易《长恨歌》："夕殿萤飞思悄然。"
2 断雁，失群之雁。警，惊醒。
3 远梦句，意谓做梦做到侵晓时，才是归家之梦。家远梦亦远，恨梦归之时也甚短暂，与下句家书隔年方到，恨时间之久，相对而益增客愁。侵晓，破晓。
4 沧江，通"苍江"。

说明

由于离家久远，看到旅馆外的钓鱼船也可羡慕，因为人家的渔船就泊在家门口。

许浑

作者介绍

许浑，字用晦，润州丹阳（今属江苏）人。文宗大和进士。官监察御史，终睦州、郢州刺史。后抱病退居润州（今江苏镇江市）丁卯桥附近，辑录所作，因名诗集为《丁卯集》，其性也本爱山林。韦庄很推崇他，以"江南才子许浑诗，字字清新句句奇"称之。世人熟知之警句如"山雨欲来风满楼"即出浑手，但其诗凝炼而不甚深厚。

胡仔《苕溪渔隐丛话》卷二十四引《桐江诗话》："许浑集中佳句甚多，然多用水字，故国初士人云'许浑千首湿'是也。谓如洛中怀古诗云：'水声东去市朝变，山势北来宫殿高。'若其他诗无水字，则此句当无愧于作者。"

秋日赴阙题潼关驿楼[1]

红叶晚萧萧，长亭酒一瓢[2]。残云归太华[3]，疏雨过中条[4]。树色随关迥[5]，河声入海遥。帝乡明日到[6]，犹自梦渔樵。

1. 阙，宫门前的望楼。这里指都城长安。潼关，在今陕西潼关县。驿楼，供邮传人和官员旅宿的处所。
2. 长亭，古有"十里一长亭，五里一短亭"之说，常用作饯别处，后泛指路旁亭舍。瓢，原指剖瓠（葫芦）做成的舀水之器。
3. 太华（话 huà），华山，有别于山西南的少华，故名。在潼关西。
4. 中条，山名，在山西永济市，处太行山与华山之中，故名。在潼关东北。
5. 迥（窘 jiǒng），远。
6. 帝乡，指都城。

说明

三四两句写潼关的山川形势，雄浑苍茫，两联对仗又工整自然。末句所写，也符合作者爱林泉生活的志趣。

早秋[1]

遥夜泛清瑟[2]，西风生翠萝[3]。残萤栖玉露[4]，早雁拂金河[5]。高树晓还密[6]，远山晴更多[7]。淮南一叶下，自觉洞庭波[8]。

1. 早秋，初秋。
2. 泛，弹，犹流荡。晋《吴声歌》："黄丝哷素琴，泛弹弦不断。"李白《感兴八首》："泛瑟窥海月。"
3. 萝，泛指常自树梢悬垂的植物。
4. 玉露，白露。

5 拂，掠过。金河，秋天的银河。金，古代五行说以秋属金。
6 还密，尚未凋零。
7 远山句，意谓在明朗的阳光下更显得远山之多。
8 淮南两句，用《淮南子·说山训》"见一叶落而知岁暮"和《楚辞·九歌·湘夫人》"洞庭波兮木叶下"意。洞庭，洞庭湖，在今湖南北部。

说明

这是作者旅居时作。末两句写水波随晓风而起，补足早秋，便显得神清气足。

李商隐

蝉

本以高难饱，徒劳恨费声[1]。五更疏欲断[2]，一树碧无情[3]。薄宦梗犹泛[4]，故园芜已平[5]。烦君最相警[6]，我亦举家清[7]。

1 本以两句，古人误以为蝉是餐风饮露的。这里是说，既欲栖高处，自难以饱腹，虽带恨声，实也徒然。
2 疏欲断，疏落之声，几近断绝。
3 一树句，意谓蝉虽哀鸣，树却自呈苍润，像是无情相待。实是隐喻受人冷落，沈德潜说是"取题之神"。

4　薄宦，官卑职微。梗犹泛，用《战国策·齐策三》，土偶对桃梗语："今子东国之桃梗也，刻削子以为人，降雨下，淄水至，流子而去，则子漂漂者将何如耳。"又隋卢思道《听鸣蝉篇》有"讵念嫖姚（漂摇）嗟木梗"句。这里是自伤沦落意。
5　芜已平，荒芜到了没胫地步。
6　君，指蝉。
7　清，指操守。

说明

　　此诗起句为闻蝉而兴，末则以蝉自警。诗中的蝉，也便是作者自己的影子。

　　施补华《岘佣说诗》，举唐人诗之同一咏蝉为例，虞世南的"居高声自远，端不藉秋风"是清华人语，骆宾王的"露重飞难进，风多响易沉"是患难人语，商隐此诗是牢骚人语，虽皆得《三百篇》比兴之意，而比兴不同如此。

风雨

　　凄凉《宝剑篇》[1]，羁泊欲穷年[2]。黄叶仍风雨，青楼自管弦[3]。新知遭薄俗[4]，旧好隔良缘[5]。心断新丰酒[6]，消愁又几千[7]。

1　唐将郭震（元振），少有大志。武则天曾召见，索其文章，震乃上《宝剑篇》。

2 羁（基 jī）泊句，意谓终年漂泊。
3 黄叶两句，喻自己依然如风雨中的黄叶，豪富之家则歌舞取乐。青楼，富家的高楼。
4 新知句，虽有新知，但在薄俗中恐也难以久恃。
5 隔良缘，良缘因久疏而中断。
6 心断句，马周西游长安时，宿新丰旅店，店主人很冷淡，马周便要酒一斗八升，悠然独酌。后来唐太宗召与语，授监察御史。这里意思是说，不可能会像马周那样得到知遇了。心断，犹绝望。新丰，故址在今陕西临潼区东。
7 又，一作"斗"。几千，泛指酒资，非实数。

说明

此诗据《玉溪生年谱会笺》推为宣宗大中十一年（857）游江东时作，并以为新知旧好都有所指。诗中一开头即引《宝剑篇》，郭诗末有云："非直结交游侠子，亦曾亲近英雄人。何言中路遭弃捐，零落飘沦古岳边。虽复沉埋无所用，犹能夜夜气冲天。"实借郭诗以自伤沦落，故云"凄凉"。

落花

高阁客竟去[1]，小园花乱飞。参差连曲陌[2]，迢递送斜晖[3]。肠断未忍扫，眼穿仍欲归[4]。芳心向春尽[5]，所得是沾衣[6]。

1 高阁句，因花已落，故客人也离阁而去，不复赏玩。

2 参差(cēn cī),指花影的迷离,承上句乱飞意。曲陌,曲径。
3 迢递句,指落花在斜阳下回风迭舞。迢递,远貌。
4 眼穿句,意谓好容易望到春天,不想春天仍要回去。
5 芳心,指花,也指自己看花的心意。
6 沾衣,指流泪。

说明

此诗专咏落花,却又密结自己心事。末两句,实与卷六《无题》中的"春心莫共花争发,一寸相思一寸灰"而出入之。

凉思

客去波平槛[1],蝉休露满枝[2]。永怀当此节[3],倚立自移时[4]。北斗兼春远[5],南陵寓使迟[6]。天涯占梦数[7],疑误有新知[8]。

1 客去句,指当初分别时春水方涨。槛,栏杆。
2 蝉休句,指秋天。
3 永怀,长思。
4 倚立句,意谓今日重立槛前,时节已由春而秋。
5 北斗,指客所在之地。兼春远,和已逝的春天一样远。
6 南陵,在今安徽东南,汉曾置宣城县。指作者怀客之地。寓使,疑指传书的使者。寓,寄递。
7 天涯,极远的地方。占梦,卜问梦境。这里当是入梦的意思。

数（朔 shuò），屡次。
8　疑误句，错误地疑心友人已有新知而将自己忘了。

说明

当是在南陵时怀人之作。或因作者盼望对方来信，却迟迟未至，故疑有新知。真实的内容不详，但作者惟恐为人所弃的心情也隐然可见。

北青萝

残阳西入崦[1]，茅屋访孤僧。落叶人何在，寒云路几层[2]。独敲初夜磬[3]，闲倚一枝藤[4]。世界微尘里，吾宁爱与憎[5]？

1　崦（淹 yān），指日没的地方。
2　寒云句，指路径高而幽曲。
3　独敲，应孤僧。初夜，夜之初，指黄昏。磬，注见常建《破山寺后禅院》。
4　一枝藤，指诗中孤僧用的手杖。
5　世界两句，意谓大千世界既俱在微尘中，那末，我还有什么爱憎呢。《法华经》："譬如有经卷，书写三千大千世界事，全在微尘中。"宁，为什么。

说明

因为访的是孤僧，所以诗中也用"独敲""一枝""人何在"

等词眼。第七句的微尘,其实也与孤僧相照应。要说此诗有什么特色,那就是既单纯又多样统一,能够为主题创造出气氛。

温庭筠

作者介绍

温庭筠(813?—870?),字飞卿,原名岐。太原祁(今山西祁县)人。年轻时才思敏悟,每入试,押官韵作赋,于八叉手间就写成,故有"温八叉"之号,但行为放荡佻侻,出入歌楼妓院,"能逐弦吹之音,为侧艳之词"(《旧唐书》本传)。他的才华,多半消磨在这些生活中。又得罪权贵,其终身未中进士或与此有关。常为人代笔,以文为货。曾两为县尉,终于国子助教。

世以温李(商隐)并称,但温实不及李,或许因其行为有某些相似处,诗歌的倾向也有另一方面相通的地方。

他的诗,有的受六朝宫体的影响,用脂粉珠宝来装饰,然而也写出了"鸡声茅店月,人迹板桥霜"那样的句子,一些吊古咏史之作,如《过新年》《五丈原》《过陈琳墓》《蔡中郎坟》《苏武庙》等,则意气苍凉,曲达心事。本书中选的四篇,恰好代表了他的写景、吊古、闺情这三方面题材。

此外,他又是晚唐词的专业作者,其成就和影响都在诗之上,曾被称为"花间鼻祖",只是多在"鬓云欲度香腮雪"等所谓侧艳之词上下功夫。

送人东游[1]

荒戍落黄叶[2],浩然离故关[3]。高风汉阳渡,初日郢门山[4]。江上几人在[5],天涯孤棹还[6]。何当重相见[7],樽酒慰离颜[8]。

1 东游,一作"东归"。
2 荒戍,荒废的防地营垒。
3 浩然句,指远游之志甚坚。《孟子·公孙丑下》:"予然后浩然有归志。"旧注:"心浩浩有远志也。"
4 高风两句,喻船行之速,意谓帆挂高风而去,至日初出时便到郢门山了。高风,指高秋之风。汉阳渡,在今湖北武汉市汉阳区。郢门山,即荆门山,注见李白《渡荆门送别》。
5 江上句,意谓你到了那里时还剩下几个故人呢。引出下"孤棹还"。
6 天涯,天际。棹(照 zhào),船桨,也指船。
7 何当,犹何时。
8 樽酒,犹杯酒。樽,酒器。

说明

此诗和前面李商隐的《凉思》《北青萝》等,皆脱去温李秾艳之习,但浑厚就嫌不足,如此诗之起调固高,但通篇总觉缺少深意,结末尤平弱,这也是晚唐之有逊于盛唐。

前人论诗,很重结句,姜夔《白石诗说》即说"一篇全在尾句",严羽也说"结句好难得",谢榛《四溟诗话》云:"起句当如爆竹,骤响易彻;结句当如撞钟,清音有余。"

马戴

作者介绍

马戴,字虞臣。《唐才子传》作华州(今陕西华县)人。并云:"早耽幽趣,其乡里当名山秦几,一望黄埃赤日……结茅堂玉女洗头盆下,轩窗甚僻。"意思是结茅屋于华山玉女峰下。

武宗会昌进士。在太原幕府中因直言被贬龙阳尉,后逢赦回京。官终太学博士。前人很推崇他的律诗,严羽《沧浪诗话》说是在晚唐诸人之上。他与姚合友善,落第时姚合有赠诗,他也以诗答之,首两句云:"路歧人不见,尚得记心中。"写失意时的相知之感颇觉真切。

灞上秋居[1]

灞原风雨定,晚见雁行频。落叶他乡树[2],寒灯独夜人[3]。空园白露滴,孤壁野僧邻。寄卧郊扉久[4],何年致此身[5]。

1 灞上,古地名,即霸上,在今陕西西安市东,因地处霸水西高原上得名,故首句云灞原。
2 落叶句,意谓却不是故乡树上落下的叶子。
3 独夜,孤独之夜。
4 郊扉,犹郊居。扉,本指门。
5 致此身,意即以此身为国君尽力。《论语·学而》:"事君能致其身。"致,尽。

说明

三四两句，写落叶而在他乡，寒灯而在独夜，用俞陛云《诗境浅说》中的评语说，就是"凡用两层夹写法，则气厚而力透，不仅用之写客感也"。但这诗的缺点也是结句差，和整篇的气氛不相称。

楚江怀古[1]

露气寒光集，微阳下楚丘[2]。猿啼洞庭树[3]，人在木兰舟[4]。广泽生明月，苍山夹乱流[5]。云中君不见[6]，竟夕自悲秋。

1 楚江，这里指湘江。
2 楚丘，楚山。
3 洞庭，洞庭湖，在湖南北部，长江之南。
4 木兰舟，此因楚江而用《楚辞》中的木兰舟。木兰，小乔木，有微香。
5 广泽两句，意谓水阔故得早见明月，山多故乱流夹泻。
6 云中君，本《楚辞·九歌》篇名，为祭祀云神之作，此也因楚江而想到《九歌》。

说明

诗人身至楚江，正当微阳欲下，水阔山苍的混茫秋晚，而楚多才人，时值晚唐，更易起怀古悼往，自伤不遇之思。

张乔

作者介绍

张乔,池州(今安徽池州市贵池区)人。昭宗大顺时,京兆府解试月中桂诗,以"根非生下土,叶不坠秋风"句,遂擅场。后黄巢军起,乃隐居安徽九华山。

书边事

调角断清秋¹,征人倚戍楼²。春风对青冢³,白日落梁州⁴。大漠无兵阻,穷边有客游⁵。蕃情似此水⁶,长愿向南流。

1 调(吊 diào)角,犹吹角。角,军中所吹乐器。断,尽,占尽。
2 戍楼,有兵士驻防的城楼。
3 春风句,意谓时间虽已清秋,青冢上却还蒙受着春风。青冢(肿 zhǒng),指昭君墓,在今内蒙古呼和浩特市西南。传说塞外草白,昭君墓上草色独青。
4 梁州,唐梁州治所在今陕西南郑,非边地,当指凉州,在今甘肃境内,一度曾属吐蕃。曲名《凉州》,也有作《梁州》的。
5 穷边,犹绝塞。
6 蕃,指吐蕃,我国古代藏族建立的地方政权。此句喻蕃人之长欲南附。作者另有《再书边事》云:"羌戎不识干戈老,须贺今时圣主明。"亦此意。

说明

诗写作者游塞时所感。蕃情指蕃人的心情,但时值晚唐,故实是诗人自己的愿望,和第三句用典也相应。诗里的地名不一定是实指,只是说明作于边塞而已。

崔涂

作者介绍

崔涂,字礼山,《唐才子传》说是"家寄江南"。1978年版人民文学出版社《唐诗选》以其"旧业临秋光,何人在钓矶"及"试向富春江畔过,故园犹合有池台"句,推为今浙江桐庐、建德一带人。僖宗光启进士。壮客巴蜀,老游龙山,故也多写旅愁之作。其《春夕旅怀》的"胡蝶梦中家万里,杜鹃枝上月三更",颇为世传诵。

除夜有怀

迢递三巴路[1],羁危万里身[2]。乱山残雪夜,孤烛异乡人[3]。渐与骨肉远,转于僮仆亲[4]。那堪正飘泊,明日岁华新[5]。

1 迢递,遥远貌。三巴,指巴郡、巴东、巴西,都在今四川东部。
2　羁危，指漂泊于三巴的艰险之地。
3　孤烛，烛下独处。
4　转于，反与。
5　岁华，年华。

说明

　　三四两句，和马戴的"落叶他乡树，寒灯独夜人"同工，也是用两层夹写法，也即加一倍写法。

　　五句切"孤独人"，六句是孤独中幸喜还有僮仆相亲，替雪中的除夕添了一点温情。

孤雁

　　几行归塞尽，念尔独何之[1]。暮雨相呼失[2]，寒塘欲下迟[3]。渚云低暗度[4]，关月冷相随。未必逢矰缴，孤飞自可疑[5]。

1　几行两句，指失群之雁。意谓同飞的几行全已回到塞上了，你却飞往哪里呢。尔，你。之，往。
2　失，失群。
3　寒塘句，指孤雁盘旋空中，孤踪自怯，故欲下又不敢下。纪昀评此两句云："相呼则不孤矣，三句有病。寒塘句不言孤而是孤，不言雁而是雁，此为句外传神。"按，所谓"相呼失"，应是一阵暮雨中，惊散了雁伴，要想唤呼时已感失群了。

4　渚（主zhǔ）云句，指孤雁飞度渚上很低的浮云，反衬飞得高。渚，水中的小洲。
5　未必两句，意谓孤飞虽不一定丧生，失群毕竟可以疑惧。矰，短箭。缴（酌zhuó），系在箭上的丝绳。后也以矰缴比喻伤人之物。

说明

　　五六两句，写飞途中相随者惟渚云关月，仍是形容雁之孤单无依。末句暗喻客子畏旅途之多不测，故此诗实为赋而兼比。

杜荀鹤

作者介绍

　　杜荀鹤（846—907），字彦之，自号九华山人。池州石埭（今属安徽）人。出身寒微，中年始中进士，仍未授官，乃返乡闲居。曾以诗颂扬朱温，后朱温取唐建梁，任以翰林学士，知制诰，故入《梁书》。

　　他以"诗旨未能忘救物"（《自叙》）自期，故而对晚唐的混乱黑暗，以及人民由此而深受的苦痛，颇多反映。如山中寡妇的避征无门；《旅泊遇郡中叛乱示同志》中官兵的遍搜珠宝，乱杀平民，甚至拆古寺，掘荒坟；《再经胡城县》中酷吏的残忍，县民的含冤，都是这一时期社会生活的真实写照。其诗也明白平易，且都是近体诗,但也失之浅率,不甚耐读。他自称"苦吟",从技巧上说,未必如此。《沧浪诗话》将他列为一体,翁方纲不以为然,在《石洲诗话》中说:"咸通十哲,概乏风骨……杜荀鹤至令严沧浪目为一体,亦殊浅易。"《苕溪渔隐丛话》引《幕府燕闲录》,也谓鄙俚浅俗,惟宫词为唐第一,故而这里就选了《春宫怨》。

春宫怨

早被婵娟误,欲妆临镜慵[1]。承恩不在貌,教妾若为容[2]?风暖鸟声碎[3],日高花影重[4]。年年越溪女,相忆采芙蓉[5]。

1 早被两句,意谓当初因貌美而选入宫中,结果却得不到宠爱,因此连妆镜也懒得照了。婵娟,形态美好貌。误,贻误。慵,懒。
2 教,使。妾,古代妇女自称。若为容,又教我怎样饰容取宠呢。若,怎样。此句反用司马迁报任安书"女为悦己者容"意。
3 风暖句,天寒鸟多噤,风暖则啼声繁碎。
4 日高,指正午。重,浓密。
5 年年两句,是用西施典故,越溪女,这里指西施在浣纱溪时的女伴。芙蓉,指荷花。两句意谓,倒是当时的越溪女伴。还在深情地怀念着和她同采芙蓉之乐。这是从越溪女伴这一边说,使怨情宛转而出,所以纪昀说:"结句妙于对面着笔,便有多少微婉。"

说明

此诗欧阳修《六一诗话》说是周朴作,胡仔《苕溪渔隐丛话》卷二十三断为杜荀鹤作,并云:"故谚云:杜诗三百首,惟在一联中,'风暖鸟声碎,日高花影重'是也。"

此诗实也含有自叹无人赏识意。

韦庄

作者介绍

韦庄(836?—910),字端己,长安杜陵(今陕西西安市)人。宰相韦见素之后,屡试不第,诗中自称家贫,年轻时却生活放荡。黄巢起义军入长安,他适因应举关系而留在城中,曾写成长诗《秦妇吟》。诗中显露出他对黄巢军的仇视态度,但也抒写了官兵对人民的残酷洗劫,有其认识价值。后曾到大江南北,故有"往来千里路长在,聚散十年人不同"(《关河道中》)句。最后入蜀依附王建为记室。据《唐诗纪事》,当时有县令扰民,他为王建草牒,中有"正当凋瘵之秋,好安凋瘵;勿使疮痍之后,复作疮痍"语,颇为人传诵。又续姚合《极玄集》而成《又玄集》,修葺浣花溪畔杜甫旧居。王建即位,任为宰相。因颇赏杜甫"白沙翠竹江村暮,相送柴门月色新"诗,故殁葬于白沙。

他的七绝,色泽明淡和谐,音节也好,但多个人的哀音。

他又是一个词人,从晚唐到五代,他是身兼两个时期、两个方面的作者。

章台夜思[1]

清瑟怨遥夜[2],绕弦风雨哀。孤灯闻楚角[3],残月下章台。芳草已云暮,故人殊未来[4]。乡书不可寄[5],秋雁又南回。

1 章台,汉长安章台下街名,这里指长安。按:此注重版附记有所修正。请参四六五——四六九页。
2 瑟,弦乐器。
3 楚角,作楚地音调的角声,形容其悲凉。此注也参见重版附记。
4 殊,绝。
5 乡书,指家书。

说明
　　这诗当是寄给在越中的家属。这时正值黄巢军在长安,故末两句的意思是,秋雁虽已南回,家书却不能寄,因古人有雁足传书之说(见《汉书·苏武传》)。

僧皎然

作者介绍
　　皎然,俗姓谢,字清昼。长城(今浙江长兴县)人,自称谢灵运之后。与陆羽同居吴兴杼山妙喜寺,曾以诗见韦应物。应物赠诗云："吴兴（长城属吴兴郡）老释子，野雪盖精庐。诗名徒自振，道心常晏如……茂苑（指今苏州）文华地，流水古僧居。"则他还住过苏州。其诗清淡自然，多写幽境，自和他生活有关。曾著《诗式》五卷，强调高玄，崇尚"貌逸神王，杳不可羁"，也即他创作的主旨，对后来司空图、严羽论诗也有影响。

叶梦得《石林诗话》，说唐诗僧"中间皎然最为杰出，故其诗十卷独全，亦无甚过人者"。

寻陆鸿渐不遇 [1]

移家虽带郭[2]，野径入桑麻。近种篱边菊，秋来未著花。扣门无犬吠[3]，欲去问西家[4]。报道山中去，归来每日斜。

1 陆鸿渐，陆羽，竟陵（今湖北天门市）人，曾授太子文学，不就。后隐居苕溪。著有《茶经》。
2 带，近。郭，泛指城墙。意谓地处城乡之间。
3 扣门，叩门。
4 欲去句，还想碰到他，所以到西面邻居那里问问行踪。

说明

作者另有一首五律，也是访陆羽，也不讲对仗。唐人五律，间有此格，如本书中李白的《夜泊牛渚怀古》，是其一例。

卷六 七言律诗

崔颢

作者介绍

崔颢（？—754），汴州（今河南开封市）人。开元进士，官终尚书司勋员外郎。殷璠说他"年少为诗，名陷轻薄"。《旧唐书》本传记他献诗李邕，首章为"十五嫁王昌"，遂为李邕斥去。后至塞上，诗风也起变化，写军旅生活，苍凉跌宕，风骨清劲。又曾折狱定襄（在今山西），自谓"我来折此狱，五听辨疑似。小大必以情，未尝施鞭箠"。其《霍将军》诗当是借史事以讽当时炙手可热的外戚。

黄鹤楼[1]

昔人已乘黄鹤去[2]，此地空余黄鹤楼。黄鹤一去不复返，白云千载空悠悠。晴川历历汉阳树[3]，芳草萋萋鹦鹉洲[4]。日暮乡关何处是，烟波江上使人愁。

1 黄鹤楼，注见卷二《庐山谣寄卢侍御虚舟》。
2 昔人，指传说中的仙人。黄鹤，一作"白云"。
3 晴川两句，写隔江所望景物。历历，分明貌。汉阳，指今武汉市汉阳区一带，在汉水南面，晋之沌阳县。
4 萋萋，草盛貌。鹦鹉洲，在今武汉市西南长江中，相传因东汉祢衡曾在此作《鹦鹉赋》而得名，后因江水冲刷，屡被浸没，今鹦鹉洲已非宋以前故址。

说明

此诗极为历来推崇，严羽且称为唐人律诗第一，所以本卷七律也放在首篇。据《唐才子传》，李白登此楼曰："眼前有景道不得，崔颢题诗在上头。"无作而去，为哲匠敛手云。后白所作《登金陵凤凰台》《鹦鹉洲》皆模拟此诗。此亦传说如此。

全诗写望云思仙，而仙不可知，时当日暮，于是江上烟波，益切乡关之思。三四两句，似对非对，且上句连用六仄，下句连用五平，作者写时当是信手而就，一气呵成，读来依然音节浏亮，并不拗口，李白不喜俳偶，故也特爱此诗。

俞陛云《诗境浅说》云："乾隆时黄仲则（景仁）自负清才，有句云'坐来云我共悠悠'，为时传诵，亦好在托想空灵，就崔之白云悠悠句加以我字，遂用古入化，然不能越崔之诗境外也。"

行经华阴[1]

岩峣太华俯咸京[2]，天外三峰削不成[3]。武帝祠前云欲散，仙人掌上雨初晴[4]。河山北枕秦关险[5]，驿路西连汉畤平[6]。借问路旁名利客，何如此地学长生。

1 华（化 huà）阴，今属陕西。华山之北。山北曰阴。
2 岩（条 tiáo）峣（遥 yáo），高峻貌。太华，华山，有别于山西南的少华，故名。在潼关西。咸京，今陕西咸阳市，曾为秦京城，故名。

3　天外，喻高远。三峰，指莲花、明星、玉女，华山最著名的三峰。削不成，指非人力能削成。《山海经·西山经》："太华之山，削成而四方，其高五千仞，其广十里。"这里反用其意。但《山海经》原文的削成之削，实为陡峭意。

4　武帝祠，指巨灵祠。汉武帝登华山顶的仙人掌峰，筑巨灵河神祠。相传巨灵神将华山手擘足蹋，分为太华、少华，使河水不致曲行，留下掌足之迹。实是五崖而如掌形。

5　枕，靠着。秦关，指函谷关，因系战国时秦所置。故址在今河南灵宝市东北。

6　驿路，这里指交通要路。驿，本指供邮传人和官员旅宿的处所。汉畤，在今陕西凤翔南。畤，帝王祭天地五帝之祠。

说明

以对仗、平仄而论（三四两句也写出气象），此诗自胜过《黄鹤楼》，但《黄鹤楼》的享名却大大超过此诗，就因气魄意境远非此诗所及。

祖咏

作者介绍

祖咏，洛阳（今属河南）人。开元进士。和王维相交三十年，维赠诗有"贫病子既深,契阔余不浅"语。大概是个流落失意的人,后隐居汝水间。其《汝坟别业》有云:"失路农为业,移家到汝坟。"殷璠《河岳英灵集》评其诗"剪刻省静,用思尤苦,气虽不高,调颇凌俗"。

望蓟门[1]

燕台一去客心惊[2],笳鼓喧喧汉将营[3]。万里寒光生积雪[4],三边曙色动危旌[5]。沙场烽火侵胡月[6],海畔云山拥蓟城[7]。少小虽非投笔吏[8],论功还欲请长缨[9]。

1 蓟门,蓟门关,在今北京市德胜门外,当时边防要地。
2 燕台,注见卷二陈子昂《登幽州台歌》。一去,一作"一望"。
3 汉将营,实指安禄山营,蓟门当时是他根据地。
4 生积雪,生于积雪。
5 三边,汉幽、并、凉三州,其地皆在边疆,后即泛指边地。危旌,高扬的旗帜。
6 沙场句,意谓战火之光,直逼边塞之月。喻战事激烈。烽火,本指边地烧柴报警之火。
7 蓟城,即蓟门。
8 投笔吏,汉班超家贫,常为官府抄书以谋生,曾投笔叹曰:"大丈夫当立功异域以取封侯,安能久事笔砚间。"后终以功封定远侯。
9 论功,指论功行封。请长缨,汉终军曾自向汉武帝请求,"愿受长缨，必羁南越王而致之阙下。"后被南越相所杀，年仅二十余。缨，绳。

说明

两联写景雄丽，只是末用典嫌熟滥。

崔曙

作者介绍

崔曙，开元二十三年（735）进士状头（状元）。《国秀集》所录曙诗，题作"河内尉"。其《送薛据之宋州》云："我生早孤贱，沦落居此州。风土至今忆，山河皆昔游。一从文章事，两京春复秋。"又有《早发交崖山还太室》《嵩山寻冯炼师不遇》等作。从这些诗看来，大概他曾往来于两京，寄家于宋州（治所在今河南商丘市南），隐居于嵩山。官止一尉，时间不长。

马茂元先生曾作《唐诗札丛》一文（《中华文史论丛》1979年第四辑），中有《李颀里贯仕履辨证》，以为《全唐诗》谓颀"东川人"，此东川即颀《不调归东川别业》之东川，非指蜀东，也即在颍阳。甚是。崔曙也有《颍阳东溪怀古》诗，此东溪当即李颀诗中之东川。似可为马说补证。

颍阳今镇名，在今河南登封西。

九日登望仙台呈刘明府[1]

汉文皇帝有高台,此日登临曙色开。三晋云山皆北向[2],二陵风雨自东来[3]。关门令尹谁能识[4],河上仙翁去不回。且欲近寻彭泽宰[5],陶然共醉菊花杯[6]。

1 《国秀集》题作《九日登望仙台仍呈刘明府容》。九日,指重阳日,旧俗有登高赏菊之举。参见王维《九月九日忆山东兄弟》。望仙台,河上公曾授汉文帝以《老子》而去,失所在。后文帝于西山筑台以望之,曰望仙台。据《太平寰宇记》,台在陕州三门峡市陕州区西南。相传后汉费长房曾教桓景于九月九日登高避灾,这里也是以此切"望仙"。明府,唐人对县令之尊称。

2 三晋,战国时韩、魏、赵三家分晋,号三晋。今属山西、河南、河北地。

3 二陵,殽山分南北两山(二陵),相距三十五里。山在今河南洛宁县北,西北接三门峡市陕州区。《左传·僖公三十二年》:"殽有二陵焉,其南陵,夏后皋之墓也;其北陵,文王之所避风雨也。"

4 关门句,老子至关,关令尹(名喜)留老子著书,乃成书五千言,关尹也随他而去。诗中的关指函谷关。杜甫《秋兴》:"东来紫气满函关。"

5 且欲两句,陶潜辞去彭泽令后,于九月九日无酒,至宅边菊丛中久坐,逢王弘送酒至,乃醉而后归。见《南史·隐逸传》。宰,指地方官,这里比刘明府。

6 陶然,酣畅貌。

说明

　　此诗作于重九日,登高地点在望仙台,登高之俗又与神仙的传说有关,投赠对象为县令。故全诗即围绕这三点。所谓"一气转合,就题有法"。三四两句,意境开阔,是盛唐诗。结句则归结到刘明府,意谓也不必远求神仙,且就近寻刘明府一同饮酒吧。

李颀

送魏万之京[1]

　　朝闻游子唱离歌,昨夜微霜初度河[2]。鸿雁不堪愁里听,云山况是客中过[3]。关城曙色催寒近,御苑砧声向晚多[4]。莫是长安行乐处[5],空令岁月易蹉跎[6]。

1　魏万,又名颢,天宝、大历间诗人,居王屋山,曾编次李白诗文为《李翰林集》,并作序,李白也有《送王屋山人魏万诗》。之,往。
2　朝闻两句,意谓昨夜微霜初下,今早游子渡河。
3　况是,意即"更不堪"。
4　关城两句,想象中的魏万抵京后的气候与景物。关,指潼关。曙色,一作"树色"。近,近身。御苑,皇帝的园林,借指京城。砧(针zhēn)声,捣衣声,喻秋已深。古代捣衣皆在秋晚。
5　莫是,一作"莫见"。长安,唐京城,今陕西西安市。
6　蹉跎,枉度。

说明

魏万对李颀是后辈诗人，诗的末两句，也可能有对后辈殷勤叮嘱之意。

诗中朝、曙、晚、夜四字重用，胡应麟云："惟其诗工，故读之不觉，然一经点勘，即为白璧之瑕，初学首所当戒。"（见《诗薮》内编卷五）

李白

登金陵凤凰台[1]

凤凰台上凤凰游，凤去台空江自流。吴宫花草埋幽径[2]，晋代衣冠成古丘[3]。三山半落青天外[4]，二水中分白鹭洲[5]。总为浮云能蔽日[6]，长安不见使人愁[7]。

1 金陵，今江苏南京市。战国时楚曾置金陵邑。凤凰台，故址在南京凤台山。相传刘宋元嘉间有异鸟集于山，当时被看作凤凰，遂筑此台。

2 吴宫，三国时孙吴曾于金陵建都筑宫。

3 晋代，指东晋，南渡后也建都于金陵。衣冠，指当时名门世族。成古丘，意谓这些人物今已剩下一堆古墓了。

4 三山，山名。在南京西南长江边上。因三峰并列，南北相连，故名。半落青天外，形容其远，看不大清楚。

5 二水,一作"一水"。秦淮河流经南京后,西入长江,白鹭洲横其间,乃分为二支。白鹭洲,古代长江中沙洲,在南京水西门外,因多聚白鹭而得名。
6 浮云蔽日,喻奸邪之障蔽贤良。汉陆贾《新语·慎微篇》:"邪臣之蔽贤,犹浮云之障日月也。"《古诗十九首》:"浮云蔽白日,游子不顾返。"
7 长安,今陕西西安市,唐都城。高步瀛云:"太白此诗全摹崔颢《黄鹤楼》而终不及崔诗之超妙,惟结句用意似胜。"

说明

当是上元二年(761)作,也即逝世前一年。于怀古之中隐寓伤时之意。

旧说李白看了崔颢《登黄鹤楼》诗,便作本诗以较胜负,计有功《唐诗纪事》以为"恐不然"。方回《瀛奎律髓》说李诗与崔诗相似,"格律气势未易甲乙"。纪昀却不同意方说:"气魄远逊崔诗,云未易甲乙,误也。"又说:"太白不以七律见长,如此种俱非佳处。"本书的七律部分,杜诗选了十三首,李诗就只这一首,同时也可以使读者有所对照。

高适

送李少府贬峡中王少府贬长沙[1]

嗟君此别意何如,驻马衔杯问谪居[2]。巫峡啼猿数行泪[3],

衡阳归雁几封书⁴。青枫江上秋帆远⁵，白帝城边古木疏⁶。圣代即今多雨露⁷，暂时分手莫踌躇⁸。

1　少府，注见王昌龄《同从弟南斋玩月忆山阴崔少府》。峡中，泛指今四川东部。长沙，今属湖南。
2　谪居，贬官的地方，冒下四句。
3　巫峡，在今重庆巫山县东。古民歌："巴东三峡巫峡长，猿鸣三声泪沾裳。"并参见卷八李白《下江陵》注。
4　衡阳，今属湖南。相传每年秋天，北方的南飞之雁，至衡阳的回雁峰，便折回北方。王勃《滕王阁序》："雁阵惊寒，声断衡阳之浦。"又相传雁能传书。这是由长沙想到衡阳，意思要王少府至长沙后多写信来。
5　青枫江，在长沙。
6　白帝城，注见卷三杜甫《观公孙大娘弟子舞剑器行》。
7　圣代，当代的美称。雨露，喻朝廷的恩意，暗示二人不久可获升迁。
8　踌躇，这里是烦恼的意思。

说明

这诗是送人贬官之作，所以诗一开头就用了个"嗟"字，末两句是安慰，也是对贬官落第者习用的话。

全诗八句，却连用四个地名。四语一意，故叶燮、沈德潜都觉得是一种缺点。

近承周勋初先生相告，此诗当为至德三载（758）作，地点在洛阳，即任太子少詹事时。

岑参

和贾至舍人早朝大明宫之作[1]

鸡鸣紫陌曙光寒[2],莺啭皇州春色阑[3]。金阙晓钟开万户[4],玉阶仙仗拥千官[5]。花迎剑佩星初落[6],柳拂旌旗露未干。独有凤凰池上客[7],《阳春》一曲和皆难[8]。

1 和,这里指以诗相酬答。胡震亨《唐音癸签》卷三云:"盛唐人和诗不和韵,晚唐人至有次韵者。"故贾至原诗用的韵,与岑参、王维、杜甫和诗用的韵各不相同。贾至,字幼邻,洛阳人,天宝末为中书舍人。安禄山之乱,从玄宗奔蜀。肃宗即位于灵武,玄宗命他撰传位册文。中书舍人任草拟诏旨之职,以有文学资望者充任。大明宫,即蓬莱宫,唐东内,因宫后有蓬莱池,故名。与西内太极宫,南内兴庆宫更迭受朝,但大明宫次数最多。
2 紫陌,京都的道路。
3 啭,鸟的宛转啼声。皇州,帝都,指长安。阑,尽。
4 金阙,犹金殿。阙,宫门前的望楼。万户,指宫门。
5 仙仗,指皇帝的仪仗。
6 剑佩,有饰物的宝剑,也是朝会时的仪仗。
7 凤凰池,也称凤池,指中书省。
8 《阳春》一曲,宋玉《对楚王问》:"其为《阳春》《白雪》,国中属而和者不过数十人。"后以比喻艺虽高而领会者不多的作品。上句的"凤凰池上客"指贾至本人,这句的《阳春》

一曲指贾至原诗。从第一句到第六句,都是围绕着早朝而写,到七、八两句,忽说到"凤凰池"云云,如纪昀所说:"五六句方说晓景,末二句如何突接,究觉仓皇少绪。"

说明

三首和诗,前人也有以为岑、王不相上下,施补华则以岑参为第一,"摩诘'九天阊阖'一联失之廓落(空虚),少陵'九重春色醉仙桃'更不妥矣,诗有一日短长,虽大手笔不免也"。(《岘佣说诗》)本书中所以只选岑、王二家。

王维

和贾至舍人早朝大明宫之作

绛帻鸡人报晓筹[1],尚衣方进翠云裘[2]。九天阊阖开宫殿[3],万国衣冠拜冕旒[4]。日色才临仙掌动[5],香烟欲傍衮龙浮[6]。朝罢须裁五色诏[7],佩声归到凤池头[8]。

1　绛帻(责zé),用红布包头似鸡冠状。鸡人,古代宫中,于天将亮时,有头戴红巾的卫士,于朱雀门外高声喊叫,好像鸡鸣,以警百官,故名鸡人。晓筹,即更筹,夜间计时的竹签。
2　尚衣,官名。隋唐有尚衣局,掌管皇帝的衣服。翠云裘,饰

3　有绿色云纹的皮衣。
3　九天，本指天，这里指皇帝所居，犹九重。阊阖，本是神话中的天门，这里指宫门。
4　衣冠，指文武百官。冕旒，古代帝王、诸侯及卿大夫的礼冠。旒，冠前后悬垂的玉串，天子之冕十二旒。这里指皇帝。
5　仙掌，掌为掌扇之掌，也即障扇，宫中的一种仪仗，用以蔽日障风。
6　香烟，这里是和贾至原诗"衣冠身惹御炉香"意。衮龙，犹卷龙，指皇帝的龙袍。《礼记·礼器》："礼有以文为贵者，天子龙衮。"浮，指袍上锦绣光泽的闪动。
7　五色诏，用五色纸所写的诏书。
8　佩，身上佩带的饰物。凤池，凤凰池，注见岑参和作。这两句归结到贾至的原作，也就是和意而不和韵。

说明

据赵殿成注，肃宗乾元元年时（758），贾至为中书舍人，是年六月，杜甫贬华州司功参军，"则此诗之唱和，正在乾元元年戊戌之春中也"。

施闰章《蠖斋诗话》引毛大可（奇龄）说，谓杜诗"'春色仙桃'，语既近俗，即'日暖龙蛇''风微燕雀'，并非早朝所见。五六遽言'朝罢'，殊少次第，故当远让王、岑。然王作气象压岑，而衣字犯重，末又微拗，推岑作独步矣。"下又引《紫桃轩杂缀》，则以为贾、王、岑三作皆不及杜作。按，王诗不仅衣字犯重，下面的"衮龙浮"也嫌"复衍"。

方回又从另一角度来评论："四人早朝之作俱伟丽可喜，不但东坡所赏子美'龙蛇''燕雀'一联也。然京师喋血之后,疮痍未复,四人虽夸美朝仪,不已泰(未免过分)乎。"方回之意,诗人要关心的应该是遍地的疮痍,也即歌颂还要和当时的现实生活相结合。

为了便于对照参考,特将贾至原作与杜甫和作附录于后。

附:贾至《早朝大明宫》

银烛朝天紫陌长,禁城春色晓苍苍。千条弱柳垂青琐,百啭流莺满建章。剑佩声随玉墀步,衣冠身染御炉香。共沐恩波凤池里,朝朝染翰侍君王。

杜甫《和贾至舍人早朝大明宫》

五夜漏声催晓箭,九重春色醉仙桃。旌旗日暖龙蛇动,宫殿风微燕雀高。朝罢香烟携满袖,诗成珠玉在挥毫。欲知世掌丝纶美,池上于今有凤毛。

奉和圣制从蓬莱向兴庆阁道中留春雨中春望之作应制[1]

渭水自萦秦塞曲[2],黄山旧绕汉宫斜[3]。銮舆迥出千门柳[4],阁道回看上苑花[5]。云里帝城双凤阙[6],雨中春树万人家。为乘阳气行时令[7],不是宸游玩物华[8]。

1. 圣制，指皇帝所作的诗。蓬莱，宫名，注见岑参《和贾至早朝大明宫》。兴庆，宫名，据《雍录》，宫在长安城东南角，故又号南内。旧址为隆庆坊，本玄宗为皇子时旧宅，玄宗即位，始置为宫，因避其名隆基讳改兴庆。自大明宫夹东罗城阁道可达曲江。阁道，即复道，高楼间架空的通道。留春，留为留连之留。应制，侍从皇帝时奉命应和之作。制，皇帝的命令。
2. 渭水，即渭河，黄河最大支流，在陕西中部。秦塞，犹秦野。塞，一作"甸"。这一带古时本为秦地。
3. 黄山，黄麓山，在今陕西兴平市北。汉宫，也指唐宫。
4. 銮舆，皇帝的乘舆。迥（窘 jiǒng）出，远出。千门，指宫内的重重门户。意谓銮舆穿过垂柳夹道的重重宫门而出。
5. 上苑，泛指皇家的园林。
6. 双凤阙，汉代建章宫有凤阙，这里泛指皇宫中的楼观。阙，宫门前的望楼。
7. 阳气，指春气。
8. 宸游，指皇帝出游。宸，北辰所居，借指皇帝居处，后又引伸为帝王的代称。物华，美好的景物。两句意谓，皇帝本为乘此顺应时令，随阳气而宣导万物，并非只为赏玩美景。唐汝询说："唐人应制，俱尚虚词，独此一联，有规讽意。"

说明

　　开头两句，以山川定长安宫阙的方位，并借渭水、黄山点明本秦、汉形胜之地，五六两句写"帝城"气象，结末是颂扬，也是应制诗的通例。后来应试的士子们做的诗，就是应制诗的承袭，编选者的目的，也许让当时考生们得以揣摹借鉴，虽然这首诗本身还是写得好的。

积雨辋川庄作[1]

积雨空林烟火迟[2],蒸藜炊黍饷东菑[3]。漠漠水田飞白鹭[4],阴阴夏木啭黄鹂[5]。山中习静观朝槿[6],松下清斋折露葵[7]。野老与人争席罢[8],海鸥何事更相疑[9]?

1 一作《秋归辋川庄作》。积雨,久雨。辋川,注见卷五《辋川闲居赠裴秀才迪》。庄,山庄,即别墅。
2 空林,疏林。烟火迟,因久雨林野润湿,故烟火缓升。
3 藜,这里指蔬菜。黍,这里指饭食。饷,致送。东菑(资 zī),指东边田地上的农人。菑,本指初耕的田地,这里泛指田亩。
4 漠漠,密布貌。
5 夏木,高大的树木,犹乔木。夏,大。啭,鸟的宛转啼声。黄鹂,黄莺。
6 山中句,意谓深居山中,望着槿花的开落以修养宁静之性。槿(紧 jǐn),也叫蕣,落叶灌木,其花早开晚谢。郭璞《游仙诗》也说"蕣荣不终朝",故以此悟人生荣枯无常之理。
7 清斋,这里是素食的意思。露葵,经霜的葵菜。葵为古代重要蔬菜,有"百菜之主"之称。《旧唐书·王维传》说:"维弟(王缙)兄俱奉佛,居常蔬食,不茹荤血,晚年长斋,不衣文采。"此诗也是他晚年生活的自我写照。
8 野老,指作者自己。争席,犹争位,见《庄子·寓言》。争席罢,是说自己已经退隐,也就与世无争。
9 海鸥句,古时海上有好鸥者,每日从鸥鸟游,鸥鸟至者以百数。其父曰:"吾闻鸥鸟皆从汝游,汝取来吾玩之。"明日至海上,鸥鸟舞而不下。见《列子·黄帝篇》。此句实借海鸟以喻人事。

说明

这首诗有一宗公案。唐李肇《国史补》云:"维有诗名,然好取人文章嘉句……'漠漠水田飞白鹭,阴阴夏木啭黄鹂',李嘉祐诗也。"根据其他记载,李之原诗实为五言,即"水田飞白鹭,夏木啭黄鹂"。但宋人所见李集无此诗,且李是中唐大历时人,王是盛唐人,如果说是袭取,也应是李袭王诗。这里且撇开谁袭取谁这一点,只就两诗一对照,即觉得有此四字,才给读者带来积雨中的秋郊景色,正如叶梦得《石林诗话》所说:"此两句好处正好添'漠漠''阴阴'四字,此乃摩诘为嘉祐点化以自见其妙,如李光弼将郭子仪军,一号令之,精采数倍。"不过,叶氏还是相信《国史补》的话是可靠的。

赠郭给事[1]

洞门高阁霭余晖[2],桃李阴阴柳絮飞[3]。禁里疏钟官舍晚[4],省中啼鸟吏人稀[5]。晨摇玉佩趋金殿[6],夕奉天书拜琐闱[7]。强欲从君无那老[8],将因卧病解朝衣[9]。

1 赠,一作"酬"。给事,即给事中,门下省的要职。凡制敕有不宜于颁行的,得封还驳正。
2 洞门,重重相对而相通的门。霭(蔼 ǎi),凝集。
3 桃李,指门生及后辈。
4 禁里,禁中,指宫中。宫中禁卫森严,故曰禁。

5　省,指门下省。
6　玉佩,身上佩带的玉制饰物。这句指入宫上朝。趋,小步而行,表示恭敬。
7　奉,"捧"的本字。天书,皇帝的诏令。琐闱,有雕饰的门,指宫门。琐,门窗上的连环形花纹。这句指退朝宣达诏书。
8　强欲从君,虽想勉强追随您。君,指郭给事。无那,无奈。
9　解朝衣,辞职。

说明

　　这一首也是应酬性的诗。一二两句,比喻郭给事官高位尊,门生显达。三四两句,是说郭给事居官时清廉闲静,故吏人稀少,省中可闻啼鸟,由此并见得讼事不多,时世清平。顾璘说"右丞善作富丽语",也是他山水诗外的另一特色。施补华也说:"摩诘七律,有高华一体,有清远一体,皆可效法。"

杜甫

蜀相[1]

　　丞相祠堂何处寻,锦官城外柏森森[2]。映阶碧草自春色[3],隔叶黄鹂空好音[4]。三顾频烦天下计[5],两朝开济老臣心[6]。出师未捷身先死[7],长使英雄泪满襟。

1 蜀相,诸葛亮于蜀汉章武元年(221)任丞相。
2 锦官城,指成都。见李白《蜀道难》注。
3 自春色,自呈春色。
4 黄鹂,黄莺。空好音,空有好音。仇兆鳌云:"何逊《行孙氏陵诗》:山莺空树响,垄月自秋晖。'空'字'自'字,不胜寥落之感。此诗即用其意。"
5 三顾,诸葛亮隐居隆中(山名,在今湖北襄阳市西)时,刘备曾三次访问。频烦,同频繁,形容三顾。
6 两朝,指先主刘备、后主刘禅两朝。开,指佐先主刘备开国。济,指助后主刘禅继业。
7 出师句,蜀汉建兴十二年(234),诸葛亮出师伐魏,据五丈原(在今陕西眉县西南),与魏司马懿对峙于渭水百余日。同年八月,病死军中。

说明

约在肃宗上元元年(760)初到成都时作。祠为晋时李雄所建。诸葛亮死时年仅五十四岁。最末两句,实也概括了历来有志未酬的英雄们悲愤心情,如宋代名将宗泽临死时,即诵此二语。此诗确也写出了美学上的崇高境界。

客至

舍南舍北皆春水¹,但见群鸥日日来²。花径不曾缘客扫³,蓬门今始为君开⁴。盘飧市远无兼味⁵,樽酒家贫只旧醅⁶。肯与邻翁相对饮⁷？隔篱呼取尽余杯⁸。

1 舍,指家。
2 但见句,意谓平时生活只与水鸟相亲。古又有鸥鹭忘机之说。但见,只见。
3 花径句,言草堂初成,还不曾为来客打扫过花径。古人以却扫为不再迎客,故扫径表示迎客之诚。缘,因为。
4 蓬门句,连上句为互文见义,即花径今始缘君扫,蓬门不曾为客开。喻来客稀少。蓬门,茅屋的门。
5 盘飧(孙 sūn),泛指菜肴。飧,本指熟菜。市远,离市集远。兼味,几种食品。
6 樽,酒器。旧醅,隔年的陈酒。
7 肯,能否允许。这是向客人征询。
8 取,助词。余杯,余下来的酒。

说明

此诗有作者自注:"喜崔明府相过。"明府是对县令的尊称,故下有"肯与邻翁"云云,表示不敢随便邀来。

此诗的特点是自然浑成,一线相接。也使人想起《又呈吴郎》中对邻妇的态度,都见得杜甫为人之诚朴厚道。

野望

西山白雪三城戍¹,南浦清江万里桥²。海内风尘诸弟隔³,天涯涕泪一身遥⁴。惟将迟暮供多病⁵,未有涓埃答圣朝⁶。跨马出郊时极目⁷，不堪人事日萧条⁸。

1 西山，在成都西，主峰雪岭终年积雪。三城，指松（今四川松潘县）、维（故城在今四川理县西）、保（故城在理县新保关西北）三州。戍，防守。三城为蜀边要镇，吐蕃时相侵犯，故驻军守之。
2 南浦，南郊外水边地。清江，指锦江。参见《登楼》。万里桥，在成都城南。蜀汉费祎访问吴国，临行时曾对诸葛亮说："万里之行，始于此桥。"这两句写望。
3 风尘，比喻战乱。诸弟，杜甫有四弟，杜颖、杜观、杜丰、杜占。杜占从他入蜀。
4 天涯，极远的地方。
5 迟暮，这时杜甫年五十。供多病，交给多病之身了。
6 涓埃，犹言丝毫，微末。
7 跨马句，点出"野望"题。
8 人事，世事。

说明

诗当是肃宗上元二年（761）作。诗中思弟忧国，哀己伤民，感情都很真实。时西山三城列兵戍守，百姓疲于奔命，故末有"不堪人事日萧条"之句。至代宗广德元年（763）吐蕃攻陷三城，又作五律《西山三首》。

闻官军收河南河北¹

剑外忽传收蓟北²，初闻涕泪满衣裳³。却看妻子愁何在⁴，漫卷诗书喜欲狂⁵。白日放歌须纵酒⁶，青春作伴好还乡⁷。即从巴峡穿巫峡⁸，便下襄阳向洛阳。

1　河南河北，指今洛阳一带及河北北部。
2　剑外，剑门以南称剑外，这里指蜀地。蓟（计 jì）北，指今河北北部地区，是安史叛军根据地。
3　初闻，应上忽传。
4　却看，回看。愁何在，不再愁。
5　漫卷，随手卷起。古代诗文皆写在卷子上。
6　放歌，放声歌唱。
7　青春句，意谓春光明媚，鸟语花香，还乡时并不寂寞。
8　即从两句，想象中还乡路线，即出峡东下，由水路抵襄阳，然后由陆路向洛阳。此诗句末有自注云："余有田园在东京（指洛阳）。"即，立即。巴峡，四川东北部巴江中之峡。巫峡，在今重庆巫山县东，长江三峡之一。襄阳，今属湖北。

说明

代宗广德元年（763）正月，史朝义（史思明之子）兵败，自缢于林中，其将田承嗣、李怀仙皆举地降。至此，河南、河北地区相继收复。时杜甫寓居梓州（今四川三台县），乃作此诗。

延续七年余的安史之乱总算结束了，这种喜极而涕的激情正是人所共有的，诗题特标"官军"，也是含有深意，犹陆游的"王师北定"。全诗没有一点虚饰。凡是好诗，作者的感情也一定是自然的、真实的。前人说，杜诗强半言愁，其言喜征者唯寄弟数首及此诗而已，浦起龙乃称为"生平第一首快诗"。

登高[1]

风急天高猿啸哀，渚清沙白鸟飞回[2]。无边落木萧萧下[3]，不尽长江滚滚来。万里悲秋常作客，百年多病独登台[4]。艰难苦恨繁霜鬓[5]，潦倒新停浊酒杯[6]。

1 登高，古有重阳日登高风俗。
2 渚（主zhǔ），水中的小洲。回，回旋。
3 无边两句，应上风急天高。落木，落叶。
4 百年，犹言一生。
5 艰难，指时世艰难。苦恨，甚恨。繁霜鬓，耳边白发日增。
6 潦倒，犹言困顿，衰颓。新停，这时杜甫正因病戒酒。

说明

代宗大历二年（767）重阳日在夔州（今重庆奉节县）作。原诗总名《九日五首》，惟此诗另加"登高"二字。全诗八句皆对，开头两句，对举中仍复用韵。此诗为杜诗中最能表现大气盘旋，悲凉沉郁之作。胡应麟《诗薮》内编卷五云："若'风急天高'，则一篇之中句句皆律，一句之中字字皆律；而实一意贯串，一气呵成。骤读之，首尾若未尝有对者，胸腹若无意于对者。细绎之，则锱铢钧两，毫发不差，而建瓴走坂之势，如百川东注于尾闾之窟。"又云："微有说者，是杜诗，非唐诗耳。然此诗自当为古今七言律第一，不必为唐人七言律第一也。"但他觉得结句似微弱。

登楼

花近高楼伤客心[1],万方多难此登临。锦江春色来天地[2],玉垒浮云变古今[3]。北极朝廷终不改[4],西山寇盗莫相侵[5]。可怜后主还祠庙[6],日暮聊为《梁甫吟》[7]。

1 花近两句,施补华《岘佣说诗》曰:"起得沉厚突兀,若倒装一转,万方多难此登临,花近高楼伤客心,便是平调。此秘诀也。"
2 锦江,在今四川成都市南,岷江支流,以濯锦得名,杜甫的草堂即临近锦江。来天地,与天地俱来。
3 玉垒,山名,在今四川都江堰市西。变古今,与古今俱变。
4 北极句,广德元年(763)十月,吐蕃陷长安,立广武王李承弘为帝,代宗至陕州(今河南三门峡市陕州区),后郭子仪收复京城,转危为安。此句喻吐蕃虽陷京立帝,朝廷始终如北极那样不稍移动。北极,北辰。《论语·为政》:"为政以德,譬如北辰,居其所而众星拱之。"
5 西山寇盗,指吐蕃。同年十二月,吐蕃又陷松、维、保三州(皆在四川境)及云山新筑二城,后剑南西川诸州也入吐蕃。意谓朝廷终不因侵扰而稍改。故吐蕃也莫相侵。
6 可怜句,蜀先主(刘备)庙在成都锦官门外,西边为武侯(诸葛亮)祠,东边即后主(刘禅)祠。意谓后主虽庸下,赖诸葛亮之辅佐,故至今还有祠庙。虽如此,总觉可怜。
7 《梁甫吟》,乐府篇名。相传诸葛亮隐居时好为《梁甫吟》。但现存《梁甫吟》歌词,系咏晏婴二桃杀三士事,与亮隐居时心情似不相涉,故学者疑之,一说亮所吟为《梁甫吟》古曲。又一说吟者是杜甫自己。按,李白也曾作《梁甫吟》,此处之"聊为",疑杜甫也欲作此曲以寄慨。

说明

约代宗广德二年(764)在成都作,伤时而又自伤,也是杜诗七律中的绝唱,叶梦得以为自"锦江"一联与"五更鼓角声悲壮,三峡星河影动摇"等句之后,"常恨无复继者"(见《石林诗话》)。胡应麟《诗薮》说是《登高》《登楼》《秋兴》等皆"老杜七言律全篇可法者,气象雄盖宇宙,法律细入毫芒,自是千秋鼻祖"。

宿府

清秋幕府井梧寒[1],独宿江城蜡炬残[2]。永夜角声悲自语[3],中庭月色好谁看。风尘荏苒音书断[4],关塞萧条行路难。已忍伶俜十年事[5],强移栖息一枝安[6]。

1 幕府,军队出征,须施用帐幕,后因称将帅的府署为幕府。井梧,井边的梧桐树。
2 蜡炬,蜡烛。
3 永夜句,意谓长夜中唯闻号角声像在自作悲语。永夜,长夜。
4 风尘荏苒(染 rǎn),喻战乱不绝。荏苒,犹辗转。
5 已忍句,指自天宝十四载(755)安禄山反至写此诗,已忍受了十年的伶俜生活。伶俜,飘零之意。
6 强移句,用《庄子·逍遥游》"鹪鹩巢于深林,不过一枝"意,喻自己之入严幕,原是勉强以求暂时的安居。强,勉强。

说明

代宗广德二年（764）在剑南节度使严武幕中作。时杜甫任节度参谋，但他对幕僚生活很不习惯，僚属间又猜忌排挤，如他在《莫相疑行》中所说，"当面输心背面笑"。诗的末句不难看到他的心事，故至次年，就辞去幕府职务了。

阁夜[1]

岁暮阴阳催短景[2]，天涯霜雪霁寒宵[3]。五更鼓角声悲壮[4]，三峡星河影动摇[5]。野哭几家闻战伐[6]，夷歌数处起渔樵[7]。卧龙跃马终黄土[8]，人事音书漫寂寥[9]。

1. 阁，即夔州（今重庆奉节县）西阁。
2. 阴阳，指日月。短景，指冬季日短。景，日光。
3. 天涯，这里指相对于故乡的他乡。霜雪霁寒宵，霜雪初霁之寒宵。
4. 鼓角，更鼓和号角，二者相互起伏。
5. 三峡，指瞿塘峡、巫峡、西陵峡。瞿塘峡在夔州东。星河，星辰与银河。
6. 野哭句，意谓从几家野哭中听到战争的声音。几家，一作"千家"。
7. 夷歌句，意谓渔人樵夫都唱着夷歌，见夔州之僻远。夷，指当地少数民族。
8. 卧龙，指诸葛亮。《蜀书·诸葛亮传》："徐庶……谓先主曰：'诸葛孔明者，卧龙也。'"跃马，指公孙述。述在西汉末曾乘乱据蜀，自称白帝。这里用晋左思《蜀都赋》"公孙跃马而称帝"意。诸葛亮和公孙述在夔州都有祠庙，故诗中及之。这句是贤愚同尽之意。
9　人事句，意谓既然贤愚同尽，则自己的遭遇与远地的音讯，也聊且任它寂寥了。

说明

代宗大历元年（766）冬作。当时蜀中有崔旰、郭英义、杨子琳等互相残杀，十分混乱，故诗中有"野哭几家闻战伐"句。三四两句，正是霜雪初霁后才更觉分明，也为杜律中之伟丽者。

咏怀古迹 五首[1]

支离东北风尘际[2]，飘泊西南天地间[3]。三峡楼台淹日月[4]，五溪衣服共云山[5]。羯胡事主终无赖[6]，词客哀时且未还[7]。庾信平生最萧瑟，暮年诗赋动江关[8]。

1　咏怀古迹，即借古迹以咏怀之意。
2　支离，犹流离。东北风尘际，指安禄山叛乱时期，作者一直在外流亡。风尘，比喻战乱。
3　飘泊句，指入蜀后居无定处。这一时期，杜甫曾往来于成都、梓州、云安、夔州。这两句是五首总领。
4　三峡，注见《阁夜》。楼台，泛指屋宇。淹日月，指留滞多时。
5　五溪衣服，指溪人衣服不同。《后汉书·南蛮传》："武陵五溪蛮，好五彩衣服。"五溪，雄溪、樠溪、酉溪、沅溪、辰溪,在今湖南、贵州两省接界处,古五溪族所居。共云山,是说自己与溪人共处。

6 羯(竭 jié)胡,指安禄山。安禄山父系出于羯胡,也即小月支种。兼指反叛梁朝的侯景。无赖,意即狡猾反覆。
7 词客,指下庾信,也指自己。且未还,飘泊异地,欲归不得。且,尚。
8 庾信两句,庾信,梁朝诗人,字子山,新野(今属河南)人。为梁元帝出使北周,被留,乃仕于周,常怀乡关之思,曾作《哀江南赋》以寄其意。这里把安禄山之叛唐比作侯景之叛梁,把自己的乡国之思比作庾信之哀江南。萧瑟,《哀江南赋》有"壮士不还,寒风萧瑟,提挈老幼,关河累年"句。这里是凄凉的意思。

说明

代宗大历元年(766)作。诗中的古迹,指江陵、归州、夔州的宋玉宅、庾信故居、昭君村、永安宫、先主庙、武侯祠。其中有才士,有国色,有英雄,有名相,而其生平,又多可感慨可崇敬处。由古迹追怀古人,由古人又感怀自己。

五首中的这第一首,除了是一组诗的总冒以外,一开头就咏庾信,而庾信住宅在荆州,那时杜甫尚未出峡,其所以首及庾信,据王嗣奭《杜臆》说,是因为将有江陵之行,流寓等于庾信,故咏怀而先及之。杜甫对庾信诗赋极为倾倒,所谓"清新庾开府","庾信文章老更成",曾一再言之。本诗末两句,实际也含"老更成"之意,即艰苦曲折的生活实践,更使庾信的诗赋达到深刻遒练的成就。

这五首诗可与《诸将五首》《秋兴八首》参看，都是七律连章诗，每首虽自为一章，又互为消息，也是杜诗七律中独创的形式。

摇落深知宋玉悲¹，风流儒雅亦吾师²。怅望千秋一洒泪³，萧条异代不同时⁴。江山故宅空文藻⁵，云雨荒台岂梦思⁶？最是楚宫俱泯灭，舟人指点到今疑⁷。

1 宋玉，战国楚人，《楚辞》作家，所作《九辩》开头，有"悲哉秋之为气也，萧瑟兮草木摇落而变衰"句。深知，很同情宋玉所以悲秋的原因，因他也是怀才不遇。
2 风流儒雅，指宋玉的文采和学问。
3 一，加强语气的助词。
4 萧条句，意谓自己虽与宋玉隔开几代，萧条之感却是相同。
5 故宅，江陵与归州（今湖北秭归县）都有宋玉故宅。此指归州宅。空文藻，枉留下文采。
6 云雨句，宋玉曾作《高唐赋》，述楚王游高唐（楚台观名），梦见一妇人，自称巫山之女，王因幸之，去而辞曰："妾在巫山之阳，高丘之岨，且为行云，暮为行雨，朝朝暮暮，阳台之下。"阳台，山名，在重庆巫山县。岂梦思，意谓宋玉作《高唐赋》，难道只是说梦，并无讽谏之意？沈德潜云："谓《高唐》之赋，乃假托之词以讽淫惑，非真有梦也。"
7 最是两句，意谓最感慨的是，楚宫今已泯灭，因后世一直流传这个故事，至今船只经过时，舟人还带疑似的口吻指点着这些古迹。

说明

宋玉的《高唐赋》，后人的理解取用不尽相同，李商隐就说"襄王枕上原无梦，莫枉阳台一片云"。杜甫更是从崇高的意义上来评价他，也真正是宋玉的"深知"者。

论者也以为杜甫之怀宋玉，其实是悼屈原。如黄生曰："前半怀宋玉，所以悼屈原；悼屈原者，所以自悼也。"所以，说宋玉"亦吾师"，实即以屈原为师。此说也不为无见。

群山万壑赴荆门[1]，生长明妃尚有村[2]。一去紫台连朔漠[3]，独留青冢向黄昏[4]。画图省识春风面[5]？环珮空归月夜魂[6]。千载琵琶作胡语，分明怨恨曲中论[7]。

1 群山，不用千山而用群山，音调上就有轻重、清浊之别。壑，山谷。赴荆门，奔向荆门山。荆门，山名，注见李白《渡荆门送别》。
2 明妃，即王嫱、王昭君，汉元帝宫人，晋时因避司马昭讳改称明君，后人又称明妃。昭君村在归州（今湖北秭归县）东北四十里，与夔州相近。尚有村，还留下生长她的村庄，即古迹之意。吴瞻泰所谓"说得窈窕红颜，惊天动地"。
3 一去句，昭君离开汉宫，远嫁匈奴后，从此不再回来，永远和朔漠连在一起了。一，加强语气的助词。紫台，犹紫禁，帝王所居。江淹《恨赋》："明妃去时，仰天太息。紫台稍远，关山无极。"朔漠，北方沙漠，指匈奴所居之地。
4 青冢（肿 zhǒng），指昭君墓，在今内蒙古自治区呼和浩特市西南。传说塞外草白,昭君墓上草色独青。向黄昏,实是死犹向汉之意。

5　画图句,据《西京杂记》:"元帝后宫既多,使画工图形,按图召幸之,宫人皆赂画工。昭君自恃其貌,独不肯与,工人乃丑图之,遂不得见。后匈奴入朝,求美人,上案图以昭君行。及去,召见,貌为后宫第一,帝悔之,而重信于外国,故不复更人。乃穷案其事,画工毛延寿弃市。"省(醒 xǐng)识春风面,意谓元帝对着画图岂能看清她的美丽容颜。浦起龙《读杜心解》云:"省识只在画图,正谓不省也。"省识,认识。

6　环珮句,意谓昭君既死在匈奴不得归,只有她的魂能月夜归来,故曰"空归"。应上"向黄昏"。仇兆鳌云:"殁后魂归,亦徒然耳。"环珮,妇女装饰品,指昭君。

7　千载两句,琵琶本西域胡人乐器,相传汉武帝以公主(实为江都王女)嫁西域乌孙,公主悲伤,胡人乃于马上弹琵琶以娱之(见晋石崇《明君词序》)。因昭君事与乌孙公主远嫁有类似处,故推想如此。又《琴操》也记昭君在外,曾作怨思之歌,后人名为《昭君怨》。昭君事见于《汉书》《后汉书》者很简单,后来则传说杂出,并非全是信史。作胡语,琵琶中的胡音。怨恨,黄生注:"怨恨者,怨己之远嫁,恨汉之无恩也。"曲中论,曲中的怨诉。

说明

诗的主题在"怨恨"二字,"一去"是怨恨之始,"独留"是怨恨之结,末句则直言怨恨,为全诗归宿处。杜甫在这里,也可说是昭君的知己,正如沈德潜所说:"咏昭君诗此为绝唱。余皆平平。"仇兆鳌也说:"生长名邦,而殁身塞外,此足该举明妃始末。"

庾信《昭君词》："胡风入骨冷，夜月照心明。方调琴上曲，变入胡笳声。"朱瀚以为这诗的"千载琵琶"两句，是运化庾诗。但杜甫的结句更为蕴藉摇曳，等于把琵琶写成了昭君的化身。

据《后汉书》，昭君曾上书求归汉朝，成帝却令从胡俗。连故国也不让她回来，又怎能不怨？

蜀主窥吴幸三峡[1]，崩年亦在永安宫[2]。翠华想象空山里[3]，玉殿虚无野寺中[4]。古庙杉松巢水鹤[5]，岁时伏腊走村翁[6]。武侯祠屋常邻近[7]，一体君臣祭祀同[8]。

1 蜀主，指刘备。窥吴，对吴有企图。幸，旧称皇帝踪迹所至曰"幸"。三峡，注见《阁夜》。
2 崩年句，蜀汉章武二年（222），刘备率兵攻打东吴，为陆逊所败，次年四月死于永安（今重庆奉节县东），即白帝城，城在县东白帝山上，东汉初公孙述自称白帝，筑城时因以名之。顾祖禹《读史方舆纪要》卷六十九："先主征吴败还，至白帝，改鱼复为永安而居之，后人因名其处曰永安宫。"按，永安宫之称，唐之前已有，梁简文帝萧纲《蜀道难》："建平督邮道，鱼复永安宫。"杜甫《夔州歌》云："白帝夔州各异城。"下有原注："古白帝在夔州东。"盖白帝为夔州附郭。崩，旧称皇帝死曰"崩"。
3 翠华，皇帝仪仗中用翠鸟羽毛作装饰的旗帜。
4 玉殿句，句下有原注云："殿今为寺庙，在宫东。"
5 杉，常绿乔木。水鹤，鹤为水鸟。

6 岁时，意谓每逢季节，村民皆前往祭祀。伏腊，古代祭名。伏在夏六月，腊在冬十二月。
7 武侯句，诸葛亮曾封武乡侯，其祠在先主庙西。常，一作"长"。
8 一体句，正因他们君臣一体，情分特密，故也一同祭祀。顾宸所谓"平日抱一体之诚，千秋享一体之报"。

说明

诗中对刘备和诸葛亮的君臣关系，深致推崇，他们的遗迹流泽，还深入到村翁野老，但看到玉殿虚无，古庙栖鹤，对支离飘泊的诗人自然无限感慨。到了宋代，据王十朋说，永安宫已成为郡仓了。

诸葛大名垂宇宙，宗臣遗像肃清高[1]。三分割据纡筹策[2]，万古云霄一羽毛[3]。伯仲之间见伊吕[4]，指挥若定失萧曹[5]。运移汉祚终难复[6]，志决身歼军务劳[7]。

1 宗臣，世所宗尚的重臣。肃清高，为其清高而肃然起敬。
2 三分割据，指魏蜀吴鼎立。纡筹策，曲折周密地展运策略。
3 万古句，意谓千百年来像鸾凤之振翅云霄。
4 伯仲之间，伯仲本指兄弟，这里是说不相上下，也即当于伊吕间求之之意。伊、吕，商代伊尹，周代吕尚，皆辅佐贤主的开国名相。
5 指挥若定，言诸葛亮治政用兵从容镇定。失萧曹，《汉书·萧何曹参传赞》："唯何、参擅功名，位冠群臣，声施后世，为一代宗臣。"意谓萧、曹虽也是宗臣,比之诸葛亮未免不及。
6 运移句,意谓气运要转移汉祚,虽以诸葛亮的才智也难复兴。祚(做 zuò),帝位。
7 志决句,意谓诸葛亮虽立志坚决,终因军务繁艰,积劳而死。身歼(尖 jiān),身灭。

说明

由夔州武侯祠而追怀诸葛亮。全诗只"遗像"二字带古迹,通篇都是议论,卢世㴶云:"杜诗《诸将》五首,《咏怀古迹》五首,此乃七言律命脉根柢。"沈德潜云:"此议论之最高者,后人谓诗不必着议论,非通言也。"

诗中将汉祚之完尽归于气运,固是宿命观点,但当时的客观形势,要由蜀汉来完成终一,确实也不可能。

杜甫侨寓蜀中时,写了不少赞美诸葛亮的诗篇;在这五首《咏怀古迹》中,既有此首咏诸葛亮的专题,又在咏刘备的结句中反复致意,黄生所谓"先表其才之挺出,后惜其志之不成"。是的,历史上有志未成的老臣宿将,板荡之际,也更容易令人怀念。

刘长卿

江州重别薛六柳八二员外[1]

生涯岂料承优诏[2],世事空知学醉歌[3]。江上月明胡雁过⁴,淮南木落楚山多⁵。寄身且喜沧洲近⁶,顾影无如白发何⁷。今日龙钟人共老⁸,愧君犹遣慎风波⁹。

1 江州,今江西九江市。薛六、柳八,名未详。六、八,是他们的排行。员外,员外郎的简称。原指正额的成员以外郎官,为中央各司次官。
2 生涯,犹生计。
3 空知,徒知。
4 胡雁,指从北方来的雁。
5 淮南句,江州在淮南,其地又在古代楚国境。楚山多,木叶零落,所见之山也多了。
6 沧洲,滨海的地方,也用以指隐士居处。
7 顾,回看。无如,无奈。
8 龙钟,指老态迟钝貌。
9 愧君句,意谓还承你们教我当心风波。遣,教。

说明

作者曾两度谪迁,第一次是肃宗至德三载(758),贬南巴尉,中间曾移往洪州暂住。后回归,有《自江西归至旧任官舍赠袁赞府》诗,中有"万里南来喜复悲,生涯何幸有归期"及"湘路来过回雁处"等句,与本诗口吻间有相似处。疑此为由南巴回来过江州时作,故首句有"岂料承优诏"语。但究是贬官回来,故次句又流露无可奈何情绪。

傅璇琮先生曾有《刘长卿事迹考辨》一文,载《中华文史论丛》第八辑,可参考。

长沙过贾谊宅[1]

三年谪宦此栖迟,万古惟留楚客悲[2]。秋草独寻人去后,寒林空见日斜时[3]。汉文有道恩犹薄[4],湘水无情吊岂知[5]。寂寂江山摇落处[6],怜君何事到天涯[7]。

1 贾谊宅,贾谊曾被贬为长沙王太傅。《元和郡县志》:"贾谊宅在(长沙)县南四十步。"
2 三年两句,意谓贾谊栖迟虽只三年,但留给楚客的悲哀却是永久的。谪(折 zhé)宦,官吏被贬职流放。栖迟,居留。楚客,指贾谊,也包括自己和别的游人。长沙古属楚国境。
3 秋草两句,贾谊在长沙时,有鸮飞入其居室,以为不祥,乃作《鵩鸟赋》,中有"庚子日斜兮,鵩集予舍"及"野鸟入室兮,主人将去"语。
4 汉文句,汉文帝在历史上有明主之称,但他始终不能重用贾谊,最后又出谊为梁怀王太傅,梁王坠马死,谊因此也抑郁而死。
5 湘水句,贾谊往长沙,渡湘水时,曾为赋以吊屈原。
6 摇落,荒凉。
7 怜君,实怜己。天涯,常指极远的地方。

说明

作者两遭迁谪,因而对贾谊那样的历史人物,也易起共鸣。沈德潜于此诗末句云:"谊之迁谪,本因被谗,今云何事而来,含情不尽。"方东树《昭昧詹言》云:"收以自己托意,亦全是言外有作诗人、过宅人在。"

自夏口至鹦鹉洲望岳阳寄元中丞 [1]

汀洲无浪复无烟[2],楚客相思益渺然[3]。汉口夕阳斜渡鸟[4],洞庭秋水远连天[5]。孤城背岭寒吹角[6],独树临江夜泊船[7]。贾谊上书忧汉室,长沙谪去古今怜[8]。

1 夏口,指今湖北武汉市武昌。鹦鹉洲,注见崔颢《黄鹤楼》。岳阳,今属湖南,濒临洞庭湖。元,一作"源"或"阮"。中丞,御史中丞的简称,唐常代行御史大夫职务。
2 汀洲,水中可居之地,指鹦鹉洲。
3 楚客,指到此的旅人。夏口古属楚国境。
4 汉口,即上夏口。这里指汉水入口处。鸟,暗合鹦鹉。
5 洞庭,洞庭湖,在湖南北部,长江以南。联想到元中丞所在岳阳。
6 孤城,指汉阳城,城后有山。角,古代军队中的一种吹乐器。
7 独树句,树一作"戍"。指作者船泊之处。孤城背岭,写远望;独树临江,叙近景。
8 贾谊两句,贾谊因心忧汉室艰危,一再向汉文帝上书,言词激切,被谪为长沙王太傅。

说明

这是作者贬谪时途经汉水所作,由贬谪又想到贾谊。作者在《新年作》及《长沙过贾谊宅》中都用了贾谊谪长沙的故事,连本篇已是三次了(仅就本书所收录者说)。高仲武说:"诗体虽不新奇,甚能炼饰,大抵十首已上,语意稍同,于落句尤甚,思锐才窄也。"(见《中兴间气集》卷下)翁方纲也说刘诗七律"一往易尽"。

钱起

赠阙下裴舍人[1]

二月黄鹂飞上林[2],春城紫禁晓阴阴[3]。长乐钟声花外尽[4],龙池柳色雨中深[5]。阳和不散穷途恨[6],霄汉常悬捧日心[7]。献赋十年犹未遇[8],羞将白发对华簪[9]。

1 阙下,宫阙之下,借指朝廷。阙,宫门前的望楼。舍人,指中书舍人,任草拟诏书之职,以有文学资望者充任。
2 黄鹂,黄莺。上林,上林苑。秦旧苑,汉武帝扩建,在今陕西西安市。这里指唐宫苑。
3 紫禁,犹紫台,古人以紫微星垣比喻皇帝居处,因称皇宫为紫禁。禁,指宫中禁卫森严,不能随便出入,故名。
4 长乐,本汉宫名,这里借指唐宫。
5 龙池,泛指宫中之池。
6 阳和,指仲春,应首句二月。
7 霄汉,指高空。霄,云气。汉,银河。捧日心,三国魏程昱年轻时,常梦上泰山,两手捧日。及兖州反,赖昱得保全三城。曹操闻之曰:卿当终为吾腹心。昱本名立,曹操乃于其上加日为昱。见《三国志·魏志·程昱传》裴松之注。
8 献赋,以辞赋献于皇帝,借此表示忠诚,如《东观汉记》记班固之献赋,杜甫也献了《三大礼赋》而任右卫率府参军。
9 簪,簪缨之簪,指达官贵人的冠饰。这里指裴舍人。

说明

前半截写裴舍人之受宠遇,得近禁中,龙池柳色承雨露而苍翠,句句从阙下生情。下半截则自伤不遇,实旧时文士故态。三四两句为名句,高仲武《中兴间气集》中评为"特出意表,标雅古今"。

此诗照通例,应平起,即应将一二两句对换,平仄才协调。

韦应物

寄李儋元锡[1]

去年花里逢君别,今日花开又一年。世事茫茫难自料,春愁黯黯独成眠[2]。身多疾病思田里,邑有流亡愧俸钱[3]。闻道欲来相问讯,西楼望月几回圆[4]。

1. 李儋(单 dān),武威(今属甘肃)人,曾官殿中侍御史。给事中李升期之子。元锡,字君贶,曾任淄王傅。梁肃《送元锡赴举序》称其诗有楚风,但李、元诗皆已佚。
2. 黯黯,心神暗淡貌。
3. 邑,指属境。流亡,指灾民。俸,旧时官吏所得的薪金。此句和他的"自惭居处崇,未睹斯民康"是同一用意。
4. 闻道两句,意谓听说你们要来探望我,可是等到了今天,西楼上的月亮已圆过几回了。问讯,这里是探望的意思。西楼,韦集卷四又有《寄别李儋》,中云:"远郡卧残雨,凉气满西楼。想子临长路,时当淮海秋。"此西楼似在滁州。《唐宋诗举要》则以苏州观风楼当之。

说明

此诗当作于滁州刺史任上。起先只是追叙去年相别之情,直至结末才说明今日寄诗之意。

宋黄彻《䂬溪诗话》云:"余谓有官君子当切切作此语,彼有一意供租,专事土木而视民如仇者,得无愧色乎。"韦诗《观田家》也云:"方惭不耕者,禄食出闾里。"

韩翃

同题仙游观[1]

仙台初见五城楼[2],风物凄凄宿雨收[3]。山色遥连秦树晚,砧声近报汉宫秋[4]。疏松影落空坛静[5],细草香生小洞幽。何用别寻方外去[6],人间亦自有丹丘[7]。

1 仙游观,道士潘师正,居于嵩山逍遥谷。唐高宗临东都,曾召见,并令官吏于逍遥谷口特开一门,号曰仙游门。见《旧唐书·潘师正传》。
2 五城楼,《史记·封禅书》记方士曾言:"黄帝时为五城十二楼,

3 宿雨，隔宿的雨。
4 山色两句，写远望观外的景物。秦，指今陕西一带。砧（针 zhēn）声，捣衣声。古代捣衣皆在秋晚。砧，原指捣衣石。汉宫，也指唐宫。
5 空坛，与下小洞皆指道观景物。
6 方外，犹世外，指神仙居处。
7 丹丘，也指神仙居处，昼夜长明。《楚辞·远游》："仍羽人于丹丘兮，留不死之旧乡。"

以候神人于执期，命曰迎年。"这里借指仙游观。

说明

诗写道士的楼观，故于幽静中着意。文句工秀宛转，可以吟咏，却无甚深意。

皇甫冉

作者介绍

皇甫冉（716—769），字茂政，安定（今甘肃泾川北）人。曾祖时已移居丹阳。天宝进士，任无锡尉。大历初入河南节度使王缙幕。官终左拾遗、补阙。

他生当乱离，颇有漂泊之叹，流连景物之余，东南山水，常赋予他以好句，如"燕知社日辞巢去，菊为重阳冒雨开""积水长天随远色，荒林极浦足寒云""泛舟因度腊，入境便行春""岸草知春晚,沙禽好夜惊"等,并皆清逸。高仲武《中兴间气集》中悲其"长辔未骋,芳兰早凋",当是指他终年只五十余。

春思

莺啼燕语报新年,马邑龙堆路几千[1]。家住层城邻汉苑[2],心随明月到胡天[3]。机中锦字论长恨[4],楼上花枝笑独眠[5]。为问元戎窦车骑,何时返旆勒燕然[6]?

1 马邑,在今山西朔州市。汉时曾与匈奴争夺此城。唐为郡名。龙堆,白龙堆,在今新疆,地接玉门关,系沙漠地带,古为西域交通要道。
2 层城,因京城分内外两层,故称。苑,这里指行宫。
3 胡天,指上马邑、龙堆。
4 机中句,窦滔为苻坚秦州刺史,后谪龙沙,其妻苏蕙能文,颇思滔,乃织锦为回文旋图诗寄之。共八百四十字,纵横反复,皆成文意。
5 楼上句,意谓为什么不在花枝报春时凭楼赏玩。
6 为问两句,后汉窦宪为车骑将军,大破匈奴,遂登燕然山,命班固作铭,刻石而还。元戎,犹主将。返旆(pèi),犹班师。勒,刻。燕然,燕然山,即今蒙古国杭爱山。

说明

此诗写新春时妻子思念出征的丈夫。末是她的愿望,即希望战事早日获胜,她的丈夫也能立功回来。也是借汉咏唐。沈德潜说是和沈佺期《独不见》的"卢家少妇"相似,"惟'笑独眠'句工而近纤,或难与沈诗争席耳"。沈诗也见本卷。

卢纶

晚次鄂州[1]

云开远见汉阳城,犹是孤帆一日程[2]。估客昼眠知浪静[3],舟人夜语觉潮生[4]。三湘愁鬓逢秋色[5],万里归心对月明[6]。旧业已随征战尽[7],更堪江上鼓鼙声[8]?

1. 题下原注:"至德中作。"次,停泊。鄂州,今湖北武汉市武昌。
2. 云开两句,意谓汉阳城虽已在望,但估计行程,尚须一天。汉阳城,在汉水南面,今武汉市汉阳区一带。
3. 估客,商人。
4. 舟人句,因为潮生,故而船家相呼,众声杂作。
5. 三湘,漓湘、潇湘、蒸湘的总称。在今湖南境内。由鄂州上去即三湘地。愁鬓逢秋色,是说愁鬓承受着秋色。这里的鬓发实已衰白,故也与秋意相应。
6. 万里归心,作者原籍是蒲州(今山西永济市)。

7 业，指家产。
8 更堪，更难堪，犹岂能再听。鼓鼙（皮 pí），本指军中所用大鼓与小鼓，后也指战事。

说明

安史之乱时，作者曾作客鄱阳，此诗可能是南行途中作。首句点题，经次句一缩，诗境遂有波折。三四是名句，兴在象外，也唤起人们对旧时航行生活的亲切回忆。

柳宗元

登柳州城楼寄漳汀封连四州刺史 [1]

城上高楼接大荒[2]，海天愁思正茫茫。惊风乱飐芙蓉水[3]，密雨斜侵薜荔墙[4]。岭树重遮千里目，江流曲似九回肠[5]。共来百越文身地[6]，犹自音书滞一乡[7]。

1 柳州，今属广西。漳州，今属福建，时刺史为韩泰。汀州，今福建长汀县，时刺史为韩晔。连州，今广东连州市，时刺史为刘禹锡。封州，今广东封开县，时刺史为陈谏。刺史，州的行政长官，相当于后来的知府。
2 大荒，旷远的广野。
3 惊风，犹狂风。飐（展 zhǎn），吹动。芙蓉，指荷花。

4 薜荔,一种蔓生植物,也称木莲。《九歌·湘君》:"采薜荔兮水中,搴芙蓉兮木末。"
5 江,指柳江。九回肠,意即愁肠百结。司马迁《报任安书》:"肠一日而九回。"
6 百越,即百粤,指当时五岭以南各少数民族地区。文身,古代南方少数民族有在身上刺花纹的风俗。《庄子·逍遥游》:"越人断发文身。"
7 滞,阻塞。

说明

柳宗元和其余四人都因参加王叔文集团而遭贬遣。宪宗元和十年(815),五人曾一同应召进京,大臣中也有想起用他们的,终因有人梗阻,仍被谪至边州。此诗即作于是年初任柳州刺史时。

当时五人所处地区虽都在南方,音信却不得通,故末两句这样说;所以不得通,自然由于政治上受压制的缘故。从全诗所流露的情绪看,也是很显明的。其次,诗虽是从柳州这边说,实际却如纪昀所说,"意境辽阔,倒摄四州,有神无迹"。

刘禹锡

西塞山怀古 [1]

王濬楼船下益州 [2],金陵王气黯然收 [3]。千寻铁锁沉江底⁴，一片降幡出石头⁵。人世几回伤往事，山形依旧枕寒流⁶。从今四海为家日⁷，故垒萧萧芦荻秋⁸。

1. 西塞山，在今湖北大冶市东，为长江中流险隘，吴国于此设江防。
2. 王濬句，王濬，字士治，弘农湖县（今河南灵宝西南）人，官益州刺史。受晋武帝命，造大楼船，内可容二千人，于太康元年（280）正月，自成都出发伐吴。顺流而下，直取吴都建业（今江苏南京市），进入石头城，吴主孙皓乃备亡国之礼以降。益州，今四川成都市。
3. 金陵，即上建业。相传战国楚威王时，见其地有王气，因埋金以镇之，故曰金陵。秦并天下，望气者因以为言，改为秣陵。见《太平御览·金陵图》。黯（暗 àn）然，伤神貌。
4. 千寻句，当时吴国曾于江中锁以铁链，王濬用大火炬将它烧断。千寻，古时八尺曰寻，这里只是形容其长。
5. 降幡，降旗。石头，石头城，故址在今南京清凉山，吴孙权时所筑，唐武德时废。
6. 枕寒流，枕字用得极传神，也切怀古意：这场著名的战役已经成为陈迹了，只有那座山依旧静静地躺在江流边。寒流，形容秋天江水。
7. 四海为家，意即天下统一。《史记·高祖本纪》："天子以四海为家。"
8. 故垒，指西塞山，也包括六朝以来的战争遗迹。

说明

穆宗长庆四年（824）由夔州赴和州途中作。三四两句，言地利不足恃,并用"江底"对"石头",即以虚对实,不工而工。五六两句,言往事可伤,也不止吴为晋灭,其后宋、齐、梁、陈以至唐朝,仍纷乱不息,唯留下山形枕流,永相凭吊而已。末两句为本朝说话,却也感慨深沉,以唐朝来说,长江一带正有着不少的故垒。

方东树《昭昧詹言》评此诗,中有很警辟的话:"此诗昔人皆入选,然按以杜公《咏怀古迹》,则此诗无甚奇警胜妙。大约梦得才人,一直说去,不见艰难吃力,是其胜于诸家处,然少顿挫沉郁,又无自己在诗内,所以不及杜公。"方氏论咏古诗,主张诗中要有魂,"所谓魂者,皆用我为主,则自然有兴有味"。又,此诗因前半皆咏金陵事,后人也有和另一首《金陵怀古》相混。

元稹

作者介绍

元稹(779—831),字微之,河南河内(今河南洛阳附近)人。八岁丧父,家贫,由其母教读。十五岁明经及第,授校书郎,后官监察御史,曾与宦官刘士元争厅,贬江陵府士曹参军。他在《思归乐》中曾自抒其当时心情云:"身外皆委顺,跟前随所营。此意久已定,谁能求苟荣。所以官甚小,不畏权势倾。"但至穆宗长庆初,又受宦官崔潭峻优遇,以其《连昌宫词》等向穆宗进奏,大为赏识,即知制诰,后又拜相。以武昌军节度使卒于任所。《旧唐书》传说他性锋锐，见事风生，不欲碌碌自滞。后人也有目为"巧宦"者。

他是白居易的知己，白诗《蓝桥驿见元九诗》，有"每去驿亭先下马，循墙绕柱觅君诗"句。论文观点多相同，又一同写了许多讽喻诗，因诗集编于穆宗长庆年间，故皆以《长庆集》为名，遂有"长庆体"之称。

他的《织妇词》《田家词》，写农村妇女终岁辛劳的结果，只供官府的横征暴敛，但语言不甚滋润，结构也嫌松散。较著名的为《连昌宫词》与《望云骓》，以一宫、一马写出兴衰之殊异，历史之大变；还有就是悼亡诗和艳情诗，后者即《莺莺传》之所本。悼亡诗哀念其亡妻相从于艰难之际，《莺莺传》则写其对情人的始恋终弃，有些读者之知道元稹其人，恐也多由此两作开始。

遣悲怀 三首[1]

谢公最小偏怜女[2]，自嫁黔娄百事乖[3]。顾我无衣搜荩箧[4]，泥他沽酒拔金钗[5]。野蔬充膳甘长藿[6]，落叶添薪仰古槐[7]。今日俸钱过十万[8]，与君营奠复营斋[9]。

1. 题一作《三遣悲怀》。
2. 谢公句，东晋宰相谢安，最爱其侄女谢道韫。韦丛的父亲韦夏卿，官至太子少保，死后赠左仆射，也是宰相之位。韦丛为其幼女，故以谢道韫比之。偏怜女，最疼爱的女儿。
3. 黔娄，春秋时齐国贫士，其妻也颇贤明。作者幼孤贫，故以自喻。乖,不顺遂。
4　顾我,看到我。荩箧,草编的箱子。荩,草。
5　泥(nì),软求。沽酒,买酒。
6　野蔬句,写韦丛能安于贫寒。甘,甘心。藿,豆叶。
7　落叶句,写韦丛扫落叶以烧火。薪,柴。仰,依仗。
8　今日句,这时作者官位已很高,有哀伤其妻不能共享荣华意。俸,旧时官吏所得的薪金。
9　营,办理。奠,祭品。斋,指延请僧人超度。斋,原义为施饭与僧。

　　昔日戏言身后意,今朝都到眼前来[1]。衣裳已施行看尽[2],针线犹存未忍开。尚想旧情怜婢仆[3],也曾因梦送钱财[4]。诚知此恨人人有,贫贱夫妻百事哀[5]。

1　昔日两句,写过去夫妻间随口说的话,今日却成为悼念的资料,因而也愈感到真切沉痛。
2　施,施舍与人。行看尽,眼看不多了。行,快要。
3　怜婢仆,伸足"旧情"。
4　送钱财,伸足"因梦"。
5　贫贱句,此又指早年。

　　闲坐悲君亦自悲[1],百年多是几多时[2]?邓攸无子寻知命[3],潘岳悼亡犹费辞[4]。同穴窅冥何所望[5],他生缘会更难期。惟将终夜长开眼[6],报答平生未展眉[7]。

1　闲坐两句，实即曹丕"既痛逝者，行自念也"之意。
2　百年句，意谓就算百年之多又有多少时间呢。
3　邓攸句，晋邓攸，字伯道，官河东太守，战乱中舍子保侄，后终无子，时人乃有"天道无知，使伯道无儿"之语。寻知命，即将到知命之年。作者于五十岁时，始由继室裴氏生一子，名道护。寻，随即。知命，指五十岁。《论语·为政》："五十而知天命。"
4　潘岳句，晋潘岳，字安仁，妻死，作《悼亡》诗三首，为世传诵。犹费辞，意谓潘岳即使写了那么悲痛的诗，对死者也等于白说。实是说自己。
5　同穴句，意谓死后纵合葬一处，但洞穴窅冥，也难望哀情相通。同穴，指夫妻合葬。《诗经·王风·大车》："谷则异室，死则同穴。"窅（咬 yǎo）冥，深远渺茫意。
6　惟将句，意谓不能安睡。传说鳏鱼眼睛终夜不闭，旧时又以无妻曰"鳏"。这里用此一传说，表示今后将长鳏不娶（实际在元和十年春曾于长安续娶裴氏，后即偕至通州）。
7　未展眉，指韦丛生平一直过清苦生活。

说明

元稹元配韦丛，字茂之，杜陵（今陕西西安市东南）人，少元稹四岁。生五人而仅存一女。卒于元和四年（809）七月。葬于咸阳，年二十七。这时元稹已任监察御史。韩愈曾撰《监察御史元君妻京兆韦氏夫人墓志铭》。

韦氏死后，元稹曾作了好多首悼念的诗，但以此三首最为人传诵，主要则如陈寅恪先生所说："直以韦氏之不好虚荣，微之之尚未富贵。贫贱夫妻，关系纯洁。因能措意遣词，悉为真实之故。夫唯真实，遂造诣独绝欤？"

据刘逸生先生《读诗小札》所说,这三首是在韦丛死后两年,即元和六年作,时元稹已贬江陵士曹参军,也正是"纳妾安氏"的时候。

白居易

自河南经乱[1],关内阻饥[2],兄弟离散,各在一处。因望月有感,聊书所怀,寄上浮梁大兄、於潜七兄、乌江十五兄兼示符离及下邽弟妹[3]

时难年荒世业空[4],弟兄羁旅各西东[5]。田园寥落干戈后[6],骨肉流离道路中。吊影分为千里雁[7],辞根散作九秋蓬[8]。共看明月应垂泪,一夜乡心五处同。

1 河南经乱,指德宗建中年间淮西节度使李希烈等叛变事。其地唐属河南道。
2 关内,唐道名,治长安(今陕西西安市)。阻饥,因艰难而生饥荒。阻,艰险。《尚书·舜典》:"黎民阻饥。"
3 大兄,作者大哥幼文,曾作浮梁(今江西景德镇市)主簿。七兄(堂兄),曾任於潜(今浙江临安市)尉。十五兄(堂兄),曾任乌江(今安徽和县)主簿。符离,今安徽宿州市东北。下邽,今陕西渭南市附近,作者故乡。

4 世业,世代传下的产业。
5 羁旅,犹漂泊。
6 寥落,冷落。干戈,本是两种武器,这里指战争。
7 吊影句,古人以雁行比兄弟,这里是说,兄弟分散,自吊其影,深感孤独。吊,哀怜。
8 根,古也以"同根"喻兄弟。九秋,秋季九十日。蓬,蓬草。枯后断根,遇风飞旋。

说明

这诗是作者避乱居吴越时作。每句都扣紧题意,即伤战乱,想家人,却又自然平直,不假雕饰,真的像话家常一样。

李商隐

锦瑟[1]

锦瑟无端五十弦[2],一弦一柱思华年[3]。庄生晓梦迷蝴蝶[4],望帝春心托杜鹃[5]。沧海月明珠有泪[6],蓝田日暖玉生烟[7]。此情可待成追忆?只是当时已惘然[8]。

1 此诗以首句头两字为题,从全诗看,实与锦瑟无关。
2 锦瑟,装饰华美的瑟。瑟,拨弦乐器,通常二十五弦。无端,犹何故。怨怪之词。五十弦,《史记·封禅书》:"太帝使素女鼓五十弦瑟，悲，帝禁不止，故破其瑟为二十五弦。"其实等于说五十弦是传说中的东西，二十五弦才是实有之物。这里是托古之词。作者的原意，当也是说锦瑟本应是二十五弦。
3　华年，盛年。
4　庄生句，《庄子·齐物论》："不知周之梦为蝴蝶欤，蝴蝶之梦为周欤。"意谓旷达如庄生，尚为晓梦所迷。庄生，庄周。
5　望帝句，意谓自己的心事只能寄托在化魂的杜鹃上。望帝，相传蜀帝杜宇，号望帝，死后其魂化为子规，即杜鹃鸟。
6　沧海，大海。珠有泪，传说南海外有鲛人，其泪能泣珠。
7　蓝田，山名，在今陕西，产美玉。玉生烟，司空图《与极浦书》曾引戴叔伦语："诗家之景，如蓝田日暖，良玉生烟，可望而不可置于眉睫之前也。"当时或有此成语。
8　此情两句，高步瀛云："如上所述，皆失意之事，故不待今日追忆惘然自失，即在当时已如此也。"（《唐宋诗举要》）可待，岂待。只是，单是。

说明

此诗前人解释不一，以为悼亡诗者较多。恐也难以确定。疑是自伤身世，又苦于难以排解之作，但如沧海、蓝田两句，实在不易得解，这里也只好存疑。

无题[1]

昨夜星辰昨夜风，画楼西畔桂堂东[2]。身无彩凤双飞翼，心有灵犀一点通[3]。隔座送钩春酒暖[4]，分曹射覆蜡灯红[5]。

嗟余听鼓应官去⁶，走马兰台类转蓬⁷。

1　无题，作者对内容有所忌讳，不便在题目中点明，称"无题"。张采田云："无题诗格，创自玉溪。且此体只能施之七律，方可宛转动情。"
2　画楼、桂堂，都是比喻富贵人家的屋舍。
3　灵犀，旧说犀牛有神异，角中有白纹如线，直通两头。
4　送钩，也称藏钩。古代腊日的一种游戏，分二曹以较胜负。把钩互相传送后，藏于一人手中，令人猜。
5　分曹，分组。射覆，在覆器下放着东西令人猜。分曹、射覆未必是实指，只是借喻宴会时的热闹。
6　鼓，指更鼓。应官，犹上班。
7　兰台，即秘书省，掌管图书秘籍。李商隐曾任秘书省正字。这句从字面看，是说参加宴会后，随即骑马到兰台，类似蓬草之飞转，实则也隐含自伤飘零意。

说明

　　作者这类诗的具体内容究竟指什么，实也难以确说。因为诗中有身无彩凤等句，也有以为是"艳情"之作。果尔，则隔座两句，也指互传心意，感情起飞，即身无两句的另一种写法。

　　方东树《昭昧詹言》评李诗"藻饰太甚，则比兴隐而不见矣"。

隋宫

紫泉宫殿锁烟霞¹，欲取芜城作帝家²。玉玺不缘归日角³,锦帆应是到天涯⁴。于今腐草无萤火⁵,终古垂杨有暮鸦⁶。地下若逢陈后主,岂宜重问《后庭花》⁷。

1 紫泉,即紫渊。唐人避唐高祖李渊讳改紫泉。司马相如《上林赋》写长安上林苑的形胜,有"丹水更其南,紫渊径其北"语。这里以紫泉宫殿指长安隋宫。锁烟霞,喻冷落。

2 芜城,指隋时的江都,旧名广陵,即今江苏扬州市。刘宋时鲍照见该城荒芜,曾作《芜城赋》,后遂有此称。两句意谓,隋炀帝徒让长安宫殿锁闭着,却想把芜城作为久居之地。实则炀帝即位后,就把东都洛阳作为事实上的京都。

3 玉玺,皇帝的玉印。缘,因。日角,旧说以额骨中央部分隆起如日(也指突入左边发际),附会为帝王之相。隋末,晋阳人唐俭劝李渊起兵时,即有"明公日角龙庭,李氏又在图牒,天下属望"语。"日角"之典本较僻,却用极熟的"天涯"对之,而又对得这样工稳自然。

4 锦帆,指炀帝的龙舟,其帆皆锦制,所过之处,香闻十里。本书卷八另有一首七绝《隋宫》也写到锦帆,可参见。天涯,这里指天下。两句意谓,如果帝位不为李渊所取代,龙舟应可驶遍天下了。

5 于今句,炀帝曾于洛阳景华宫征得萤数斛,夜出放之,光遍山谷。腐草,古人误以为萤为腐草所化。这里是说,火萤都被炀帝征得绝种了。杜牧《扬州》诗:"秋风放萤苑。"两诗都由洛阳而联系扬州。

6 终古句,炀帝开运河,诏民间献柳一株赏绢一匹,自己又亲种一株,遍布堤上,后人因称为隋堤。杨柳之杨又适与炀帝(杨广)之姓相合。这句意谓,隋室亡了,柳荫中的暮鸦却经久而啼叫着。
7　地下两句，陈后主（陈叔宝）为陈朝荒淫的亡国之君，为隋所灭。据《隋遗录》，炀帝在扬州时，恍惚间曾遇陈后主与其宠妃张丽华。后主即以酒相进，炀帝因请张丽华舞《玉树后庭花》，后主便乘此讥讽炀帝："始谓殿下致治在尧舜之上，今日复此游逸，大抵人生各图快乐，曩时何见罪之深耶？"《玉树后庭花》，乐府《吴声歌曲》名，陈后主所作新歌，后人看作亡国之音。意谓隋炀帝实是步陈后主的后尘。地下相逢，应有愧色。

说明

隋炀帝从大业元年至十二年（605—616），三次游江都。乘坐的龙舟高至起楼四层，其余各舟，前后长二百余里，共用挽船士兵八万余人（见《资治通鉴》）。所建行宫有江都、显福、临江等宫。到第三次南游后，便不再北返。翌年（617），李渊便起兵于太原了。据《玉溪生年谱会笺》，此诗写于宣宗大中十一年（857）。

诗写得极为灵活而含蓄，颇寓比兴之意。李诗七律，音节往往尤胜。高步瀛说："结语亦尖刻"，实则倒表现了讽刺艺术的特色。

俞陛云《诗境浅说》云："玉溪之《马嵬》《隋宫》二诗，皆运古入化，最宜取法。首句总写隋宫之景，次句言芜城之地何足控制宇内，而欲取作帝家，言外若讥其无识也。"

无题 二首

来是空言去绝踪，月斜楼上五更钟[1]。梦为远别啼难唤²,书被催成墨未浓³。蜡照半笼金翡翠,麝熏微度绣芙蓉⁴。刘郎已恨蓬山远⁵,更隔蓬山一万重。

1 来是两句,从虚幻的梦境中醒来后,又偏逢月斜楼上,钟报五更。
2 梦为句,意谓梦为远别而成,故梦中也为伤离而啼泣,虽啼泣仍不能唤它回来(因为终究是梦)。
3 书被句,指醒后急于写信。催,为梦境所催。
4 蜡照两句,写室内景物和气氛。蜡,蜡烛。半笼,半映。指烛光隐约,不能全照床上被褥。笼,笼罩。金翡翠,指饰以金翠的被子。《长恨歌》:"翡翠衾寒谁与共。"麝(社 shè),本动物名,即香獐,其体内的分泌物可作香料。这里即指香气。熏,古代富家妇女的衣服也有用香料熏过。度,透过。绣芙蓉,指绣花的帐子。《长恨歌》:"芙蓉帐暖度春宵。"
5 刘郎,相传东汉时刘晨、阮肇一同入山采药,遇二女子,邀至家,留半年乃还乡。见《太平广记》引录。后也以此典喻"艳遇"。蓬山,蓬莱山,指仙境。

说明

这诗假定为男女远别后的思念之作,诗中的主人,也假定为女方。

飒飒东风细雨来¹,芙蓉塘外有轻雷²。金蟾啮锁烧香入³,玉虎牵丝汲井回⁴。贾氏窥帘韩掾少⁵,宓妃留枕魏王才⁶。春心莫共花争发，一寸相思一寸灰⁷。

1　飒飒（萨 sà），状风声。
2　芙蓉，荷花的别名。轻雷，车声。
3　金蟾句，意谓虽有金蟾啮锁，香烟犹得进入。金蟾，旧注说是"蟾善闭气，古人用以饰锁"。另一首《月夜重寄宋华阳姊妹》，也有"偷桃窃药事难兼，十二城中锁彩蟾"语。啮（涅 niè），咬。
4　玉虎句，意谓井水虽深，玉虎犹得牵丝汲之。玉虎，井上的辘轳。丝，井索。汲，引。
5　贾氏句，晋韩寿貌美，司空贾充招为掾，贾女于窗格中见韩寿而悦之，遂通情。贾女又以晋帝赐贾充之西域异香赠寿。韩掾少，为了韩寿的年轻俊美。掾（愿 yuàn），僚属。少，年轻。
6　宓（伏 fú）妃句，魏曹植曾作《洛神赋》，赋中叙述他和洛河女神宓妃相遇事。后人也有以为洛神是指曹丕皇后甄氏，并谓植先曾求娶甄氏未成，植遂苦思。后甄为曹丕皇后，被郭后谮死。及植将过洛水时，忽见一女子来，赠以在家时所用枕，遂作《洛神赋》。见《文选》李善注。李诗也是在指甄氏。按，曹植兄弟之间固有嫌隙，他的《洛神赋》，也可能有所影射，但与甄氏无涉，后人已有考证。宓妃，指洛神，传说为伏（宓）羲之女。留枕，这里指幽会。魏王，曹植封东阿王，后改陈王。
7　春心两句，意谓今后这颗心再不要和春花一同萌发，免得徒为相思所苦。

说明

原题为《无题四首》，三首为七律，一首为五律。张采田《玉溪生年谱会笺》编于宣宗大中五年（851），并以为李商隐欲重见当时宰相令狐绹而不得。五六两句，固极工致，但若果咏欲见令狐心事，则以贾氏窥帘，宓妃留枕相喻，究觉不伦，视所谓香草美人者终嫌格卑。

筹笔驿[1]

鱼鸟犹疑畏简书[2]，风云常为护储胥[3]。徒令上将挥神笔[4]，终见降王走传车[5]。管乐有才真不忝[6]，关张无命欲何如[7]。他年锦里经祠庙[8]，《梁父吟》成恨有余[9]。

1 筹笔驿，即今朝天驿。在今四川广元市北。相传诸葛亮出兵伐魏，曾驻军筹策于此。驿，供邮传人和官员旅宿的处所。
2 鱼鸟句，诸葛亮治军以严明称，这里意谓至今连鱼鸟还在惊畏他的简书。疑，惊。简书，指军令。古人将文字写在竹简上。《诗经·小雅·出车》："岂不怀归，畏此简书。"鱼，一作"猿"。
3 储胥，指军用的篱栅。
4 上将，犹主帅，指诸葛亮。
5 降王，指后主刘禅。走传车，魏元帝景元四年（263），邓艾伐蜀，后主出降，全家东迁洛阳，出降时也经过筹笔驿。传车，古代驿站的专用车辆。后主是皇帝，这时却坐的是传车，也隐含讽喻意。
6 管，管仲。春秋时齐相，曾佐齐桓公成就霸业。乐，乐毅。战国时人，燕国名将，曾大败强齐。真不忝（舔 tiǎn），真不愧。诸葛亮隐居南阳时，每自比管仲、乐毅。蘅塘退士评此四句云："能动物，能感神，不能保暗主之不失国。"

7 关，关羽。张，张飞。孙权曾使吕蒙破荆州，守将关羽被杀。后刘备伐吴，张飞又为部下张达、范彊杀害。无命，指非寿终。欲何如，意谓关张被杀，靠诸葛亮独支危局，又有什么办法呢。这里在提高关张在蜀国的作用。

8 他年句，张采田笺云："此随（柳）仲郢还朝途次作。结指大中五年西川推狱，曾至成都也。"李商隐曾于大中五年谒成都武侯祠，并作《武侯庙古柏》诗。故诗中的"他年"作往年解。锦里，在成都城南，有武侯祠。

9 梁父吟，注见杜甫《登楼》。两句意谓，往年曾谒锦里的武侯祠，想起他隐居时吟咏《梁父吟》的抱负，不曾得到舒展，实在令人遗憾。

说明

此诗为大中十年（856）作。其沉郁顿挫处，深承杜甫咏诸葛亮诗的笔意。开头两句，写出了诸葛亮生前的威望，身后的余烈，接下来六句，都是围绕着最末的"恨有余"三字。

无题

相见时难别亦难[1]，东风无力百花残[2]。春蚕到死丝方尽[3]，蜡炬成灰泪始干。晓镜但愁云鬓改[4]，夜吟应觉月光寒[5]。蓬山此去无多路[6]，青鸟殷勤为探看[7]。

1. 相见句，无见也无别。正因为相见不易，所以连离别也觉难得了。实有互文意。
2. 东风句，指相别时为暮春时节。
3. 丝，与"思"谐音。
4. 晓镜句，是设想对方早晨对镜时，唯恐因其苦思而减损了风姿。但，只。云鬟，形容妇女发脚的浓密。
5. 应觉，也是设想之词。月光寒，指夜渐深。
6. 蓬山，蓬莱山，指仙境。
7. 青鸟，注见卷四杜甫《丽人行》。这里是盼望对方多寄信来或常来探望的意思。

说明

此诗也可能有人事关系上的隐托，但这里还是就诗论诗，只作为爱情诗看。

春雨

怅卧新春白袷衣[1]，白门寥落意多违[2]。红楼隔雨相望冷[3]，珠箔飘灯独自归[4]。远路应悲春晼晚[5]，残宵犹得梦依稀[6]。玉珰缄札何由达[7]，万里云罗一雁飞[8]。

1. 白袷衣，即白夹衣，唐人以白衫为闲居便服。
2. 白门，指今江苏南京市。张采田云："首二句想其流转金陵寥落之态。"
3. 红楼，对方曾居住过的地方。相望冷，因是初春，又值雨中，故倍觉凄冷，也含作者这时的暗淡情绪。
4 珠箔，珠帘，一说是形容雨点的飘洒。
5 远路句，设想远地的对方，对着春天的薄暮定在含悲。晼晚，日将落时。
6 梦依稀，迷离的梦境。见得残宵不虚度。
7 玉珰，耳珠。汉繁钦《定情诗》："何以致区区，耳中双明珠。"李诗常用其意，如《燕台诗·秋》："双珰丁丁联尺素。"《夜思》："寄恨一尺素，含情双玉珰。"缄札，这里指密封的书信。缄，封。此处只是强调写信时情意的深切，不一定就有玉珰相赠。
8 云罗，云片如罗纹。一雁飞，古人有雁足传书之说（语本出《汉书·苏武传》）。

说明

此诗是因春雨而感怀，并非专咏春雨，但由春雨带来的怅念远人的情绪，却真像雨丝那样不绝如缕地隐现纸上了。

作者在《重过圣女祠》中的"一春梦雨常飘瓦"，也是善于把雨和梦联缀起来。

第三句红楼隔雨，设色尤好，可以入画。方东树《昭昧詹言》题《隋宫》云："江都离宫四十余所，只用紫渊，取紫微义，且选字媲色也。"

无题 二首

凤尾香罗薄几重¹，碧文圆顶夜深缝²。扇裁月魄羞难掩³，车走雷声语未通⁴。曾是寂寥金烬暗⁵，断无消息石榴红⁶。斑骓只系垂杨岸⁷，何处西南待好风⁸。

1　凤尾香罗，凤纹罗。罗，绫的一种。
2　顶，指帐顶。
3　扇裁句，指以团扇掩面。传为班婕妤作的《怨歌行》："裁为合欢扇，团团如明月。"月魄，月的不明亮部分，这里指月。
4　车走雷声，谓车声如雷。司马相如的《长门赋》，有写陈皇后于失宠幽居时望幸之情："雷殷殷而响起兮，声象君之车音。"
5　曾是，已是。金烬暗，犹云烛残。烬，烛花。
6　石榴红，石榴花开时节。
7　斑骓（锥 zhuī），毛色青白相杂的马。
8　好风，也就是西南风。曹植《七哀诗》："愿为西南风，长逝入君怀。"待，一作"任"。

说明

这首诗姑且假定为男方想念女方。

开头两句，是设想对方的夜生活，为了赶缝罗帐，一直缝到深夜。三四两句，回忆当初相见时的情景：含羞一见后就匆匆乘车而走，连话也没交谈。五六两句，写别后的落寞心情：常常沉思渴望，至于烛花已残；苒苒之间又已石榴花开，仍无消息。末了是说所乘的马就在杨柳岸，只等待好风从西南吹来。

诗中的主人公，也可以看作女方。那就是说，缝顶裁扇等都是在回忆她过去的动作，末两句则是对对方的盼望。这类诗本也很难"达诂"。

重帷深下莫愁堂[1]，卧后清宵细细长[2]。神女生涯原是梦[3]，小姑居处本无郎[4]。风波不信菱枝弱[5]，月露谁教桂叶香[6]。直道相思了无益，未妨惆怅是清狂[7]。

1. 重帷，喻帷帐深邃。莫愁，古乐府中所传女子。一为石城（在今湖北钟祥市）人。一为洛阳人，见梁武帝萧衍《河中之水歌》。这里泛指年轻的女子。作者有一首七绝《莫愁》，中云："若是石城无艇子，莫愁还自有愁时。"则此处当指石城莫愁。
2. 卧后，醒后。长，指长夜。实是说不眠时间超过入眠时间。
3. 神女，即宋玉《神女赋》中的巫山神女。传说她曾与楚王在梦中欢会。参见杜甫《咏怀古迹》之二。生涯，犹生计。
4. 小姑句，古乐府《青溪小姑曲》："小姑所居，独处无郎。"
5. 风波句，意谓菱枝虽是弱质，却不相信会任凭风波欺负。
6. 月露句，意谓月露之下，是谁使桂叶传香。
7. 直道两句，意谓即使相思全无好处，但这种惆怅之心，也好算是痴情了。直道，即使，就说。了，完全。清狂，旧注谓不狂之狂，犹今所谓痴情。按，如作狂放解本也通，如杜甫《壮游》之"裘马颇清狂"。但既把诗中人作为女子解，那么，还是作痴情解较切。

说明

诗的开头，写一年轻女子醒来后细细地想着自己的身世，更觉长夜漫漫了。五句尚可解，六句不妨解作自叹徒有芬芳（美好）的品格，却不为对方爱惜，也就是所谓"慧心弱质"。

这诗清人何焯说是李商隐《无题》中自伤不遇之"直露"者。

即使如此,读来仍有意象朦胧之感。

本卷七律部分,杜甫最多,次即李商隐,这是因为前人对李诗七律评价很高,又以为上接杜律。如施补华《岘佣说诗》云:"义山七律得于少陵者深,故秾丽之中,时带沉郁,如《重有感》《筹笔驿》等篇,气足神完,直登其堂入其室矣。飞卿华而不实,牧之俊而不雄,皆非此公敌手。"方东树《昭昧詹言》则以为唐人七律,杜甫、王维为两个正宗外,"义山别为一派,不可不精择明辨",同时又能兼杜、王之长。

温庭筠

利州南渡 [1]

澹然空水带斜晖[2],曲岛苍茫接翠微[3]。波上马嘶看棹去[4],柳边人歇待船归[5]。数丛沙草群鸥散[6],万顷江田一鹭飞。谁解乘舟寻范蠡[7],五湖烟水独忘机[8]。

1 利州,今四川广元市。
2 澹然,水波动貌。
3 翠微,指青翠的山气。
4 波上句,指未渡的人,眼看着马鸣舟中,随波而去。波上,一作"坡上"。棹(诏 zhào),桨,也指船。

5 柳边句,指将渡的人,憩身柳荫,待渡船再来。
6 数丛句,指船过草丛,惊散群鸥。
7 范蠡,春秋楚人,曾助越灭吴,为上将军。后辞官乘舟而去,泛于五湖。
8 五湖,也指太湖。机,机心。旧谓鸥鹭忘机,故有双关意。

说明

写日暮时人马急欲渡江情状。为了每一句都扣住"水",以致首尾两见"水"字。末句用范蠡辞官典故,其实范蠡倒是很有机心的人,他之辞官,就因越王句践难共安乐之故。

苏武庙

苏武魂销汉使前[1],古祠高树两茫然。云边雁断胡天月[2],陇上羊归塞草烟[3]。回日楼台非甲帐[4],去时冠剑是丁年[5]。茂陵不见封侯印[6],空向秋波哭逝川[7]。

1 苏武于汉武帝天汉元年(前100)奉命赴匈奴,为匈奴扣留,并胁诱归降,终不屈,乃徙至北海(今贝加尔湖)牧羊,犹坚持汉节示志,达十九年,历尽艰苦。回国时已是昭帝始元六年(前81),诏武奉一太牢谒武帝园庙。官任典属国(掌管当时少数民族事务)。
2 云边句,汉要求苏武回国,匈奴诡言武已死。后汉使至,常惠教汉使向单于说"汉帝射雁,于雁足得苏武书,言其在某泽中",

匈奴才承认苏武尚在。雁断,指苏武去国久。胡天,指匈奴。
3 陇上句,指苏武回国后,羊仍回原地。陇,通"垄",高地。
4 甲帐,汉武帝以琉璃珠玉等络为帷帐,因其数多,故以甲乙分之。这句实指苏武回国时武帝已死,楼台非旧。
5 冠,兼用古男子二十岁加冠典。丁年,成丁的年龄。旧题李陵答苏武书:"丁年奉使,皓首而归。"丁,壮大。
6 茂陵句,意谓苏武回国时,武帝既死,也得不到他封侯之赏。茂陵,汉武帝陵墓,在今陕西兴平市东北。常作为汉武帝的代称。
7 空,枉然。逝川,本指逝去的时间,此处泛指往事。《论语·子罕》:"子在川上曰:逝者如斯夫。"

说明

五六两句是用逆挽法,即先说回国,后说去国。纪昀说:"五六生动,余亦无甚佳处。"是。

薛逢

作者介绍

薛逢,字陶臣,蒲州(今山西永济市)人。会昌进士,任万年尉。自恃才高,偏激傲慢。本与杨收、王铎同年及第,及杨、王为相,以"须知金印朝天客,同是沙堤避路人"讥收,以"昨日鸿毛万钧重,今朝山岳一毫轻"讽铎,致两次被摈远方。晚年行李萧条,龙钟自愤。官终秘书监。《唐才子传》评其诗"长短皆卒然而成,未免失浅露俗"云。

宫词

十二楼中尽晓妆[1],望仙楼上望君王[2]。锁衔金兽连环冷[3],水滴铜龙昼漏长[4]。云髻罢梳还对镜[5],罗衣欲换更添香。遥窥正殿帘开处,袍袴宫人扫御床[6]。

1 十二楼,注见韩翃《同题仙游观》。这里指一清早宫人就在梳妆以待幸。
2 望仙楼,《旧唐书·武宗本纪》记会昌五年,敕造望仙台于南郊坛。作者也是武宗时人。又,汉文帝也筑望仙台于三门峡市陕州区。这里只是由十二楼连及望仙楼,非实指,意谓望君如望仙。
3 金兽连环,刻着兽头形的铜门环。冷,指含凉意的铜环,实也形容望幸者的感受。
4 水滴句,指铜壶滴漏,古代计时仪器,壶上刻有龙形,水由龙口滴出,观其度数,可知时刻。
5 罢梳,梳罢。
6 袍袴宫人,指穿着衣袴的宫女。袴,通"裤"。

说明

　　早晨梳妆后就在等望着,到了中午,仍不见皇帝到来,听着滴漏之声,更觉日子长得无聊。后来瞥见帘内的宫人正在收拾床榻，觉得自己还不如她们能接近皇帝。

　　本书中的一些宫词，大都属于"宫怨"诗，虽然并不全是真实，有的还是作者借此卖弄才华，从封建文人的趣味出发，例如本篇；但封建宫闱中那些妇女精神生活之不正常，也略见一二。

秦韬玉

作者介绍

　　秦韬玉，曾应进士试未中，乃出入宦官田令孜之门。僖宗奔蜀，他从驾前行，以工部侍郎为田令孜神策军判官，并敕赐进士及第，故有"巧宦"之称。

贫女

　　蓬门未识绮罗香[1]，拟托良媒亦自伤。谁爱风流高格调[2]，共怜时世俭梳妆[3]。敢将十指夸针巧，不把双眉斗画长[4]。苦恨年年压金线[5]，为他人作嫁衣裳。

1　蓬门，茅屋的门，指贫女之家。绮罗香，指富贵人家妇女的服饰。
2　风流，这里指风韵优雅。格调，犹品格。

3 共怜句,意谓共惜时世艰难而妆饰从俭。作者的时代也已至晚唐。按,白居易《新乐府》有《时世妆》,诗中所描写的实非俭妆,恰恰是另一种形式的"浓妆",所谓"时世妆",即最时髦的打扮之意。故未取。
4 斗,竞炫。
5 苦恨,甚恨。压金线,按捺针线,指刺绣。

说明

此诗写贫女自伤身世,也是怜贫士不遇。若单纯作为贫女看,则"拟托良媒亦自伤"云云,不但意露,格也卑下。

乐　府

沈佺期

独不见[1]

卢家少妇郁金堂[2],海燕双栖玳瑁梁[3]。九月寒砧催木叶[4],十年征戍忆辽阳[5]。白狼河北音书断[6],丹凤城南秋夜长[7]。谁为含愁独不见,更教明月照流黄[8]。

1. 独不见,乐府杂曲歌名,内容写不相见之苦。题一作《古意呈乔补阙知之》。
2. 卢家句,梁武帝萧衍《河中之水歌》:"河中之水向东流,洛阳女儿名莫愁。莫愁十三能织绮。十四采桑南陌头。十五嫁为卢家妇,十六生儿字阿侯。卢家兰室桂为梁,中有郁金苏合香。"此句用其意。郁金,郁金香,可浸酒涂壁,百合科,旧谓出大秦国,即今小亚细亚。
3. 海燕,即越燕,多在梁上作巢。玳瑁(旧读妹 mèi)梁,指画梁。玳瑁,龟属海产动物,可作装饰品。这句是以双燕起兴,先比夫妇相守,后托少妇独处。卢照邻《长安古意》:"双燕双飞绕画梁,罗帏翠被郁金香。"
4. 砧(针 zhēn),捣衣石。古代捣衣多在秋晚。催木叶,指砧声至秋而起，树叶也随秋而落。
5　戍，驻守。辽阳，指今辽宁辽阳市附近地区，为东北边防要地。
6　白狼河，白狼水，即今辽宁境内的大凌河。两《唐书》《奚传》说奚国国境南接白狼河，即此。
7　丹凤城，一说因秦穆公女吹箫，凤降其城，故名。后便为京城之别称。按，恐即凤阙之意。汉建章宫有凤阙，后世也借指帝城，唐代民居多在城南。
8　谁为两句，原是用现成的题意，意谓谁使她含愁而不能相见（有双关意），却还要教明月来照流黄。谁为，也可解作"为谁"。流黄，黄色的绢，这里泛指少妇所用的丝织品，如巾或帷。更教，一作"使妾"。

说明

此诗名为乐府，实是七律（故未入卷四七言乐府）；题一作"古意"，实咏今事。先以开头两句写一对年轻夫妇，同处在繁华的长安城，就像海燕之双栖于高堂的画梁，以后便是一别十载，少妇也感流光已逝。五六两句，分写行者居者。"收拓开一步，正是跌进一步。曲折圆转，如弹丸脱手。"（《昭昧詹言》）王维

卷七 五言绝句

王维

鹿柴[1]

空山不见人,但闻人语响。返影入深林[2],复照青苔上。

1 鹿柴,王维辋川别业的一景,参见《辋川闲居赠裴秀才迪》。柴,通"寨""砦",有篱落的村墅。
2 返影,日光返照。

说明

作者有《辋川集》诗二十首,本书共选二首,此为其一。前有序,列举孟城坳、华子冈、文杏馆等二十景,每首都有裴迪"同咏",大概当时想自为一帙的。

一二两句写幽静却又非寂灭,唐汝询所谓"幽中之喧也"。

写感觉,捉印象,是王维诗一大特色。

竹里馆

独坐幽篁里[1],弹琴复长啸[2]。深林人不知,明月来相照。

1 幽篁,竹林,即下之"深林"。
2 啸,撮口发出长声,即所谓"肉笛"。

说明

这也是《辋川集》诗之一,在绝诗中是"古绝"。

作者在竹林深处弹琴长啸,这情趣是别人不易领会的,倒是明月能够懂得,所以来相照了。

送别

山中相送罢,日暮掩柴扉[1]。春草年年绿,王孙归不归[2]。

1　柴扉,柴门。
2　春草两句,意谓到明年春草重绿时,你到底回来不回来。年年,一作"明年"。王孙,指所别之人或游子。《楚辞·招隐士》"王孙游兮不归,春草生兮萋萋",《史记·淮阴侯列传》中漂母对韩信说的"吾哀王孙而进食",都是游子意。章燮《唐诗三百首注疏》注云:"王孙作所别之人解……解王孙者不一其义,读者必须揣辞推意以合题指耳。"所谓所别之人,其实就是征人。

说明

山中送别回来闭门后,心情就寂寞起来,也更加想念了。惜别的深情,却体现在看似平淡的两句话里。

相思

红豆生南国[1],春来发几枝[2]?愿君多采撷[3],此物最相思。

1 红豆,别名相思子,木本,蔓生,冬春结实如豌豆而微扁,色鲜红如珊瑚,可作饰物。南国,因红豆多产于岭南,故云。
2 春来,一作"秋来"。发几枝,又发了几枝。
3 撷(协xié),摘。

说明

据唐范摅《云溪友议》所记,安禄山之乱,玄宗奔蜀,乐工李龟年流落湘中,曾于采访使筵上唱"红豆生南国"及"清风明月苦相思"两诗,在座的人听了,莫不南望玄宗所在而惨然。

但王维写此诗时只是托物以寄相思,作为抒情诗看,那种感情也还是健康的。

杂诗

君自故乡来,应知故乡事。来日绮窗前¹,寒梅著花未²?

1 来日,指自故乡动身那天。绮窗,镂花的窗。
2 著花未,开花没有。

说明

原诗共三首,此为第二首。合而观之,似是女方家住孟津河边,男方旅居江南。看到从江南来的船,便隔河托带个口讯。船又回到了江南,就把口讯转达了,男方又问带口讯的人,绮窗前的寒梅可曾开了。于是对方紧接着回答说:不但寒梅开了,鸟也啼了，阶前的青草也长出来了，可是这春色只能使她伤心。

另两首并录于下：

家住孟津河，门对孟津口。常有江南船，寄书家中否。
已见寒梅发，复闻啼鸟声。愁心视春草，畏向玉阶生。

裴迪

作者介绍

裴迪，关中人。与王维同居终南山，以诗唱和。天宝后为蜀州刺史。又与杜甫、李颀友善。曾为尚书省郎。其诗也以在辋川诸作为佳。

送崔九[1]

归山深浅去，须尽丘壑美[2]。莫学武陵人，暂游桃源里[3]。

1 崔九，王维有《送崔九兴宗游蜀》及《秋夜坐怀内弟崔兴宗》诗。又据《唐诗纪事》，裴迪初与王维、崔兴宗俱居终南。则此崔九当为崔兴宗。

2 壑，山谷。

3 莫学两句，陶潜《桃花源记》里写武陵渔人进桃源后，勾留数日便即辞去。后郡太守遣人随其同往，却已迷路了。这里意思是说，不要学武陵人那样，只住了几天就出来。

说明

诗是劝崔九既要隐居，必须坚定，入山后，无论深处浅处，都要尽赏丘壑之美，莫学武陵人之暂游即出，因为当时正有些"终南捷径"之类的假隐士。

祖咏

终南望余雪[1]

终南阴岭秀[2]，积雪浮云端。林表明霁色[3]，城中增暮寒。

1 终南，终南山，注见李白《下终南山过斛斯山人宿置酒》。
2 阴岭，背向太阳的山岭。山北曰阴，也易于积雪。
3 林表，林外。霁色，这里指雪停后的景色，故下云"增"，说明正是积雪。

说明

雪霁后寒气反重，因此而想到城中人的受冻，和罗隐《雪》诗的"长安有贫者，为瑞（瑞雪）不宜多"同意而蕴藉。

据《唐诗纪事》，此诗本为应试而作，应是律体，所以末两句是对的，作者却写了四句就交给考官，人家问他下半首，他说："意尽。"也实在尽得恰好。

孟浩然

宿建德江[1]

移舟泊烟渚[2]，日暮客愁新[3]。野旷天低树[4]，江清月近人[5]。

1 建德江，浙江上游建德市附近一段。
2 烟渚（主 zhǔ），暮烟笼罩中的小洲。
3 客愁新，又新添了客中的愁思。
4 野旷句，因为树木凋零，旷野便愈见其旷，天也好像比树低。这都是从船窗里看到的。
5 月，指江中月影。

说明

一首小诗，写出一个境界。三四两句中的情景，从前在水乡坐过船的人，可能也有这种感觉。诗里没有用秋字，但野旷加上江清，秋色就萦绕在读者眼前了。

月近人的近，也可解作亲近的近。因为是在枯寂的旅途中，一月临江,也倍有亲近之感,犹杜甫的"江月去人只数尺"。

这首诗,也可看作截五律之上半首。

春晓

春眠不觉晓,处处闻啼鸟[1]。夜来风雨声,花落知多少。

1 春眠两句,起先还不觉得晓之已至,听到鸟声才知道。

说明

　　一场风雨,不知道给春花带来多少灾难。幸喜天已晴了,处处都有鸟儿们在啼唱。

　　字数不多,语言浅明,含意却曲折深远。这就是好诗。

李白

夜思[1]

床前明月光,疑是地上霜。举头望明月[2],低头思故乡。

1 题一作《静夜思》。郭茂倩编入《乐府诗集·新乐府辞》,并云:

"新乐府者,皆唐世之新歌也。以其辞实乐府,而未尝被于声,故曰新乐府也。"也可以说,绝句实出于乐府。
2　举头句,晋《清商曲辞·子夜四时歌·秋歌》:"仰头看明月,寄情千里光。"按,李诗首句"明月光"一作"看月光",此句"明月"一作"山月"。

说明

二十个字,抵得了多少话。感人语正不在多。不少人在儿童时代就读过无数遍,后来离乡他去,读来仍然感到新鲜亲切,就因为大家都有一个故乡。沈德潜所谓"旅中情思,虽说明却不说尽"。

看了这首诗,也想起杜甫的"露从今夜白,月是故乡明"来。一个是因明月而疑霜,因霜而思乡;一个是连月亮也不及故乡之明。

怨情

美人卷珠帘[1],深坐颦蛾眉[2]。但见泪痕湿,不知心恨谁。

1　卷珠帘,写等望。
2　深坐句,写失望时的表情。颦蛾眉,皱眉。

说明

李白另有一首七言的《怨情》,写一个因丈夫恋新负旧的弃妇怨情，和这首诗的主题有相似处。

末句"不知心恨谁"，虽未明说，但实际已对读者作了暗示。

杜甫

八阵图[1]

功盖三分国[2]，名成八阵图。江流石不转[3]，遗恨失吞吴[4]。

1 八阵图，聚细石成堆，各高五尺，纵横棋布。夏时为水隐没，冬时水退仍然出现。遗迹曾见于夔州西南永安宫前平沙上，相传即诸葛亮所作。《刘宾客嘉话录》曾记其遗迹。八阵，天、地、风、云、龙、虎、鸟、蛇。诸葛亮所布八阵有四处，皆在蜀中，以夔州为最著名。图，法度，规模。
2 功盖，意谓三国之中，以诸葛亮佐蜀之功最为超卓。三分，指魏蜀吴鼎立。
3 江流句，意谓江流虽冲激甚烈，遗迹却终不消失。
4 遗恨句，有好几种说法。从史实的记载看，诸葛亮对刘备之伐吴是不赞成的，隆中初见时，即已有"东连孙权，北拒曹操"之说，后来刘备被陆逊大败于猇亭（在今湖北宜都市北），又说："法孝直（法正）若在，则能制主上令不东行；就复东行，必不倾危矣。"（《三国志·法正传》）所以这里的"失吞吴"，应是失策在吞吴之意。苏轼主此说。《东坡志林》："我意本谓吴蜀唇齿之国，不当相图，晋之所以能取蜀者，以蜀有吞吴之意。此为恨耳。"另外则为以不能灭吴为恨；以诸葛亮不能制止刘备伐吴为恨；以不能用阵法而致失师为恨。此三说中，又以第一说较长。

说明

杜甫初到夔州时作。刘备的伐吴，关系到蜀国的得失极大，诗的第四句，也可看作是对刘备晚年的微词。

此诗也可看作截五律的后半首。

王之涣

作者介绍

王之涣（688—742），字季凌，原籍晋阳（今山西太原市），其高祖时已迁绛州（今山西新绛）。曾任衡水主簿，因被诬解官，家居十五年，复出任文安（今属河北）县尉，卒。葬于洛阳。

他早年负侠气，每击剑悲歌，放禽纵酒，又家居绛郡，这和他诗歌中表现的气息也相吻合，墓志铭也说"尝或歌《从军》，吟《出塞》，嗷兮极关山明月之思，萧兮得易水寒风之声"。这些诗，当时是"传乎乐章，布在人口"，但存于《全唐诗》中的只有六首了。即此六首，便足传世，王世贞且以《出塞》为唐人七绝第一。又如《送别》之"杨柳东门树，青青夹御河。近来攀折苦，应为别离多",也可诵。

1961年8月号《文物》曾刊《唐故文安郡文安县尉太原王府君墓志铭并序》,这里的生卒年等即据墓志。

登鹳雀楼[1]

白日依山尽[2],黄河入海流。欲穷千里目,更上一层楼。

1 鹳(贯 guàn)雀楼,一名鹳鹊楼,故址在今山西永济市西南城上,因常有鹳雀栖其上,故名。后被河水冲没。唐代为登临胜地。沈括《梦溪笔谈》卷十五:"河中府鹳雀楼三层,前瞻中条,下瞰大河。唐人留诗者甚多,唯李益、王之涣、畅当三篇能状其景。"
2 白日,白字生辣,也切旷野落日之景。

说明

一首二十字的小诗,却写出了那么雄浑浩茫的气魄,也写出了宇宙之无限。末了两句,一直被人们作为一种追求崇高的精神世界的象征。

沈德潜云:"四语皆对,读去不嫌其排,骨高故也。"

又,沈括文中的畅当,据1979年版《唐诗别裁集》卷十九校记所考,应作畅诸。诸,汝州人,官许昌尉。

刘长卿

送灵澈[1]

苍苍竹林寺,杳杳钟声晚[2]。荷笠带斜阳[3],青山独归远[4]。

1 灵澈,当时著名诗僧,本姓汤。元和十一年(816)卒于宣州。
2 杳杳,深远貌。
3 荷,负。
4 青山句,实即独归青山远。

说明

诗似是写灵澈将远行,作者到竹林寺去送他。第三句的"荷笠",就写出了行僧模样。

灵澈去的地方,可能是沃洲山,可与后面的《送上人》参看。诗题也一作"送灵澈上人"。

弹琴

泠泠七弦上[1],静听松风寒[2]。古调虽自爱,今人多不弹。

1 泠(零 líng)泠,指琴声清幽。七弦,琴的代称。相传神农制五弦,文王加二弦为七弦。

2　松风寒，以风入松林比喻琴声的凄清。又，琴曲有《风入松》。

说明

诗是感慨世无知音，故古调冷落，实有自伤意。作者另有《客舍赠别韦九建赴任河南》，中云："清琴有古调，更向何人操。"命意相同，也正是刘诗之短。

送上人[1]

孤云将野鹤[2]，岂向人间住。莫买沃洲山[3]，时人已知处。

1　上人，对僧人的尊称。
2　孤云句，张祜《寄灵澈诗》，也有"独树月中鹤，孤舟云外人"句。将，共，引伸为"陪"，两者皆出尘物，故借指上人。
3　沃洲山，在今浙江新昌县东，相传晋名僧支遁曾于此放鹤养马，道家以为第十二福地。白居易有《沃洲山禅院记》。沃洲，也作沃州。

说明

诗中的上人就是前首的灵澈，权德舆有《送上人庐山回归沃洲序》，刘禹锡《送僧仲剬东游末句呈澈》诗，也有"一旦扬眉望沃洲"句，都是指灵澈。末两句意谓，如果你要隐居学道，就莫到那种名山去，这会让人们知道你的居处。用意和裴迪《送崔九》相似。

韦应物

秋夜寄丘员外[1]

怀君属秋夜[2],散步咏凉天。空山松子落,幽人应未眠[3]。

1　丘员外,即丘二十二。名丹,丘为之弟,嘉兴(今属浙江)人。曾官仓部员外郎。
2　属(主zhǔ),适逢。
3　幽人句,从自己的散步想到丘员外当也未眠。幽人,犹隐士。

说明

　　韦应物在苏州时,曾屡与丘丹往还。《唐诗纪事》中曾录韦、丘唱和诗数首。这时丘丹在临平山学道。

　　施补华《岘佣说诗》谓此诗"清幽不减摩诘,皆五绝之正法眼藏也"。意为五绝中的正统。

李端

作者介绍

　　李端,字正己。赵州(今河北赵县)人。少时居嵩山,晚年师事高僧(见所作《戏赠韩判官绅卿》)。大历进士,授秘书省校书郎。初至长安时,驸马郭暧颇结纳文士,端曾入其馆。旋以多病居终南山,不久复为杭州司马。后又移家隐居衡山,自号衡岳山人。

他是大历十才子之一,以敏捷称。他以闺情为题材的诗,还有《拜新月》、《闺情》等,也清新曲折。大概因为这是他作品的特色之一,所以这里就独选此诗。

听筝[1]

鸣筝金粟柱[2],素手玉房前[3]。欲得周郎顾,时时误拂弦[4]。

1 筝,拨弦乐器,十三弦。
2 金粟柱,古也称桂为金粟,这里当是指弦轴之细而精美。
3 玉房,弹筝人居处的美称。旧注以为"所以安枕(横木)也"。
4 欲得两句,周瑜任建威中郎将(统军将领)时,年仅二十四,吴中皆呼为周郎。又精晓音乐,听到别人奏曲有误,必能辨知,知之必顾看,时人为之语曰:"曲有误,周郎顾。"后因称精于赏曲者为顾曲周郎。

说明

诗里写的弹筝人为一女子。为了逗取对方聆赏她的乐曲,故意把曲子弹错。末两句转了一个小小的弯,诗意就出来了。王勣的"不应令曲误,持此试周郎"是另一种写法。

王建

作者介绍

王建，字仲初，颍川（今河南许昌市）人。大历进士。曾任县尉、县丞。文宗时为陕州司马。后又从军塞上。最后退居咸阳原，有《原上新居》十二首。

他与张籍皆以新乐府著称，也是元白新乐府运动的先导。张籍《逢王建有赠》中云："年状皆齐初有髭，鹊山漳水每追随。"可知两人年岁相齐，行踪相亲。其生年当在代宗大历二年（767）前后。他的《自伤》诗说："衰门海内几多人，满眼公卿总不亲。四授官资元七品，再经婚娶尚单身。图书亦为频移尽，兄弟还因数散贫。独自在家长似客，黄昏哭向野田春。"从此诗也可略知他的身世。总之，他是一个出身寒门，官卑职低，中游塞上，晚犹贫困的人。这些经历，也使他对当时的社会现实深为关心，写出了内容上有鲜明倾向，风格上有民歌色彩的乐府诗，其中有些还是以妇女生活为题材。例如《失钗怨》，写贫女为了失却一枚铜钗，哭了三天，因为铜钗上还留着她新婚时的暖意，可是，"高楼翠钿飘舞尘，明日从头一片新"，这就不单是描写贫女的个人得失了。

除乐府诗外，他还写过《宫词》百首，比起乐府诗来，内容就差得多，文学史上占不了什么地位。

新嫁娘

三日入厨下,洗手作羹汤[1]。未谙姑食性[2],先遣小姑尝[3]。

1　三日两句,古代风俗,新娘婚后三日,须入厨房做菜。洗手,表示慎重。
2　谙(庵 ān),熟悉。姑,这里指婆婆。
3　小姑总是较婆婆容易亲近。转圜处细微而机巧。

说明

　　或以为此诗为新入仕途者而作,意谓因未熟悉上司习性,只得先多向同僚请教。如果不是作为正面的做官秘诀、乌纱世故来宣扬,而是作为一种讽喻,倒有些比兴上的巧妙。但这里就诗论诗,也真实地刻画了古代新妇那种怯弱谨畏的心情,如同沈德潜所说:"诗到真处,一字不可移易。"

权德舆

作者介绍

　　权德舆(758—818),字载之,天水略阳(今属陕西)人。十五岁时曾以其文编为《童蒙集》十卷。曾任监察御史。德宗闻其名,征为太常博士,转左补阙。宪宗时拜相。后出镇兴元,不久因病诏许回京,卒于途中。

他为政尚宽,又好学,其乐府诗也为后人称道。严羽曾说:"权德舆之诗或有绝似盛唐者,或有似韦苏州、刘随州处。"但其实不及韦、刘。

玉台体[1]

昨夜裙带解,今朝蟢子飞[2]。铅华不可弃[3],莫是槀砧归[4]?

1. 玉台体,南朝陈徐陵曾选古代艳诗及言情诗,编为《玉台新咏》十卷。这里也是指咏闺情。
2. 蟢子,长脚蜘蛛,也作喜子,古称蟏蛸。明胡震亨《唐音癸签》卷二十:"俗说裙带解,有酒食。蟢子缘人衣,有喜事。"
3. 铅华,脂粉。
4. 莫是,莫不是。犹"好容易"和"好不容易"同义。槀砧(针zhēn),古代称丈夫的隐语。槀(稻秆)砧皆为斩割用的垫具,斩时用铁(铡刀),音同"夫",故言槀砧即兼含铁(夫)意。

说明

《玉台新咏》收《古决绝词》四首,中有"槀砧今何在,山上复有山(隐"出"字)。何当大刀头(刀头有环,隐"还"字),破镜飞上天(圆镜如月,既破则半分,隐"半月")"一诗,即是"丈夫外出,半月当还"的隐语。此诗是戏效其体。结末两句,说明丈夫不在时,女主人是不施铅华的。实是用《诗经·伯兮》的"岂无膏沐,谁适为容"意而变化之。

柳宗元

江雪

千山鸟飞绝¹，万径人踪灭。孤舟蓑笠翁²，独钓寒江雪。

1 千山两句，都是暗写雪天的严寒。
2 蓑（莎 suō），蓑衣，棕制的雨具。笠，笠帽。

说明

　　所有的鸟、所有的人都不再出来了，雪还在飞舞。老渔翁却披蓑戴笠，独钓江边。作者用了极其警辟的"钓雪"两字。诗作于贬谪永州之后，诗人的傲睨一切的性格也力透于纸背了。

　　此诗和他的七古《渔翁》，可以看作姊妹篇，而且都以入声字为韵，更显得峭陡挺拔。

元稹

行宫¹

寥落古行宫²，宫花寂寞红。白头宫女在，闲坐说玄宗³。

1　行宫，皇帝出行时的住所。
2　寥落，冷落。
3　玄宗，唐明皇的庙号。

说明

　　诗中的"说玄宗"，即指开元、天宝间事，距作者生活的时代，还不到一百年。自开元至天宝，已经感到盛衰之烈，到了这时，面对寂寞红花、白头宫女，自更有沧桑之感。

　　这首诗概括性强而又很蕴藉，潘德舆《养一斋诗话》卷三云："'寂寞古行宫'二十字，足赅《连昌宫词》六百余字。"只是"寥落"和"寂寞"嫌复。

白居易

问刘十九[1]

　　绿蚁新醅酒[2]，红泥小火炉。晚来天欲雪，能饮一杯无[3]？

1　刘十九，未详。作者另有《刘十九同宿》诗，有"唯共嵩阳刘处士"语，应是河南登封市人。十九，指排行。
2　绿蚁句，未经滤过的新酒，上有浮渣如蚁，故称。蚁，同

"蚁"。醅，未滤的酒。
3 无，犹"否"。

说明

作者在江州时作。在冬天的生活中，小饮取乐，或兼御寒，确是常有的事，一经作者信手写出，却成为一种将雪未雪的诗的境界。诗人的本领就在于从朴素的生活中觅取诗情。

张祜

作者介绍

张祜，字承吉，南阳（今属河南）人，一作清河（今属河北）人。颇有才思而不工应试文。令狐楚镇天平时，曾草表推荐，却为元稹所抑，说他诗是雕虫小技，不宜过于奖激，故其《寓怀寄苏州刘郎中》有云："天子好文才自薄，诸侯力荐命犹奇。贺知章口徒劳说，孟浩然身更不疑。"自此以处士终身。后客淮南，时杜牧为度支使，颇相善待。宣宗大中时，卒于丹阳隐舍，和他《淮南》中"人生只合扬州死，禅智山光好墓田"，恰巧相合。

他性爱山水，多游名寺，又放荡任侠。其诗以七绝胜，山水诗外，还写过好些宫词，内容在王建宫词之上。本书中选的几篇，可以作为他在这两方面的代表。

关于他的名字，他处也作张祐，和他的字承吉，都可通。明胡应麟《诗薮》内编卷四云："一日偶阅杂说，张子小名冬瓜，或以讥之，答云：冬瓜合出瓠子。则张之名祜审矣。"

此外，《儒林外史》中张铁臂虚设人头会的故事，就是以他的受骗于假侠客事为本事。旧题冯翊之《桂苑丛谈》曾记之。受骗者还有一个崔涯，这样便成为小说里的"两公子"，又把张祜之姓套在那个侠客身上。

何满子[1]

故国三千里[2]，深宫二十年。一声《何满子》，双泪落君前[3]。

1 何满子，白居易《听歌六绝句·何满子》自注云："开元中，沧州有歌者何满子，临刑，进此曲以赎死，上意不免。"后也为舞曲名，如文宗时宫人沈翠翘曾舞《何满子》。元稹《何满子歌》也云："便将何满为曲名，御谱亲题乐府纂。"
2 故国，指故乡。
3 君，指唐武宗。

说明

据《唐诗纪事》，唐武宗疾笃时，意欲孟才人相殉，孟唱"一声何满子"后，即气亟立殒。后张祜作《孟才人叹》，词云："偶因歌态咏娇颦，传唱宫中二十春。却为一声《何满子》，下泉须吊旧才人。"

杜牧、郑谷皆有诗咏祜此歌，牧诗云："七子论诗谁似公，曹刘须在指挥中……可怜'故国三千里'，虚唱歌辞满六宫。"故谷诗云："张生'故国三千里'，知者惟应杜紫微。"杜牧官终中书舍人，唐曾改中书省为紫微省，故以杜紫微称之。

李商隐

登乐游原[1]

向晚意不适[2]，驱车登古原[3]。夕阳无限好，只是近黄昏。

1 乐游原，本汉宣帝乐游庙。也名乐游苑。在长安东南，地居京城高处，故可眺望全城，每到二月一日（中和节），三月三日（上巳），九月九日（重阳），游人甚多。
2 意不适，不惬意，贯下夕阳两句。
3 古原，指乐游原。

说明

作者另有一首同题的七绝："万树鸣蝉隔断虹，乐游原上有西风。羲和自趁虞泉宿，不放斜阳更向东。"都是慨叹流光易逝，也可能有盛衰之感，清管世铭所谓"消息甚大"。

纪昀说:"末二句向来所赏,妙在第一句倒装而入,此二句乃字字有根。"对的。若写成登古原才意不适,就乏味了。施补华云:"叹老之意极矣,然只说夕阳,并不说自己,所以为妙。"

贾岛

作者介绍

贾岛(779—843),字浪仙,一作阆仙。范阳(今北京市)人。初为僧,韩愈劝之还俗。屡举不第。文宗时为长江(今四川蓬溪县)主簿,故世称贾长江。后改普州(今四川安岳县)司仓参军。卒于普州官舍。

贾岛是所谓苦吟诗人,以清奇幽峭见称,颇为韩愈赏识,韩有《赠贾岛》云:"孟郊死葬北邙山,从此风云得暂闲。天恐文章浑断绝,更生贾岛著人间。"其推崇可知。后世又流传因推敲而冲道的故事。

由于求奇僻求瘦硬,诗的情调也多阴沉峭冽,缺少强烈的感染力,其古怪的则有《哭柏岩和尚》的"写留行道影,焚却坐禅身"。闻一多先生以为这与他前半生的蒲团生涯有关,但他的影响却极深远,不但下逮晚唐五代,即南宋的永嘉四灵和江湖派,晚明的竟陵派,也都受到影响。

有些诗却也朴素自然。他的《送无可上人》诗有"独行潭底影,数息树边身"句,其下自注道:"二句三年得,一吟双泪流。知音如不赏,归卧故山秋。"也许诗人在构思过程中确实经过苦心冥索,但就诗论诗,也还平易明白。宋魏泰《临汉隐居诗话》就曾说:"不知此二句有何难道,至于三年始成而一吟泪下也?"

寻隐者不遇

松下问童子,言师采药去。只在此山中,云深不知处[1]。

1 处,这里是行踪的意思。《高士传》卷下,记夏馥入林虑山中,"家人求不知处。"

说明

《全唐诗》校:一作孙革《访夏尊师》诗。

以常见的景物,未经人道的意境为题材,给人以哲理的思索,是贾诗的一个特色。

李频

作者介绍

李频,字德新,睦州寿昌(今浙江建德市)人。大中进士。

调秘书郎，迁武功令，以其赈恤饥民，扼抑豪强，为懿宗嘉奖，擢侍御史。为建州刺史时，地方赖以安定。殁后父老相与扶柩哀悼，葬于永乐州，并为立庙。

他早年时，给事中姚合以诗为世所重，他不远千里求其品评，合颇赏识，以女嫁之。合答频诗，有云："思归知病长，失寝觉勤劳。"郑谷《哭建州李员外》云："旧友谁为志，清风岂易书。"皆可略见其生平。其诗多写山水别离。严羽说："李频不全是晚唐，间有似刘随州（长卿）处。"

渡汉江[1]

岭外音书绝[2]，经冬复立春。近乡情更怯，不敢问来人[3]。

1 汉江，即汉水。长江最长支流。源出陕西，经湖北而入长江。
2 岭外，即岭南。从中原人看来，岭南地区就在五岭之外。
3 近乡两句，因为家书久绝，担心家里发生了什么意外。来人，从家乡来的人。

说明

诗里写的其实是一种正常的心理，却从反面说起，这种正意反说，也必须真实自然，不能刻意求工，一经做作，就不是生活里面的东西了。

作者自己在《长安书情投知己》中说是"精华搜未竭，骚雅琢须全",这首诗却不是因"琢"而工。

金昌绪

作者介绍

金昌绪,余杭(今属浙江)人。《全唐诗》仅录这一首诗,却是好诗。

春怨[1]

打起黄莺儿,莫教枝上啼。啼时惊妾梦[2],不得到辽西[3]。

1 题一作《伊州歌》。
2 妾,古代妇女自称。
3 辽西,辽河以西。

说明

丈夫从军到了辽西,妻子只好让感情在梦中起飞。然而时当阳春,正是黄莺们歌唱季节,为了免得它来惊醒梦境,只好把它打走了。看诗意,这梦似乎是晓梦或者午梦。令狐楚有《闺人赠远》:"绮席春眠觉,纱窗晓望迷。朦胧残梦里,犹自在辽西。"用意相似。

西鄙人

哥舒歌[1]

北斗七星高[2],哥舒夜带刀。至今窥牧马,不敢过临洮[3]。

1 哥舒,本突厥部族名,这里指哥舒翰。他曾以半段枪败吐蕃,由是知名,使吐蕃屏迹不敢近青海,积功封西平郡王。最后为安庆绪所杀。
2 北斗七星,在北天排成斗形的七颗星,常作为指示方向之词。
3 至今两句,意谓胡骑所窥,不逾临洮。窥,窃伺。牧马,古也指胡骑的侵边。临洮(逃 táo),今甘肃岷县,秦筑长城西起于此。贾谊《过秦上》:"乃使蒙恬北筑长城而守藩篱,却匈奴七百余里,胡人不敢南下而牧马。"

说明

　　这是当时西面的边地人民怀念哥舒翰的诗歌,西鄙人即西方边地之无名氏。沈德潜说:"与《敕勒歌》同是天籁,不可以工拙求之。"其实,此诗即以工拙求之,何尝不好。首两句的发端就是一种美学上的力量,天上人间,何其令人神往。

乐 府

崔颢

长干行 二首[1]

君家何处住？妾住在横塘[2]。停船暂借问[3]，或恐是同乡。

1 长干行，注见卷一李白《长干行》。
2 妾，古代妇女自称。横塘，在今江苏南京市西南，与长干相近。
3 借问，向人问。

家临九江水[1]，来去九江侧。同是长干人，生小不相识[2]。

1 九江，泛指长江下游一段。
2 生小，自小。

说明

诗共四首，此选第一第二。《长干曲》多以水上人家为题材。诗中通过两方的对话，认出了果然是乡亲。未选的第三首，写女的暗怪男的不等她一同回去，却独自逆潮而归。

李白

玉阶怨[1]

玉阶生白露，夜久侵罗袜[2]。却下水精帘[3]，玲珑望秋月[4]。

1 玉阶怨，乐府《相和歌·楚调曲》旧题。王琦说："题始自谢朓，太白盖拟之。"
2 罗袜，丝织品做的袜子。
3 却下，还下。水精帘，即水晶帘，像后来的琉璃帘。因为久望不来，只得下帘。
4 玲珑句，虽下帘仍望月而待，以至不能成眠。望月实是望人，却写得有神无迹。玲珑，写隔帘见月之状。

说明

乐府的《玉阶怨》本多咏被幽闭的宫女怨意。从玉阶、罗袜、水精帘看，也许竟是妃嫔。但这种高贵的生活和空虚的内心，恰好成为讽刺性的对照。全诗不明说怨而怨意深藏其中；也不明说作者自己的观点，但读者已可觉到，诗人是在为她们说话。好诗往往如此。

卢纶

塞下曲 四首[1]

鹫翎金仆姑[2],燕尾绣蝥弧[3]。独立扬新令[4],千营共一呼[5]。

1 塞下曲,乐府旧题,唐代盛行。
2 鹫,大鹰。翎,羽毛。金仆姑,箭名。《左传·庄公十一年》:"公以金仆姑射南宫长万。"这里只是指箭之精强。
3 燕尾,旗上的飘带。蝥弧,旗名。《左传·隐公十一年》:"颍考叔取郑伯之旗蝥弧以先登。"
4 独立,犹屹立。扬,摇旗传令。
5 千营句,意谓千营之兵共听将帅之一呼。俞陛云所谓"寥寥二十字中,有军容荼火之观"。

林暗草惊风[1],将军夜引弓[2]。平明寻白羽[3],没在石棱中[4]。

1 草惊风,不言猛虎而俨然有猛虎潜伏。
2 引弓,拉弓。
3 平明,天刚亮时。白羽,指箭,箭杆上有白色鸟羽。与第一首鹫翎意同。
4 没在句,用汉李广事:"广出猎,见草中石,以为虎而射之。中石,没镞,视之,石也。"见《史记·李将军列传》。石棱,石块的边角,这里是石缝的意思。

月黑雁飞高,单于夜遁逃¹。欲将轻骑逐²,大雪满弓刀。

1 单(蝉chán)于,古代匈奴部族首领的称号。这里泛指塞外交战的部族。
2 将,率领。轻骑,轻装疾行的骑兵。两句意谓,欲率轻骑追击残敌,终因雪满弓刀而未果。

野幕敞琼筵¹,羌戎贺劳旋²。醉和金甲舞³,雷鼓动山川⁴。

1 野幕句,意谓在郊野的营帐里设盛宴以劳军。敞,开。
2 羌戎句,意谓因征羌告捷,故设宴庆贺慰劳。羌,古代西北地区民族名。戎,古代对少数民族的泛称。旋,凯旋,意即得胜时欢乐归来。
3 和,带。金甲,铁的护身衣。
4 雷鼓,旧时也以祀天神之八面鼓解之,实即擂鼓。古乐府《巨鹿公主歌辞》:"官家出游雷大鼓。"岑参《凯歌》:"鸣笳雷鼓拥回军。"皆可证。

说明

题一作《和张仆射塞下曲》。张仆射当指张延赏。原诗共六首,选四首。以一将帅为主。从下令出发,千营一呼,经过雪夜奇袭,终于得胜回来,于是张宴慰劳,乘醉起舞。军纪的森严,行动的矫捷,边塞的艰苦,以及克敌后全军的欢腾,都写得历历分明,文字也极精炼活泼,写出了我国古代将士英勇机智的传统素质。

李益

江南曲[1]

嫁得瞿塘贾[2],朝朝误妾期[3]。早知潮有信[4],嫁与弄潮儿[5]。

1 江南曲,乐府《相和歌》曲名,曲调来源于江南恋歌。
2 瞿塘,峡名,长江三峡之一,在重庆奉节县东。贾(古 gǔ),商人。
3 妾,古代妇女自称。期,约定的归期。
4 潮有信,指潮水定时涨落。陆龟蒙《别墅怀归》:"沿江潮信到吾庐。"
5 弄潮儿,懂得水性,能随潮水消长而戏耍的人。

说明

失望使人痛苦。在诗中女主人公看来,潮倒是最能守信的。因为潮能守信,弄潮儿的行踪,就能随潮信而如期归来。因此,这首诗也写出了古代妇女候夫不归的怨望。

卷八 七言绝句

贺知章

作者介绍

贺知章（659—744），字季真，越州永兴（今浙江杭州市萧山区）人。武则天证圣时进士。曾由张说奏荐，入丽正殿修书，后迁太子宾客、秘书监，故称贺监。

他性旷达，善谈笑，晚年尤放诞，自号四明狂客。最后还隐镜湖。也善草隶书，为当时爱重。其诗今存十九首，绝句淡而有味，时出巧思，如《咏柳》。

回乡偶书

少小离家老大回，乡音无改鬓毛衰[1]。儿童相见不相识，笑问客从何处来。

1　衰，一作"催"。

说明

作者八十六岁时，因病还乡，玄宗命臣僚饯行，并亲自作诗送之。诗的内容很平凡，原共两首，所以能为人传诵，就因亲切的人情味，常常来自平凡的生活，朴实的感情。

张旭

作者介绍

张旭,字伯高,吴(今江苏苏州市)人。开元、天宝时在世。曾任常熟县尉。以草书著名,与李白诗歌,裴旻剑舞,称为"三绝"。性好酒,每醉后号呼狂走,索笔挥洒,时号张颠。实也说明他对艺术爱好的热狂程度,如民间说的"入迷"。

他从担夫争道,歌女舞剑上获得书法的变化意蕴;又在"纵使晴明无雨色,入云深处亦沾衣"(《山行留客》)两句诗中,揭开了自然界的秘密。他确实能把生活和艺术打成一片。

桃花溪[1]

隐隐飞桥隔野烟[2],石矶西畔问渔船[3]。桃花尽日随流水,洞在清溪何处边?

1 桃花溪,在今湖南桃源县西南,源出桃花山。
2 飞桥,指架在高处的桥。
3 矶,水边突出的岩石。

说明

这是衍用陶潜《桃花源记》为题材。诗里的桃花溪,其实是当作桃花源来写,但作者也知道桃花源本是虚构的,所以末句就用疑问的口气。

王维

九月九日忆山东兄弟[1]

独在异乡为异客,每逢佳节倍思亲。遥知兄弟登高处,遍插茱萸少一人[2]。

1 原注:"时年十七。"九月九日,重阳节,也称重九。曹丕《九日与钟繇书》:"岁往月来,忽复九月九日。九为阳数,而日月并应,俗嘉其名,以为宜于长久,故以享宴高会。"山东(非今山东省),这时王家已由太原祁(今山西祁县)迁至蒲(今山西永济市),蒲在华山以东,故云。
2 茱萸(于yú),植物名,有浓烈香味。古代风俗,重阳节佩茱萸囊以去邪辟秽。《续齐谐记》又记费长房(东汉人)教桓景于九月九日令家人作绛囊盛茱萸,登高饮菊花酒以避祸。后世因有此风俗。少一人,指缺少作者自己。这句实是感慨节日中骨肉不能团聚。

说明

前两句本是写自己在怀念故乡的兄弟,所谓"倍思亲",正见得平日也是在思念,后两句则是逆写兄弟们在想他。主中有客,客中有主,诗之好处在此。

王昌龄

芙蓉楼送辛渐[1]

寒雨连江夜入吴[2],平明送客楚山孤[3]。洛阳亲友如相问[4],一片冰心在玉壶[5]。

1 芙蓉楼,在唐代润州(今江苏镇江市)城上西北角。
2 吴,指润州一带。
3 平明,天刚亮时。楚山,此处吴楚实为互文。其地古时先属吴,后属楚。这诗共二首,第二首云:"丹阳城南秋海阴,丹阳城北楚云深。"也以楚云状丹阳风物。高步瀛云:"此云丹阳城,当即指丹徒故城,在今江苏镇江市丹徒区东南。"
4 洛阳,指辛渐将要去的地方。
5 冰心,比喻自己心地的莹洁。鲍照《白头吟》:"直如朱丝绳,清如玉壶冰。"玉壶也是指品德的润白无瑕。这里表示自己不会为宦情所污,以此宽慰洛阳的亲友。

说明

诗中的"入吴",各本说法不一。究竟入吴的是谁?辛渐?作者？还是主客两人？《中国历代诗歌选》解为寒雨，最稳，即假定在寒雨连江前两人已在润州。

一夜寒雨，到天明登楼眺望，江水更满了。"寒雨"和"冰心"，似又微相照应。

闺怨[1]

闺中少妇不知愁，春日凝妆上翠楼[2]。忽见陌头杨柳色[3]，悔教夫婿觅封侯[4]。

1 闺，这里指妇女的卧室。
2 凝妆，盛妆。翠楼，也指妇女居处。
3 陌（莫 mò）头，犹大街上。
4 悔教，悔使。夫婿，古代妇女也称丈夫为婿。觅封侯，为了封侯而从军。

说明

这是写上层妇女一刹那间引起的感情的波动。

在通常情况下，这样的少妇应当是"不知愁"的。可是这时登楼临窗，一见柳色，就陡地感到春天来了。于是本来耐性地梳妆的人，就有了悔心。她当初要丈夫去觅封侯，也无非为了使自己更光彩些，到这时才觉得封侯不如闺中之共处。

作者另外写了好些从军的诗，其中有以雄伟的笔意写出将士的昂扬气概，如"不破楼兰终不还""不教胡马渡阴山""已报生擒吐谷浑"。但也写了"更吹羌笛《关山月》，无奈金闺万里愁"这样的诗句。即是说，生活本来是复杂的，他也能多方面地来描写它。

春宫怨

昨夜风开露井桃[1]，未央前殿月轮高[2]。平阳歌舞新承宠[3]，帘外春寒赐锦袍[4]。

1 昨夜句，点明时令，切题中的"春"字，又是象征性的写法：井边的桃树，因一夜春风而忽然开花了。露井，无盖的井。《宋书·乐志·鸡鸣古词》："桃生露井上。"
2 未央，汉宫殿名，也指唐宫。月轮高，指夜深。
3 平阳歌舞，平阳公主家中的歌女。汉武帝曾于其姊平阳公主家爱上歌女卫子夫（卫青之姊），公主便将她送至宫中，极受宠爱。陈皇后闻之，大为愤妒。新承宠，反衬旧人遭遗弃。
4 赐锦袍，以一歌女，才进宫中，因帘外春寒，便受锦袍之赐，其宠爱可知。

说明

这是借汉代卫子夫得宠故事为题材的宫怨诗，实际也适用于唐代以至历代宫闱。

题目叫《春宫怨》，在字面上却看不出有怨意，只是从侧面写新人之受厚宠,如沈德潜所说:"只说他人之承宠,而己之失宠悠然可会。"与后面的《长信怨》是同一手法。

王翰

作者介绍

　　王翰,字子羽,并州晋阳(今山西太原市)人。睿宗景云进士。曾任秘书正字、驾部员外郎。年轻时以博戏饮酒为事。并州长史张嘉贞颇加礼遇,他感激之余,撰乐词以进,于席上自唱自舞。张说也善待之。说罢相,他出为汝州刺史。至郡,又日与人纵禽击鼓,于是又贬道州司马,卒。《旧唐书》(作王瀚)入《文苑传》,并记其枥多名马,家有妓乐,发言立意,自比王侯,盛气凌人,故也为人所嫉。其人之傲慢轻躁可见。其诗多古体,《饮马长城窟行》苍凉奔放,也是讽开边之作,并于此见其才情,使人想起李白的《战城南》和"秦王扫六合,虎视何雄哉"的《古风》。《凉州曲》虽写的是边情,多少也表现他的性格。

凉州曲[1]

　　蒲萄美酒夜光杯[2],欲饮琵琶马上催[3]。醉卧沙场君莫笑,古来征战几人回。

1 凉州曲，唐乐府《近代曲》名，开元时西凉都督郭知运所进。凉州，唐治所在姑臧，今甘肃武威市。
2 蒲（葡）萄美酒，葡萄本西域特产，汉武帝时采其种归。《史记·大宛列传》："宛左右以蒲陶为酒，富人藏酒至万余石。"夜光杯，旧题东方朔《海内十洲记》，记周穆王时西胡曾献夜光常满杯。这里借喻酒杯之精致。
3 琵琶，本出西域。据刘熙《释名》，琵琶为马上所弹乐器。这里是说，正要饮酒时，琵琶却在催征人上马，但他还是喝着，故下云醉卧沙场。

说明

施补华《岘佣说诗》评此诗云："作悲伤语读便浅，作谐谑语读便妙。在学人领悟。"这里所谓"谐谑语"，也含有视死如归的旷达之意。从诗的技巧上说，则颇得顿挫之法。

李白

送孟浩然之广陵[1]

故人西辞黄鹤楼[2]，烟花三月下扬州[3]。孤帆远影碧空尽，惟见长江天际流[4]。

1. 孟浩然，注见卷一"作者介绍"。之，往。广陵，今江苏扬州市。
2. 故人，指孟浩然。西辞，从西方离开。黄鹤楼在广陵之西。黄鹤楼，注见卷二李白《庐山谣寄卢侍御虚舟》。
3. 烟花，指暮春浓丽景物。
4. 孤帆两句，陆游《入蜀记》卷五云："太白登此楼送孟浩然诗云：征帆远映碧山尽，唯见长江天际流。盖帆樯映远，山尤可观，非江行久不能知也。"

说明

黄鹤楼在唐代也是一个胜地，孟、李分别于此，时间是暮春三月。若到江南，正草长莺飞时节。第三句才写出离情：人走了，先是孤帆远影随波而去，望到碧空尽头，连孤帆也不见了，就只有长江滔滔，流着友情。

下江陵[1]

朝辞白帝彩云间[2]，千里江陵一日还[3]。两岸猿声啼不住[4]，轻舟已过万重山。

1. 一作"早发白帝城"。
2. 白帝，白帝城，注见卷三杜甫《观公孙大娘弟子舞剑器行》。彩云间，形容山城高峻，如在云间，故下游船也走得快。
3. 江陵，今湖北江陵县，古时相传距白帝城一千二百里。郦道元《水经注·江水注》："自三峡七百里中，两岸连山，略无阙处。重岩叠嶂，隐天蔽日。……有时朝发白帝，暮到江陵，其间千二百里，虽乘奔御风，不以疾也。……每至晴初霜旦，林寒涧肃，常有高猿长啸，属引凄异。空谷传响，哀转久绝。"诗语即据此。

4　啼不住，指猿声未止而舟已疾下。

说明

当是肃宗乾元二年（759），李白在流放夜郎途中，行至白帝城，忽闻得赦，还江陵时作。

全诗只有二十八字，干净紧凑之中，却蕴涵着诗人的多少喜悦，一种绝处逢生的心情，真是不啻若自其口出。

岑参

逢入京使

故园东望路漫漫[1]，双袖龙钟泪不干[2]。马上相逢无纸笔，凭君传语报平安。

1　故园，这里指作者在长安的家。
2　龙钟句，意谓以袖拭泪，袖已湿而泪尚未干。龙钟，这里是泪痕的意思。王褒《与周弘让书》："援笔揽纸，龙钟横绝。"

说明

天宝八载(749),作者前往安西时旅途中作。末了两句,在人们日常生活中,本来也碰到过,却被诗人写成了绝唱。善于写平凡是需要大手笔的。

杜甫

江南逢李龟年[1]

岐王宅里寻常见[2],崔九堂前几度闻[3]。正是江南好风景,落花时节又逢君[4]。

1 江南,这里指江湘一带。李龟年,开元、天宝时著名乐人,颇受玄宗优遇,后流落江南。每逢良辰美景,唱"红豆生南国"等曲,闻者莫不掩泣罢酒。杜甫在十四五岁时曾在洛阳听过他歌唱,时又偶逢于潭州(今湖南长沙市)。李端也有《赠李龟年》诗:"青春事汉主,白首入秦城。"则他后来似又返长安。

2 岐王,李范,睿宗子,玄宗弟。好学工书,颇喜与文士交接。寻常,本尺度名。《国语·周语》:"不过墨丈寻常之间。"后遂引伸为平常。

3 崔九,唐玄宗宠臣,常出入禁中。此句下有原注云:"崔九即殿中监崔涤,中书令湜之弟。"黄生云:"二句俱藏一歌字。"

4 落花句，落花时节也即伤春时节，用一"又"字，感慨无限。

说明

约代宗大历五年（770）作。这诗也像《剑器行》一样，从乐工舞人的前后遭遇上，抒写沧桑之感。蘅塘退士云："世运之治乱，年华之盛衰，彼此之凄凉流落，俱在其中。少陵七绝，此为压卷。"

这一年冬天，杜甫即死于从潭州向岳州进发的湘江舟中。

韦应物

滁州西涧[1]

独怜幽草涧边生[2]，上有黄鹂深树鸣[3]。春潮带雨晚来急，野渡无人舟自横[4]。

1 西涧，在滁州城西。
2 独怜，最爱。生，一作"行"。
3 黄鹂，黄莺。深树，树林深处。
4 舟自横，因天雨无人渡水。横，指飘浮，伸足上句。

说明

滁州的西涧并非一个名胜，这首诗却成为名篇。古代的许多诗和画，就题材本身说，其实都是很平常事物，下面《枫桥夜泊》

也是一例。是诗人的审美才能，才使渡船横到他的笔底。

张继

作者介绍

　　张继，字懿孙，襄州（今湖北襄阳）人。天宝进士。大历末，以检校员外郎为洪州盐铁判官。他的诗流传下来的不多，除描写景物外，也有反映当时兵荒马乱中民生多艰之作，如《阊门即事》《送邹绍充河南租庸判官》等，皆很有针对性。其诗不假雕饰，却情致清远。

枫桥夜泊[1]

　　月落乌啼霜满天，江枫渔火对愁眠[2]。姑苏城外寒山寺[3]，夜半钟声到客船[4]。

1. 枫桥，在今江苏苏州市西郊。泊，停船靠岸。
2. 江枫，江边的枫树。对愁眠，愁眠人（实是因愁而未能眠）与渔火相对。愁眠，后人因张继诗也以名山。
3. 姑苏，苏州的别称，因西南有姑苏山而得名。寒山寺，相传因唐僧寒山、拾得住此而得名。
4. 夜半句，当时僧寺有夜半敲钟的习惯，也叫"无常钟"。

说明

本来是很平常的一座桥、一行树、一条水，经过诗人的题咏，便成为流传古今的胜迹，但诗的本身必须在艺术上站得住，才能赋予无情的自然以有情的生命。

这首诗纯用白描，本不难晓，自从欧阳修在《六一诗话》中说了"句则佳矣，其如三更不是打钟时"的话以后，议论就多了，好多学人都提出了唐代偏偏就有夜半钟相辩驳，说是"欧公不察"，这里不再例举（详见高步瀛《唐宋诗举要》）。大概张继也以夜半钟为异，故特写在诗中。宋人孙觌有《过枫桥寺》一绝："白首重来一梦中，青山不改旧时容。乌啼月落桥边寺，倚枕犹闻半夜钟。"则宋时尚有此习。

韩翃

寒食

春城无处不飞花，寒食东风御柳斜[1]。日暮汉宫传蜡烛[2]，轻烟散入五侯家[3]。

1 寒食，节令名，清明前一天或两天。相传起于晋文公为纪念介之推焚山时抱木而死，因而禁火，寒食。实则无据。御柳，指宫内杨柳。

2 日暮句，因为寒食禁火，也即不能燃烛，但对宠幸人家，却特许赐以蜡烛。汉宫，实指唐宫。

3 五侯，指宦官。东汉桓帝时封单超新丰侯，徐璜武原侯，具瑗东武阳侯，左悺上蔡侯，唐衡汝阳侯。因他们谋诛外戚梁冀有功，故五人同日封侯，世谓之五侯。按，历史上所谓五侯，尚有西汉时封外戚王谭为平阿侯等五人，东汉时封外戚梁冀子梁胤等五人为侯。这里当是以汉之单超等，比喻肃宗、代宗以来恃宠弄权的宦官。

说明

据孟棨《本事诗》：当时因起草制诰一职缺人，中书省提名请御批。德宗批曰：与韩翃。但因这时有两韩翃，又以两人之名同进。德宗便批与写"春城无处不飞花"的韩翃。

唐代于寒食节赐近臣火烛事，诗文中多有记载，如《唐辇下岁时记》之"清明日取榆柳之火以赐近臣"、元稹《连昌宫词》之"特敕宫中赐燃烛"、韦庄《长安清明》之"内官初赐清明火"等。

特权常常表现在生活的享受上。诗从侧面来写，蕴藉而巧妙，是古代讽刺诗的杰作。

刘方平

作者介绍

刘方平，洛阳（今属河南）人。天宝时人。生平未出仕，故《唐才子传》以刘先生称之。也善画山水。其诗今存二十余首，本书中却占了两首。另外七绝《送别》、五律"万影皆因月，千声各为秋"的《秋夜泛舟》，都算是好的。

月夜

更深月色半人家[1]，北斗阑干南斗斜[2]。今夜偏知春气暖[3]，虫声新透绿窗纱[4]。

1 更深句，意谓更深时月到中天，有一半人家照着月色。
2 阑干，这里是横的意思。南斗，即斗宿，因就北斗来说其位置在南。
3 偏知，犹方知。偏，有出于常态意。
4 新，初。

说明
诗词里写的多是秋虫的凄厉之声，这里却让这些小动物叫出了大自然的变化可爱，生趣横溢。写"感觉"就需要诗人的灵感，而灵感也正是诗人平时对事物的细致感受，蕴蓄于心，刹那间爆发的现象。

春怨

纱窗日落渐黄昏，金屋无人见泪痕[1]。寂寞空庭春欲晚，梨花满地不开门。

1　金屋，原指汉武帝少年时欲以金屋藏其表妹陈阿娇事，参见《长恨歌》注。这里指妃嫔所住的华丽宫室。

说明

　　诗里用"金屋"典故，可见原先是一个宠妃。"黄昏""春欲晚""梨花满地"，比喻她的迟暮衰落。因此自伤之余，就不愿开门见到满地落花，也说明光是金屋，并不能使她消除泪痕。

柳中庸

作者介绍

　　柳中庸，名淡，大历时河东（今山西永济市）人。仕洪府户曹。《唐才子传》称为"处士"，并作京兆人。《全唐诗》录其诗十三首。其较佳者尚有《河阳桥送别》《凉州曲》。

征人怨

　　岁岁金河复玉关[1]，朝朝马策与刀环[2]。三春白雪归青冢[3]，万里黄河绕黑山[4]。

1　金河，在今内蒙古。上官仪《王昭君》诗："玉关春色晚，金河路几千。"复，又。玉关，玉门关，注见卷一李白《关山月》。
2　马策，马鞭。刀环，刀头的环。环与"还"同音，古常以喻征人之思归。
3　三春句，三春犹有白雪，喻其地之寒苦。青冢（肿 zhǒng），注见卷六杜甫《咏怀古迹》其三。
4　黑山，在今内蒙古呼和浩特市东南。《木兰诗》："旦辞黄河去，暮宿黑山（一作"黑水"）头。"

说明

　　此诗不但句与句相对，一句之中也自相对搭，如"金河"与"玉关"，"马策"与"刀环"，又如以"青冢"对"黑山"，"黑山"又对"黄河"，虽都很工整，却感到有些拼凑，且一连用了许多实词，虚词就少了。但虚词的出入变化，却是表现古典诗歌技巧和思维能力的一个重要手段。

顾况

作者介绍

　　顾况，字逋翁，海盐（今属浙江）人，因海盐当时属苏州，故也作苏州人。肃宗至德进士。曾任江南判官，著作郎。性诙谐，常嘲弄人，因此遭人嫉恶，被劾贬饶州司户。他本有道家思想，后乃携家隐润州延陵的茅山，自号华阳山人。《唐诗纪事》说他"志尚疏逸，近于方外"。卒年当在元和前后。

他的诗，方面较广，其中也多反映社会生活之作，如《囝》（用四言）、《弃妇》、《公子行》等。诗风也常有变化，有的诗朴质冲淡，并吸收方言口语，这也和他把诗看作"理乱之所经，王化之所兴也。信无逃于声教，岂徒文采之丽"（《短歌行·自序》）的主张相合。严羽说："顾况诗多在元、白之上，稍有盛唐风骨处。"

宫词

玉楼天半起笙歌[1]，风送宫嫔笑语和[2]。月殿影开闻夜漏[3]，水精帘卷近秋河[4]。

1 天半，形容楼高。
2 宫嫔，犹宫女。
3 闻夜漏，这里指夜深。漏，古代滴水计时器。
4 水精帘，水晶帘。河，指银河。

说明

这也是写宫怨的诗，从玉楼的笙歌笑语上，对比自己的冷落。

章燮云："此诗不言怨情而怨情显露言外。若无心人安得于夜深时犹在此间一一闻之悉而见之明耶。"

李益

夜上受降城闻笛[1]

回乐峰前沙似雪[2],受降城外月如霜。不知何处吹芦管[3],一夜征人尽望乡。

1 受降城,唐中宗景龙二年(708),张仁愿于黄河以北筑三受降城,用以防御突厥的侵扰。杜甫《诸将五首》所谓"韩公(张仁愿封韩国公)本意筑三城,拟绝天骄拔汉旌"。这里指西受降城,在今内蒙古杭锦后旗乌加河北,狼山口南。
2 回乐峰,回乐县附近的山峰。北周曾置回乐县,故城在今宁夏灵武县西南。岑仲勉先生《唐人行第录》引李益《暮过回乐烽》中"烽火高飞百尺台"句,谓"知作'峰'者非"。按,此或是回乐山峰上曾置烽火台,故二字遂互用。烽火总是举于高处。
3 芦管,当指芦笛。《全唐诗》注即作"芦笛"。

说明

和杜牧《边上闻笛》的"游人一听头堪白,苏武争(怎)禁十九年",同为写边声的绝唱。《唐诗纪事》说当时曾将此诗度曲入画。也确实是作曲绘画的好题材。

刘禹锡

乌衣巷[1]

朱雀桥边野草花[2],乌衣巷口夕阳斜。旧时王谢堂前燕[3],飞入寻常百姓家[4]。

1 乌衣巷,在今江苏南京市秦淮河南,其地本吴时乌衣营所在地,营中兵士皆穿乌衣,故名。
2 朱雀桥,也叫南航,东晋咸康时建,是秦淮河上浮桥。花,开花。
3 王谢,东晋王导、谢安诸豪族皆居乌衣巷。
4 寻常,注见杜甫《江南逢李龟年》。这两句实是说,作者当时所看到的王谢旧宅,已成为寻常民居。辛弃疾《京口北固亭怀古》有"斜阳草树,寻常巷陌,人道寄奴曾住"句,亦此意。

说明

此为《金陵五题》之一。施补华《岘佣说诗》评三四两句云:"若作燕子他去,便呆。盖燕子仍入此堂,王谢零落,已化作寻常百姓矣。如此则感慨无穷,用笔极曲。"

春词

新妆宜面下朱楼[1],深锁春光一院愁。行到中庭数花朵,蜻蜓飞上玉搔头[2]。

1 宜面，脂粉和脸色很匀称。
2 蜻蜓句，暗指头上之香。玉搔头，玉簪。据说汉武帝曾取李夫人玉簪搔头。

说明

这也是写宫怨。

细致地梳妆完毕，下楼而去，到了院中，却不见皇帝到来，一院春光，也像是深锁在愁思中了。无聊之余，只好走近花丛去数花朵，不料蜻蜓倒来欣赏新妆。从侧面更写出处境之冷落。

白居易

宫词

泪尽罗巾梦不成[1]，夜深前殿按歌声[2]。红颜未老恩先断[3]，斜倚熏笼坐到明[4]。

1 泪尽，犹湿透。梦不成，意即睡不着。
2 按歌声，按着歌声的节拍。
3 恩，指皇帝对她的恩爱。
4 熏笼，熏香炉子上罩的竹笼。当时贵族妇女常用香料熏衣被。

说明

封建宫闱中的宫女，都是皇帝玩弄的对象，也往往是宠妃的前身，她们的命运全看皇帝是否宠爱，诗里写的是一个失宠宫女的心理状态：因为自伤冷落，睡不着觉，又起来了，这时已是深夜，却还听到前殿的歌唱之声，正阵阵按着节拍，不禁感到两者之间的苦乐又如何不同。伤心之余，就倚着熏笼坐到天亮了。

此诗题目一作《后宫词》，作意也更明确些。次句"按歌声"是虚写，目的为了侧写"前殿"的欢乐。

作者对宫女的痛苦生活深有同情，名篇如《上阳白发人》即其一，还上过《请拣放后宫内人》疏。

张祜

赠内人[1]

禁门宫树月痕过[2]，媚眼惟看宿鹭窠。斜拔玉钗灯影畔，剔开红焰救飞蛾[3]。

1 内人，唐代在宫内的宜春院中习艺的称内人，因常在皇帝前头，故也称前头人。内，也指皇宫。
2 禁门，宫门。宫中禁卫森严，故曰禁。
3 红焰，指灯芯。

说明

写宫女在夜静时的无聊心情,实也是宫怨诗。由于冷落,就只好把感情移注在宿鹭和飞蛾上,却使飞蛾重生了。

集灵台 二首[1]

日光斜照集灵台,红树花迎晓露开。昨夜上皇新授箓[2],太真含笑入帘来[3]。

1 集灵台,即长生殿,在华清宫,天宝元年造。祭神的宫殿。
2 上皇,太上皇,皇帝未死时即传位于皇太子,称太上皇,这里指唐玄宗。按,玄宗之被尊为太上皇,在杨贵妃死后。此处是代称。箓,道教的秘文秘录。
3 太真,杨贵妃为女道士时号太真,住内太真宫。真,道家与"仙"字同义。

说明

杨贵妃本寿王(玄宗子)妃,后由玄宗命她先为女道士(诏令中却说成是贵妃自己要求),再纳为贵妃。这里所谓"新授箓",实即开始受玄宗恩宠之意,故下有含笑入帘语。盖必先出家受箓而后方能入帘受宠。诗原为讽喻而作,对当时具体的历史情节并不完全符合。

作者七绝中,咏杨贵妃的有好几首,如《马嵬坡》云:"旌旗不整奈君何,南去人稀北去多。尘土已残香粉艳,荔枝犹到马嵬坡。"也含婉讽之意。《玉环琵琶》中的"回顾段师非汝意,玉环休把恨分明",更是直呼她的小名了。

另有一首《宁哥来》诗:"日映宫城雾半开,太真帘下畏人猜。"也可参看。

虢国夫人承主恩¹,平明骑马入宫门²。却嫌脂粉污颜色,淡扫蛾眉朝至尊³。

1　虢（国 guó）国夫人,杨贵妃三姊的封号。嫁裴家。
2　平明,天刚亮时。
3　却嫌两句,乐史《太真外传》:"虢国不施脂粉,自衒美艳,常素面朝天。"至尊,对皇帝的美称。

说明

虢国夫人在当时原是一个名声败坏的人。在封建社会里,妇女而在平明骑马入宫,既说明她的骄纵,也见得玄宗之昏。她原非后妃,却居然能"承主恩"。《通鉴》记她与堂兄杨国忠"并辔走马入朝,不施障幕,道路为之掩目"。安禄山反,国忠又使她入宫,劝玄宗奔蜀。

题金陵渡¹

金陵津渡小山楼²,一宿行人自可愁。潮落夜江斜月里,两三星火是瓜州³？

1 金陵渡，在今江苏省镇江市附近，当是特称。皇甫冉《同温丹徒登万岁楼诗》："丹阳古渡寒烟积，瓜步空洲远树稀。"前人曾以金陵距瓜洲甚远为疑。按，今镇江唐也称金陵，王楙《野客丛书》引《行役记》，谓甘露寺在金陵山上。赵璘《因话录》，谓李勉（误。应作李约）至金陵屡赞招隐寺。皆可证。
2 津渡，津本也指渡口，这里是复词。小山楼，作者宿处。
3 是，章燮注："疑是也。"可备一说。瓜州，也作"瓜洲"，又称瓜埠洲，因其形如瓜而名。在江苏扬州市邗江区南部，大运河入长江处，与镇江隔江相对，向为长江南北交通要冲。

说明

　　作者原是写乡愁，结果却写出了那么可爱的江乡夜色。

　　诗里的小山楼、斜月、两三星火，加上小小的瓜州，都是有零落意味的景物，因而"自可愁"便非浮文。

朱庆余

作者介绍

　　朱庆余，字可久，越州（今浙江绍兴市）人。宝历进士，官秘书省校书郎，又曾客游边塞。他的诗趣很近张籍，张籍也是他的知音。他回乡时，张有诗送之。他的《中秋月》末云："孤高希此遇，吟赏倍牵情。"也可见其当时的情怀。

宫中词

寂寂花时闭院门,美人相并立琼轩[1]。含情欲说宫中事,鹦鹉前头不敢言。

1 琼轩,对廊台的美称。轩,走廊或平台。

说明

百花盛开时,宫院的门却寂寂地紧闭着。两个宫女并立廊下,本来想互相谈谈心事,却又因鹦鹉在前,怕它会学舌泄露给别人听。

作者不曾在深宫中生活过,却生动地写出了宫女的内心隐衷。可见想象在诗人的创作中实占很重要的地位。

近试上张水部[1]

洞房昨夜停红烛[2],待晓堂前拜舅姑[3]。妆罢低声问夫婿[4],画眉深浅入时无[5]?

1 近试,将近考试时。张水部,指张籍,张籍曾任水部员外郎。水部,工部四司之一,掌有关水道的政令。此题一作《闺意献张水部》。
2 洞房,指新房。停,停放。
3 舅姑,公婆。
4 夫婿,古代妇女也称丈夫为婿。

5 画眉,以黛饰眉。泛用汉张敞为其妻画眉典。张敞、张籍姓恰相同。入时无,时髦不时髦。无,用同"否",如"能饮一杯无"。

说明

张籍名望颇为当时所重,士人皆录所作求他推荐,朱庆余乃作此诗以献。籍又以诗答之:"越女新妆出镜心,自知明艳更沉吟。齐纨未足时人贵,一曲菱歌敌万金。"从此,朱庆余的诗名便为人所知。

其实,就诗论诗,那感情也还干净而深挚,所以,就把它看作描写新婚夫妇的亲爱之作,倒更好些。

杜牧

将赴吴兴登乐游原[1]

清时有味是无能[2],闲爱孤云静爱僧。欲把一麾江海去[3],乐游原上望昭陵[4]。

1 吴兴,今属浙江省。隋时曾改湖州,唐天宝时又改吴兴郡。乐游原,注见卷七李商隐《登乐游原》。
2 清时句,意谓当这清平可为之时,自己所以有此闲情,实因无能的缘故。
3 把,持。一麾,刘宋颜延之《五君咏》:"屡荐不入官,一麾乃出守。"杜诗用其意。但颜诗之一麾,实即一挥,指阮咸受人排挤挥逐而出任始平太守。原是动词,杜牧却作为旌麾之麾用(古以官吏守郡为建麾),沈括因而指其误用。杜牧恐也知道,或者是故意以虚代实,袭其意而化用之。江海,湖州因滨太湖而得名,这里指太湖。

4 昭陵,唐太宗的陵墓,在今陕西礼泉县东北九嵕山。

说明

宣宗大中四年(850),作者由尚书司勋员外郎出任湖州刺史时作。以宛转口吻写出自己的牢骚:身为地方长官却去爱云爱僧,其心中抑郁可见。末句是望开国英主之墓而感慨于晚唐之衰颓。

他另有一首《登乐游原》:"长空澹澹孤鸟没,万古消沉向此中。看取汉家何事业,五陵无树起秋风。"也借汉陵之荒芜以寄慨。

赤壁[1]

折戟沉沙铁未销[2],自将磨洗认前朝[3]。东风不与周郎便[4],铜雀春深锁二乔[5]。

1 赤壁,在今湖北武昌西面赤矶山,长江南岸。东汉建安十三年(208),孙权与刘备联军败曹操于此。一说即今湖北赤壁市西北赤壁山。
2 戟,一种能直刺横击的兵器。
3 将,拿起。

4 东风句，当时周瑜采用部将黄盖火攻之计，适值东南风发，火乘风益烈，尽烧北船，并延及岸上曹营，曹军大败。周郎，注见卷七李端《听筝》。
5 铜雀，铜雀台，汉建安十五年曹操在邺城（今河北临漳县西）所筑，因楼顶有大铜雀而得名。曹操晚年享乐处，其姬妾皆在台中。二乔，即大乔、小乔，江东乔公之女，孙策于战乱中得之。大乔嫁孙策，小乔嫁周瑜。乔，本作"桥"，可通用。但桥公非桥玄。两句意谓，若非东风给周瑜以方便，则孙吴将为曹操所灭，二乔也将被藏在铜雀台中了。其实这时台尚未建。

说明

作者任黄州刺史时作。纪昀曾说："讥公瑾之侥成，自是僻论。"就字面看，作者确是把东风的作用夸大了，但诗人的原意，恐是说赤壁之战若不取胜，则二乔就有被俘的危险。在这场战役中，周瑜领兵决策的作用，作者是知道的，二乔、铜雀云云，只是诗人们爱藻饰的故习，却也表现他构思的奇巧。

泊秦淮 [1]

烟笼寒水月笼沙，夜泊秦淮近酒家。商女不知亡国恨 [2]，隔江犹唱《后庭花》[3]。

1 秦淮，秦淮河，长江下游支流。横贯今江苏南京市。相传秦时凿钟山以疏淮水，故名。
2 商女，指歌女。刘禹锡《夜闻商人船中筝》："扬州市里商人女，来占江西明月天。"陈寅恪先生说："此商女当即扬州之歌女而在秦淮商人舟中者。"
3 《后庭花》，即《玉树后庭花》，乐府《吴声歌曲》名，陈后主所作新歌，其词有"玉树后庭花，花开不复久"语，后人看作亡国之音。金陵又曾作陈朝国都。

说明

　　过去，秦淮河一直是金陵纸醉金迷的地方。作者在夜泊时，还从船中听到隔河的歌声，可见当时这一带的夜市仍很热闹。但诗一开头即点明水月的凄迷，接下去又用《后庭花》的典故，虽然这时离唐亡还有六七十年，但一个衰朽的时代，已进入诗人心中了。

寄扬州韩绰判官[1]

　　青山隐隐水迢迢，秋尽江南草木凋[2]。二十四桥明月夜[3]，玉人何处教吹箫[4]。

1 韩绰，生平不详。判官，节度使下面资佐理的官吏。
2 草木凋，木，一作"未"。段玉裁说："作草木凋尚何意味哉。"谢枋得则以为"厌江南之寂寞，思扬州之欢娱，情虽切而辞不露"。故作"木"亦是。谢说未必合乎杜诗原意，但唐人选唐诗的后蜀韦縠《才调集》正作"木",缪钺先生在他的《杜牧诗选》中也引影宋本及影明本《樊川文集》均作"木"为证。诗人只是根据他实见的景物直写出来而已。
3 二十四桥,一说隋置,并以城门坊市为名。沈括《梦溪笔谈·补笔谈》曾略记这二十四座桥桥名。一说因古有二十四美人吹箫于此,故名,但清李斗《扬州画舫录》以为即吴家砖桥,一名红药桥,在熙春台后。
4 玉人,美人。教,使。此句意谓玉人是否仍在吹箫。

说明

文宗大和七年(833)到九年,作者在扬州淮南节度使府任推官,转掌书记。此为离扬州后作。作者另有哭韩绰诗,首句云:"平明送葬上都门。"则其人后死于长安。

遣怀

落魄江湖载酒行¹,楚腰纤细掌中轻²。十年一觉扬州梦³,赢得青楼薄幸名⁴。

1 落魄,同"落泊"。这里是漂泊的意思。载酒,携酒。
2 楚腰,用楚灵王好细腰的典故。这里指细腰的江南女子。掌中轻,相传汉赵飞燕体轻,能为掌上舞。这里均指扬州妓女。
3 一觉,指醒悟。
4 青楼,旧指精丽的楼房,也指妓女居处。刘邈《万山见采桑人》:"倡妾不胜愁,结束下青楼。"薄幸,薄情。

说明

作者三十一二岁时,曾在扬州淮南节度使幕中,时作冶游,也颇受责备,后因惭悟而作此诗。

秋夕

银烛秋光冷画屏[1],轻罗小扇扑流萤[2]。天街夜色凉如水[3],卧看牵牛织女星[4]。

1 银烛,白蜡烛。
2 轻罗小扇,轻巧的丝质团扇。
3 天街,一作"天阶"。
4 卧看,蘅塘退士评语中却作"坐看"。

说明

诗里描写被冷落的宫女的心情。崔颢也有"班姬此夕愁无限,银汉三更看斗牛"句。

首句的"冷"字,已透出凄清的气氛,于是就以扑流萤来排遣她的无聊,到后来只好带着羡慕的眼色,仰望渡河的双星了。

蘅塘退士评云:"层层布景,是一幅着色人物画。只'坐看'二字,逗出情思,便通身灵动。"

赠别 二首

娉娉袅袅十三余[1],豆蔻梢头二月初[2]。春风十里扬州路,卷上珠帘总不如[3]。

1. 娉娉,袅袅(鸟 niǎo),皆柔美貌。十三余,十三四岁。
2. 豆蔻句,豆蔻至初夏开花,二月初尚未开,故以喻处女,后因称十三四岁女子为豆蔻年华。梢头,喻娇嫩。
3. 卷上珠帘句,意谓一路上珠帘卷处,看到的女子,总不及作者所赠别的那一个。

多情却似总无情[1],唯觉樽前笑不成[2]。蜡烛有心还惜别,替人垂泪到天明。

1. 多情句,意谓多情者满腔情绪,一时无法表达,只能无言相对,倒像彼此无情。
2. 樽,酒杯。

说明

此为大和九年(835)离扬州赴长安时,与妓女分别之作。

作者在扬州时常游妓院,生活放荡,后升御史,节度使牛僧孺为他饯行,以此为劝,并出街卒密报示之,乃大为感服,终身感激牛僧孺。

金谷园[1]

繁华事散逐香尘[2],流水无情草自春。日暮东风怨啼鸟[3],落花犹似坠楼人[4]。

1 金谷园,金谷本地名,在河南洛阳市西北,西晋卫尉石崇筑园于此,园极奢丽。
2 香尘,石崇为教练家中舞妓步法,以沉香屑铺象牙床上,使她们践踏,无迹者赐以珍珠。
3 东风,张继也有"年年啼鸟怨东风"咏金谷园。
4 坠楼人,绿珠是石崇爱妾,孙秀想占有她,石崇怒而不给,孙秀便在赵王(司马伦)前陷害石崇,崇因此被捕。绿珠泣曰:"当效死于官(主子)前。"乃投于楼下而死。

说明

在洛阳时所作,看到金谷园的荒芜遗址而兴吊古之思。首尾四句,都扣一"散"字。

李商隐

夜雨寄北

君问归期未有期[1],巴山夜雨涨秋池[2]。何当共剪西窗烛,却话巴山夜雨时³。

1　君问句，意谓一时难以相会。
2　巴山，泛指东川一带。
3　何当两句，意谓什么时候回到家中，将在窗前烛下共同回忆今夜身在巴山，独听秋雨时的情景。何当，何时。却话，回溯。

说明

　　这首诗，洪迈《万首唐人绝句》题作《夜雨寄内》，即是寄给妻子王氏。冯浩、张采田系于大中二年（848）秋商隐游巴蜀时。一说应是商隐入东川节度使柳仲郢幕时作，即大中五年七月至九月间。其时王氏已殁（王氏殁于大中五年夏秋间）。详见岑仲勉先生《玉溪生年谱会笺平质》及人民文学出版社一九七八年版《李商隐诗选》。

　　此诗佳处，在于情思委曲，以现在之景预期未来，又期未来重显现在。末句"巴山夜雨"，于重出中则绾实有与虚拟之景。

寄令狐郎中¹

　　嵩云秦树久离居²，双鲤迢迢一纸书³。休问梁园旧宾客⁴，茂陵秋雨病相如⁵。

1　令狐，令狐绹。郎中，一部内各司的主管。
2　嵩，中岳嵩山，在今河南。秦，指今陕西。这里指一在洛阳，一在长安。
3 双鲤,指书信。古乐府《饮马长城窟行》:"客从远方来,遗我双鲤鱼。呼童烹鲤鱼,中有尺素书。"
4 梁园,汉梁孝王刘武的园林(遗址在今河南商丘市),文士如司马相如等都曾住过。指作者在河南时,曾受知于令狐绹之父令狐楚,并与令狐楚诸子游。
5 茂陵句,司马相如因患消渴病,被免除孝文园令,住在茂陵。作者这时也患病。茂陵,在今陕西兴平市东北,以汉武帝陵墓而得名。

说明

令狐绹于武宗会昌四年(844)任右司郎中,作者于次年曾赴郑州,后归洛阳,携家同住,时方多病。令狐绹有信来问候,便作诗答之。旧注说:"其词甚悲,意在修好。"所以,第三句的"休问",一面是感谢他的关心,一面是正意反说,希望令狐绹不要冷待他。

为有[1]

为有云屏无限娇[2],凤城寒尽怕春宵[3]。无端嫁得金龟婿[4],辜负香衾事早朝[5]。

1 为有,旧诗中常有以首句首二字为题,实与内容无关。
2 云屏,以云母石饰制的屏风。无限娇,指屏风后的"闺人"。

3 凤城,指京城。参见卷六沈佺期《独不见》。怕春宵,怕春夜短。
4 无端,犹"不料"。她没想到嫁了显贵的金龟婿,却偏是要去上早朝的。金龟,唐武则天时,三品以上官员得佩金饰的龟袋,称金龟。婿,古代妇女也称丈夫为婿。
5 衾(钦 qīn),被子。

说明

寒尽春至,本来更不必怕,但春夜既短于冬夜,丈夫又是佩金龟的高官,不得不离开云屏而匆匆去早朝。宵指未明之时,也可见早朝之早,难怪她要怕了。

这诗和王昌龄的"悔教夫婿觅封侯"用意相似。

隋宫[1]

乘兴南游不戒严[2],九重谁省谏书函[3]。春风举国裁宫锦,半作障泥半作帆[4]。

1 隋宫,指隋炀帝在江都(今江苏扬州市)所建的江都、显福、临江等行宫。
2 不戒严,极写炀帝因荒淫而智昏。
3 九重,指皇帝所居。《楚辞·九辩》:"君之门以九重。"谁省(醒 xǐng),谁悟,实指炀帝。当时奉信郎崔民象、王爱仁鉴于各地纷乱,曾上表劝谏,皆被杀。
4 春风两句,意谓倾全国之力,以贵重的宫锦,却作马鞯船帆之用，如同何焯所说："借锦帆事点化，得水陆骚扰，民不堪命之状。"宫锦，按照宫廷制定的规格而织的锦缎，略如明清"织造"的绸帛。障泥，马鞯。因垫于鞍下，垂于马背两旁以障泥土，故名。

说明

此诗既写隋炀帝的奢淫，又写其昏暴，而这也是互为因果的，并可与卷六同题的七律参看。

施补华《岘佣说诗》云："义山七绝以议论驱驾书卷，而神韵不乏，卓然有以自立，此体于咏史最宜。"此论也甚公允。本书七绝部分，以杜牧、李商隐选得较多，其中两人咏史之作，既具规戒，又见才情，在宛转中显得严正，确不失为古代讽刺诗的杰作。

瑶池

瑶池阿母绮窗开[1]，黄竹歌声动地哀[2]。八骏日行三万里[3]，穆王何事不重来[4]？

1 瑶池句，据《穆天子传》，周穆王西游至昆仑山，西王母宴之于瑶池。临别，西王母歌曰："白云在天，山陵自出。道里悠悠，山川间之。将子毋死，尚能复来。"穆王作歌答之，歌中表示三年后再来。阿母，《汉武内传》称西王母为玄都阿母。绮窗开，指西王母开着雕饰精丽的窗子等待穆王。

2 黄竹，地名。穆王于黄竹路上，遇风雪，有冻人，乃作诗三章以哀民。
3 八骏，据说穆王有赤骥、华骝、绿耳等八匹骏马。
4 穆王，西周时人，姓姬名满。后世传说他曾周游天下，《穆天子传》即写他西游故事。

说明

全诗假托《穆天子传》故事。穆王别西王母后，既至三年，西王母开窗而待，却不见其来。不来就是死了。

唐代帝王多迷信神仙，乱服丹药以求长生，结果却送了命。此诗即有感于此而作。

嫦娥

云母屏风烛影深[1]，长河渐落晓星沉[2]。嫦娥应悔偷灵药[3]，碧海青天夜夜心。

1 云母屏风，以云母石饰制的屏风。
2 长河，银河。
3 嫦娥，传说是后羿之妻。后羿于西王母处得到不死之药，为嫦娥窃之而奔往月宫，遂成为月中仙子。

说明

这诗过去注家众说纷纭，究竟指的什么就难说。这里姑且就诗论诗，试作这样理解：嫦娥到了天上，每夜看到的也只是冷冷清清的碧海青天，反而要懊悔自己不该奔月了。就是说，神仙的生活其实并不如何可以羡慕。

贾生

宣室求贤访逐臣[1]，贾生才调更无伦[2]。可怜夜半虚前席[3]，不问苍生问鬼神[4]。

1 宣室句，西汉贾谊，年轻志大，颇思改革。曾任大中大夫。后出为长沙王傅。汉文帝后来又召见他于宣室，因方祭祀毕，便问以鬼神之事，一直谈到深夜。文帝对贾谊虽很器重，却不问有关人民生计的大事。宣室，汉未央宫前正室。逐臣，指贾谊曾被贬谪。
2 才调，犹才气。
3 可怜，可惜。虚前席，《史记·屈原贾生列传》："至夜半，文帝前席。"古人席地而坐，这里意思是文帝听得出神，不觉将座席上双膝移近贾谊。但因文帝问的只是鬼神之事，所以虽很专心，实是徒然。
4 苍生，本指草木苍然丛生之处，后也指百姓。

说明

求贤而不能用贤之所长，问鬼神而不问苍生，故诗人有"虚前席"之慨。但他还是把文帝当作明主来写，因为他还能"访逐臣"。全诗虽是议论,但第三句又使我们看到烛影摇曳下的形象的活动。

温庭筠

瑶瑟怨[1]

冰簟银床梦不成[2],碧天如水夜云轻。雁声远过潇湘去[3],十二楼中月自明[4]。

1 瑶瑟,瑟的美称。瑟,拨弦乐器。
2 冰簟,喻竹席之凉。银床,指月光照射到床上,也写出凉意。此时应可酣眠入梦。
3 潇湘,水名,在今湖南省内。
4 十二楼,注见卷六薛逢《宫词》。

说明

此诗也是宫怨或闺怨。蘅塘退士云:"通首布景,只'梦不成'三字露怨意。"

钱起有《归雁》诗:"潇湘何事等闲回,水碧沙明两岸苔。二十五弦弹夜月,不胜清怨却飞来。"命意有相通处。钱诗为雁不胜怨,却犹飞来;温诗则为雁实无情,远啼而去,空令月明。

郑畋

作者介绍

郑畋(823—882),字台文,荥阳(今属河南)人。武宗会昌进士。任秘书省校书郎、中书舍人。刘瞻罢相,黜为节度使,畋所草制词中,却有美词,中云:"安数亩之居,仍非己有;却四方之贿,唯恐人知。"懿宗怒,贬畋为梧州刺史。僖宗即位,召还为兵部侍郎,后又拜相。卒于其子凝绩陇州刺史郡舍。史称其待人荣悴如一,以德报怨。又善诗文。

马嵬坡[1]

玄宗回马杨妃死[2],云雨难忘日月新[3]。终是圣明天子事[4],景阳宫井又何人[5]。

1 马嵬坡,杨贵妃缢死处。相传晋人马嵬曾在此筑城,故名。在今陕西兴平市西。
2 回马,指唐玄宗由蜀还长安。
3 云雨,本出宋玉《高唐赋》中"旦为朝云,暮为行雨"典,后因指男女事。日月新,指玄宗子肃宗即位后,有中兴之望。这句意谓,玄宗、贵妃之间的恩爱虽难忘,而国家却已一新。
4 终是,终究是。
5 景阳句,陈后主叔宝,闻隋兵至,乃偕其宠妃张丽华、孔贵嫔出景阳殿,自投井中,至夜仍为隋兵所俘。井在今江苏南京市玄武湖畔,也名胭脂井、辱井。诗中玄宗一作"肃宗",难忘一作"虽亡"。

说明

诗以陈后主偕张、孔之投井,衬唐玄宗在马嵬坡能让杨贵妃缢死,对照之下,则玄宗还不失为"圣明天子",和杜甫的"不闻夏殷衰,中自诛褒妲"用意类似。据说当时人读了郑畋此诗,以为有宰相之器。但将后主和玄宗相比,即使胜过,实也所胜有限。

韩偓

作者介绍

韩偓(844—923),字致尧。小名冬郎,自号玉山樵人。京兆万年(今陕西西安市东南)人。十岁为诗,曾受其姨父李商隐称赞。昭宗龙纪进士。任左拾遗、中书舍人。为昭宗功臣,曾迁兵部侍郎。朱温窃权,他因不依附,两遭贬谪,故有"报国危曾拊虎须"句。后曾诏复其故官,他不敢入朝,携家依闽中王审知,卒。时当在梁乾化后。

他因受知于昭宗,故常写宫苑游宴,又时值丧乱,既被外贬,接触了地方一些劫后景色,故也有感时伤乱之作,如《过泉州》的"千村万落如寒食,不见人烟空见花"、《春日经野塘》的"季重旧游多丧逝,子山新赋极悲哀",并在《寒梅》中以"风虽强暴翻添思,雪欲侵凌更助香"自喻,虽然诗写得拙直一些,却有一定风骨。另外一些香艳诗,却糜烂轻薄,流于恶趣,开了所谓"香奁体"的不正之风。

已凉

碧阑杆外绣帘垂,猩色屏风画折枝[1]。八尺龙须方锦褥[2],已凉天气未寒时。

1 猩色,猩红的颜色。折枝,特指花卉画中只画连枝折下的部分。
2 龙须,属灯心草科,茎可织席。褥,被垫。此句明写物暗写人。

说明

诗以末句头两字为题,和李商隐《为有》以首句头两字为题一样,都与内容无关。

每年夏去秋来之际,都有那末一个已凉未寒的过渡阶段;它已经消除了炎威,带来了凉快,却还不使人感到寒意,似乎也是一年中最舒适的时期。

这诗和刘方平的《月夜》一样,都是"写感觉"的代表作品。但作者原意却不是写天气。

韦庄

金陵图[1]

江雨霏霏江草齐,六朝如梦鸟空啼[2]。无情最是台城柳[3],依旧烟笼十里堤。

1 金陵,今江苏南京市。战国时楚曾置金陵邑。
2 六朝,指吴、东晋、宋、齐、梁、陈。空,枉然。
3 台城,也称苑城,在南京玄武湖边,原为六朝时城墙。

说明

作者生当唐亡前夕,故吊古而兼伤今。诗虽非咏画的诗,却也是一幅有韵的好画。

此诗题目《全唐诗》作《台城》。用《金陵图》为题的,是"君看六幅南朝事,老木寒云满故城"的另一首七绝。

陈陶

作者介绍

陈陶,字嵩伯,剑浦(今福建南平)人。曾举进士不第,乃浪游名山，自称三教布衣。其《闲居杂兴》有"中原莫道无麟凤，自是皇家结网疏"语。孙光宪《北梦琐言》称其诗"似负神仙之术，或露王霸之说"。宣宗大中中，避乱入南昌西山，学道求仙，所以他的结局，便有一些神怪的传说。其卒当在昭宗前。

陇西行[1]

誓扫匈奴不顾身[2]，五千貂锦丧胡尘[3]。可怜无定河边骨[4]，犹是春闺梦里人。

1 陇西行，乐府《相和歌·瑟调曲》名。陇西，泛指陇山以西，今甘肃、宁夏地。
2 匈奴，这里借指当时入侵西北边地的部族。
3 五千貂（刁 diāo）锦，意即五千将士。貂锦，用汉羽林军著貂裘锦衣典。
4 无定河，黄河中游支流，在陕西北部。因其溃沙急流，深浅不定，故名。骨，指春闺梦里人的尸骨。

说明

原诗共四首，此录其一。前半或用李陵提步卒五千败于匈奴事。从这类边塞诗上，可以看到一点：战争带给古代妇女的伤痛特别惨重。她总以为，她的梦境迟早会成为现实。

张泌

作者介绍

据《全唐诗》,张泌,字子澄,淮南人。在南唐为句容县尉,官至中书舍人。《唐诗纪事》及《唐才子传》均无传,当因他是南唐人之故。陆侃如先生的《中国诗史》,则以为或许即前蜀舍人词人张泌。李良年《词坛纪事》就是作为同一人看待的。

寄人

别梦依依到谢家[1],小廊回合曲阑斜[2]。多情只有春庭月,犹为离人照落花[3]。

1. 谢家,对方不一定是姓谢人家,如元稹《遣悲怀》中的"谢公最小偏怜女",就是以东晋才女谢道韫借称其妻韦氏。
2. 小廊句,指梦中所见景物。回合,回绕。小廊而回合,曲阑而斜出,皆暗示相见在深隐处。
3. 多情两句,应是指梦醒后所见。离人,指作者自己。

说明

据清李良年《词坛纪事》,张泌早年与邻女浣衣(名)相爱,曾作《江神子》词。后经年不相见,却于梦中相遇,乃作此诗。诗其实是写感情上的干扰。

无名氏

杂诗

近寒食雨草萋萋[1],著麦苗风柳映堤[2]。等是有家归未得[3],杜鹃休向耳边啼[4]。

1 寒食,注见卷八韩翃《寒食》。
2 著,吹入。
3 等是,等于。
4 杜鹃,鸟名,即子规。旧说以其声凄厉,如唤"不如归去",故常动旅人悲思。

说明

寒食是清明前一天或两天。寒食将至即是清明将至,自己却有家难归,却还要听着"不如归去"之声,实也为"每逢佳节倍思亲"之意。

乐　府

王维

渭城曲[1]

渭城朝雨浥轻尘[2]，客舍青青杨柳春[3]。劝君更尽一杯酒，西出阳关无故人[4]。

1　题一作《送元二使安西》。安西，唐都护府名，治所在今新疆库车县境。
2　渭城，本秦咸阳县，汉改名渭城，治所在今陕西咸阳市东北，渭水北岸。浥轻尘，是说雨后使尘土沾湿，不再飞扬。浥，湿。
3　杨柳春，一作"柳色新"。
4　阳关，汉置，故址在今甘肃敦煌西南古董滩附近，因在玉门关南，故名阳关，为古代通西域要道。何焯《三体唐诗评》，谓后半从沈约"莫言一杯酒，明日难重持"变来。

说明

此诗郭茂倩《乐府诗集》列入《近代曲》，题作《渭城曲》。他书也名《阳关曲》。乐府曾以作者此诗入谱，成为当时流行歌曲，有《阳关三叠》之名。白居易《对酒五首》之一，有"相逢且莫推辞醉,听唱《阳关》第四声"句,并注明"第四声"即"劝君更尽一杯酒"句。苏轼据以考证当时《阳关三叠》的唱法是:首句不叠,其他三句都再唱;但也有认为只是三唱末句。

沈德潜云:"阳关在中国外,安西更在阳关外,言阳关已无故人矣,况安西乎。此意须微参。"因为这样,这一杯故人之酒,也更值得喝了。

秋夜曲

桂魄初生秋露微[1],轻罗已薄未更衣[2]。银筝夜久殷勤弄[3],心怯空房不忍归[4]。

1　桂魄,月的别称,相传月中有桂树,故云。魄,原指月晕。
2　轻罗,轻盈的丝织品。未更衣,意谓因心绪不好,任凭它衣薄身寒。
3　筝,拨弦乐器,十三弦。夜久,夜深。殷勤,这里指因为寂寞无聊,故寄深情于乐曲。
4　空房,犹独宿。

说明

乐府《杂曲歌辞》。一作王涯诗或张仲素诗。

原诗共二首,第一首的末两句为"秋逼暗虫通夕响,寒衣未寄莫飞霜",则似是写妇女怀念远出的丈夫。空房,也是心的空虚的反映。

王昌龄

长信怨[1]

奉帚平明金殿开[2],暂将团扇共徘徊[3]。玉颜不及寒鸦色,犹带昭阳日影来[4]。

1. 长信怨,乐府《相和歌·楚调曲》。一作"长信秋词"。长信,汉宫殿名,汉成帝的班婕妤,贤而有文才,起先很受宠爱。后成帝偏宠赵飞燕、赵合德姊妹,班婕妤感到她两人终将对自己不利,请求到长信宫去侍奉太后,并作赋自伤冷落。
2. 奉帚句,意为清早殿门一开,就捧着扫帚在打扫。奉,"捧"的本字。平明,天刚亮时。
3. 暂将句,姑且拿起团扇一同消磨时光。这是写失宠后的无聊心情。团扇,相传班婕妤曾作《团扇诗》:"新裂齐纨素,皎洁如霜雪。裁为合欢扇,团团似明月。出入君怀袖,动摇微风发。常恐秋节至,凉飙夺炎热。弃捐箧笥中,恩情中道绝。"全诗以秋扇见捐比喻自己被弃,这里就用班婕妤自身遭遇的故事。作者另有一首《西宫秋怨》,末两句说:"谁分含啼掩秋扇,空悬明月待君王。"也是用的秋扇典故。
4. 玉颜两句,指寒鸦从昭阳宫飞来,宫在东方,赵氏姊妹所居,故羽毛尚能带着晓日的影子而显得光彩,自己则因失宠而憔悴,容颜反不如寒鸦润泽。日影,这里也指皇帝的恩意。

说明

封建宫廷中的妇女命运,主要不决定于她们本身的品德才能,却决定于能不能受到皇帝的宠爱,而皇帝的宠爱,又只是凭着一时的冲动。赵飞燕和卫子夫,本来都是歌女,都是在一个偶然机会中被皇帝看中的。

作者写了好多首宫怨诗,以这一首最好,好就好在末两句。构思的精巧,想象的奇特,表现出作者高度的智慧。另一首"熏笼玉枕无颜色,卧听南宫清漏长",以玉枕无色侧喻被弃,同工。

出塞[1]

秦时明月汉时关,万里长征人未还[2]。但使龙城飞将在[3],不教胡马度阴山[4]。

1. 出塞,乐府《横吹曲》旧题,唐乐府中之《出塞》及《前出塞》《后出塞》等皆从此出。
2. 秦时两句,实为互文对举,意谓明月仍是秦汉时明月,关仍是秦汉时关,战争也自秦汉以来一直在进行,但远戍万里的征人却从未见到回来。
3. 但使,只要。龙城,飞将,本是两事。龙城,汉卫青为车骑将军,北伐匈奴,曾至龙城,地在今蒙古国,匈奴祭天处。飞将,汉右北平太守李广善战,匈奴称飞将军,避而不敢犯。这里也含互文意,合之则统指扬威边疆之古代名将。王安石《唐百家诗选》中龙城作卢城。清阎若璩《潜丘札记》并作考证,谓李广之右北平,唐治卢龙县。《唐书》又有卢龙府、卢龙军。故应作卢城,即飞将上不应冠龙城。但若卢龙城既可称卢城,又何尝不可称龙城。故阎说似是而非。1979年版《唐诗别裁集》卷十九校记云:"此处'龙城飞将',乃合用卫青、李广事,指扬威敌境之名将,更不得拘泥地理方位。而诗中用'龙城'字,亦有泛指边关更隘者。"可备一说,详见重版附记。

4　胡,指匈奴等族。阴山,在今内蒙古中部,匈奴常据此侵汉。

说明

诗是歌颂汉代的名将,意实深慨唐御边之无人。只要有一两个卫青、李广那样的将军,敌骑还敢来侵犯么?所谓闻鼙鼓而思将帅,老将们正是国之干城。征人之未还,也正因国无良将,边乱未息之故。

李白

清平调[1] 三首

云想衣裳花想容[2],春风拂槛露华浓[3]。若非群玉山头见,会向瑶台月下逢[4]。

1　题应作《清平调辞》。实是李白创题。
2　云想句,意谓云想比作杨贵妃的衣裳,花想比作杨贵妃的容貌。王琦说是从梁元帝萧绎《采莲曲》"莲花乱脸色,荷叶杂衣香"脱出。
3　春风句,以花的最盛时期比杨贵妃。

4 若非两句,意谓杨贵妃那样的美貌,除非在仙界才能遇到。群玉山(也作玉山)、瑶台,传说都是西王母居处。会,应,终当。

一枝红艳露凝香[1],云雨巫山枉断肠[2]。借问汉宫谁得似[3],可怜飞燕倚新妆[4]。

1 一枝句,写牡丹花之承雨露,犹杨贵妃之受宠幸。
2 云雨句,注见卷六杜甫《咏怀古迹》之二。这句意谓,楚王之与神女,究系虚幻的梦境,徒增惆怅,不如贵妃之得实宠。
3 借问,犹请问。
4 可怜,可爱。飞燕,赵飞燕,初为阳阿公主家宫女,因貌美能歌舞,为汉成帝所爱,立为皇后。后因淫乱,平帝时废为庶人,自杀。按,李白只是借用飞燕新妆比喻名花凝香,并无讽刺杨贵妃意。倚新妆,指娇懒状。

名花倾国两相欢[1],常得君王带笑看。解释春风无限恨[2],沉香亭北倚栏杆[3]。

1 名花,指当时玄宗与贵妃所赏览的牡丹花。倾国,注见卷三白居易《长恨歌》。这里指杨贵妃。
2 解释句,此句不大好解,沈德潜说:"本言释天子之愁恨,托以春风,措词微婉。"似近原旨。意谓只有名花和美人才能消释明皇的怅恨。解释,消释。
3 沉香亭,用沉香木造的亭子,在唐兴庆宫图龙池东面。

说明

李白在长安供奉翰林时，沉香亭前木芍药（即牡丹）盛开，唐玄宗和杨贵妃前往赏览，乃命李白别创新词，于是写成这三首诗。

宋乐史《李翰林别集序》，记高力士因衔脱靴之耻，借此向杨贵妃进谗，说是诗中的赵飞燕即指杨贵妃，是故意侮辱她，李白因此遂为贵妃所恨。《新唐书·李白传》也有类似记载。萧士赟还把巫山云雨说成是讥刺杨贵妃曾为寿王妃事。王琦以为二说皆不足信："巫山云雨，汉宫飞燕，唐人用之正为数见不鲜之典实。"李白当时又是新进，也不至"批龙之逆鳞而履虎尾"。他还举了些很可信服的理由，这里不再转述。虽然就李诗修辞用典看，也难免使后人有此猜疑。

王之涣

出塞 [1]

黄河远上白云间[2]，一片孤城万仞山[3]。羌笛何须怨《杨柳》，春风不度玉门关[4]。

1 出塞，题一作"凉州词"。《凉州》系唐代乐府曲名。
2 黄河，一作"黄沙"。李白诗："黄河之水天上来。"似唐人自有此用法。唐人选唐诗《国秀集》作"一片孤城万仞山，黄河直上白云间"。
3　孤城，指玉门关。岑参《玉门关盖将军歌》："玉门关城迥且孤。"万仞，古代八尺曰仞。这里只是形容极高。
4　羌笛两句，北朝乐府《鼓角横吹曲》有《折杨柳枝》，词云："上马不捉鞭，反拗杨柳枝。下马吹横笛，愁杀行客儿。"此用其意。古人常以笛吹《杨柳》，喻别离之凄苦，怨《杨柳》实是怨别。这里意谓春风既不度玉门关，羌笛又何必怨《杨柳》之作哀音呢。羌笛，注见卷二李颀《古意》。玉门关，注见卷一李白《关山月》。

说明

诗写凉州之险僻，城在丛山之中，真是春风不到地方。原诗共两首，另一首末两句为"汉家天子今神武，不肯和亲归去来"，则似也写当时之征边，故明杨慎《升庵诗话》云："此诗言恩泽不及于边塞，所谓君门远于万里也。"故首两句合"河山"言之。

此诗前人有"旗亭画壁"的传说，但胡应麟《少室山房笔丛》卷四十一以为不足信。

杜秋娘

金缕衣[1]

劝君莫惜金缕衣，劝君惜取少年时[2]。花开堪折直须折[3],

莫待无花空折枝。

1　金缕衣，曲调名。
2　劝君两句，意谓金缕衣不足惜，少年时最须珍惜。取，语助词，表示动作的进行。少年，古人诗文中的少年，多是青年之意。
3　直须，就须。

说明

　　此诗作者《全唐诗》作无名氏。杜牧《杜秋娘诗序》说是唐金陵人，原为节度使李锜妾，善唱《金缕衣》，曾入宫，有宠于宪宗。后又回乡，穷老无依。故旧时又以杜秋娘泛指年老色衰妇女。大概因她善唱此曲，故题其名。

　　诗实是劝人爱惜少年时的大好光阴，并非教人及时行乐。

　　唐人七绝，明清人推为压卷的，有王昌龄"秦时明月"及"奉帚平明"，王翰"蒲萄美酒"，王维"渭城朝雨"，李白"朝辞白帝"，王之涣"黄河远上"，李益"回乐峰前"，刘禹锡"山围故国"，杜牧"烟笼寒水"，郑谷"扬子江头"。见《唐诗别裁集》卷十九《凉州词》注。本书中唯刘、郑二绝未收入。郑谷的《淮上与友人别》原诗如下：

扬子江头杨柳春，杨花愁杀渡江人。
数声风笛离亭晚，君向潇湘我向秦。

附　录

蘅塘退士孙洙简史（两则）

孙郡博洙，字苓西，号蘅堂，辛未进士。历官大城、卢龙、邹平县令，改江宁教授。著有《蘅堂漫稿》。蘅堂为吴容斋工部高足弟子，少工制义，为人恬退。初宰近畿，上官犹雅重文学之士，而蘅堂自如也。归老时蔬水常不给。（《梁溪诗钞》卷四十二）

孙洙，字临西，号蘅塘，晚号退士，无锡人。性颖敏，家贫。隆冬读书，恒以一木握掌中，谓木生火可御寒。清乾隆九年以庠生中顺天举人，考授景山官学教习，除上元县教谕。十六年，成进士，历知直隶卢龙、大城县事。所至必谘访民间疾苦，平时与民谆谆讲叙如家人父子，或遇事须笞责者，辄先自流涕，故民多感泣悔过。宰大城时，捐廉浚河道，民食其利。公余之暇，诵读不辍，恂恂如书生。后罣误，起复知山东邹平县事。庚辰壬午，两校省闱，所得皆知名士，改江宁府教授。三握邑篆，囊橐萧然，澹若寒素。每去任，民皆攀辕泣送。归举乡饮大宾，至老不废。学诗宗少陵,列入《梁溪诗钞》。著有《蘅塘漫稿》,辑《唐诗三百首》,通行海内。康熙辛卯生,乾隆戊戌卒。(《名儒言行录》卷下)

重版附记

本书初版的注文中有若干错误，趁再版机会，已在版面上予以挖改，但其中尚有两条，需稍加申述，由于原有版面的限制，只得另作重版附记说明之。

二〇八页沈佺期《杂诗》的"黄龙戍"与"龙城"诗的头两句为"闻道黄龙戍，频年不解兵"，末两句为"谁能将旗鼓，一为取龙城"。初版本注黄龙戍云："即黄龙冈，在今辽宁开原县北，唐时驻兵于此。"注龙城云："原址在今蒙古国。匈奴祭天处，这里泛指入侵者聚集处。"

前一条"黄龙戍"之注原是根据解放前出版的《中国地名大辞典》，《辞典》当是根据《嘉庆重修一统志》中奉天府黄龙冈条："唐时置黄龙戍，今谓之黄龙冈。"最近检阅了一些有关龙城的资料，对这两句话的可靠性便有些怀疑。黄龙冈如果确在今天辽宁的开原县，唐代就不可能在那一带设防。新旧《辞海》皆未收"黄龙戍"，新《辞海》"黄龙"条之一云："古城名。即龙城。"就是说，黄龙又名龙城。于是再去查"龙城"条，其一即所谓匈奴祭天处，其二则这样说："又名和龙城、黄龙城、龙都。故址在今辽宁朝阳。公元341年十六国前燕慕容皝在此筑城，营建宗庙、宫阙，置龙城县……公元436年北魏攻取此城，置镇，后置营州。"

营州的治所则在龙城。我由此初步推断：沈佺期和某些唐人诗中的龙城，应是指今朝阳，并非在今蒙古境内；又如也是初唐时人杨炯《从军行》中的"牙璋辞凤阙，铁骑绕龙城"的龙城，也应在朝阳。这地方即唐之辽西，唐人诗中常常提到。换言之，当时人期望中所要收取的，应当是有现实性针对性的地方，不应是这样遥远渺茫的"匈奴祭天处"。虽说这是诗人的信笔泛指，但诗人构思时也总有一个界尺，有一个概念。

据《隋书·地理志》及新旧《唐书·地理志》，营州即柳城郡，本辽西郡，曾领龙城县（营州治所）等。西北与奚接界，北与契丹接界。故高宗、武则天时常为奚及契丹攻陷。唐之营州上都督府一度移置幽州。境内有渝水和白狼水。在慕容燕及南朝刘宋时，也称龙城为黄龙城。

这也就告诉我们，唐人诗中为什么会屡屡提到龙城或辽西？就因为是他们的思想感情在经常活动的地方。

再以沈氏本人的他篇来看，其《杂诗》的第二首云："妾家临渭北，春梦着辽西。何苦朝鲜郡，年年事鼓鼙。"从今天的地图看，朝阳距朝鲜尚远；就唐之边疆看，营州距高丽却不远。沈氏的《杂诗》共三首，"闻道黄龙戍"为第三首。显然，他所写的正是一个地方，一个目标，即都在辽水地区。上述"何苦"两句，和"闻道黄龙戍，频年不解兵"又正是同一命意。其次，本书卷七中尚有沈氏《独不见》一诗，中有"白狼河北音书断"云云，白狼河即大凌河，也在今辽宁境内。两《唐书·奚传》中说奚国国境南接白狼河，《水经注》也云"白狼水北径黄龙城东"。这都说明《杂诗》中的龙城必指辽西地区。

如果这说法能够成立，那么，黄龙戍注为今开原也须重新斟酌，因为今朝阳地区在当时尚屡遭侵占，唐又如何能至更远的今开原地区去设防呢？我疑心沈诗的"黄龙戍"或即"龙城戍"之别写，都是指辽西。因龙城既为兵争要地，则其附近自必有唐之防戍。但这只是个人臆测，尚有待于专家的指正。

　　由此我又想到本书第四五七页王昌龄《出塞》的"但使龙城飞将在，不教胡马度阴山"中的龙城飞将之称。阎若璩以为龙城应作卢龙，固然不一定对，但我注为合用卫青、李广事也须考虑。检《史记·李将军列传》的原文是："匈奴入杀辽西太守，败韩将军。后韩将军徙右北平，于是天子乃召拜广为右北平太守……匈奴闻之，号曰汉之飞将军。避之数岁，不敢入右北平。"右北平一部分辖境在今辽宁大凌河上游以南，六股河以西。大凌河即白狼河，上已言之，所以文中说"入杀辽西太守"。李广继拜太守后，匈奴遂"不敢入右北平"。但《史记》原文只说"汉之飞将军"，龙城是王昌龄加上去的；而王诗中的龙城也应是指辽西。阴山在今内蒙古中部，意即可以不使胡马度过阴山而东侵辽西（飞将军所在地），正和《史记》的"不敢入右北平"原意相合。若将王诗的龙城注为"匈奴祭天处"，等于说不使匈奴度阴山而北侵它自己的土地，道理上未免讲不通。

　　二九一页韦庄的《章台夜思》，此诗三四两句为"孤灯闻楚角，残月下章台"。这里的章台一词，可以有三种解释：（一）妓院的代称。（二）楚灵王行宫章华台的简称。故址在今湖北潜江县西南，古华容县城内。（三）如初版所注："汉长安章台下街名，这里指长安。"

但（一）韦庄生平虽曾冶游，诗集中也有赠妓之作，然就诗旨和情调看，不像是在写妓院，如孤灯、楚角、乡书等尤不类，地点也像在冷落的郊野。（二）朱大可先生的《新注唐诗三百首》用此注，但我最初认为此诗当是在长安作，故未采取。因而只好用第（三）说，却又无法圆"楚角"一词：长安这地方怎么也听不到楚声的。一度想注为凄楚，终嫌牵强，且与下句的章台不相对称，最后便注为"作楚地音调的角声，形容角声的悲凉"。实在也是强为之词，因为楚角本身并不一定就是代表悲凉的声调。

书出版后，又看到陈子昂《度荆门望楚》中有"遥遥去巫峡，望望下章台"句，觉得朱注果不误，于是再遍读韦庄的全集，复于卷二中看到七绝《楚行吟》一首："章华台下草如烟，故郢城头月似弦。惆怅楚宫云雨后，露啼花笑一年年。"更可为证。

这首《章台夜思》，《浣花集》（韦庄弟韦蔼所编）列在第一首，和《延兴门外作》《下第题青龙寺僧房》等排在一起，即还是视为在长安所作之诗。夏承焘先生《唐宋词人年谱》定韦庄在鄂时间为唐昭宗大顺元年秋，年五十五岁，并举《西塞山下作》《齐安郡》等数首，也未举此诗。但《章台夜思》中的章台之为章华台，似可肯定。

金性尧
1981年3月22日

图书在版编目（CIP）数据

金性尧注唐诗三百首 / 金性尧注. -- 北京：北京联合出版公司, 2017.7
 ISBN 978-7-5596-0532-0

Ⅰ.①金… Ⅱ.①金… Ⅲ.①唐诗－注释 Ⅳ.①I222.742

中国版本图书馆CIP数据核字(2017)第132653号

本书版权归属于后浪出版咨询（北京）有限责任公司

金性尧注唐诗三百首

注　　者：金性尧

选题策划：后浪出版公司
出版统筹：吴兴元
责任编辑：张　萌
特约编辑：范纲桓　黄杏莹
营销推广：ONEBOOK
装帧制造：墨白空间·王斑

北京联合出版公司出版
（北京市西城区德外大街83号楼9层　100088）
北京盛通印刷股份有限公司印刷　新华书店经销
字数297千字　889毫米×1194毫米　1/32　15.75印张
2017年10月第1版　2017年10月第1次印刷
ISBN 978-7-5596-0532-0
定价：88.00元

后浪出版咨询(北京)有限责任公司常年法律顾问：
北京大成律师事务所　周天晖 copyright@hinabook.com
未经许可，不得以任何方式复制或抄袭本书部分或全部内容
版权所有，侵权必究
本书若有质量问题，请与本公司图书销售中心联系调换。电话：010-64010019